JÖRG BÖHM

UND NIE SOLLST DU VERGESSEN SEIN

SCHWARZWALD-KRIMI

DER KLEINE BUCH VERLAG

Über den Autor

Jörg Böhm (*1979) ist der Geburtsname des Journalisten Jörg Henn. Nach einem Studium der Journalistik, Soziologie und Philosophie war er unter anderem Chef vom Dienst der Allgemeinen Zeitung in Windhoek/Namibia, um von den Geschichten des Schwarzen Kontinents zu erzählen. Lange Zeit arbeitete Jörg Henn als Kommunikationsexperte für ein großes deutsches Versicherungsunternehmen, bis er sich 2014 nur noch schriftstellerischen Tätigkeiten widmete. Geboren und aufgewachsen im Westerwald, hat er jahrelang dort gewohnt, wo seine Krimis spielen: im Südschwarzwald und an der Südlichen Weinstraße. Nun lebt der Autor mit seinem Mann in der Lüneburger Heide.

Besuchen Sie Jörg Böhm im Internet
www.jörgböhm.com und auf facebook.

Impressum

Lektorat: Eva Lichtenberger, www.evalicht-konzepte.de
Umschlaggestaltung: Röger & Röttenbacher GbR,
r² Büro für Gestaltung, www.roeger-roettenbacher.de
Satz: Manfred Lotsch & Marijana David
Umschlagbild: © plainpicture/Millenium
Printed in EU

ISBN 978-3-7650-8426-3
Dieser Titel ist auch als E-Book erschienen: ISBN 978-3-7650-2100-8

www.derkleinebuchverlag.de
www.facebook.com/DerKleineBuchVerlag

„Dein Ja sagen zu dem, was ich bin, habe ich nötig.“

Antoine de Saint-Exupery

Meinen Eltern Rudolf und Jutta Böhm –
in Dankbarkeit

prolog

Juli 1997

Endlich war sie am Ziel angekommen. Es hatte länger gedauert, als sie gedacht hatte und ihr Herz raste wie wild. Sie war ganz benommen von der gerade bewältigten Anstrengung und sie spürte die Schweißtropfen auf ihrer Stirn. Sie war erleichtert, glücklich und doch schienen ihre Glieder kalt und starr zu sein.

Obwohl es immer noch weit mehr als 20 Grad warm war, fröstelte sie und eine Gänsehaut überzog ihren schlanken Körper. Reiß dich zusammen, es wird schon alles gut gehen, ermahnte sie sich, als sie erneut ein kalter Schauer durchfuhr.

Sie versuchte sich zu beruhigen, doch es ging nicht. Sie keuchte. Sie war nach dem schweißtreibenden Marsch hinauf zur Wegscheide immer noch völlig außer Atem und ihr Puls pochte wie wild. Die Luft war schwer, trocken und staubig und es roch nach abgemähten Feldern und sattem Heu.

Um sie herum war es dunkel. Einsam.

Sie stand oben auf der Anhöhe und schaute zurück. Hinter ihr lag in der Talsenke in einem hellen Lichterglanz Nöggenschwiel, das Rosendorf des Schwarzwalds.

Es feierte das 28. Rosenfest.

Und sie war die neue Königin der Rosen.

Es war keine zwei Stunden her, da war sie gekrönt und feierlich in ihr neues Amt eingeführt worden. Nun wartete ein Jahr voller Empfänge, Auftritte und Präsentationen auf sie. Ob als Blumen-Botschafterin im Ausland, gefragte Expertin auf

Rosen-Messen oder Repräsentantin der gesamten, zwischen Rhein und Hochschwarzwald gelegenen Urlaubsregion – sie wusste, was sie in den kommenden zwölf Monaten alles erwarten würde.
Sie schloss für einen kurzen Augenblick die Augen, während die warme Sommerluft ihren zarten, fast schon zerbrechlichen Körper streichelte. Ihre dunkelbraunen langen Haare tanzten, als der Wind auflebte und eine kräftige Brise über sie hinweg wehte. Nur mit Mühe konnte sie ihre filigrane Krone festhalten, die beinahe vom Wind weggeweht wurde. Der schwarze faltenreiche Rock ihres Trachtenkleids, dessen samtener Brustbereich mit aufwendigen Goldstickereien dekoriert war, und die mit roten Rosen bedruckte Schürze flatterten im Spiel des Windes und legten dabei ihre schlanken, leicht gebräunten Beine frei. Die grobmaschig gestrickten weißen Kniestrümpfe hatte sie bereits kurz nach der feierlichen Zeremonie ausgezogen, nachdem die rund 2.000 Stimmen ausgezählt waren und sie mit fast 90 Prozent Zustimmung zur klaren Siegerin der diesjährigen Wahl gekürt worden war.
Schon als kleines Mädchen hatte sie sich nichts sehnlicher gewünscht, als einmal Rosenkönigin zu werden.
Immer und immer wieder hatte sie sich in Mamas Kleider gehüllt, eine selbst gebastelte Krone ins Haar gesteckt und sich vor dem Spiegel gedreht, um im Anschluss daran ihren Puppen ihre selbst verfasste Rede als frisch gekrönte Rosenkönigin zum Besten zu geben.
Das war zehn Jahre her. Nun war ihr größter Wunsch endlich in Erfüllung gegangen. Aber was hatte sie davon? Sie wusste, dass sie ihren Traum nie würde ausleben können. Denn sie wollte ihn gegen einen noch viel schöneren eintauschen. Einen Traum, der nicht nur wahr werden, sondern von jetzt auf gleich ihr gesamtes Leben verändern würde.
Unter ihr flackerten in den Straßen rote, gelbe und weiße Lam-

pions, die den Ort in ein warmes Licht tauchten. Das ganze Dorf – und mit ihm mindestens noch mal so viele Touristen, Urlauber und Rosenliebhaber – war auf den Beinen, denn niemand wollte sich das Ereignis des Jahres entgehen lassen. Das Rosenfest war der jährliche Höhepunkt des schönen und warmen Sommers in Nöggenschwiel. Das Rosendorf, das 360 Tage im Jahr einen romantisch-verträumten Dornröschenschlaf hielt, blühte am Wochenende des Rosenfests auf. An diesem Wochenende feierte das ganze Dorf die Rosenkönigin mit der Wahl am Samstag und dem prächtigen Rosenumzug am Sonntagnachmittag.

Die Ferienwohnungen, Apartments und Zimmer waren auf Jahre im Voraus gebucht und die Stammgäste genossen die Feierlichkeiten, die es in dieser traditionellen Art und Weise nirgendwo anders gab. Ob Hinweisschilder, Straßenlaternen oder Fensterbretter – alles war mit Rosen verziert, mit Blumenarrangements dekoriert und bunten Girlanden geschmückt. Vor allem die Gärten, Pavillons und Beete waren ein einziges Blumenmeer in den schönsten Farben.

Und das alles würde sie jetzt hinter sich lassen. Sie strich sich die Haare aus dem Gesicht. Ein Lächeln umspielte ihre Lippen. Sie freute sich auf das, was sie erwartete, wäre da nicht dieser furchtbare Streit gewesen. Ein Streit, der beinahe alles zunichte gemacht hätte. Aber daran wollte sie jetzt nicht denken. Nicht jetzt.

Es schauderte sie erneut.

Aus dem Augenwinkel sah sie, wie das Scheinwerferlicht eines Autos zwischen den Tannen und Fichten des kleinen Wäldchens an der nahegelegenen Bundesstraße unruhig auf und ab tanzte. Unwirklich wie kleine Sterne am Horizont flackerten die gelben Punkte, die langsam immer größer wurden, je näher der Wagen kam. Sie wich ein wenig von der Straße zurück, als das Auto sie fast erreicht hatte. Für einen

Moment hatte sie das Gefühl, der Fahrer hätte aufgeblendet und sie grüßen wollen. Doch der Wagen verlangsamte sich nicht, sondern ließ sie im Sommerwind zurück.
Es wird schon alles gut werden. Er kriegt sich schon wieder ein. Er liebt mich doch, dachte sie, als sie dem Wagen gedankenverloren hinterher sah. Er würde sie schon gleich abholen und mitnehmen, so hatte er es ihr versprochen.
Sie schloss die Augen. Trotz all der Ungewissheit fühlte sie sich frei und ungezwungen. Sie war glücklich und doch war es ein Glück mit einem bitteren Beigeschmack. Denn sie wusste, sie würde ihren Vater so sehr verletzen wie noch kein Mensch zuvor.
Sie stellte sich gerade sein Gesicht vor, wie er erst nach Luft ringen, dann furchtbar wütend werden und anschließend zusammenbrechen würde, wenn sie ihm ihren Entschluss mitteilen würde.
Ihr Vater. Sie war sein Ein und Alles. Das wusste sie schon lange bevor ihre Mutter von jetzt auf gleich mit einem Lehrerkollegen durchgebrannt war. Und nun würde sie durchbrennen und ihrem Vater ebenfalls das Herz brechen. Aber es ging einfach nicht anders, und er würde es sicherlich verstehen, wenn erst einmal ein wenig Zeit ins Land gegangen war. Sie beglückwünschte sich dabei selbst zu ihrem genialen und doch so einfachen Plan.
Denn sie musste fliehen – vor dem Dorf und seinen Menschen und vor ihm.
Schon wieder hatte er sie angesprochen. Nur: Dieses Mal hatte er es nicht heimlich getan wie sonst, wenn er sie vor der Kirche, an der Bushaltestelle oder nach dem Einkauf im Lädele abpasste. Er hatte sie vor allen Leuten und mitten auf der Tanzfläche der Rosendorfhalle angesprochen. Er hatte so stark geschwitzt, dass ihm der Schweiß an seinen Schläfen heruntergelaufen war. Seine Finger hatten nervös am untersten

Knopf seines kurzärmeligen Karohemdes gespielt, als er sie angesprochen hatte.
„Hallo!"
Er hatte gezögert und vorsichtig nach links und rechts geschaut, ehe er fortgefahren war: „Gut siehst du aus. Fast zu schön, um wahr zu sein." Seine Augen hatten kurz aufgeblitzt und ein Funkeln in sich getragen, das ihr jetzt noch einen unheimlichen Schauer über den Rücken laufen ließ.
Sie war so perplex gewesen, dass sie ihn irritiert angestarrt hatte. Nicht imstande, irgendetwas darauf zu erwidern. „Danke", war das Einzige, was ihr über die Lippen gekommen war.
Er hatte süffisant gelächelt und sie von oben bis unten gemustert. Fast so, als wolle er sie mit seinem Blick in sich aufsaugen.
Ein Teil von ihr sein.
„Schenkst du mir einen Tanz?", hatte er gefragt, und sie erinnerte sich, wie das Funkeln in seinen Augen einem tiefen Verlangen gewichen war.
„Ich … Ich … will mich nur kurz frisch machen", hatte sie mehr gestottert als geantwortet in der Hoffnung, er würde ihr jetzt keine Szene machen. So war sie dann schnell zu den Waschräumen geeilt. Kurz vor den Toiletten war sie scharf nach rechts abgebogen und durch den Seitenausgang der Halle ins Freie geflüchtet, um das Rosenfest, die vielen Menschen und vor allem ihn endlich hinter sich zu lassen.
Sie musste noch einmal tief durchatmen. So langsam machte sie sich Sorgen, wo ihr Lebensretter denn nun endlich bleiben würde. Nun stand sie bereits weit über eine halbe Stunde auf der Anhöhe und wartete auf ihn. Sie konnte den süßen Duft der Freiheit schon förmlich riechen. Mit ausgebreiteten Armen drehte sie sich im Wind und spürte das Leben.
Ihr Leben.

Plötzlich überkam sie das Gefühl, dass sie nicht alleine war. Sie hielt inne und hörte in die Stille hinein, die nur vom Säuseln des Windes und dem Zirpen der Grillen unterbrochen wurde. In weiter Ferne vernahm sie das sanfte Rauschen der Bäume und die ausgelassenen und fröhlichen Stimmen der an der Rosendorfhalle feiernden Menschen.

War da jemand? Ein Schatten? Sie konnte in der Dunkelheit nichts erkennen. Es gab keine Straßenlaternen an dieser Weggabelung und das diffuse Mondlicht war zu kraftlos, als dass es den Weg beleuchten könnte. Wie ein seidiger Schleier hatten sich die Wolken vor den Mond geschoben und ihn sanft eingehüllt.

„Schatz, bist du's?", fragte sie mit leicht zittriger Stimme in die stille, dunkle Nacht. Doch niemand antwortete ihr.

Hatten ihre Augen sie also nur getäuscht? Oder war es gar das eine Glas Rosenschnaps zu viel gewesen, das ihre Sinne beeinträchtigte und ihre Wahrnehmung trübte?

Panik machte sich in ihr breit. Wo bleibt er nur, fragte sie sich, als sie plötzlich jemanden hinter sich atmen hörte.

eins

15 JAHRE SPÄTER **FREITAG, 16. NOVEMBER 2012**

Es war ihr erster längerer Urlaub seit ihrer Beförderung zur Kriminalhauptkommissarin vor dreieinhalb Jahren. Endlich Ferien, Entspannung und ganz viel Ruhe, dachte Emma Hansen, als sie zum Hit „Single Ladies“ von Beyoncé fröhlich mitsingend an einem grauen Novemberfreitag über die Bundesstraße B 500 von Titisee-Neustadt kommend weiter Richtung Süden durch die Höhen des Südschwarzwaldes fuhr. Vorbei an einzelnen Gehöften, Wiesen und Feldern, die abgemäht und kahl dalagen und von einem guten Sommer mit viel Heu für die Kühe erzählten. Kleine Waldstücke grüßten entlang der kurvigen Straße, auf der um diese Uhrzeit viel Verkehr herrschte.

Familienväter, die zu ihren Liebsten nach Hause unterwegs waren, Laster und Transporter, die noch schnell vor dem Wochenende ihre Ladung abliefern wollten, und Urlauber aus den verschiedensten Regionen Deutschlands waren genauso darunter wie Schweizer und Niederländer. Einige mit Wohnwagen, andere mit Fahrradträgern und selbst ein kleines Boot konnte sie auf einem Anhänger entdecken.

Die machen hier sogar zu dieser trostlosen Zeit Ferien, stellte Emma etwas überrascht fest, als ihr gerade ein Fahrzeug mit einem gelb leuchtenden Kennzeichen entgegen kam. Eine Zeit, die eher zu innerer Einkehr und Besinnlichkeit denn zu Spaß und Abenteuerlust einlud.

Emma faszinierte die Trostlosigkeit grauer Novembertage,

auch wenn sie früher mit ihren Eltern stets in den Sommerferien für zwei Wochen nach Nöggenschwiel gefahren war und daher die besondere Schwere, die jetzt oberhalb der Baumwipfel vorherrschte, nur von Erzählungen kannte. Es war eine Schwere an einem Ort der Abgeschiedenheit, an dem sich an lauen Sommerabenden junge Paare bei einem Picknick auf den angrenzenden Wiesen verliebt in die Augen schauten oder die Dorfältesten im Rosenpavillon am Nöggenschwieler Rathaus engagiert und wortreich über die Politik der Bundesregierung diskutierten und dabei wie immer und völlig übereinstimmend feststellten, dass früher irgendwie alles besser gewesen war.
Emma erinnerte sich auch an die Grillabende des örtlichen Fußballvereins, die Vereinsmeisterschaften des Tennisclubs und vor allem an das alljährlich stattfindende Rosenfest, das sie als junges Mädchen und selbst noch als pubertierender Teenager so geliebt hatte.
An Novembertagen wie diesem jedoch zog sich die Welt in ihre tiefste Traurigkeit zurück. Eine Zeit, in der man am liebsten dieser Atmosphäre entfloh, anstatt in sie hineinzutauchen. Emma aber brauchte es, einfach mal in die bewusst gewollte Einsamkeit zu entfliehen. Ihr Job war stressig genug, bot kaum Auszeiten und Erholungsphasen, weshalb sie auch schon das für sie so wichtige Formationstanzen auf ein Minimum reduzieren musste. Daher freute sie sich jetzt auf eine Woche geplanten Nichtstuns, die mit dem 60. Geburtstag ihres ehemaligen Ferienvermieters Georg Villinger ihren krönenden Abschluss finden sollte.
Sechs Mal war sie mit ihren Eltern Knut und Marit Hansen in die Ferienwohnung der Villingers nach Nöggenschwiel gefahren. Zuletzt, als sie 17 Jahre alt gewesen war, und das lag nun schon 15 Jahre zurück.
Damals war die kleine Welt noch in Ordnung, dachte sie, während sie am Radioregler ihres Minis rumspielte, um einen bes-

seren Empfang zu bekommen. Ihre Eltern hatten sich, wie so viele andere Eltern ihrer Freunde und Klassenkameraden auch, scheiden lassen, obwohl sie und ihr Bruder Erik alles dafür getan hatten, dass die heile Welt, die ihnen stets vorgegaukelt wurde, nicht aus den Fugen geriet.
Doch alles Bitten und Betteln, Jammern und Lamentieren hatte nichts geholfen, die Ehe war auseinandergegangen, weil ihr Vater lieber mit einer Jüngeren die Welt bereisen wollte als mit ihrer Mutter. So jedenfalls hatte es Emmas Oma Leni ihr vor einigen Jahren erzählt.
Sie fuhr langsamer und schaltete vorsichtshalber schon einmal einen Gang herunter, um die Abzweigung von der B 500 in Richtung Weilheim nicht zu verpassen. An der nur wenige Meter entfernten Tankstelle herrschte Hochbetrieb, denn erst heute Morgen hatte der Ölpreis wieder um einige Dollar nachgegeben und die hiesigen Preise waren gleich um drei Cent gefallen.
So hatte sie nach dem Verlust ihres Vaters um die Liebe ihrer Mutter gekämpft, bis sie eines Tages resigniert feststellen musste, dass es keinen Platz für sie im Herzen ihrer Mutter gab, denn für Marit Hansen zählte immer nur Emmas Bruder Erik.
Erik. Ihr drei Jahre älterer Bruder, der sich als zweifacher Familienvater mit Gelegenheitsjobs über Wasser hielt und das Leben so nahm, wie es kam: Am Morgen geht die Sonne auf, am Abend geht sie unter und dazwischen schauen wir, was der Tag so alles für einen bereithält. Dass ihre Eltern und vor allem ihre Mutter mit Eriks Lebenskunst nichts anfangen konnten, war das eine. Dass sie Emmas Eigenschaften lieber in ihrem Sohn vereint gesehen hätten, das stand auf einem ganz anderen Blatt. Und es war eben die Tochter, die genau das auf so unterschiedliche Arten zu verstehen bekam.
„Aber wer hört denn Muttern zu, wenn sie sich in ihrem Lie-

beskummer mal wieder so richtig suhlen will, und wer fährt zu ihr hin, wenn sie wieder droht, sich umzubringen, weil sie nicht mehr weiterweiß? Doch das zählt ja alles nicht. Warum auch", sagte Emma laut zu sich.

Doch das Schlimmste ist, dass ich mir immer wieder anhören darf, was aus mir hätte werden können, wenn ich mich nur etwas mehr angestrengt hätte. Ärztin. Rechtsanwältin. Ja vielleicht sogar Professorin, dachte sie und äffte ihre Mutter nach, die keine Möglichkeit ausließ, Emmas aus ihrer Sicht falsche Berufswahl unter die Nase zu reiben.

Mein Weg war eben ein anderer. Ich wollte immer zur Polizei, zur Kripo, dachte Emma und musste bei dem Gedanken daran automatisch an ihren geliebten Opa denken, der einst Kommissar bei der Kopenhagener Mordkommission gewesen war. Sie lächelte, während sie für einen kurzen Moment in den Rückspiegel sah. Große, wache, blaue Augen strahlten sie an, die von einer fein geschnittenen Nase und einer breiten Denkerstirn eingerahmt wurden. Ihre Lippen waren voll, wenn auch heute etwas blass, wie sie sich eingestehen musste. Dafür glänzte auch an diesem tristen Novembertag ihr Haar in einem hellen und typisch nordischen Blond. Doch das auffälligste Merkmal ihres Gesichtes war ihr kleines, zart modelliertes Grübchen am Kinn, das ihr nicht nur einen frech-verträumten Gesichtsausdruck verlieh, sondern das sie auch so an ihren Großvater erinnerte, hatte doch ein ebensolches seinen charismatisch-markanten Charakterkopf geziert.

Mit einem tiefen Seufzer konzentrierte sie sich wieder auf den immer dichter werdenden Verkehr in der langsam einsetzenden Dämmerung. Sie wartete noch den Transporter einer Umzugsfirma ab, ehe sie ihren Wagen nach links lenkte, um auf die Kreisstraße in den dunklen Hain aus Fichten und Tannen abzubiegen.

Schon damals als Teenager faszinierte Emma diese Ansamm-

lung majestätischer Bäume, die wie ein großes schmiedeeisernes Tor ein fremdes Land beschützten und erst dann Meter für Meter zur Seite wichen, wenn der Eindringling ihnen genehm war.
Vorsichtig steuerte sie ihren Wagen durch das kleine Wäldchen und meinte plötzlich von der Welt, aus der sie vor einer halben Minute noch gekommen war, völlig abgeschnitten zu sein.
Wie ein großes gefräßiges Maul hatten die Fichten und Tannen sie und ihren Wagen verschluckt, um sie erst nach knapp drei Minuten wieder aus dem schwarzen Nichts auszuspucken.
Vor ihr lagen nun die ersten Äcker, die bereits zur Gemarkung Weilheim gehörten. Wie verschrumpelt und zusammengezogen ruhte die aufgewühlte Erde auf den Feldern. Ein schwacher, weißlicher Reif kündigte schon jetzt einen frostigen und eisigen Winter an.
Frostig und eisig waren auch die beiden Worte, mit denen sie die Beziehung zu ihrer Mutter am liebsten beschrieb. Selbst ein Einser-Schnitt an der Landespolizeischule konnte ihre Mutter nicht davon überzeugen, dass Emma für sich das Richtige entschieden hatte.
„Eine Frau gehört einfach nicht zur Polizei, erst recht nicht zur Mordkommission", erinnerte sie sich an die Worte ihrer Mutter. Und gerade deshalb wollte sie es ihr zeigen und gleichzeitig das Andenken ihres Großvaters in Ehren halten. Er wäre wenigstens stolz auf mich, dachte Emma und erinnerte sich an die vergangenen vier Jahre zurück, in denen sie sich ins Studium und die praktische Ausbildung gestürzt, jeden angebotenen Lehrgang belegt und verschiedene Zusatzqualifikationen – von psychologischer Beratung bis hin zu einem Seminar zur Profilerstellung von Vergewaltigern – absolviert hatte, um dann kurz vor ihrem 29. Geburtstag endlich da zu sein, wo sie immer hin wollte. Noch heute dachte sie mit einem breiten

Grinsen daran, wie Ausbildungsleiter Manfred Engel beim festlichen Empfang ihr als jahrgangsjüngster und gleichzeitig bester Frau in einer von Männern dominierten Ausbildungsklasse die Urkunde zur Kriminalkommissarin überreicht hatte. So langsam näherte sie sich der Abzweigung nach Nöggenschwiel. Fern am Horizont, Richtung Schweiz, bauten sich die ersten dunklen Wolken auf, die unmissverständlich Regen ankündigten, während Emma die Kreisstraße entlang in den abgelegenen Ort fuhr.

Vorbei am Fußballplatz und der putzig anmutenden Tennisanlage führte sie der Weg zum Ortsmittelpunkt, dem kleinen Gemischtwarenladen, den jeder hier nur das „Lädele“ nannte. Dort parkte sie ihren Wagen auf dem Kirchvorplatz, als die Uhr der St.-Stephans-Kirche gerade ein Mal schlug, und betrat den Laden. Wie sie auf ihrem Handy lesen konnte, war es kurz nach halb sechs und die früh einsetzende Nacht hatte fast das gesamte Licht des Tages geschluckt.

Da Emma nicht genau wusste, worauf sie Hunger hatte, wollte sie erst einmal die kurzen Gänge durchstreifen in der Hoffnung, hier eine Inspiration zu finden. So ging sie vorbei an der Gemüse- und Obstauslage in Richtung Kühltheke ans hintere Ende des kleinen Geschäfts. Auch wenn das argentinische Rückensteak mehr als appetitlich aussah, so hatte Emma nach der langen Fahrt keine Lust, sich jetzt noch an den Herd zu stellen und zu kochen.

Also doch lieber Dosenravioli, überlegte sie, um im nächsten Augenblick diesen Gedanken gleich wieder zu verwerfen, da sie sich nach unzähligen Fernsehberichten über die Qualität solcher Lebensmittel geschworen hatte, nur im äußersten Notfall auf Fertigprodukte und Tütensuppen zurückzugreifen. Und das hier war eindeutig kein Notfall.

So entschied sie sich für den abgepackten, aber im Hochschwarzwald hergestellten Kochschinken, Tomaten, Büffel-

Mozzarella, einen fettarmen Joghurt, einen Liter Milch und eine Tüte Gummibärchen und ging damit an die Kasse.
„Sie waren jetzt wirklich meine Rettung, sonst hätte ich noch nach Waldshut fahren müssen“, sagte Emma zu der Frau hinter der Theke, die sie mit großen Augen betrachtete.
„Ja, wir haben seit Kurzem freitags immer bis um 19 Uhr geöffnet. Aber ... irgendwoher kenne ich Sie?“, fragte die Frau und starrte Emma noch intensiver an.
„Emma? Emma Hansen, richtig? Das gibt's doch nicht! Was machst du denn hier?", begrüßte Maria Reisinger Emma so stürmisch, dass sie dabei fast den vor der Theke aufgestellten Warenkorb mit den Sonderangeboten umgerissen hätte. Eine Kundin, die gerade ein geschnittenes Bauernbrot bestellen wollte, schaute der Lädele-Verkäuferin etwas irritiert hinterher, als diese Emma in den Arm nahm und fest an sich drückte.
„Wie geht es dir? Gut siehst du aus.“
„Danke. Das ist nett. Sie aber auch, Frau Reisinger. Ich wusste gar nicht, dass Sie jetzt hier im Lädele arbeiten“, bemerkte Emma leicht erstaunt. Als enge Vertraute der Familie ihrer Ferienfreundin Charlotte hatte Emma sie des Öfteren bei den Nägeles angetroffen. Von diesen Treffen wusste sie auch, dass Maria Reisinger damals noch als Pharmareferentin tätig gewesen war.
Emma schaute Maria Reisinger mit anerkennender Bewunderung an. Maria Reisinger war Ende fünfzig und ihre Haare waren nicht nur auffallend elegant toupiert, sondern schienen auch in einem hellbraunen, fast bernsteinfarbenen Ton gefärbt zu sein. Sie trug eine dunkelblaue Bluse und eine teure Markenjeans, dazu Perlenohrringe samt Kette und ihre Nägel waren frisch lackiert.
„Schon seit fast neun Jahren arbeite ich jetzt hier ehrenamtlich“, antwortete Maria Reisinger, „und es macht mir immer noch sehr viel Spaß, auch wenn es manchmal etwas anstren-

gend ist. Aber lass' uns von etwas anderem sprechen. Wie viele Jahre habe ich dich jetzt nicht gesehen? Zehn? Zwanzig?"
„Fünfzehn, um genau zu sein. 1997 waren wir das letzte Mal in den Ferien hier."
Ich weiß, ich hätte schon viel früher wiederkommen sollen, aber irgendwie kam immer etwas dazwischen, dachte Emma. Aber sie wusste, dass sie sich das nur einredete. Warum war sie denn eigentlich nie nach Nöggenschwiel zurückgekehrt? Waren es etwa die schönen Erinnerungen an eine glückliche und geborgene Kindheit, an eine längst vergangene Zeit? Und waren es eben genau diese Erinnerungen, die sie am liebsten ganz weit von sich wegschieben wollte, weil sie wusste, dass diese Zeit, dieses Glück nie mehr zurückkommen würde?
„Schön, dass du wieder da bist, auch wenn du sicherlich vieles nicht mehr wiedererkennen wirst", sagte Maria Reisinger und verschwand wieder hinter ihrer Theke, um das von der Kundin bestellte Bauernbrot in die Brotschneidemaschine zu legen.
„Ja, und ich freue mich, viele Bekannte von damals endlich wiederzusehen und das nicht erst an Herrn Villingers Geburtstagsparty", sagte Emma stellte ihre Lebensmittel auf die Theke.
„Wie schön, da werden wir uns dann ja auch wieder sehen", erwiderte Maria Reisinger und versuchte dabei, das laute Schneiden mit ihrer schrillen Stimme zu übertönen. „Das heißt also, du bleibst länger in unserem schönen Rosendorf?"
„Ja. Ich reise erst nächste Woche Sonntag wieder ab." Emma genehmigte sich einen letzten Blick durch den Laden, ob sie noch etwas entdeckte, was sie unbedingt brauchen oder worauf sie noch Hunger haben könnte.
„Vorher möchte ich unbedingt noch Charlotte besuchen. Ich habe sie ja zuletzt wenige Stunden vor unserer Abfahrt gesehen. Ist sie damals nicht sogar Rosenkönigin geworden? Ich

kann mich noch gut daran erinnern, wie aufgeregt sie war. Ob sie überhaupt hier noch wohnt?", fragte Emma mehr sich selbst als Maria Reisinger.
Als sie sich wieder umdrehte, sah sie das versteinerte Gesicht der Lädele-Verkäuferin.
„Frau Reisinger, alles in Ordnung mit Ihnen? Sie sehen auf einmal so blass aus …"
Stille. Es war, als ob von jetzt auf gleich das Leben aus der temperamentvollen Frau gewichen war.
„Frau Reisinger?"
„Nein, nein, es geht schon. Aber als du den Namen Charlotte ..."
Maria Reisinger stoppte mitten im Satz. Ihre Gesichtszüge verkrampften sich und sie kämpfte mit den Tränen. „Ich habe sie so geliebt. Sie war wie meine Tochter. Warum habe ich bloß nicht besser auf sie aufgepasst?"
Sie stand hilflos hinter der Theke und schaute gedankenverloren aus dem Fenster. Emma kramte in ihrer Jackentasche nach einem Taschentuch, doch außer einer eingerissenen Kinokarte konnte sie nichts finden.
„Wie meinen Sie das, Sie hätten besser auf sie aufpassen sollen? Auf Charlotte? Warum? Was ist denn passiert?", fragte Emma noch immer irritiert.
„Ich dachte ...", wieder stockte Maria Reisinger, die zwischenzeitlich in ihrer Jeans ein Stofftaschentuch gefunden hatte, und schnäuzte kräftig in das mit ihren Initialen bestickte Tuch.
„Ich war immer der Meinung, ihr seid Freundinnen gewesen und du wüsstest Bescheid", sagte sie, nachdem sie sich etwas beruhigt hatte.
„Nein, also, nicht wirklich. Also es war nur eine Ferienfreundschaft. Wir haben in den Jahren, in denen ich hier war, einiges unternommen, viel Spaß miteinander gehabt und uns auch das ein oder andere Geheimnis anvertraut. Aber da ging

es eher immer um Jungs, Lehrer oder die Eltern. Sie wissen schon. Dazwischen hatten wir keinen Kontakt." Dafür waren unsere Leben auch zu verschieden, ergänzte Emma in Gedanken.

„Das erklärt natürlich einiges." Maria Reisinger schluckte.

„Aber was ist denn jetzt mit Charlotte passiert?" Mittlerweile war Emmas Geduld nahezu erschöpft und sie fing schon an, mit ihren Fingern an der Einkaufstüte herumzuspielen.

„Hat sich denn Lottis Vater nie bei dir gemeldet?"

Lotti? Ich wusste gar nicht, dass das ihr Spitzname war, dachte Emma und fragte sich, wer Charlotte mit diesem fürchterlichen Kosenamen bedacht hatte.

„Nein, wieso sollte er? Ich glaube, die Nägeles hatten noch nicht einmal unsere private Telefonnummer."

Maria Reisinger seufzte: „Weil Charlotte seit dem Abend ihrer Krönung zur Rosenkönigin verschwunden ist."

zwei

Eingerahmt von hohen Tannen schlängelte sich der steinerne Weg durch das dunkle Paradies.
Sein Paradies.
Ein Goldregen, der sein Gold längst verloren hatte, grüßte mit seinen langen, dünnen, fingergleichen Ästen. Vorbei an einer jungen Blautanne gelangte er zu seinem größten Schatz. Jeden Tag kam er hierher. Es war ein Ritual, ein fester Brauch. Er konnte sich nicht mehr daran erinnern, wann er das erste Mal hier gewesen war. Nur, dass es schon sehr lange her sein musste. Es war der einzige Ort, der ihm Kraft gab, an dem er sich sicher fühlte.
Das Gewächshaus war weder von der Straße noch vom angrenzenden Nachbargrundstück aus zu sehen. Zu geschützt stand es hinter einer blickdichten Mauer aus Tannen und Rhododendronbüschen.
Mit seiner Taschenlampe leuchtete er sich den Weg in sein verwunschenes Reich, als er die hohen Bäume und die immergrünen Pflanzen passierte. Als er endlich am Gewächshaus angekommen war, ließ er den Lichtstrahl vorsichtig über den mit Rosensträuchern zugewachsenen Glaspavillon gleiten.
Es tut so gut, endlich wieder hier zu sein, dachte er und holte tief Luft.
Der erste Frost hatte den Rosen zugesetzt. Seine Lieblinge aber waren im Inneren des Gewächshauses vor der Kälte geschützt.
Vorsichtig versuchte er, die Klinke der Eingangstür herunterzudrücken. Er rutschte aber immer wieder ab und musste die andere Hand zur Hilfe nehmen, so sehr zitterte er.

Du musst ruhig bleiben, redete er sich beschwichtigend ein, als er es endlich geschafft hatte.
Angespannt, fast ängstlich betrat er das Gewächshaus. Für einen kurzen Moment hielt er inne. Die hohe Luftfeuchtigkeit umhüllte ihn, während er den stickigen Duft von Dünger, Torf und Erde einatmete.
Mit zittrigen Fingern kramte er ein kleines Windlicht aus seiner Jackentasche. Vorsichtig stellte er es vor seine Lieblingsrose, die noch eine einzige Blüte aufwies. Mitte November, bei guter Pflege und genügend Licht, kam sie noch einmal hervor, bevor sie, wie alle anderen Rosenarten auch, den langen Winterschlaf antrat.
Er nahm die Streichholzschachtel, die er in der Schublade eines kleinen Tisches verstaut hatte und die schon etwas mitgenommen und an einigen Stellen bereits aufgeweicht war, und versuchte, ein Streichholz zu entzünden. Doch seine Finger schafften es nicht, das Streichholz schnell genug über die Reibefläche zu ziehen.
Er fluchte, als er merkte, dass das Zündholz auseinandergebrochen und für einen erneuten Versuch unbrauchbar geworden war. So aufgeregt war ich doch schon lange nicht mehr, grübelte er und atmete noch einmal tief durch in der Hoffnung, damit seinen galoppierenden Puls etwas beruhigen zu können. Doch erst beim vierten Versuch schaffte er es, ein Streichholz zu entzünden und die kleine Kerze im Windlicht zum Brennen zu bringen.
„Pass gut auf dich auf, mein Engel. Schlaf gut. Morgen bin ich wieder da“, sagte er und glitt so unbemerkt aus dem Gewächshaus wie er wenige Minuten zuvor gekommen war.
Beim Davonhuschen summte er leise das Kinderlied, das ihn an seine Jugend erinnerte, als er sie zum ersten Mal in Nöggenschwiel gesehen hatte: „Sie gleicht wohl einem Rosenstock, drum liegt sie mir am Herzen. Sie trägt auch einen roten

Rock, kann züchtig freundlich scherzen. Sie blühet wie ein Röselein, die Wänglein wie das Mündelein. Liebst du mich, so wie ich dich, mein Röslein auf der Heiden.“

drei

Samstag, 17. November 2012

„Herbert, soll ich dir noch etwas anderes mitbringen als Eier, Brötchen und die Bildzeitung?“, fragte Luise Kampmann ihren Mann, der im kleinen Badezimmer der Ferienwohnung seiner Morgentoilette nachging und gespannt den 7-Uhr-Nachrichten im Radio lauschte.

Ein Grummeln signalisierte ihr, dass er keine weiteren Wünsche mehr hatte und so zog sie sich ihre festen Schuhe an und streifte sich ihren grauen Winteranorak, an dessen Armen jeweils drei blaue Streifen abgesetzt waren, über ihr leuchtendgelbes Twinset aus Kaschmir.

Bin ich froh, die dicke Jacke eingepackt zu haben, musste sie sich selbst loben, als sie den Schlüssel aus dem Türschloss des Apartments zog und ihr an der Haustür eine eisige Kälte entgegenschlug. Schon seit 23 Jahren fuhren die beiden Dortmunder nach Nöggenschwiel, doch in diesem Jahr zum ersten Mal im November.

Späte Ferien in den meisten Bundesländern hatten dazu geführt, dass Roswitha Villinger, ihre Vermieterin, für den Oktober keine Plätze mehr frei hatte. Und auch wenn die Kampmanns schon ein Jahr im Voraus gebucht hatten, so hatte Roswitha Villinger die beiden inständig gebeten, ob sie dieses Jahr nicht ausnahmsweise einmal im November kommen könnten.

„Sie sind doch beide Rentner, und, na ja, Sie wissen ja, wie die Leute mit Kindern so sind. Gerne viel Platz, ein zusätzliches Kinderzimmer, Badewanne und ein großer Fernseher sollten es schon sein und das hat bis jetzt eben nur das Apartment, das Sie immer buchen", hatte die sanftmütige, wenn auch energische Vermieterin erklärt und den Kampmanns einen Rabatt von fünf Prozent in Aussicht gestellt. Ein Angebot, das sich Herbert Kampmann als ausgewiesener Sparfuchs nicht hatte nehmen lassen.

So waren die beiden Ruhrpottler, wie Roswitha Villinger das Ehepaar liebevoll nannte, eben erst im November angereist.

In Gedanken versunken, was sie heute wohl unternehmen könnten, machte sich Luise Kampmann auf zum Lädele, das samstagmorgens bereits um 7 Uhr geöffnet hatte. Vor mehr als 30 Jahren war der ehemalige große Sitzungssaal im Rathaus zu einem kleinen Lebensmittelmarkt umgebaut worden, der sich nicht nur bei den Einheimischen, sondern auch bei den vielen Touristen großer Beliebtheit erfreute.

Vom Witznauweg, in dem sich Roswitha Villingers Haus mit den zwei Ferienwohnungen im Erdgeschoss befand, gelangte sie, vorbei an einem großen Gehöft, das einem Verwandten der Villingers gehörte, in den Rosenweg, von dem sie nach knapp einhundert Metern nach rechts in einen kleinen Pfad abbog. Dieser geteerte Weg war eine Abkürzung, die ihr Roswitha Villinger einmal verraten hatte, und auf der man auf schnellstem Wege zum Lädele gelangte. Er führte als Einfahrtsweg zum Kindergarten, der in einem gewöhnlichen Zweifamilienhaus nur durch ein buntes Eingangsschild aus Holz und den zwei bemalten Fenstern als solcher zu erkennen war, und zum Seitenbereich der Kirche.

Als sie nach oben blickte, baute sich St. Stephan mit seinen weißen Außenmauern und dem Turm im Barockstil mit der großen Uhr majestätisch vor ihr auf. Ehrfürchtig öffnete sie das weiße Türchen des kleinen Friedhofs, der an der nach Süden gewandten Seite des Kirchenschiffs angelegt worden

war und hauptsächlich den verstorbenen Geistlichen der Kirchengemeinde oder den heimgegangenen Brüdern des nahegelegenen Klosters Maria Bronnen vorbehalten war, und betrat den aus ihrer Sicht heiligen Gottesacker. Der Kies knirschte unter ihren Füßen, als sie den schmalen und nur kurzen Weg zwischen den Gräbern entlang lief, die alle mehr als ordentlich gepflegt waren, wie sie erfreut und nichts anderes erwartend feststellte.
Sie wollte gerade durch das andere Gatter gehen, das den Friedhof vom Kirchplatz trennte, als sie plötzlich eine lallende Männerstimme hörte. Sie erschrak so sehr, dass sie aufschrie und dabei fast das Gleichgewicht verloren hätte. Sie drehte sich um und sah, wie ein Mann mit abgewetzten Hosen und nur einem Schuh an den Füßen, auf den Treppenstufen des Kircheneingangs saß und mal laut und klar, dann wieder leise und in sich nuschelnd, irgendwelche Worte vor sich hin sang. Erst beim genaueren Hinhören erkannte sie, dass es sich bei den Liedzeilen um den Auszug eines Gedichtes handelte, nur dass die Verse keinen Zusammenhang ergaben.
„Sah ich einst ein Röslein stehn, war so jung und war so schön. Die Haare schwarz, die Lippen rot, nun ist sie wie Schneewittchen tot."
Eine kräftige Böe blies eine so heftige Alkoholfahne von dem Mann zu ihr herüber, dass sie sich angeekelt abkehrte und zum Lädele eilte, als ob nichts gewesen wäre und sie diese Szene nie erlebt hätte. Auch wenn ihr rasender Herzschlag und die blasse Gesichtsfarbe etwas anderes sagten.
„Machen Sie sich nichts aus dem. Der sitzt jeden Morgen dort und nervt uns mit seinen komischen Anwandlungen", sagte ein Mann, dem sie im Eingangsbereich fast in die Arme gelaufen wäre.
„Oh, entschuldigen Sie, ich habe Sie nicht gesehen ...", versuchte Luise Kampmann, immer noch völlig aufgewühlt, sich

zu rechtfertigen. Doch der Mann konnte ihre Worte nicht mehr hören, denn er war längst zu seinem Wagen zurückgekehrt und startete gerade den Motor seines Fahrzeugs, um mit quietschenden Reifen den Kirchplatz zu verlassen.

Vor lauter Aufregung hatte sie nun ganz vergessen, ob Herbert noch etwas wollte oder ob er mit seiner Bildzeitung, den Eiern und den Brötchen vollkommen zufrieden war.

vier

Die Sonne hatte es an diesem Morgen noch nicht geschafft, die Welt mit ihren warmen Strahlen zu erobern. Zu dicht war der Nebelschleier, der einer undurchdringbaren Mauer glich. Über den Wäldern lag ein schwerer, zäher Dunst, der die Feuchtigkeit langsam über die Baumwipfel trug. Sah man in die Täler hinunter, dann konnte man den Eindruck gewinnen, die Welt habe sich hierher zurückgezogen, um für sich alleine zu sein – in der Hoffnung, dass die Sonne sie endlich wieder mit ihren lebensspendenden Strahlen liebkosen würde. Und doch wusste Mutter Erde, dass sie darauf lange würde warten müssen, war der November doch der erste und auch – vom goldenen Oktober mit seinen letzten sonnenüberfluteten Tagen aus gesehen – der extremste Vorbote einer Jahreszeit, die dem Leben mehr als unwirklich, gar feindlich gegenüberstand.

Auch Franz Marder wusste, warum der November als ein Monat der Besinnung und des Gedenkens galt – der Totenmonat hatte für ihn eine ganz besondere Bedeutung.

Zwei Jahre war es nun her, dass seine über alles geliebte Frau Martha von ihm gegangen war. Lymphdrüsenkrebs im Endstadium, so die furchtbare Diagnose, an der er mehr zerbrochen war als seine Frau.

Selbst in ihren schwersten Stunden spendete sie ihm Kraft, baute ihn mit ihrem liebenden Blick und ihrem so anmutigen Lächeln auf.

Auch nach den kräftezehrenden Chemotherapien und Bestrahlungen im Freiburger Universitätsklinikum gab sie nicht auf und molk noch pünktlich morgens um 5 Uhr die Kühe, wenn es ihre Kräfte zuließen.

„Die Tiere können ja nichts für meine Krankheit", hörte er sie noch sagen. Und ohne weitere Widerworte zu geben, dass das doch alles viel zu anstrengend für sie sei, ließ er sie gewähren und bewunderte seine starke Frau für ihre Kraft.
Eine Kraft, die er selbst nie aufgebracht hätte.
Dabei war der Stall ihr Lieblingsplatz auf dem gesamten Hof. Und hier hatte er, als er nachsehen wollte, ob er seine Gummistiefel im Stall hatte stehen lassen, zum ersten Mal ihre Tränen gesehen. Angelehnt an die dienstälteste Kuh im Stall, Soraya, weinte sie bitterlich. Dabei strich sie dem sanftmütigen Wiederkäuer ständig über das weiche Fell, was Soraya mit einem munteren Schmatzen honorierte.
Zehn Tage später war Martha tot. Verloren der Kampf gegen eine so teuflische Krankheit.
Franz, von Kindesbeinen an gläubig – getauft, kommuniziert und gefirmt in St. Stephan in Nöggenschwiel – hatte sich seitdem von Gott abgewandt. Im Stich gelassen habe er ihn, so seine Begründung, und ihm das Liebste genommen, was er je besessen hatte.
Um seiner Wut über den lieben Gott, über die Ärzte, die seiner Frau nicht helfen konnten, und über die Mitmenschen, die mit Beileidsbekundungen an seinem Leid Anteil nehmen wollten, Ausdruck zu verleihen, schottete er sich von allem ab. Er kündigte seine Mitgliedschaft im Heimat- und Geschichtsverein und trat als stellvertretender Vorsitzender von allen Ämtern zurück. Er besuchte keine einzige Probe des Kirchenchors mehr und ließ seinen Bauernhof mehr und mehr im Stich.
Selbst, als er seinen großen Bauernhof mit seinen Landmaschinen, darunter den großen Traktor und den neuen Mähdrescher, sowie seine geliebten Tiere verkaufen musste, stand er nur regungslos da und ließ es über sich ergehen. Er konnte noch nicht einmal eine Träne vergießen, so weit entfernt schien alles für ihn zu sein.

Martha hätte sich nie so gehen lassen. Sie hätte um den Erhalt des Bauernhofes gekämpft. Sie hätte euer gemeinsames Lebenswerk erhalten und im Gedenken an dich gepflegt, so sprach immer häufiger sein Gewissen zu ihm.
Aber selbst sein Gewissen schaffte es nicht, ihn zu einem Umdenken zu bewegen. Ganz im Gegenteil: Franz Marder versuchte fortan immer öfter, diese insistierende innere Stimme mit Alkohol zum Verstummen zu bringen.
Doch er musste feststellen, dass die Stimme umso lauter zu ihm sprach, je mehr er trank. Denn Martha hatte nichts mehr gehasst, als wenn ihr Franz zu tief ins Glas schaute.
Nur einmal im Jahr, wenn der Rosenumzug durch Nöggenschwiel gezogen und sein Wagen mal wieder als schönster Rosenwagen prämiert worden war, da hatte sie ein Auge zugedrückt und so getan, als ob sie seinen kleinen Schwips nach einigen Rosenschnäpsen nicht bemerkt hätte.
So verbrachte er jeden Tag auf dem Kirchplatz, versuchte mit den Leuten zu reden, die im Lädele einkaufen gingen, sonnte sich auf der Bank vor dem Gotteshaus oder döste auf den Kirchenstufen. Wirklich ernst nahm ihn im Dorf schon lange niemand mehr. Daran hatte er sich längst gewöhnt.
Doch was er vor wenigen Tagen beobachtet hatte, ließ ihm seitdem keine Ruhe mehr: Die Nacht hatte den Ort bereits in ihr dunkles Gewand gehüllt, als er plötzlich dieses kleine helle Licht gesehen hatte, das in die Dunkelheit leuchtete. Es hatte ihn von jetzt auf gleich verzaubert und in seinen Bann gezogen.
Aber weder der Bürgermeister Josef Huber, noch Reinhold Nägele, der erste Vorsitzende des Heimat- und Geschichtsvereins und sein guter Freund aus Kindertagen, wollten ihm zuhören, als er sie darauf vor einigen Tagen angesprochen hatte. Sie taten seine Worte als Geschwätz, als dummes Zeug ab. Er solle doch gefälligst weniger trinken, um wieder klarere Ge-

danken zu fassen, so ihre einhellige Meinung, die sie ihm unmissverständlich und mit eindeutigen Worten klarmachten.
Die Gespräche hatten ihn aufgewühlt. Mehr, als er sich jemals hätte eingestehen wollen. Wenn man überhaupt von Gesprächen sprechen konnte. Immer wieder beschäftigten ihn die harten Worte seiner Freunde und ließen ihn nicht mehr los. Immer noch tief verletzt und mit einer Flasche selbst gebrannten Rosenschnapses unter seinen Arm geklemmt, war er auch an diesem Morgen von seiner Wohnung zum Dorfplatz getrottet. Wenigstens der Schnaps hört mir noch zu und nimmt mich ernst, dachte er, als er die große Eiche vor der Kirche erreicht hatte. Er setzte sich auf die Treppenstufen der Kirche, seinen Lieblingsplatz im Dorf, in der Hand die goldene Brosche seiner Martha, und grummelte erst leise, dann immer lauter werdend vor sich hin. Als wäre es eine Eingebung, wurde aus diesem wirren Gebrummel ein Gedicht. Und dieses Gedicht wollte ihm einfach nicht mehr aus dem Kopf gehen.
Er hatte es auch auf den Lippen, als dann diese ältere Frau um die Ecke der Kirche bog und aufschrie, als sie ihn sah. Dabei wusste er selbst nicht, wie ihm geschah. Auf jeden Fall tat es ihm schrecklich leid, diese Frau, die ihn an seine Martha erinnerte, so erschreckt zu haben.
Ich muss mich bei ihr entschuldigen, wenn ich sie das nächste Mal sehe, nahm er sich fest vor, als er sich nach der Begegnung auf den Heimweg gemacht hatte. Und auch wenn der Reim allgegenwärtig war, so überlegte er bei einer Tasse Kaffee fieberhaft, mit welchen Worten er die Frau um Verzeihung bitten könnte.
„Doch vorher muss ich unbedingt noch mal an den Ort zurück, an dem ich dieses kleine Licht aufleuchten sah“, murmelte Franz Marder und verließ sein kleines Zimmer unterm Dachboden in Richtung Dorfmitte.
Mit dem einen Ziel vor Augen.

fünf

Auch wenn es schon hell war, wirkliche Aufbruchstimmung wollte bei Emma nicht aufkommen, als sie um kurz vor 7.30 Uhr zum ersten Mal auf die Uhr sah.

Abgeschlagen, erschöpft, ja immer noch so richtig müde fühlte sie sich. Und so freute sie sich auf ihre heiße Schokolade, als sie, in ihren Bademantel eingehüllt, in der Küche ihrer Ferienwohnung stand und resigniert feststellen musste, dass sie gestern Abend kein Kakaopulver im Lädele eingekauft hatte. Dabei war sie sich so sicher gewesen, die große Familienpakkung neben ihre anderen Einkäufe auf die Theke gestellt zu haben.

Maria Reisingers Worte hatten ihre Gedanken seit mehr als zwölf Stunden nur um Charlotte und ihr mysteriöses Verschwinden kreisen lassen. Vor allem hatte das Gespräch mehr Fragen aufgeworfen als Antworten gegeben. Wie schon den gesamten gestrigen Abend über, so dachte sie auch heute Morgen immer und immer wieder über diesen einen Satz nach. Doch ganz gleich, wie sie ihn auch drehte und wendete, sie fand für sich keine plausible Erklärung, warum Charlotte seit dem Abend des Rosenballs vor fünfzehn Jahren verschwunden sein konnte.

Bisher war Emma immer davon ausgegangen, dass Charlotte eine glückliche Kindheit verbracht hatte.

Emma seufzte und dachte an Reinhold Nägele, der seine Tochter über alles geliebt und nichts unversucht gelassen hatte, ihr jeden nur erdenklichen Wunsch zu erfüllen.

„Aber vielleicht war es ja genau diese überschwängliche

Liebe, vor der Charlotte geflohen ist", überlegte Emma und ließ ihren Blick aus dem Wohnzimmerfenster schweifen. Der Himmel war in ein Einheitsgrau gefärbt. Auf den Äckern auf der anderen Straßenseite pickten einige Krähen unermüdlich nach den letzten Samen und Insekten, die der erste Frost noch verschont hatte.

Aber mit wem konnte sie abgehauen sein und vor allem, wohin? Und gab es nicht vielleicht noch viel triftigere Gründe, warum sie alles, was sie scheinbar so liebte, plötzlich hinter sich ließ? Vielleicht hätte ich mich in den ganzen Jahren doch einmal bei ihr melden sollen. Dann hätte ich möglicherweise auch mitbekommen, wenn ihr etwas auf dem Herzen gelegen, sie Sorgen, Nöte, ja vielleicht sogar Ängste gehabt hatte, dachte Emma und versuchte, das aufkommende schlechte Gewissen mit einem kräftigen Schluck kalter Milch herunterzuspülen. Und doch war das bei Weitem nicht das Gleiche wie eine heiße Tasse Kakao.

Doch sie hatte sich immer nur auf ihre Ausbildung und Karriere konzentriert. War es anfangs die Schule, die all ihre Zeit in Anspruch genommen hatte, so folgten nach dem Abitur das Studium und ihre Ausbildung zur Kriminalkommissarin, der sie ihre ganze Aufmerksamkeit schenkte. Schenken musste. Eine Zeit, in der kein Platz für lose Kontakte übrig war. Und wenn, dann habe ich sie vernachlässigt, dachte sie und tadelte sich im nächsten Augenblick für diesen Gedanken – auch wenn er hundertprozentig der Wahrheit entsprach.

Aber jetzt bin ich hier und kann das alles wieder aufholen. „Hoffentlich", verbesserte sie sich. Denn, was wäre, wenn Charlotte nicht einfach bloß verschwunden ist? Wenn sie gar einem Verbrechen zum Opfer gefallen war? Gedankenverloren lehnte sie sich an die Spüle, während sie mit beiden Händen den großen, nur mit Milch gefüllten Becher umfasste und ihren Blick durch die Wohnung schweifen ließ.

Aber was soll ihr schon geschehen sein, dachte sie und ermahnte sich, dass sie hier sei, um sich zu erholen. Denn nun hatte sie endlich Urlaub. Ruhe, Ruhe und nichts als Ruhe. Vor allem freute sie sich auf ausgedehnte Spaziergänge, lange DVD-Abende und gemütliche Lesestunden. Und eine verschwundene Charlotte ist in diesem Verwöhnprogramm nicht wirklich vorgesehen, dachte sie und wühlte dabei in ihrer Reisetasche nach einem dicken Pulli, einer Jeans und bequemen Schuhen, die sie, Gott sei Dank, gestern beim Packen noch schnell in ihre Reisetasche gestopft hatte.

Nachdem sie sich geduscht, angezogen und die Haare unter einer dicken Wollmütze eingepackt hatte, machte sie sich auf zum Lädele, als ihr Roswitha Villinger im Flur über den Weg lief.

„Hallo Emma, herzlich Willkommen zurück. Wie geht es dir?“, fragte Roswitha Villinger und lächelte dabei über das ganze Gesicht. „Ich war gestern noch bei der Chorprobe, als du hier angekommen bist und mein Mann dir die Schlüssel für das Apartment gegeben hat. Es ist schön, dich nach so vielen Jahren wieder zu sehen.“

Roswitha Villinger hatte dunkelblondes Haar, das ihr knapp über die Ohren reichte und etwas kraus war. Sie war leicht rundlich, ohne dabei unförmig oder gar dick zu wirken. Über einem leuchtend orangefarbenen Top trug sie eine geöffnete, langärmelige Bluse, in deren Muster sich die Farbe des Oberteils wiederfand, dazu eine dunkelblaue Jeans und offene Hausschuhe. Unter dem linken Arm hatte sie einen Wäschekorb geklemmt, der mit schmutzigen Socken, Hemden, Handtüchern und Bettwäsche gefüllt war.

„Hej. Das freut mich – und vielen Dank, dass das mit der Wohnung noch geklappt hat“, sagte Emma und erinnerte sich an die Zeit zurück, als sie das erste Mal in Nöggenschwiel war und die gemütlich wirkende Frau vom ersten Moment an in ihr Herz geschlossen hatte. Damals hatte Roswitha Villinger der Familie immer mal wieder Kuchen und Teilchen vor die Tür gestellt und sie gleich am ersten Abend eingeladen, ihren selbstgemachten Rosenlikör zu probieren.

„Aber irgendetwas scheint dich zu bedrücken? Brauchst du noch ein paar Handtücher oder soll dir Georg die Heizung höher drehen?“

„Nein, es ist wie immer alles sehr schön bei Ihnen.“

„Und was ist dann der Grund?“

„Ich habe jetzt erst erfahren, dass Charlotte verschwunden ist, und das geht mir einfach nicht mehr aus dem Kopf. Ich frage mich die ganze Zeit, wo sie nur sein kann?“

„Ja, das ist eine wirklich tragische Geschichte.“

„Ich meine, ich war fünfzehn Jahre nicht hier und dann komme ich wieder und Charlotte ist wie vom Erdboden verschwunden. Ich war gestern Abend noch kurz im Lädele, um ein paar Sachen zu besorgen. Und da erzählte mir Maria Reisinger von Charlottes Verschwinden in der Nacht des Rosenballs. Also genau an dem Tag, als ich sie zuletzt gesehen habe.“

„Ja, das hat uns irgendwie alle sehr mitgenommen. Und uns besonders …“, erwiderte Roswitha Villinger, die mittlerweile den kleinen Waschraum betreten hatte und nun mit wenigen Handgriffen die Waschmaschine befüllte.

„Was ist denn eigentlich genau passiert, damals, in der Nacht ihres Verschwindens? Maria Reisinger hat es leider nur bei einer Andeutung belassen, dass etwas ganz Schlimmes geschehen sein muss“, sagte Emma, die sah, wie Roswitha Villinger einen Becher Waschpulver nahm, um es anschließend in die Kammer für die Hauptwäsche zu schütten. Dann goss sie eine Kappe Weichspüler in das mittlere Fach der Waschmaschinenschublade, drehte am Hahn über dem Emaille-Waschbecken das Wasser auf, drückte den Startknopf und wandte sich anschließend wieder ihrer Gesprächspartnerin zu.

„Da gibt es auch nicht viel zu erzählen. Sie soll mit ihrem damaligen Freund René durchgebrannt sein. So wurde es hier im Ort damals getuschelt."
„Und stimmt es?"
„Das weiß keiner so genau. Nein, zumindest glaube ich das nicht. René ist damals natürlich als einer der Ersten befragt worden und auch er hat Charlotte angeblich seit dem Rosenball nie mehr gesehen."
„Vielleicht wollte sie nur für eine gewisse Zeit von zu Hause weg?", fragte Emma. Sie erinnerte sich daran, wie sie als Teenager diesen Schritt ein ums andere Mal in Erwägung gezogen hatte. Nur zu gern hätte sie ihre Eltern für all die Ungerechtigkeiten bestraft, die sie als Jugendliche empfunden hatte. Doch letztendlich in die Tat umgesetzt hatte sie diesen Plan nie. Zu drastisch waren ihr damals die Konsequenzen erschienen. Und ein Zurück hätte es sicher nicht gegeben. Ihre Eltern hätten ihr diesen Schritt nie verziehen.
Niemals.
„Mag sein, denn aufgetaucht ist sie seitdem hier oben nicht mehr. Aber ob die Polizei noch nach ihr sucht oder den Fall schon längst zu den Akten gelegt hat, keine Ahnung ...". Roswitha Villinger zuckte mit den Achseln.
„Also hat sie jemand als vermisst gemeldet?"
„Ja, ihr Vater. Schon sehr schnell, keine sechs Stunden nach dem Rosenball. Aber wie gesagt, seitdem hat sie hier keiner mehr gesehen. Und, wer weiß, am Ende ist sie ja wirklich durchgebrannt und genießt jetzt ihr Leben in vollen Zügen. Schließlich hatte sie das Dorf ganz schön satt."
„Tja, anscheinend habe ich Charlotte nicht wirklich gut gekannt. Sie hat mir immer den Eindruck vermittelt, glücklich zu sein."
Ob ihr Charlotte wirklich immer nur etwas vorgemacht hatte? Und doch wollte das Bild, das sich von Charlotte in ihrer Er-

innerung festgesetzt hatte, so gar nicht zu dem passen, das Roswitha Villinger von ihr zeichnete.

„Tja, Charlotte war eben immer etwas Besonderes.“ Roswitha Villinger bückte sich, nahm den Wäschekorb hoch, klemmte ihn unter ihren Arm und ging an Emma vorbei in den Flur.

„Sie meinen ...?“

„Wie gesagt, keine Ahnung, aber seit diesem Tag ist hier in Nöggenschwiel nichts mehr so wie es einmal war. Nur, ich hätte die Suche nach meiner Tochter niemals aufgegeben. Niemals. Denn wer weiß, am Ende ist ihr wirklich etwas passiert. Aber vielleicht bekommst du ja nach so langer Zeit noch etwas über Charlottes mysteriöses Verschwinden heraus.“

Emma schaute ihrer Vermieterin gedankenvertieft nach. Vielleicht war Charlotte ja wirklich etwas zugestoßen?

sechs

Er wusste, dass er aktiv werden musste. Seitdem der alte Bauer im Vollrausch nun auch in aller Öffentlichkeit immer wieder sein selbst gereimtes Gedicht vortrug, hatte dieser offensichtlich Verdacht geschöpft.
Ob der Alte ihn mal gesehen hatte? Doch welche möglichen Szenarien er sich auch immer ausmalte, er hatte keine Erklärung, wie der Bauer hinter sein Geheimnis gekommen sein konnte.
Noch schenkt dem versoffenen Sack niemand im Dorf Beachtung, aber das kann sich schnell ändern, schließlich sagt der Lateiner nicht umsonst „in vino veritas", dachte er, und in ihm stieg der Tatendrang auf, der schon immer sein treuester Begleiter gewesen war. Es wird also höchste Zeit, etwas zu tun, überlegte er, während er so am Fenster stand und in den verhangenen Himmel schaute.
Es regnete so heftig, dass man kaum die großen Laubbäume auf dem Friedhof und den dahinterliegenden Kirchturm von St. Stephan auf der anderen Straßenseite sehen konnte.
Ihm machte dieses Wetter jedoch nichts aus. Er liebte den Regen sogar. Diese beständige Feuchtigkeit, der man nicht entfliehen konnte. Er nahm seinen olivgrünen Anorak vom Haken und zog sich seine schweren Schuhe an.
Der Regen prasselte ans Fenster der Vorderfront des Hauses. Auf dem kiesbedeckten Hof hatten sich bereits Pfützen gebildet, die von Minute zu Minute größer wurden.
Ich muss dem ganzen Spuk ein Ende setzen, ehe noch etwas

passiert, schwor er sich ein und wollte gerade, die Autoschlüssel schon in der Hand, zu seiner Garage gehen, als er jemanden im etwas abseits gelegenen Garten herumschleichen sah.

siebe̲n

Als Luise Kampmann vom Einkaufen zurückkam, hatte es bereits angefangen zu regnen.
Von Minute zu Minute wurde der Regen stärker, und Luise dachte, als sie in ihr noch leicht warmes und mit selbstgemachter Pfirsichmarmelade bestrichenes Brötchen biss, dass sie doch besser auf ihre Tochter hätten hören und – statt nach Nöggenschwiel zu fahren – auf die Kanaren hätten fliegen sollen.
Doch das Rosendorf im Schwarzwald war den beiden Dortmundern über die mehr als zwei Jahrzehnte ans Herz gewachsen. Das gute badische Essen, die herzlichen Menschen, die immer zu einem Gespräch am Gartenzaun oder im Restaurant bereit waren, und vor allem die Rose, die Königin der Blumen, hatten es der 67-Jährigen angetan.
Sie liebte Blumen, besonders die Gartenarbeit zu Hause in ihrem Vorgarten, und daher konnte sie sich nie sattsehen an den Schönheiten, die ihr die Natur jedes Jahr aufs Neue schenkte.
Wenn nur dieses scheußliche Wetter nicht wäre.
„Meinst du, wir hätten doch nach Teneriffa fliegen sollen?", fragte sie ihren Mann, der gerade den Sportteil der Bildzeitung las.
„Hm, du weißt doch, dass ich Flugangst habe. Und hier ist es doch sehr schön", entgegnete Herbert Kampmann kurz und nahm einen Schluck Kaffee, ehe er sich wieder seiner Morgenlektüre widmete.
„Hier ist es schön? Dass ich nicht lache. Du schaust den gan-

zen Tag doch nur Sport, von morgens bis abends. Das hättest du auch in Dortmund tun können“, musste Luise ihrem Frust einmal Luft machen. „Immer wieder vertröstest du mich auf morgen, wenn ich mal mit dir etwas unternehmen will, dabei weißt du, wie gerne ich spazieren gehe.“

„Hm“, erwiderte ihr Mann.

„Und ich kann nun mal nichts für dieses Sauwetter“, protestierte sie, um sich gleichzeitig für ihren scharfen Ton zu entschuldigen: „Bitte, lass uns mal ein wenig rausgehen, und wenn es nur bis zum Witznaustausee ist“, hörte Herbert bereits den leicht verzweifelten Unterton in den Worten seiner Frau.

Für Luise war nichts schlimmer, als zur Untätigkeit verdammt zu sein. Und er wusste, auch wenn es wie aus Eimern goss, er musste auch einmal etwas für sie tun.

„Luise, lass uns noch in Ruhe zu Ende frühstücken und dann ziehen wir uns wetterfest an und laufen den Weg hinunter zum Stausee“, sagte Herbert und sah über den Rand seiner Zeitung hinweg, wie er damit ein freudiges Strahlen auf das Gesicht seiner Frau zauberte. Auch wenn wir dort noch weniger erleben werden als hier in unserer Ferienwohnung, fügte er gedanklich hinzu.

Einen Gedanken, den er keine Stunde später mehr als bereuen sollte.

acht

Der Regen prasselte auf seine Mütze, als er durchs Dorf schlappte wie ein müder Krieger. Wie ein Soldat, der von seiner letzten Schlacht nach Hause kommt – ohne Rüstung, ohne Kameraden, ohne Sieg.
Franz Marder bewunderte die gut geführten Pensionen und Ferienwohnungen, die rechts und links des Rosenwegs mit ihrer gemütlich-urigen Schwarzwaldromantik Touristen von nah und fern nach Nöggenschwiel einluden.
Genauso viel Bewunderung empfand er, wenn er an die vier Bauernhöfe im Ort mit ihren idealistischen Besitzern dachte, die die Krisenzeiten der Landwirtschaft mit niedrigen Milchpreisen, hohen steuerlichen Abgaben und dem kaum erwähnenswerten Umsatz bisher noch halbwegs glimpflich überstanden hatten.
Auch jetzt fühlte er sich immer noch wie einer von ihnen, wenngleich er schon lange keinen Hof, keine Kühe und keine Maschinen mehr besaß.
Wehmütig schaute er zum Bauernhof seines Bruders hinüber, der im Rosendorf nicht nur der Landwirt mit den größten Ländereien war, was die Hektarzahl betraf, sondern auch der mit den meisten Kühen und den teuersten Maschinen. Sein Betrieb florierte und er brauchte sich keine Sorgen zu machen. Nicht wie Franz, der wegen seiner gutgläubigen Naivität, seiner irrationalen Vorstellungen und wegen des Verlusts eines ihm so vertrauten Menschen alles verloren hatte.
Er biss sich auf die Lippen. Sein Kiefer bebte vor Wut und

Verzweiflung. Minutenlang betrachtete er das große Anwesen und er stellte sich vor, er wäre es, der jetzt aus der Scheune kommen, den Traktor besteigen und aufs Feld hinausfahren würde. Es war sein Lieblingsfilm, der sich in seinen Gedanken immer und immer wieder abspielte.
Ein Film, in dem seine Frau ihm, wie jeden Morgen, bevor er mit seinem Trecker hinausfuhr, eine Kanne Kamillentee in die Scheune brachte. In dem er noch mit der Sense die Außengrenzen seiner Felder abmähte und das getrocknete Gras zu großen Heuballen zusammenband. In dem er einfach er selbst, Franz Marder, sein durfte.
Ein Wagen, der zu scharf um die Ecke bog und ihn dabei mit einem Schwall Regenwasser bespritzte, holte ihn aus dem Film seines vergangenen Lebens zurück. Ein tiefer Seufzer entwich seinen schmalen Lippen. Was hätte er dafür gegeben, wenn das alles nur ein böser Albtraum gewesen wäre und ihn jeden Moment das Rappeln des Weckers von diesem wahrgewordenen Horror befreit hätte.
Mit einem letzten Blick auf den brüderlichen Bauernhof machte er auf dem Absatz kehrt und ging den Rosenweg zurück. Das Grundstück, zu dem er wollte, war nicht weit weg und nach wenigen Minuten war er über einen kleinen Kiesweg zum hinteren Teil des großen Hauses gekommen, in dem gut und gerne mehrere Familien wohnen konnten.
Als er das Anwesen hinter sich gelassen hatte, eröffnete sich ihm der Blick in einen wunderschönen, weitläufigen und fast schon verwunschenen Garten. Nebelfetzen hingen zwischen den Tannen und den Rhododendronbüschen, die das Grundstück begrenzten. Goldregen und Wildrosen säumten einen Steinweg, der zum abgelegenen und vom Haus aus kaum einsehbaren Teil des Gartens führte.
Franz Marder liebte diesen Garten, diese verlassene Ruhe und Zurückgezogenheit, die ihn so an die Gärten Cornwalls erin-

nerte. Unweigerlich musste er wieder an seine Martha denken. Sie beide hatten sich die verträumten Gärten so gerne in den Reisereportagen im Fernsehen angesehen und sich beide nichts mehr gewünscht, als einmal selbst nach Cornwall zu reisen und gemeinsam durch diese botanischen Paradiese zu wandeln. Doch sie hatten nie Zeit dafür gehabt, die Arbeit, die Tiere, der Hof waren all die Jahre vorgegangen und hatten es nicht erlaubt, auch nur für einen Tag irgendwohin zu fahren. Und jetzt, wo er Zeit, aber keine Arbeit, keine Tiere und erst recht keinen Hof mehr hatte, da war sie …

Weiter konnte und wollte er nicht denken. Die Tränen liefen ihm über seine von der Sonne zerfurchten Wangen. Mehr und mehr füllten sich seine Augen mit Wasser und er musste aufpassen, auf den glatten Steinen nicht auszurutschen.

Als er sich wieder etwas gefangen hatte, setzte er seinen Weg fort, denn er wusste, wenn es etwas gab, das ihn ablenken konnte, dann war es das, was er vor wenigen Tagen zum ersten Mal gesehen und ihn seitdem so sehr fasziniert hatte, dass er es unbedingt wiedersehen, berühren, streicheln musste.

Die Zweige eines verblühten Goldregens hingen tief in den Weg hinein und streiften ihn, als er an ihnen vorüberging. Er war schon fast durch das Pflanzenspalier hindurch, als er endlich das sah, wonach er sich die ganze Zeit gesehnt hatte.

Das Licht flackerte schwach hinter der Scheibe und er spürte, wie ein warmer Lebenshauch sein Herz erwärmte. Da ist es, dachte er und ging langsam näher, fast so, als würde er magnetisch davon angezogen. Das Gewächshaus strahlte in vollem Glanz. Wie eine Oase des Glücks. Vor allem der helle Schein der Kerze und die immer noch satt grünen und wieder austreibenden Rosenpflanzen bildeten einen starken Kontrast zu der trostlosen Welt außerhalb des Glaspavillons.

War da wer? Er drehte sich um, doch niemand war zu sehen. Er hatte das Gefühl, jemand hätte ihn verfolgt, doch alles war ruhig, auch hinter den Fenstern des Hauses bewegte sich nichts.

Was haben sie nur aus mir gemacht, dass ich nun schon Gespenster sehe, dachte Franz Marder und verfluchte insgeheim die Geister des Alkohols, die ihn mehr und mehr im Griff zu haben schienen.

Endlich war er da. Das Gewächshaus stand in seiner unberührten Schönheit vor ihm und schien unaufhörlich zu rufen: „Komm, tritt ein. Komm, tritt ein!“.

Er lächelte, als er dem Ruf folgte. Ich bin ja hier, dachte er und beruhigte die hektischen Stimmen in seinem Kopf. Einen Moment hielt er inne, ehe er bedächtig die Hand um die Türklinke des Treibhauses legte. Er hatte sie fast schon ganz heruntergedrückt, als er im spiegelnden Glas der Tür plötzlich jemanden von hinten näher kommen sah.

neun

Als sie vom zweiten Lädele-Einkauf binnen 24 Stunden in ihre Ferienwohnung zurückgekehrt war und sich endlich eine heiße Schokolade zubereitet hatte, überlegte Emma, wie sie den Tag nun beginnen und vor allem, wie sie mehr über Charlottes Verschwinden erfahren könnte.

Emma nahm ihre Handtasche, holte einen Block und einen Kugelschreiber hervor und schrieb drei Wörter auf das oberste Blatt –das tat sie immer, wenn sie ein besseres Gefühl für den Fall bekommen wollte. Charlotte. René. Reinhold Nägele. Es waren diese drei Namen, die ihr bislang mit Charlottes Verschwinden am Abend des Rosenballs genannt worden waren. Aber warum sagen manche hier im Dorf, Charlotte sei durchgebrannt, wenn gerade René diese Theorie widerlegt hatte, grübelte sie, während sie das C von Charlotte immer und immer wieder übermalte.

Denn falls sie wirklich mit René abgehauen war, dann dürfte doch niemand hier im Ort von Charlottes Verschwinden sprechen? Oder war sie gar nicht bei René, sondern er diente Charlotte nur als Alibi, um von jetzt auf gleich von hier abzuhauen und ihr bisheriges Leben einfach so hinter sich zu lassen? Aber warum sollte sie das tun? Was war der Grund? Und war sie freiwillig geflohen oder musste sie verschwinden, ja sogar untertauchen, weil sie bedroht wurde, weil sie Angst hatte oder weil sie vielleicht ein Geheimnis bewahrte, das nicht ans Licht kommen durfte?

Emma kritzelte wie wild auf ihrem Block herum, um ihren vie-

len wirren Gedanken eine Ordnung zu geben. Doch weder die heiße Tasse Schokolade noch das Namenswirrwarr auf dem Blatt konnten ihr weiterhelfen.
Ich muss hier raus und mich bewegen, dachte sie und zog sich, nachdem sie ihre Tasse in die Spülmaschine eingeräumt hatte, ihre Turnschuhe und ihren dicken Anorak an. Bei einem Blick durch die großen Terrassenfenster sah sie, dass sich das Wetter immer noch nicht gebessert hatte. Das Wolkenmeer am Himmel hing wie ein schwerer, nasser Sack an einer Wäscheleine und drückte auf die Welt und seine Bewohner, als würde er alles mitsamt seinem Gewicht zerquetschen wollen.
Was für ein Wetter, dachte Emma und fröstelte dabei innerlich. Aber wenn ich mich schon vor die Tür wage und etwas Sauerstoff tanke, dann kann ich auch gleich noch Charlottes Vater einen Besuch abstatten.
Es regnete immer noch unaufhörlich, als Emma die Haustür hinter sich zuzog. Der Wind blies stark und einige Regensalven peitschten ihr ins Gesicht. Emma spürte eine eigenartige, weil unausweichliche Unbehaglichkeit, die nur ein trister Novemberdauerregen wie dieser mit sich bringen konnte. Unter dem vorgebauten Balkon ihrer Vermieter halbwegs geschützt, band sie ihre blonden Haare lose zu einem Knoten zusammen, stülpte ihre hellblaue Wollmütze darüber und streifte anschließend noch die Kapuze ihres Anoraks über den Kopf, ehe sie losmarschierte.
Sie wusste, dass Reinhold Nägele am anderen Ende des kleinen Ortes wohnte. Wäre sie mit ihrem Wagen gefahren, hätte sie keine drei Minuten gebraucht. Doch so würde jetzt ein gut zehnminütiger Spaziergang vor ihr liegen. Genügend Zeit, sich auf das sicherlich nicht ganz einfache Gespräch mit Charlottes Vater vorzubereiten.
Soweit das überhaupt möglich war. So wie Roswitha Villinger ihn beschrieben hatte, musste er an der Trauer über Char-

lottes Verschwinden fast zerbrochen sein. Emma verlangsamte ihren Schritt, während sie sich tiefer in ihren Anorak einmummelte, um den aggressiven Regenattacken Stand zu halten.

Ehrlich gesagt weiß ich gar nicht, was er eigentlich für ein Mensch ist, wie er so tickt, sinnierte sie. Denn obwohl sie über Jahre hinweg den Großteil ihrer Ferien in Nöggenschwiel verbracht hatte und davon die meiste Zeit mit Charlotte zusammen gewesen war, so hatte sie Reinhold Nägele nie wirklich näher kennengelernt. Irgendwie war er immer auf Geschäftsreise gewesen oder er hatte, wenn er dann mal zu Hause gewesen war, alleine in seinem Büro über irgendwelchen Unterlagen und Akten gesessen und sich nie großartig blicken lassen.

Emma wusste nur, dass es für Reinhold Nägele immer vor allem eins gegeben hatte: Charlotte. Sie war die Einzige, die wirklich für ihn zählte.

Ob er aber auch alles dafür getan hatte, sie vor Unheil zu bewahren?

zehn

Es ging leichter, als er gedacht hatte. Der alte Mann hatte sich gar nicht so stark gewehrt, wie er angenommen hatte, dabei war er kräftiger gewesen als er selbst.
Der Alkohol, die Sünde aller Labilen, schmunzelte er in sich hinein.
Als der Alte im Garten so herumgestreunert war, auf der Suche nach irgendetwas, hatte er sich lautlos, einem Schatten gleich, von hinten anschleichen können.
Mit viel Kraft und dem festen Willen, das Leben des ihm so langsam immer gefährlicher werdenden Alten zu beenden, hatte er mit der schweren Eisenstange ausgeholt – die eigentlich dazu diente, als Lawinenschutz auf dem Dach den Schnee vor dem Herunterbrechen aufzuhalten – und mit Schwung in Richtung Ziel geschlagen. In dem Moment hatte sich der unliebsame Gast umgedreht und mit Entsetzen erst ein kurzes Aufblitzen des glänzenden Stahls und dann das Gesicht des Angreifers gesehen.
Von jetzt auf gleich schwand der letzte Rest Alkohol aus Franz Marders Körper und Angst und Panik machten sich in ihm breit.
„Du?“, fragte er, doch im nächsten Augenblick traf ihn die Stange entlang der ganzen linken Seite des Kopfes.
Der kräftige Mann fiel wie vom Blitz getroffen um. An einer Stelle war die Kopfhaut auf einem Stück von gut zehn Zentimetern aufgeplatzt. Blut strömte aus der klaffenden Wunde.
Dass der Alte so stark bluten würde, hatte ich nicht bedacht,

stellte er mit Blick auf die seitlich offene Stelle am Kopf des Toten fest, während er das Eisen in einen großen, blauen Müllsack verpackte.

Nachdem er den Sack im nahegelegenen Schuppen deponiert hatte, kehrte er an den Tatort zurück.

Wie gut, dass ich mit dem Wagen direkt in den Garten fahren kann, dachte er bei sich und betrachtete dabei den kräftigen Mann, der regungslos im Matsch lag.

Du kannst mir nichts mehr antun. Deine Neugier wurde dir zum Verhängnis. Hättest dich mal lieber um deinen Hof gekümmert, als hier herumzuschleichen. Mein Schatz bleibt mein Geheimnis. Das wird jeder zu spüren bekommen, der sich hier auf die Suche macht, rechtfertigte er seine Tat vor seinem inneren Gewissen, das in ihm bohrte.

Nachdem er den Wagen langsam von der Garage in den Garten hineinmanövriert und die Kofferraumtür geöffnet hatte, wickelte er den alten Mann in einen Velourssteppich. Das dauerte länger, als ihm lieb war, denn er hatte heute noch einiges vor.

Als er sein Opfer endlich in den Teppich eingewickelt und ihn in den Kofferraum gehievt hatte, lief er schnell ins Haus, um sich nach getaner Arbeit sorgfältig die Hände zu waschen und die Einkaufsliste, einen Korb sowie das Leergut zu holen.

Mit Bedacht fuhr er den Geländewagen vom Grundstück in Richtung Dorfmitte. Die Turmglocke der St.-Stephans-Kirche schlug gerade 9 Uhr, als er nach links auf die Kreisstraße in Richtung Weilheim abbog.

Die Straßen waren leer und ausgestorben. Nur eine junge Frau, mittelgroß und eher unscheinbar gekleidet, die Regenkapuze ihres Anoraks tief ins Gesicht gezogen und mit ihrem gesamten Körper gegen den auflebenden Wind kämpfend, hatte seinen Weg in Höhe des um diese Uhrzeit noch nicht geöffneten Gasthofs „Rössle“ gekreuzt.

elf

Luise und Herbert Kampmann – sie in ein blaues Regencape gehüllt, er in eine graue und winterfeste Jacke gekleidet, dazu eine passende Seemannsmütze auf dem Kopf – kämpften unter Einsatz ihres gesamten Körpergewichts gegen die Windböen an, die über die Anhöhen des Südschwarzwaldes tosten. Die kräftigen Regenschauer des Morgens hatten zwar nachgelassen, aber immer noch flogen winzige, fast unsichtbare Tropfen, einer schwachen Gischt gleichkommend, durch die Luft und benetzten alles mit einer leichten und doch ausgesprochen unangenehmen Feuchtigkeit.

Selbst die majestätischen Tannen und Fichten verbeugten sich mit ihren Kronen vor dem Wind, der unablässig peitschte und immer wieder Regentrauben niederprasseln ließ.

„Ich habe mir einen Verdauungsspaziergang anders vorgestellt", konnte Herbert Kampmann seinen Frust nicht für sich behalten. „Ich hoffe, du bist jetzt zufrieden."

„Ich mache uns nachher eine schöne Tasse Tee und dazu gibt es die Schokokekse, die ich heute Morgen im Lädele gekauft habe", versuchte seine Frau ihn zu besänftigen, auch wenn sie wusste, dass es ihr kaum gelingen würde.

„Und wenn wir in Witznau sind, fahren wir auf jeden Fall mit dem Bus zurück nach Nöggenschwiel", bestimmte er mit energischem Ton und musste aufpassen, dass der Wind seine Mütze nicht fortwehte.

„Der braucht aber ..."

„Keine Widerrede", fiel der Finanzbeamte im Ruhestand sei-

ner Frau ins Wort. Er duckte sich noch ein wenig mehr, um dem Wind so gut wie eben möglich nur eine geringe Angriffsfläche zu bieten.
Gut einen Kilometer weit war der Weg noch geteert, ehe er in einer Senke zu einem Schotterweg und dann zu einem Waldweg wurde. Während normalerweise auf den Feldern links und rechts immer mal wieder ein Traktor, ein Pflug oder Kühe zu sehen waren, ließen sich an diesem verregneten Morgen weder Mensch noch Tier blicken.
Irgendwie unheimlich, dachte Luise Kampmann und ein kalter Schauer lief ihr den Rücken hinunter.
„Grauts dir auch so wie mir?“, fragte sie ihren Mann und ihre Besorgnis stieg.
„Nein, warum auch? Stell dich nicht so an, Luise. Du siehst noch Gespenster“, wiegelte Herbert Kampmann ab und beschleunigte seinen Schritt.
Dunkel türmten sich die Bäume vor ihnen auf. Der Wind blies selbst in dieser Talsenke enorm und Luise merkte, wie die Feuchtigkeit so langsam ihre Beine hochkroch.
Hätte ich mich nur dicker angezogen, ärgerte sie sich über sich selbst und versuchte dabei, sich noch stärker in ihr Regencape und das Twinset aus Kaschmir, das sie darunter trug, einzumummeln.
Sie freute sich jetzt schon auf die Tasse Rooibostee und die Schokokekse. Aber vielleicht musste sie darauf gar nicht bis zu ihrer Rückkehr nach Nöggenschwiel warten. Denn wie sie von ihrer Vermieterin Roswitha Villinger gehört hatte, sollte es in dem kleinen, urigen Café direkt an der Kreisstraße in Witznau einen herrlichen Kirschstreusel mit Sahne geben – sofern das Café heute überhaupt geöffnet hatte. Auf jeden Fall lief ihr schon allein bei dem Gedanken daran förmlich das Wasser im Munde zusammen.
Nach einer letzten Biegung lag nun der Witznaustausee vor

ihnen. Tief dunkel, fast schwarz, umrahmt von hohen Fichten und ausladenden Weiden, bot der See eine ganz eigene Welt. Eine unheimliche Welt, wie Luise Kampmann empfand.

„Der See sieht gespenstig ruhig aus“, bemerkte sie und versuchte mit ihrem Mann Schritt zu halten. Dabei musste sie gehörig gegen die teilweise starken Böen ankämpfen. Pflanzen und Büsche wurden vom Wind hin- und hergepeitscht, Luise Kampmann fand jedoch keinen Blick für sie. Zu sehr ärgerte sie sich über sich selbst.

Hätte ich bloß meinen vorlauten Mund gehalten, unbedingt spazieren gehen zu wollen, schimpfte sie in Gedanken wie ein Rohrspatz. Erst der Regen, dann der Wind und nun auch noch diese gespenstische Atmosphäre, dass man grad schaudern möchte!

Es war einfach nicht ihr Tag, der ja schon so komisch und irgendwie auch unwirklich begonnen hatte, als sie von diesem Mann an der Kirche erschreckt worden war. Wie aus dem Nichts war seine lallende Stimme gekommen, die irgendetwas von einem Kinderlied gesungen hatte. Doch dieses Lied hatte sie weder gekannt, noch den Mann deutlich genug verstehen können, um dem Gesang eine tiefere Bedeutung geben zu können.

Und nun lief sie hier am See entlang und wusste, obwohl sie so gerne spazieren ging, nicht, was sie an diesem schaurigen Ort eigentlich wollte.

„Ist es noch sehr weit?“, rief sie ihrem Mann hinterher, der schon einige Schritte vorausgegangen war.

Doch Herbert Kampmann hörte die Worte seiner Frau nicht und lief mit gleichmäßigem Tempo unvermindert weiter.

Erst als er einen lauten Schrei vernahm, drehte er sich ruckartig um.

Seine Frau hatte er vorher noch nie so gesehen. Sie stand mit aufgerissenen Augen und kreidebleich gut 20 Meter hinter ihm. Ihr Blick war starr, das Entsetzen spiegelte sich in ihrem Gesicht. Als er zu ihr kam, war er kurz davor, sie mit einer Ohrfeige wieder zur Besinnung zu bringen. Doch dann sah er, was sie so fürchterlich hatte erschrecken lassen.

Am Ufer lag ein Mann, der mit dem Kopf und dem Oberkörper rücklings im Wasser trieb. Ihm fehlte ein Schuh, die Jacke und sein Hemd waren vom Wasser durchtränkt. Die Hose war matschig und ebenfalls durchnässt, hatte sich doch hier das Wasser vom Regen bereits breitgemacht. In der einen Hand, die frei im Wasser schwebte, hielt er eine Flasche, die wohl einmal ein alkoholisches Getränk beinhaltet haben musste.

„Ist er tot?“, fragte Luise Kampmann ihren Mann fast zaghaft und scheu nach wenigen Augenblicken, die ihr wie eine halbe Ewigkeit vorgekommen sein mussten. Dabei zitterte ihr ganzer Körper und sie schluchzte wie ein kleines Kind.

„Ich glaube schon. Wir müssen unbedingt die Polizei rufen. Ich laufe schon mal vor.“

„Lass mich bloß nicht allein, vielleicht wurde er ja ermordet und der Mörder läuft hier noch herum“, verfiel sie in eine Hysterie, die ihr Mann Herbert nicht ganz nachvollziehen konnte.

„Du hast wohl zu viele Krimis gelesen. Wir sind hier im Schwarzwald. Hier wird man nicht einfach umgebracht. Außerdem hat der Mann eine Flasche in der Hand. Der hat sich bestimmt hier verlaufen und ist in seinem besoffenen Zustand über einen Ast gestolpert und so unglücklich gefallen, dass er dabei ertrunken ist“, versuchte Herbert sachlich den Vorfall aus seiner Sicht zu beschreiben. Doch seine Frau meinte es ernst. „Wage es nur, dass du mich hier und jetzt allein lässt und ich war für alle Zeit deine Frau“, drohte sie, und Herbert Kampmann sah den entschlossenen Blick in den ernst blickenden und gleichzeitig sehr ängstlichen Augen seiner Gattin.

„Meinetwegen, dann lass uns etwas schneller gehen. Vielleicht hat ja das Café schon geöffnet und wir können die Polizei und den Rettungswagen verständigen. Wobei ich bezweifele, dass die besonders große Lust haben, bei dem Wetter hier herauszukommen."

Mittlerweile hatte es zwar ganz aufgehört zu regnen. Aber der Wind blies auch weiterhin mehr als ungemütlich streng über die Wipfel der Bäume, das kleine Tal und den dunklen See hinweg.

Heute musste sich auch das Wasser der Kraft der Böen unterwerfen und kleine Wellen schwappten gegen das Ufer.

zwölf

Eigentlich hätte er heute freigehabt. Aber weil ein Kollege seinen 28. Hochzeitstag feierte, ließ sich Karl Strittmatter überreden und tauschte seinen Wochenenddienst. Der 59-Jährige zählte schon die Wochenenden.
Nur noch elf Mal, dann habe ich's endlich geschafft und muss nie mehr am Samstag arbeiten und die Sportschau verpassen. Er freute er sich darauf, in gut fünf Monaten endlich in Pension gehen zu können.
Fast schon ein wenig amüsiert beobachtete er in den vergangenen Wochen seine jungen Kollegen, die sich alle insgeheim Chancen ausrechneten, seinen Platz einzunehmen. Und damit war nicht nur sein Schreibtisch, mit dem neuen Computer, dem Flachbildschirm und dem kabellosen Telefon gemeint.
Karriere machen, und das bei der Kriminalpolizei! Ungläubig schüttelte er den Kopf und wartete auf einen dieser Kollegen, der ihm aus der Küche zwei Räume weiter einen Kaffee mitbringen sollte.
Damals war ich auch noch so motiviert und heiß darauf, befördert zu werden. Aber die Zeiten sind, Gott sei Dank, längst vorbei, musste sich Strittmatter bereits die Devise „Dienst nach Vorschrift" eingestehen.
Aber was war hier in dieser Region auch schon groß los, überlegte er. Da ist man als Hauptkommissar völlig unterfordert. Einbrüche, Diebstähle und – wegen der nahen Schweizer Grenze – weiterführende Zolldelikte charakterisierten das Tagesgeschäft. Flächendeckende Drogenrazzien und Ermittlun-

gen wegen Menschenhandels stellten da schon eine interessante, wenn auch viel zu selten eintretende Abwechslung dar.
„Hier, schwarz und nur mit einem Würfel Zucker“, sagte Stefan Alt, der fröhlich vor sich hin pfeifend ins Büro schlenderte. Sein weißes Hemd leicht aufgeknöpft, dazu eine dunkelblaue Jeans und eine trendig gestylte Frisur – der hoch aufgeschossene, athletische Mann mit südländischem Einschlag wusste, dass er nicht nur bei den Frauen auf dem Revier gut ankam.
Das hätte es bei uns früher nie gegeben, grämte sich Karl Strittmatter über das Aussehen seines 25 Jahre jüngeren Partners für dieses Wochenende.
Er selbst war wie immer eher bieder angezogen. Graue Stoffhose, blaues Hemd mit konservativem Kentkragen und eine Strickjacke in einem undefinierbaren Braun, die schon bessere Tage gesehen hatte. Sein 3-Tage-Bart passte perfekt zu seinem kurzen, wenn auch etwas verwuschelten Haarschnitt, und man konnte den Eindruck gewinnen, Karl Strittmatter sei eher ein alternativer Alt-68er als ein gehobener Beamter, der spießiger in seiner Ausrichtung, Gedankenwelt und Lebenseinstellung nicht sein konnte.
„Danke“, grummelte er und genoss den ersten Schluck, um im nächsten Augenblick darüber zu fluchen. „Mann, ist der heiß.“
„Noch wird kein Kaffee kalt gebrüht“, antwortete Alt.
„Jaja, Herr Neunmalklug, oder besser, Herr Altklug.“
Stefan Alt wollte gerade etwas kontern, als das Telefon die leicht gespannte Stimmung unterbrach.
Wir sind noch nicht fertig, dachte er und nahm nach dem zweiten Klingeln den Hörer ab. „Kriminalpolizei Waldshut, Kommissar Stefan Alt. Guten Morgen.“
Was er dann hörte, hatte der 34-Jährige in seiner bisherigen Dienstzeit noch nicht erlebt. Eifrig notierte der gebürtige Freiburger mit, was ihm jemand durch das Telefon mitteilte.
Strittmatter, der anfangs die Mitschrift für albern hielt und als

Profilneurose seines Partners abstempelte, wurde hellhörig, als er mitbekam, dass dann doch etwas Schreckliches passiert sein musste.

„Wir kommen sofort“, hörte er Stefan Alt noch sagen, der den vom Anrufer genannten Ort noch aufschrieb, ehe er mit einem „Bis gleich!“ endete.

„Das war der Kollege von der Streife. Ein Ehepaar hat am Witznaustausee eine Männerleiche gefunden“, berichtete er.

„Also, worauf wartest du noch. Keine großen Reden halten, sondern ab und in den Sattel geschwungen“, entgegnete Strittmatter, packte seine Sachen zusammen, griff nach seiner Jacke und den Autoschlüsseln und ging zielstrebig und ungewöhnlich motiviert aus dem Raum.

Nie kann man es dem alten, verknötterten Sack recht machen, dachte Stefan Alt, der im gleichen Moment an seine Mutter denken musste, die ihn für diese Worte auf der Stelle ermahnt hätte.

Eine Männerleiche, vielleicht sogar ein Gewaltverbrechen. Dass ich so etwas auf meine letzten Tage noch erleben darf, freute sich Strittmatter auf diesen Einsatz, auch wenn er wusste, dass damit die Sportschau erst recht ohne ihn stattfinden würde.

dreizehn

Das Gebiet rund um den Witznaustausee entlang der geteerten Straße zum Umspannwerk war großräumig abgesperrt. Ein Streifenwagen stand in der Ortsmitte der kleinen Ansiedlung Witznau, die außer einer alten Mühle, in der das Café untergebracht war, zwei Bauernhäusern, ein paar Scheunen in unterschiedlichen Größen und einer Bushaltestelle nichts mehr zu bieten hatte.

Zwei weitere Einsatzwagen der Polizei parkten am Uferrand, als Karl Strittmatter und Stefan Alt kurz vor 11 Uhr die Geschwindigkeit ihres silbernen Kombis drosselten. Sie kamen erst direkt an der abschüssigen Uferböschung zum Stehen.

Der See lag bedächtig vor ihnen, vereinzelt wehte eine leichte Böe vom Wald herüber. Während die wenigen Laubbäume, die zwischen den schlanken Fichten zu sehen waren, schon ihr Blätterkleid verloren hatten, sahen die Nadelhölzer in ihrem dichten und dunklen Gewand noch bedrohlicher aus als sonst.

Stefan Alt vernahm, als er ausgestiegen war und in die Stille des Sees hineinhörte, ein leises, aber beständiges Surren, das vom Umspannwerk zu kommen schien. Ansonsten war alles ruhig.

Er folgte Strittmatter zu den Kollegen, die der Ankunft der beiden kaum Beachtung schenkten.

„Guten Morgen. Was haben wir hier?“, fragte Strittmatter einen Kriminaltechniker, der die Spuren am Tatort sicherte.

„Es handelt sich um einen Bauern aus Nöggenschwiel. 64 Jahre. Witwer. Kinderlos“, stellte Hubert Sieberle kurz die Fakten zusammen.

„Woher wissen Sie das denn?“, fragte Strittmatter leicht irritiert.
„Ich kenne ihn. Er ist der Bruder eines Mitglieds aus meinem Männergesangverein“, erklärte Hubert Sieberle.
„Sie singen?“
„Ja, Tenor, schon seit gut zehn Jahren“, sagte Sieberle und erntete dafür einen ungläubigen Blick. Strittmatter konnte und wollte einfach nicht glauben, dass der schmächtige Mann vor ihm überhaupt singen konnte.
„Und was ist die Todesursache?“, fragte nun Stefan Alt, der den Fundort der Leiche aufmerksam begutachtete. „Schließlich wurde die Mordkommission gerufen.“ Hoffentlich nicht umsonst, wie er innerlich hinzufügte.
„Und nicht grundlos. Schaut euch das mal an.“ Hubert Sieberle zeigte auf die offene Stelle am linken Oberkopf.
„Das sieht schwer nach einem Schädeltrümmerbruch aus. Verursacht durch Fremdeinwirken, darauf verwette ich mein Haus. Der Leichnam wird in die Rechtsmedizin nach Freiburg gefahren und vielleicht wissen wir heute Abend sogar schon ein bisschen mehr. Die Kollegen kommen extra aus ihrem Wochenende, denn einen Toten, oder besser gesagt, ein Mordopfer gab es bisher noch nie in diesem kleinen, verschlafenen Ort“, sagte Sieberle und strahlte dabei vor lauter Sensationslust. Sein Kollege sicherte am Ufer und um den Fundort der Leiche herum Spuren, machte Fotoaufnahmen und nahm jedes noch so kleine Detail ins Visier.
„Übrigens, der Mann heißt Franz Marder und kommt von oben.“ Er zeigte Richtung Wald.
„Sie meinen Nöggenschwiel?“
„Ja.“
„Und er hatte wohl ein Alkoholproblem, oder hat er einfach letzte Nacht nur zu viel gefeiert, bevor er ermordet wurde?“, fragte Strittmatter und setzte seine Fragen leidenschaftslos

fort. Ihm war aufgefallen, dass der Tote eine Flasche in der Hand hielt.
„So gut kenne ich ihn nicht. Es wurde im Gesangverein eben nur gemunkelt, dass der schon erwähnte Sänger einen Bruder habe, der nur zu gerne und zu tief ins Glas schauen würde. Nur, Erwin Marder hat eben zwei Brüder. Und Sie wissen ja, wie so im Dorf geredet wird."
So notierte sich Stefan Alt die Worte „Franz Marder", „drei Brüder" und „Alkohol" in sein in Leder gebundenes Notizbuch, das ihm seine Freundin Tina zum Geburtstag geschenkt hatte. Wobei er hinter dem Wort „Alkohol" ein großes Fragezeichen setzte und vor die „drei Brüder" ein Kreuz malte, das so viel wie „zu befragende Personen" bedeutete.
Jede Notiz, jedes anfänglich noch so unbedeutende Detail konnte wichtig sein, um die Ermittlungen entscheidend voranzubringen und damit schnell einen Verdächtigen, am besten sogar den Mörder, ermitteln zu können. Denn er wusste, dass man gerade auf dem Land, wo jeder jeden kannte und man sich vor nichts mehr fürchtete, als womöglich neben einem potenziellen Mörder zu wohnen, schnell Ergebnisse, Fakten und vor allem eine Verhaftung erwartete und so der Druck immens hoch sein würde. Ein Druck, der sich von Tag zu Tag, von Stunde zu Stunde noch verstärken würde. Auch deshalb wollte er sich an seinen erfahrenen Kollegen und Partner für dieses Wochenende halten, ohne sich aber von ihm den Schneid abkaufen zu lassen. Denn während seine Zeit nun endlich gekommen war, lief Strittmatters Uhr in der Dienststelle langsam und unaufhörlich ab.

vierzehn

So hoher Besuch ist in Nöggenschwiel selten zu Gast, dachte Reinhold Nägele, als er die Einkaufsliste für sein Dinner durchging.
Schweinelende, Rahmsoße mit einem Schuss Weißwein, handgeschabte Spätzle und frisches Saisongemüse vom Markt, dazu einen guten badischen Rotwein, Salat mit angebratenen Kürbiskernen und als Aperitif selbst gebrannten Wildrosenschnaps – so hatte er sich einen gelungenen Abend in seinem Haus ausgemalt.
Das hört sich mehr als fantastisch an und wird auch sicher ganz nach Richards Geschmack sein, stellte Nägele zufrieden fest.
Noch eine knappe Stunde hatte er Zeit, ehe sein Gast mit dem Zug von Zürich kommend in der kleinen Stadt Brugg im schweizerischen Kanton Aargau ankam, von wo er ihn abholen sollte.
Richard Sutherfolk war bereits zwei Mal englischer Rosenzüchter des Jahres und dafür mit dem Clay-Challenger-Preis ausgezeichnet worden.
Der 56-jährige Engländer aus Cornwall war immer auf der Suche nach neuen Rosenzüchtungen, die er in seinem kleinen Labor weiter optimierte, um sie dann als Setzling oder als schon völlig entwickelte Pflanze verkaufen zu können. Er liebte Blumen, am meisten aber die Rose, die Königin unter ihnen. Es war seine Passion, seine Rosen in aller Welt blühen zu sehen. Und es war ihm dabei gleich, ob sie die Vasen im

jordanischen Königspalast, den englischen Garten in München oder die Ranken am Nöggenschwieler Rathaus verschönerten. Hauptsache, die Rosen erfreuten die Menschen.
Zuletzt war er vor einigen Jahren im Rosendorf gewesen. Nun besuchte er die internationale Rosenmesse „Rosa Flora" in Zürich und folgte Nägeles Einladung, einmal wieder in Nöggenschwiel vorbeizuschauen.
Noch schnell zur Metzgerei, das Auto waschen lassen und dann muss ich schon losfahren, überlegte Reinhold Nägele, während er durch Waldshut eilte.
Warum sich Richard Sutherfolk wohl so lange nicht mehr hier hatte blicken lassen, grübelte er, während er in den Auslagen vor einer Drogerie nach passenden Servietten Ausschau hielt. Genau in dem Jahr war er zum letzten Mal beim Rosenfest erschienen, als seine Tochter Charlotte mit diesem windigen Typen durchgebrannt war.
Vor Wut knüllte er eine Tischdecke so fest zusammen, dass seine Finger weiß anliefen. Eine Verkäuferin hinter dem Schaufenster schüttelte verärgert den Kopf, als er mit Tränen in den Augen aufschaute.
Wenn ich diesen René Lusser erwische. Als er in Lottis Leben auftauchte, hat er alles zerstört. Und mir das Liebste genommen. Denn wer weiß, vielleicht hat ja Richard am Ende wirklich recht, und René hat meine Tochter entführt, nicht aus Liebe, sondern aus Besessenheit, weil er sie schon immer besitzen und ihre Liebe nur für sich alleine haben wollte.
Wut und Trauer stiegen plötzlich wieder in ihm hoch. Seine Tränen waren ihm peinlich, so zog er sich in einen Hauseingang zurück und lehnte sich gegen die Wand, an der er vergeblich nach Halt suchte. So schlich er weiter durch die belebte Waldshuter Kaiserstraße, mit gesenktem Kopf, aus Scham und Angst, jemand könne ihn erkennen und ihm ein Gespräch aufdrängen.

Mehr als ein Jahrzehnt lang hatte er nach Charlotte gesucht. Detekteien beauftragt, sie zu finden. Aber immer wieder lautete die Antwort in den unzähligen Schreiben, dass man Charlotte Nägele nicht hätte auffinden können.
Selbst einer Wahrsagerin hatte er sich anvertraut, obwohl er auf diesen ganzen Hokuspokus nie etwas gegeben hatte. Als ihm diese Morgana beim Erntefest in Tiengen mitteilte, Stimmen aus dem Jenseits hätten ihr eingeflüstert, dass Charlotte ganz in der Nähe sei und einen auffallenden Kopfschmuck tragen würde, war er aus dem Zelt gestürmt und hatte über vier Stunden in jeder Gasse, in jedem Geschäft und an jedem Stand nach so einer beschriebenen Frau gesucht in der Hoffnung, dass er endlich seine Lotti finden würde.
Aber um eine zerstörte Hoffnung reicher und weitere 150 Euro ärmer war er damals so verzweifelt wie noch nie nach Nöggenschwiel zurückgekehrt.
Ganze drei Tage hatte er sich in seinem über 200 Quadratmeter großen Haus eingeschlossen und seinem Schmerz all den Raum gegeben, den er sich vorher nie hatte eingestehen wollen.
Doch so konnte, so durfte es nicht weitergehen. Das wusste er, und er war sich sicher – mehr als je zuvor – dass er etwas ändern musste. Und er wusste auch schon was. Den ersten Schritt hatte er bereits getan. Und der nächste würde nun folgen. Und nichts, aber auch gar nichts würde ihn daran hindern können.

fünfzehn

Was für eine Enttäuschung! Voller Elan, endlich mehr über das ominöse Verschwinden ihrer Freundin Charlotte zu erfahren, hatte ihr auch Reinhold Nägele nicht weiterhelfen können. Aber nicht, weil er ihr nicht helfen wollte, sondern weil bei Nägeles niemand zu Hause war. Obwohl sie mehrfach Sturm klingelte, wurde die schwere Holztür nicht geöffnet und auch an der Gegensprechanlage meldete sich niemand. Da auch einige Fensterläden geschlossen waren und in der Einfahrt kein Auto stand, musste Emma wohl oder übel davon ausgehen, dass wirklich niemand zu Hause war.

Ich werde ihn schon noch treffen, dachte sie, während sie den Heimweg antrat.

„Jeder, dem ich bisher begegnet bin, erzählt mir etwas über die Rosenballnacht und Charlottes Verschwinden vor 15 Jahren, aber niemand hat auch nur irgendeine weiterführende Information für mich. Wo soll ich da nur anfangen?“, sinnierte sie laut vor sich hin und schaute gedankenverloren nach oben. Wenigstens reißt der Himmel etwas auf, dachte sie und fühlte sich gleich ein wenig besser, als sie bereits in die Hofeinfahrt der Villingers einbog und ihren Schlüssel aus ihrer Hosentasche hervorholte.

Sie hatte den Schlüssel noch nicht ganz ins Schloss gesteckt, da wurde ihr von innen bereits die Tür geöffnet.

„Hallo Emma. So trifft man sich wieder. Erst sieht man sich ganze 15 Jahre nicht und dann hat man gleich zweimal an einem Tag das Vergnügen“, sagte Roswitha Villinger mit ihrem gewohnt sanftmütigem Lächeln. Emmas Vermieterin kam ihr, in einen dicken Anorak gepackt und mit Autoschlüssel und Mülltüte bewaffnet, entgegen und hatte es anscheinend sehr eilig.

„Hej. Alles okay?“, fragte Emma, die sich innerlich schon auf ein weiteres längeres Schwätzchen mit Ihrer Vermieterin eingestellt hatte, so beiläufig wie möglich.

„Ich muss meinen Sohn Markus am Witznaustausee abholen. Da unten ist der Franz, ein Bauer aus dem Dorf, tot im See gefunden worden.“

„Tot?“ Emma konnte kaum glauben, was sie da gerade gehört hatte.

„Ja, das hat er mir so erzählt. Er wollte sich nämlich alles aus der Nähe ansehen. Also hat er sich, als er die Nachricht beim Einkaufen im Lädele gehört hat, sein Fahrrad geschnappt und ist die drei Kilometer den Berg runtergefahren. Der arme Franz.“

„Was ist denn passiert?“

„Anscheinend ist er im Witznausee ertrunken“, sagte sie. Sie bewegte ihre Hand Richtung Mund und tat so, als würde sie trinken.

„Der Alkohol. Aber jetzt ist er endlich bei seiner geliebten Martha und hat damit hoffentlich seinen Frieden mit sich und der Welt gefunden. Er hat, oder besser gesagt, er hatte den Tod seiner Frau nämlich bis heute nicht überwunden.“

„Und warum sind Sie so sicher, dass der Bauer unglücklich in den See gefallen und dabei ertrunken ist?“

Roswitha Villinger fing laut an zu lachen: „Also Emma, wir leben doch nicht in Berlin, Stuttgart oder in sonst einer Großstadt, wo jede Minute etwas Schlimmes passiert. Wir wohnen in Nöggenschwiel, da bekommt man vielleicht einen Herzinfarkt beim Wandern oder bricht sich beim Skifahren auf dem Feldberg ein Bein, aber man wird hier doch nicht einfach so umgebracht. Da geht deine Fantasie nun wirklich mit dir durch. Aber ich muss jetzt los, denn wir wollen gleich essen und im Tal funktionieren die Handys leider nicht. Also bis dann." Roswitha Villinger lächelte ihr freundlich zu, ließ die Garagentür automatisch hochfahren und stieg in ihren kleinen blauen Polo.

Emma schaute der kleinen, leicht rundlichen Frau, die nun mit aufheulendem Motor vom Hof fuhr, hinterher. „Wir sind doch nicht in einer Großstadt. Wir wohnen in Nöggenschwiel, da wird man nicht einfach so umgebracht", ließ sie sich Roswitha Villingers Worte immer und immer wieder durch den Kopf gehen. Und was, wenn es doch nicht einfach nur ein Unglück war? Was, wenn jemand nachgeholfen hatte?

sechzehn

Überall da, wo der Weg nicht mit Steinen ausgelegt war, hatte sich über die vergangenen Tage so viel Wasser gesammelt, dass sich zentimetertiefe Pfützen gebildet hatten.
Ich muss aufpassen, dass ich nicht ausrutsche, ermahnte er sich zu einer gewissen Vorsicht. Schon einmal, da war er gerade sieben Jahre alt gewesen, hatte er beim Spielen nicht aufgepasst, war über einen Stein gestolpert und in ein für Nöggenschwiel sehr untypisches, da ungepflegtes Rosenbeet gefallen. Sein Knie hatte er sich dabei aufgeschürft, sodass ihm das Blut in die offenen Sandalen lief. Auch sein Gesicht hatte einige Schrammen abbekommen. Nur knapp hatte ein Stachel, der die edlen Blumen naturgemäß vor Angreifern schützen sollte, sein Auge verfehlt. Dafür verfingen sich gleich mehrere Rosen in seinen Haaren und so hatte Lisa Eckert keine andere Möglichkeit gesehen, als ihn mit der großen Gartenschere aus ihren Rosenranken herauszuschneiden. Dass er nach dem Radikalschnitt aussah, als habe er selbst versucht, sich blind die Haare zu schneiden, war der alten Frau dabei nahezu gleichgültig gewesen. Dessen war er sich auch jetzt und viele Jahre nach diesem für ihn fast schon traumatischen Ereignis sicher.
Ich war das Gespött des ganzen Dorfes, blickte er mit Groll zurück und trat dabei so fest in eine Wasserlache, dass ein matschiger Regenschauer hoch spritzte und sich auf sein gesamtes Hosenbein verteilte.
Wenigstens sind damals meine geliebten Schönheiten nur wenig in Mitleidenschaft gezogen worden. Nur eine Pflanze

musste die Eckert ausstechen und durch eine neue ersetzen. Die hat sich ja nie wirklich etwas aus Rosen gemacht, erzürnte ihn die Leidenschaftslosigkeit, mit der die inzwischen pensionierte Grundschullehrerin ihre Pflanzen damals behandelt hatte und heute auch immer noch behandelte.
Als er am Gewächshaus angekommen war, blitzte die Sonne kurz hinter ihrem dichten Wolkenkleid hervor und spielte mit ihren Strahlen auf den matten und leicht angelaufenen Scheiben. Kondenstropfen perlten herab und sammelten sich schließlich an der ersten Querstrebe des gläsernen Winterdomizils für Blumen und Pflanzen.
Ein Strom warmer Luft, die mit viel Feuchtigkeit gesättigt war, schlug ihm entgegen, als er vorsichtig das Treibhaus betrat. Er nahm die durchsichtige Sprühflasche und begann, jede einzelne Pflanze zu befeuchten, bis er endlich bei ihr angelangt war. „Remember me" war ihr Name und sie gehörte zu den bedeutendsten Edelrosen.
„Ich bin der Einzige in ganz Nöggenschwiel, der auf deine Liebe setzt", sprach er laut zu sich selbst, während er ein verwelktes Blatt behutsam abriss und die Kerze gerade stellte, die er vor dem Rosenstrauch drapiert hatte.
„Möge das Licht mit uns sein. Dass niemand dich in deinem ewigen Schlafe stören wird. Und wenn, dann bin ich da und passe auf dich auf. Ich lasse nicht zu, dass dir jemand wehtut. Auch der Alte musste erfahren, was es heißt, deine friedvolle Ruhe zu stören", lobte er sich selbst.
„Kurzen Prozess habe ich mit ihm gemacht, und das werde ich mit jedem anderen auch tun, der es wagt, unser Geheimnis lüften zu wollen", sagte er und verlangte dabei nach einer Bestätigung für seine Tat.
„Du gehörst mir. Mir allein." Entschlossenheit funkelte in seinen Augen.
„Warum sagst du denn jetzt nichts? Das habe ich ja schließlich

auch für dich getan“, erhob er seine Stimme, um im nächsten Augenblick wie ein eingeschüchtertes Kind in sich zusammenzusacken: „Du kannst nichts dafür, verzeih mir bitte. Ich wollte dich nicht so anherrschen. Aber du bist eben das Wichtigste für mich: du bist mein Leben.“

siebzehn

Die ersten, wenn auch nur vorläufigen Ergebnisse aus Freiburg kamen bereits am späten Samstagnachmittag und damit viel schneller als erwartet. Die Kollegen der Rechtsmedizin hatten die Anweisung von höchster Stelle, sich mit der Obduktion zu beeilen. Ein Mord in Nöggenschwiel war einfach zu außergewöhnlich. Zumal das Rosendorf einer der Publikumsmagnete des Südschwarzwaldes war. Mit großem Abstand vor Orten wie Höchenschwand oder Bannholz rangierte Nöggenschwiel an erster Stelle, was die Übernachtungen und Buchungen pro Jahr betraf. Selbst in der schwachen Nebensaison wie im November, wenn die Tage zu grau, kalt und ungemütlich für ausgedehnte Spaziergänge waren, aber genauso zu trocken und zu warm für Schnee und damit fürs Skifahren auf dem nahegelegenen Feldberg oder für die Langlaufloipen, hatte der Ort verhältnismäßig viele gebuchte Zimmer und Ferienwohnungen zu verzeichnen. Ein Grund mehr, ein Gewaltverbrechen schnellstens aufzuklären, um Urlauber und Touristen nicht zu verschrecken und den Ort damit möglicherweise in Verruf zu bringen. Das hatte auch die Staatsanwaltschaft so gesehen und bereits frühzeitig den Fall an die zuständige Mordkommission in Waldshut übertragen.
Dass sich diese Möglichkeit nun bewahrheitet hatte, war nicht nur für Stefan Alt und Karl Strittmatter etwas Überraschendes und Außergewöhnliches zugleich.
Franz Marder war zu 100 Prozent keines natürlichen Todes gestorben. Es hatte jemand nachgeholfen, so viel stand laut des

zuständigen Rechtsmediziners fest. Der Schädel war in Höhe der linken Schläfe von der Wucht des Gegenstandes, mit dem der Landwirt attackiert worden war, regelrecht zerschmettert und dabei auf mehreren Zentimetern aufgerissen worden. Anhand der klaffenden Wunde und des verlorenen Blutes gingen die Rechtsmediziner am Institut der Freiburger Universitätsklinik davon aus, dass Franz Marder keine zwei Stunden tot gewesen war, als die Kriminalpolizei am Tatort eintraf.

„Und mit welchem Gegenstand ist er ermordet worden?“, hörte Karl Strittmatter seinen jungen Kollegen reden. Da er den Lautsprecher eingeschaltet hatte, konnte er genau mithören, was der Rechtsmediziner am anderen Ende der Leitung antwortete: „Ich kann im Moment nur so viel sagen: Es muss ein stumpfer Gegenstand gewesen sein. Etwas Schweres, und aller Wahrscheinlichkeit nach aus Metall. Den Rest hat sich leider das Wasser geholt und uns damit alle Anhaltspunkte zerstört.“

„Dann fahren wir mal nach Nöggenschwiel und schauen uns im Ort und bei der Familie des Toten etwas genauer um“, sagte Strittmatter, der ahnte, dass nicht nur der Samstag, sondern auch der Sonntag mit Fußball-Bundesliga, der obligatorischen Currywurst und Pommes am Tiengener Bahnhof sowie einem Sixpack „Tannenzäpfle“ zum Feierabend von jetzt auf gleich in weite Ferne gerückt war. Und das hellte seine Stimmung nicht gerade auf.

„Und wann informieren wir die Presse?“, fragte Stefan Alt, dessen Augen aufleuchteten, in Vorfreude, dass am verwunschenen Hochrhein endlich mal etwas passierte. Viel zu oft hatte er sich um andere, langweilige Delikte kümmern müssen, die hauptsächlich bürokratisch am Schreibtisch abgearbeitet werden mussten. Denn es ist ja hier einfach nichts los, dachte er und hatte in Gedanken schon die Bildzeitung vor sich liegen, die gewohnt reißerisch sicherlich so was wie „Lie-

benswerter Bauer brutal erschlagen“ titeln würde.
„Das wird unser Chef zu entscheiden haben. Komm, auf geht’s zurück in den tiefen, schwarzen Wald.“

Da Franz Marder verwitwet und kinderlos gewesen war, suchten die beiden Kriminalbeamten zuerst die beiden Brüder des Ermordeten auf.
Erwin Marder, der, wie sie bereits wussten, ein Mitglied des Männergesangvereins Weilheim war, trafen sie an diesem frühen Novemberabend nicht zu Hause an, so probierten sie es zuerst bei Heinz, dem Ältesten der drei Brüder.
Seine Frau Johanna, eine warmherzige und liebenswürdige Frau, die im gesamten Ort sehr geschätzt wurde, öffnete den beiden Kommissaren die Tür.
„Ist was mit Heinz?“, fragte sie, und ihre Augen weiteten sich vor Sorge um ihren Ehemann, noch bevor Karl Strittmatter sich und seinen Kollegen vorstellen konnte. Dabei bebte ihr schwerer Oberkörper unter der weißen Bluse, unter der sich ein unvorteilhaft geschnittener Büstenhalter all zu stark abzeichnete. Mit der linken Hand hielt sie sich am Türknauf fest.
„Jetzt beruhigen Sie sich erst einmal. Ihrem Mann ist nichts passiert“, sagte Strittmatter, der merkte, wie die Anspannung im Gesicht der Bäuerin purer Erleichterung wich.
„Reagieren Sie eigentlich immer so nervös, wenn man unangemeldet bei Ihnen klingelt?“, fragte Stefan Alt, dem Johanna Marders Verhalten etwas merkwürdig vorkam.
„Na ja, normalerweise klingelt hier niemand, wissen Sie. Und dann denkt man eben gleich das Schlimmste, wenn es denn mal einer tut. Aber bitte, treten Sie ein. Darf ich Ihnen etwas zu trinken bringen?“, fragte sie die beiden Kriminalbeamten und führte sie in die Stube.
Der gesamte Raum war holzvertäfelt. Eine für diese Gegend fast schon pflichtmäßige Kuckucksuhr hing an der Wand. Gar-

dinen mit feiner Spitze schmückten die Fenster, und der Boden knarzte bei jedem Schritt, den die drei in der mollig-warmen Stube machten. Eine alte, bereits sehr verlebte, aber in ihrem Ausdruck urgemütliche Essgarnitur mit dunkelgrünem Blumenmuster thronte inmitten des Zimmers. Auf dem davor stehenden Tisch lag ein weißer Läufer mit eingenähten roten Girlanden, der ebenfalls mit feiner Spitze verziert war. Eine graue Katze hatte es sich in einer Ecke in ihrem Korb gemütlich gemacht, während aus einem Nachbarzimmer leise ein alter Gassenhauer im Radio zu hören war.

„Vielen Dank, aber wir suchen Ihren Mann. Wissen Sie, wo wir ihn finden können?", fragte Stefan Alt, der damit die Gesprächsführung übernahm.

„Heinz ist draußen auf dem Feld bei den Kühen. In den vergangenen Tagen war es noch so schön für Mitte November, dass heuer die Tiere noch etwas länger auf der Sommerweide stehen konnten", erklärte Johanna, während sie Wasser in den Wasserkocher laufen ließ, ganz so, als hätte sie die Absage der Gäste nicht vernommen oder einfach nicht wahrhaben wollen. „Was ist denn eigentlich passiert? Sie sind doch sicher nicht einfach hier hochgekommen, um zu fragen, wo mein Mann ist?"

„Wir haben heute Morgen seinen Bruder Franz tot im Witznaustausee gefunden und das wollten wir Ihrem Mann gerne persönlich mitteilen", sagte Stefan Alt und achtete dabei akribisch auf jede Bewegung, Gestik und Mimik seines Gegenübers.

Doch Johanna Marder tat so, als hätte sie gerade nicht eine schreckliche Nachricht erfahren, sondern so, als hätte ihr jemand mitgeteilt, dass der hiesige Fußballverein erneut eine Niederlage kassiert hätte. „Ach, hat er sich also endlich totgesoffen?"

Karl Strittmatter runzelte die Stirn, als er diese Worte vernahm.

„Es scheint, als seien Sie nicht gerade überrascht und betroffen."
„Wissen Sie, mit dem Franz war doch seit Marthas Tod nichts mehr los. Wir haben alles getan, um ihn aus dem Loch herauszuholen. Wir haben extra für ihn einen Urlaub an der Ostsee gebucht, obwohl wir bis dato noch nie weggefahren sind. Ich habe für ihn die Wäsche gemacht, gebügelt und gekocht. Ja, sogar geputzt habe ich einmal die Woche, dabei ist hier auf dem Hof genug zu tun. Aber der Franz. Der hat sich nur gehen lassen. Und als er dann auch noch den Hof wegen seiner Sauferei verloren hat, da hat es mir endgültig gereicht. Ich konnt einfach nicht mehr."
„Und Ihr Mann, wie ist seine Meinung zum Alkoholkonsum seines Bruders?", fragte nun wieder Stefan Alt, der sich die ganze Zeit Notizen gemacht und dabei Johanna Marder eindringlich studiert hatte.
„Der war natürlich auch alles andere als begeistert. Dass die Männer hier einiges aushalten können und auch müssen, ist doch klar, aber dass man sich so einfach aufgibt, das gehört sich nicht für einen echten Marder."
„Und sonst ist Ihnen nichts aufgefallen?", hakte er nach.
„Nein."
„Bitte bedenken Sie. Jeder noch so kleine Hinweis kann enorm wichtig sein." Karl Strittmatter legte eine nachdenkliche Pause ein, ehe er sie erwartungsvoll ansah und in einem eindringlichen Ton fortfuhr: „Oder wollen Sie etwa, dass der Mörder Ihres Schwagers einfach so davonkommt?"
„Mörder?" Johanna Marder wurde kreidebleich. Ihr gesamter Körper zitterte und sie schnappte nach Luft. Sie fing leicht an zu taumeln, während es vor ihren Augen plötzlich immer dunkler wurde.
„Wollen Sie sich setzen?", fragte Stefan Alt höflich, der sich so langsam Sorgen um die schwere Frau machte, und rückte

schon einmal einen Stuhl näher heran. Denn obwohl er seit bereits gut fünf Jahren zweimal die Woche Krafttraining machte, so sah er sich nicht imstande, Johanna Marder aufzufangen, sollte sie vor seinen Augen schlapp machen und wie ein Schweizer Messer zusammenklappen.
„Oh ja, Da… Da… Danke", erwiderte sie. Stefan Alt brachte ihr ein Glas Leitungswasser in der Hoffnung, dass ihr Kreislauf mit ein paar Schlucken wieder in Gang kommen würde, doch Johanna Marder registrierte seine Aufmerksamkeit nicht. Sie war viel zu sehr in Gedanken, um das, was um sie herum geschah, überhaupt wahrzunehmen.
„Mörder … Mörder … der Franz … tot … Mörder", war das Einzige, was sie, in leisem Tonfall mit sich selbst redend und kopfschüttelnd, von sich gab.
„Fangen wir ganz einfach an: Hatte Ihr Schwager irgendwelche Feinde?" Nun war es Karl Strittmatter, der das Gespräch führte.
„Wie?", fragte Johanna Marder abwesend.
„Na, meinen Sie, gab es jemanden, der Franz Marder etwas Böses wollte?"
„Also, ich weiß nicht, ob der Franz irgendwelche Feinde hatte, ich meine, er war hier ja eigentlich sehr beliebt, also zu mindestens bis zum Tod seiner Frau. Danach wurde er natürlich sehr grantig und zog sich immer mehr zurück. Aber dafür bringt man doch noch lange niemanden um, oder?"
Johanna Marder schaute abwechselnd von einem zum anderen, doch da sie in keinem der Gesichter irgendeine für sie beruhigende Mimik lesen konnte, senkte sie ihren Blick und schaute in ihr Wasserglas, hoffend, dort wenigstens etwas Aufmunterung zu erfahren.
„Nein, das sicherlich nicht. Aber es könnte ja sein, dass sich irgendjemand besonders über ihn geärgert oder ihn sogar bedroht, gar mit seinem Tode gedroht hat." Stefan Alt hatte sich

mittlerweile auch einen Stuhl von der Esstischgarnitur herangezogen und sich direkt neben Johanna Marder gesetzt. Er sprach ruhig weiter. „Wir sind uns sicher: Irgendjemand muss einen Grund gehabt haben, ihn aus dem Weg zu räumen. Ist Ihnen sonst also nichts aufgefallen?“

„Nein. Es sei denn …“

„Ja?“

„Ach, ich glaube, das ist gar nicht so wild, und Geld wird Sie wohl eher weniger interessieren.“ Johanna Marder nahm einen kräftigen Schluck Leitungswasser, ehe sie sich langsam von ihrem Stuhl erhob.

„Von welchem Geld sprechen Sie?“, fragte Stefan Alt, der sicherheitshalber hinter ihr hergegangen war, falls es sich ihr Kreislauf doch noch einmal anders überlegt hätte.

„Na ja, wie schon gesagt, ich habe nicht nur für ihn geputzt, die Wäsche gemacht und aufgeräumt, sondern ich habe mich auch ein wenig um seine Finanzen gekümmert, wenn Sie verstehen, was ich meine. Ich habe seine Kontoauszüge abgeheftet, für ihn eine Ausgaben- und Einnahmenliste geführt und habe am Ende für ihn sogar Geld am Automaten in Weilheim geholt, so durcheinander war er.“

„Das ehrt Sie, aber wir wissen jetzt immer noch nicht, was das Problem ist.“ Karl Strittmatter wurde so langsam ungeduldig und auch sein Bauch meldete sich mit einem unüberhörbaren Grummeln.

Stefan Alt tadelte ihn mit einem zornigen Blick, war die Frau doch gerade drauf und dran gewesen, ihnen alles zu erzählen. Doch jetzt hatte Strittmatter ihre Gastgeberin derart verschreckt, dass Johanna Marder sich erst einmal wieder hinsetzen und mehrere Mal tief durchatmen musste, ehe sie fortfahren konnte.

„Ich glaube ja auch nicht“, sie unterbrach ihre zaghafte Rede, um erneut einen Schluck zu trinken, „dass da was Großes hin-

tersteckt, aber es hat mich schon gewundert, dass vor etwa zwei Wochen, vielleicht auch nur vor zehn Tagen, 50.000 Euro von Franzens Konto auf ein Schweizer Bankkonto gegangen sind. Im ersten Moment habe ich die Schuld schon bei mir gesucht." Johanna Marder spielte etwas verlegen am Kragen ihrer Bluse herum.
„Woher hatte er denn so viel Geld, wenn er alles versoffen hat, wie Sie sagten?", setzte Strittmatter nach.
„Wie das bei Alkoholikern wohl so ist, hat auch der Franz bald nichts mehr auf die Reihe bekommen, sondern begann den Tag mit Korn und beendete ihn mit einer halben Flasche Schnaps. Und da er keine Kinder hatte, die für ihn sorgen und den Hof weiterführen konnten, musste er alles zu einem Spottpreis verkaufen. Er konnte am Ende noch glücklich sein, dass sein Freund, der Reinhold Nägele ihm wenigstens noch einen halbwegs anständigen Preis dafür zahlte."
„Kommen wir noch mal auf die 50.000 Euro zu sprechen: Für was könnte er das Geld genutzt haben?", fragte nun wieder Stefan Alt.
„Das hat mich auch interessiert. Also habe ich die Bank angerufen. Doch man teilte mir nur mit, dass alles richtig sei und Franz persönlich diese Umbuchung angeordnet habe."
„Und wer ist der Kontoinhaber?"
„Keine Ahnung. Die Frau in der Bank wollte mir nicht sagen, wer es war. Bankgeheimnis oder so was, meinte sie nur. Ich solle Franz persönlich fragen."
„Und, was hat er gesagt?" Karl Strittmatter schaute sie erwartungsvoll an.
„Nichts."
„Wie, nichts?" Karl Strittmatter wollte und konnte nicht glauben, was er da gerade gehört hatte.
Johanna Marder schluchzte. „Ich wollte ihn heute Morgen danach fragen, doch jetzt ist er tot …"

achtzehn

Hungrig wartete Karl Strittmatter im Kombi, während Stefan Alt sich besonders intensiv von Johanna Marder verabschiedete und erst nach einer gefühlten halben Ewigkeit den Wagen der beiden Beamten erreichte.
„Ich habe schon die Kollegen verständigt. Die werden sich jetzt um die Transaktionen und vor allem um den unbekannten Kontoinhaber kümmern", begrüßte Karl Strittmatter seinen jungen Kollegen und startete den Motor.
„Doch jetzt habe ich erst einmal Hunger, und hier im Dorf gibt es doch ein kleines Lädele. Und das hat sicher nicht nur was für unseren Magen, wenn du verstehst, was ich meine."
Als die beiden Kriminalbeamten wenig später den Kirchvorplatz erreichten, standen um die 20 Personen vor dem Eingang des Lädeles und diskutierten heftig miteinander. Manche schüttelten immerzu den Kopf, während andere wild gestikulierend redeten oder einfach nur betroffen dabei standen.
„Ist die Nachricht also auch schon hier oben angekommen", stellte Karl Strittmatter trocken fest.
Stefan Alt nickte stumm. Der Mord hatte den Ort erreicht und mit ihm ein Gefolge aus Trauer, Wut und Ratlosigkeit. Gebannt betrachtete er die gesamte Szenerie auf dem kleinen Platz. Außer den aufgebrachten Menschen schien alles seinen normalen Gang zu gehen. Im Brunnen plätscherte das Wasser genügsam vor sich hin. In einigen Steinkübeln am Rathaus streckten die dunkelvioletten Blütendolden des Heidekrauts

ihre Köpfe in die Luft und eine Elster saß in der großen Kastanie, die schon seit mehr als 300 Jahren den Platz mit ihrer majestätischen Gestalt dominierte, und säuberte ihr glänzendes Gefieder.
Idyllisch, friedvoll, voll Harmonie und Einklang, so lauteten die Worte, die Stefan Alt als Erstes einfielen, hätte er dieses Bild beschreiben müssen. Doch nun hatte sich ein schwerer, ein schwarzer, ein tödlicher Schleier darüber gelegt und die Idylle und Harmonie zeigte ihr hässliches Gesicht, das mit aufgesetzter Schönheit an Heuchelei nicht zu überbieten war. Stefan Alt schüttelte sich und plötzlich spürte er eine Kälte, die ihn langsam, aber unaufhörlich gefangennahm und von innen her auffraß. Eine Kälte, unvergleichbar und doch einem jeden Menschen so innewohnend. Waren es nicht der Abschied und die Trauer, die zum menschlichen Dasein dazugehörten? Aber warum musste der Tod so unvermittelt in eine bis dahin reine, glückliche, ja irgendwie sogar heile Welt einbrechen? Nur um seine Macht und Stärke zu demonstrieren, an der doch sowieso niemand zweifelte?
„Nöggenschwiel ist ein kleiner Ort … Da spricht sich so etwas schnell herum, vor allem, wenn es sich bei dem Toten um eine bekannte Persönlichkeit handelt", bemerkte er gedankenverloren, während Strittmatter den Wagen demonstrativ direkt vor dem Eingang des Lädeles parkte.
Wie sie zwischenzeitlich von der Dienststelle erfahren hatten, war Franz Marder früher einmal Mitglied im Heimat- und Geschichtsverein, im Kirchenchor und im Gemeinderat gewesen. Darüber hinaus war er im gesamten Kreis für seinen Honig, seinen Schwarzwälder Schinken und seinen Rosenschnaps bekannt und hatte sich im Ort auch als kreativer Baumeister für die Wagen des Rosenumzuges einen Namen gemacht.
„Handelte, meinst du wohl. Und so wie ich seine Schwägerin verstanden habe, war er vielleicht eine bekannte, aber seit ei-

niger Zeit keine rühmliche Persönlichkeit mehr", sagte Strittmatter und öffnete die Tür des Kombis, der mit seiner silbergrauen Farbe perfekt zum melancholisch-grauen Novemberhimmel passte.

„Und vielleicht war ja genau das sein Todesurteil", erwiderte Stefan Alt, der für einen Moment froh war, in zivil seiner Arbeit nachgehen zu dürfen. Und das schloss auch den Dienstwagen mit ein. So waren sie – zumindest zu Beginn – vor aufdringlichen Fragen sicher.

Nachdem sich die beiden ihren Weg durch die kleine Menschentraube gebahnt hatten, ohne größeres Aufsehen erregt zu haben oder gar angesprochen worden zu sein, betraten sie den kleinen Supermarkt.

Der ist ja noch kleiner, als ich gedacht habe, schoss es Stefan Alt unvermittelt durch den Kopf.

Links, direkt neben der Eingangstür, empfing sie die drei Meter überschaubare Obst- und Gemüseauslage, an der sich auf der Stirnseite des Ladens die Kühltheke anschloss.

Gegenüber der hell beleuchteten Auslage war ein Pappaufsteller aufgebaut, der auf das neue Shampoo einer bekannten Marke hinwies, das versprach, dass strapaziertes Haar selbst bei täglicher Wäsche in 14 Tagen völlig schuppenfrei sei.

Als Stefan Alt seinem Kollegen an die Kasse folgte, stellte er bei einem Blick in die zwei Gänge fest, dass das Lädele trotz seiner Größe gut sortiert war. „Man meint ja fast, für die Menschen hier oben gäbe es nur das Dorf, obwohl die Kreisstadt Waldshut-Tiengen keine 20 Kilometer entfernt ist und zweimal stündlich ein Bus verkehrt", sinnierte Alt.

„Wir hätten gerne zwei belegte Brötchen, eins mit Käse und eins mit Wurst und dazu zwei süße Teilchen", bestellte Karl Strittmatter das verspätete Mittagessen für beide.

„Stimmt's, Sie sind von der Polizei", sagte Maria Reisinger, während sie die Brötchen aufschnitt, Butter auf jede Hälfte strich und sie danach, das eine mit Käse, das andere mit zwei Scheiben Jagdwurst belegte und jeweils ein Blatt Salat und ein Stück Tomate darauf dekorierte.

„Sie haben aber schier hellseherische Fähigkeiten“, konnte sich Strittmatter einen leichten Anflug von Humor nicht verkneifen. „Dabei sind wir ja noch nicht einmal uniformiert, Frau ...?“

„Reisinger, Maria Reisinger. Jaja, ich weiß. Ich sehe so etwas auf den ersten Blick. Sie strahlen diese Seriosität und Autorität aus, die nur Polizisten haben.“

„Wenn Sie so ein gutes Gespür haben, dann können Sie uns doch sicherlich auch einiges über den Toten sagen. Kannten Sie ihn näher?“, ermunterte Strittmatter die Frau, ihnen mehr zu erzählen.

„Also, wissen Sie zufällig, ob Franz Marder irgendwelche Feinde oder ob er anderweitige Schwierigkeiten hatte?“, fragte jetzt Stefan Alt, der sich dabei im Lädele umschaute, wer in der Zwischenzeit alles so hereingekommen war. Doch außer einem jungen Mann, der mit dem Rücken zu ihnen an der Kühltheke angestrengt die abgelaufenen Artikel nach seinen persönlichen Favoriten durchsah, waren im Geschäft nur noch zwei kleine Mädchen, die sich angeregt über die Themen im neuen Pferdemagazin unterhielten, und eine ältere Frau, die gerade versuchte, einen Kopfsalat in Zeitungspapier einzuwickeln.

„Ich weiß nicht, ob man Feind sagen kann, aber erst gestern hat er sich auf dem Kirchvorplatz mit Reinhold Nägele ein lautes Wortgefecht geliefert. Worum es genau ging, kann ich Ihnen natürlich nicht sagen. Ich bin ja nicht neugierig. Aber ein wenig gewundert habe ich mich schon, weil die beiden früher die besten Freunde waren und der Reinhold zum Franz auch dann noch gehalten hat, als es mit ihm bergab ging und er seinen Hof verloren hat.“

„Und Sie haben nicht zufällig irgendwelche Wortfetzen aufgeschnappt?"
„Wollen Sie wohl etwa andeuten, ich hätte gelauscht? Nein, nein, so bin ich nicht. Ich habe es eher zufällig mitbekommen. Ich wollte gerade abschließen und den Ständer mit den Angeboten in den Laden schieben, als ich die beiden wild gestikulierend und aufeinander einredend vor der Kirche stehen sah. Erst wurde mal wieder über die Verpflichtungen im Heimatverein gestritten, denen der Franz ja nicht mehr nachkam. Und als dann der liebe Reinhold wieder davon anfing, ob Franz denn wüsste, was er alles aus seinem Leben gemacht und was er dadurch alles verloren habe, da wollte ich schon reingehen und meine Arbeit beenden. Aber als dann das Wort Charlotte fiel, da musste ich doch genauer hinhören."
„Charlotte?", fragte Stefan Alt verwundert, die Augenbraue leicht hochgezogen, nach.
„Ja. Charlotte Nägele. Reinhold Nägeles Tochter. Ein bildhübsches Mädchen."
„Sie meinen Charlotte Nägele? Die Charlotte Nägele, die Rosenkönigin, die damals verschwunden ist?" Karl Strittmatter schaute Maria Reisinger irritiert an.
Maria Reisinger schluckte. Ihre Stimme, eben noch kraftvoll und stark, war plötzlich schwach und zittrig. Für einen Moment schloss sie Augen, um sich zu sammeln und um vor allem nicht in Tränen auszubrechen.
„Ja, Charlotte Nägele. Seit der Nacht des Rosenballs ist sie verschwunden. Niemand hat mehr etwas von ihr gehört. Erst dachten alle, sie sei mit ihrem Freund René durchgebrannt, doch auch er weiß nicht, was mit ihr passiert ist."
„Ich kann mich noch gut an den Fall erinnern. Wir haben wochenlang nach ihr gesucht. Ohne Erfolg."
„Ist das nicht schlimm? Du verlierst dein geliebtes Kind, ohne zu wissen, was mit ihm geschehen ist ..." Maria Reisinger

schaute die beiden Kriminalbeamten an, fast so, als suchte sie irgendeine Form von Verständnis in ihren Gesichtern.
„Aber warum haben sich die beiden Männer denn jetzt gestritten?“
Sie holte noch einmal tief Luft, ehe sie fortfuhr: „Franz meinte, er wisse, wo sich Charlotte befinden würde.“
„Und wo?“
„Das sagte er nicht. Beziehungsweise, er kam nicht dazu, denn bevor der Franz was sagen konnte, da ist dem Reinhold Nägele die Hutschnur geplatzt und er hat ihn angeschrien, dass er den Mund halten und ihn endlich in Ruhe lassen solle. Es würde doch reichen, wenn er sich sein Leben auf Teufel komm raus zerstöre. Da solle er doch wenigstens das Leben der anderen Menschen in Frieden lassen. Und dann hat er sich umgedreht und ist zu seinem Wagen gegangen.“
„Und was ist dann passiert?“
„Nicht mehr viel. Der Franz hat nur noch irgendwas von ‚Ich werde es dir schon noch beweisen’ gemurmelt. Aber dazu ist er ja nicht mehr gekommen.“ Maria Reisinger schluckte erneut. Sie suchte in der Tasche ihres Blazers nach einem Stofftaschentuch. Als sie keines fand, nahm sie eine Serviette vom Stapel neben der Kasse, drehte sich etwas seitlich in Richtung Fenster und schnäuzte unaufdringlich in das weiße Papier.
„Vielleicht hätte man ihm ja mal Glauben schenken sollen?“, sagte Alt und erntete dafür einen ungläubigen Blick seines Kollegen. „Wenn jemand sich über Jahre dem Alkohol verschrieben hat, dann fällt es schwer, so jemanden noch in irgendeiner Form ernst zu nehmen“, erwiderte Strittmatter, der mittlerweile sein Brötchen aufgegessen hatte und sich seine Hände ausgiebig an der dünnen Papierserviette abwischte.
„Das habe ich mir lange Zeit auch gedacht.“ Maria Reisinger hatte sich wieder zu den beiden Kriminalbeamten gedreht, nachdem sie ihre Serviette in den Papierkorb geworfen und

sich anschließend am kleinen Waschbecken unterhalb des Fensters ihre Hände gewaschen hatte. „Aber irgendwie werde ich das Gefühl nicht los, dass der Franz ja vielleicht doch etwas wusste. Charlotte hatte immer eine sehr vertraute Beziehung zu ihrem Vater, wohl auch, weil der sie über und über verwöhnte und ihr jeden Wunsch von den Lippen ablas. Daher passt es einfach nicht, dass sie einfach so verschwindet, ohne sich je wieder zu melden, selbst wenn sie das Leben hier oben vielleicht satthatte. Man könnte glauben, sie wäre wie vom Erdboden verschluckt. Und wer, wenn nicht der Franz, könnte da am ehesten hinter das Geheimnis ihres Verschwindens kommen. Ich meine, er hatte ja viel Zeit, um vielleicht etwas herauszubekommen."

„Und haben Sie Franz Marder denn auch mal nach seiner Geschichte über Charlotte Nägele befragt?", wandte sich Stefan Alt noch einmal an Maria Reisinger, die mit einem Lappen bereits die Theke abwischte, die Krümel beseitigte und die Kassenauslagen für Süßigkeiten, Kaugummis und Fußballsticker sowie die Sammeldose für „Brot für die Welt" ordentlich nebeneinander aufreihte.

„Ja, vor ein paar Tagen habe ich mich mal mit ihm unterhalten. Es war gerade keiner im Laden, sonst hätte ich das sicher nicht gemacht. Sie wissen ja, was die Leute dann so reden. Auf jeden Fall wollte ich mir mal seine Theorie anhören und habe ihn daher gefragt, was er denn so denkt. Und da erzählte er mir, dass damals – es war wohl nach dem Rosenumzug – Charlotte mit irgendjemandem einen heftigen Streit gehabt hatte. Danach sei sie aus der Halle gelaufen und seitdem hat sie keiner mehr gesehen. Leider konnte sich der Franz nicht daran erinnern, wer diese Person war, aber er sagte mir, er werde schon noch darauf kommen, wer dieser Mann sei. Vielleicht wisse er ja, also dieser Mann, was mit Charlotte an diesem Abend passiert ist. Er, also der Franz, würde sich jedenfalls

auf die Suche nach ihr machen und Nachforschungen anstellen. Und wenn er etwas wüsste, dann würde er es mir sagen."
„Ich glaube, Charlotte hatte damals sicherlich viele Verehrer und auch solche, die von ihr abgewiesen wurden. Daher glaube ich kaum, dass das in irgendeiner Weise eine Relevanz für den vorliegenden Fall hat", bemerkte Strittmatter, der Anstalten machte, endlich aufbrechen zu wollen.
„Wer weiß. Ich werde mir auf jeden Fall mal ein paar Gedanken machen, wen der Franz gemeint haben könnte. Schließlich bin ich ihm das irgendwie schuldig. Und es wird Zeit, dass der arme Reinhold wieder zur Ruhe kommt, wenn er endlich erfährt, was mit seiner über alles geliebten Tochter geschehen ist."
Freundlich, aber bestimmt verabschiedeten sich die Beamten von Maria Reisinger und verließen das Lädele, das schon seit zehn Minuten laut der Tafel an der Eingangstür geschlossen hatte.
Als sie auf den Vorplatz traten, war dichter Nebel aufgezogen und hüllte die Häuser, Autos und die ganze Umgebung in einen watteähnlichen Dunst, der allem das Leben zu entziehen schien.
„Und, was denkst du?", flüsterte Stefan Alt, dem aber außer Strittmatter niemand zugehört hätte, so verwaist und menschenleer präsentierte sich der Dorfplatz, den eine einsame Straßenlaterne in ein schwaches, diesiges Licht tauchte.
„Wir müssen alle Möglichkeiten in Betracht ziehen, auch wenn ich mir bisher noch kein genaues Bild machen kann. So ein Dorf ist eine verschworene Gemeinschaft, und da ist es schwer, bis zum Kern vorzudringen. Aber, ehrlich gesagt, für meinen Geschmack hört sich die Gute gerne selber reden. Und das ist manchmal etwas verdächtig."
Karl Strittmatter spürte förmlich die Feuchtigkeit, die der Nebel mit sich trug. Ich bin froh, wenn der Tag endlich zu

Ende ist und ich mich auf meiner Couch wiederfinde, freute er sich auf einen gemütlichen Samstagabend.
Doch sein junger Kollege strotzte regelrecht vor Tatendrang und steckte bereits den Schlüssel ins Schloss, um im nächsten Augenblick den Wagen anzulassen.
„Mal sehen, wie Herr Nägele auf den Tod seines Freundes reagiert. Sicher wird er mit unserem Besuch heute Abend nicht mehr rechnen."
„Du willst noch zum Nägele? Es ist schon fast stockdunkel und er wird uns sicher nicht weglaufen."
„Man weiß ja nie. Außerdem ist der Überraschungseffekt nicht zu unterschätzen. Ich denke, das sieht unser Chef ganz genauso."
Schleimer, wäre es Strittmatter fast entfahren, der sich gerade noch so auf die Zunge beißen konnte.

neunzehn

Aus den Tälern war bis zum Abend allmählich dichter Nebel aufgezogen. Ein Nebel, über den die Nöggenschwieler sagten, dass er sich bewegen würde wie ein alter Greis. Schleppend, aber beharrlich, mit festem Willen und endlos viel Zeit.

Seine Großtante väterlicherseits hatte ihm immer die schaurigsten Märchen über den Nebel und seine alles verschlingende Gefräßigkeit erzählt und ihn stets daran erinnert, dass die braven Kinder nichts zu befürchten hätten.

Bei dem Gedanken an die alte Hexe wurde ihm noch heute ganz elend und er musste genauso gegen eine immer stärker werdende Übelkeit ankämpfen wie einige Stunden zuvor, als er mit Ekel und absolutem Widerwillen den alten Mann aus seinem Auto gehievt und anschließend am Ufer des Witznausees abgelegt hatte.

Dabei war er über einen Stein gestolpert und hatte sich seinen kleinen Zeh angeschlagen, der daraufhin ganz blau angelaufen war.

Hätte ich mir bloß ein zweites Paar Socken angezogen, ärgerte er sich über sich selbst. Die Schuhe hatte er vorsorglich im Wagen gelassen.

Man muss ja nicht mehr Spuren hinterlassen als unbedingt nötig, dachte er. Nur die Reifenspuren werden als Erinnerung an die Tat, an den Akt der Befreiung übrig bleiben.

„Aber selbst die werden bei den vielen anderen Spuren von Traktoren, Anhängern, Jeeps und Polizeifahrzeugen nicht mehr zu erkennen sein“, sagte er laut vor sich hin und erwischte sich

dabei, wie er mit einem Grinsen Jeans, Sweatshirt, Oberhemd, Socken und einen Satz dunkler Unterwäsche in die Waschmaschine stopfte.
Er zog sich bis auf die Unterhose aus. Das tat er immer, wenn er wusch. Er stopfte alles in die Maschine, was er an seinem Körper trug. So brauchte er nicht noch eine Wäsche laufen lassen und hatte für den nächsten Tag wieder alles herrlich frisch und schön sauber. Damit folgte er dem Motto seines Vaters. Sparsam sein, hatte der ihm stets zu vermitteln versucht und er war bemüht, den Worten auch Folge zu leisten.
Nachdem er sein Oberhemd und die Jeans bereits abgelegt und in die Trommel gesteckt hatte, wollte er sich gerade sein T-Shirt über den Kopf streifen, als er erschrocken innehielt. Das halbausgezogene Shirt in der einen Hand, suchte er mit der anderen verzweifelt seinen Hals ab.
Es war nicht da.
Er zog sein T-Shirt wieder an, aber auch dort hatte sich nichts verfangen.
In Panik ging er auf die Knie. Er suchte alles ab, jeden Quadratzentimeter, jede Ritze, Spalte oder Lücke. Er holte die Wäsche wieder aus der Maschine und schüttelte jedes Teil aus, aber auch dort war der kleine Anhänger, den er seit 15 Jahren als Schmuckstück um seinen Hals trug, nicht zu finden.
Vor Wut und Verzweiflung schleuderte er die Packung mit dem Waschmittel durch den Waschraum. Wie ein kleines Kind, das seinen Willen nicht durchsetzen konnte, saß er da, minutenlang, und heulte.
Wo war es nur? Immer wieder stellte er sich ein und dieselbe Frage. Doch welchen Weg er gedanklich auch nachging, er hatte nicht die leiseste Ahnung, wo er sein über alles geliebtes Medaillon mit der eingravierten Rose verloren hatte.
Es war schon spät. Die „Tagesthemen“ waren längst vorbei, als er nach einer gefühlten Ewigkeit langsam aus dem Keller

in seine Wohnung hochging. Seine Augen waren ganz verquollen und er hatte Durst. Das T-Shirt trug er immer noch, die Waschmaschine hatte er noch nicht eingeschaltet. Doch das Schlimmste war, dass er den Anhänger, sein Symbol für Kraft, Macht und Liebe, immer noch nicht gefunden hatte. Vielleicht hatte sie es ihm ja entwendet. Sie, die mit ihren verleumderischen Briefen alles zerstören wollte. Dabei konnte sie gar keine Ahnung, gar keine Vermutung haben. Alles basierte nur auf ihren kranken Hirngespinsten und auf dem bisschen, was ihr der alte Bauer anvertraut hatte. Doch der hatte dafür schon büßen müssen, und sie würde die Nächste sein, die dafür mit ihrem Leben bezahlen muss.

Endlich huschte wieder ein Lächeln über sein Gesicht. Er atmete tief durch, fast so, als genieße er schon jetzt den Erfolg seiner kommenden Tat.

Er hatte sie sowieso schon länger im Visier gehabt. Sie war ihm immer ein Dorn im Auge gewesen. Ein Stachel, der tief saß, und den es daher endlich zu entfernen galt. Darauf freute er sich.

In alles muss sie ihre neugierige Nase hineinstecken, dachte er, während er sich ein Malzbier aus dem Kühlschrank holte. Immer will sie alles wissen und stets muss sie nachfragen, wie sich was ereignet hat, wer mit wem und warum und sowieso. Gut, das ich die Müllbeutel in Tiengen vergessen habe, sonst wäre ich erst gar nicht mehr ins Lädele gefahren und hätte nicht mitbekommen, wie sich die Dorftratsche um Kopf und Kragen geredet hat. Mal sehen, wie sie reagieren wird, wenn ich ihr von meinem kleinen Geheimnis erzählen werde. Ob sie dann auch so mitfühlend Anteil nimmt, zustimmend nickt und verlauten lässt, dass sie das sowieso schon immer alles gewusst hat?

Er grinste.

Nur zu traurig, dass das dann keiner mehr erfahren wird.

zwanzig

Der Nebel war nach der heftigen Regenphase zu einer Mauer geworden, die mit ihrer allgegenwärtigen Präsenz jedem, der durch diese Wand hindurch wollte, eine gehörige Portion Respekt abverlangte. Die Nacht hingegen schluckte alles, was ihr entgegentrat. Doch beide zusammen ließen im Zusammenspiel mit jeder Lichtquelle alles unwirklich und fremd erscheinen. Als ob man hinter einer dunklen Scheibe säße und mit ansehen müsste, wie die Welt an einem vorüberzieht – ohne Chance, irgendein Objekt festhalten zu können.
Besonders Stefan Alt fühlte sich merklich unwohl, als er kurz vor 18 Uhr bereits zum dritten Mal an diesem Tag in Nöggenschwiel aus dem Wagen stieg.
„Manchmal hat man das Gefühl, wenn man so in das graue Nichts schaut, dass es nie mehr hell wird, weil die Sonne von diesem Nebel einfach verschluckt wurde“, bemerkte er, ohne auf eine Reaktion Strittmatters zu hoffen. Umso überraschter war er, als sein Kollege dann doch antwortete: „Der Nebel hier oben ist schon immer etwas Besonderes gewesen. Unaufhaltsam, zäh, und man kann ihm einfach nicht entkommen.“
So wie ich dir, dachte Alt und konnte sich eine abfällige Grimasse nicht verkneifen. Nachdem er bei Nägeles zweimal die Türklingel betätigt hatte, öffnete ihnen Sekunden später ein fast schon gut gelaunter Reinhold Nägele, der die beiden Kommissare über die schmalen Gläser seiner Lesebrille interessiert musterte.

„Guten Abend meine Herren. Treten Sie ein, ich habe Sie bereits erwartet.“ Zur Begrüßung schüttelte er jedem die Hand und bat sie mit einer galanten Geste in sein Haus.
„Bitte, nach Ihnen. Einfach geradeaus durchgehen.“
Nicht schlecht, dachte Stefan Alt und schaute sich beim Gang durch den überdimensional großen Flur ins Wohnzimmer interessiert um. Während der Flur, der von der Größe her fast dem Foyer eines Fünf-Sterne-Hotels glich, eher spartanisch eingerichtet war und nur mit einem großen Kleiderschrank in einer Nische möbliert war, wirkte der Wohnraum hingegen fast überfrachtet. Teure Teppiche und Läufer bedeckten edles Parkett, das mit seinem geschachtelten Muster besser in ein französisches Gutshaus als in ein altes Bauernhaus im Schwarzwald gepasst hätte. Eine große Sitzecke in hellbeigem Leder dominierte den Raum und wurde dabei von einer großen Schrankwand aus massiver Eiche, einem Bücherschrank und einer Kommode in dunklem Holz eingerahmt. Ein Flachbildschirmfernseher und ein Beistellwagen mit verschiedenen Likören und Schnäpsen krönten das Ensemble, das trotz all der wohnlichen Behaglichkeit und perfekten Harmonie keine Gemütlichkeit bei Stefan Alt aufkommen lassen wollte.
„Wie, Sie haben mit uns gerechnet?“, polterte Karl Strittmatter in einem Ton, den Reinhold Nägele sanft, aber bestimmt zu übergehen wusste.
„Wenn ich Sie bitten dürfte, etwas leiser zu sein. Ich habe hohen Besuch in meinen bescheidenen vier Wänden, und er hat sich kurz etwas hingelegt“, entgegnete er freundlich, setzte sich in seinen Sessel und wies die beiden Beamten an, es ihm gleichzutun.
„Es geht um den Mord an meinem Freund Franz Marder, und da ich ihn als einer der Letzten lebend gesehen habe, musste ich ja damit rechnen, dass Sie früher oder später auch mich befragen werden. Sie wissen ja, so etwas spricht sich in einem

kleinen Ort wie Nöggenschwiel besonders schnell herum."
„Aha." Stefan Alt staunte über das selbstsichere, fast schon leicht arrogant anmutende Auftreten seines Gegenübers, auch wenn er Reinhold Nägele und dessen Einschätzung über das Klatschverhalten der Dorfbewohner mehr als Recht geben musste. Und Mord gehörte neben außerehelichen Affären und ungewollten Schwangerschaften ganz klar zu den Klatschthemen, für die man auch schon mal länger am Gartenzaun, an der Bushaltestelle oder im kleinen Gemischtwarenladen verweilt, um mit den neuesten Informationen versorgt zu werden oder das eben Gehörte weiter an den Mann und vor allem an die Frau zu bringen.
„Und was können Sie uns dazu sagen? Sie sollen Franz Marder nicht nur als Letzter lebend gesehen, sondern einen Tag vor seinem Tod auch einen heftigen Streit mit ihm gehabt haben", fragte Stefan Alt und löste sich damit von seinen analytischen Gedanken über das Redebedürfnis der Nöggenschwieler.
„Der guten Frau Reisinger entgeht aber auch gar nichts", stellte Reinhold Nägele mit einem etwas zu gewollten Grinsen fest. „Ja, ich habe mich mit dem Franz unterhalten und es wurde auch etwas lauter, aber ob ich es einen Streit nennen würde, möchte ich jetzt nicht sagen. Der Franz redete schon seit Langem nur noch wirres Zeug, so auch gestern Abend. Und da ich für diesen Unsinn keine Zeit hatte, habe ich das Gespräch schnell beendet."
„Es ging um Ihre Tochter, stimmt das?", fragte nun Karl Strittmatter und wartete gespannt auf die Antwort seines Gegenübers. Wie vom einen auf den anderen Moment eingefroren erstarrte Reinhold Nägele in seinem Sessel. Mit einer ruckartigen Bewegung nahm er die Hände in seinen Schoß und presste sie dort mit aller Kraft zusammen.
Das scheint wohl der wunde Punkt zu sein, dachte Strittmat-

ter und fuhr mit der Befragung fort: „Ihre Tochter ist seit 15 Jahren verschwunden. Niemand hat seit jener Nacht des Rosenballs mehr von ihr gehört. Wir fragen uns, was hat Franz Marder damit zu tun und vor allem: Wie konnte er Sie deshalb so in Rage bringen?"
Langsam löste sich Reinhold Nägeles Verspannung und fast etwas eingeschüchtert und äußerst zaghaft antwortete er: „Charlotte war mein Ein und Alles, erst recht, nachdem meine Frau mich von heute auf morgen wegen eines anderen Mannes verlassen hat. Doch während der Franz alles durch seinen Alkohol verloren hat und noch nicht mal die Hilfe seiner Freunde – und darunter zähle ich mich auch – annahm, während er einfach aufgegeben und mit seinem Leben abgeschlossen hat, habe ich immer diese, mich am Leben erhaltende Hoffnung in mir getragen, dass es meiner Tochter gut geht. Auch wenn ich nicht weiß, warum sie mir das angetan hat."
Reinhold Nägele schluchzte, trocken, fast schon kratzig, hatte er doch schon längst keine Tränen mehr, die er vergießen konnte.
„Was könnte denn der Grund ihres Verschwindens sein? Mit ihrem Freund ist sie ja nicht durchgebrannt, wie wir wissen ..."
Reinhold Nägele schaute wie paralysiert geradeaus. Seine Hände zitterten. „Dieser Mensch hätte hier nie auftauchen dürfen. Erst zerstört er Lottis Leben und anschließend meins."
„Wie meinen Sie das?", fragte Strittmatter erstaunt.
„Gibt es in der Schweiz nicht genügend Mädchen, die er hätte besitzen und mit seinem Geld hätte gefügig machen können? Aber nein, der ehrenwerte Sohn reicher Unternehmer musste ja unbedingt mit seinen Freunden im Jahr vor Lottis Verschwinden zu unserem Rosenfest kommen und unseren Mädchen mit seinem falschen und obendrein so aufgesetzten Charme den Kopf verdrehen. Und auch Charlotte ist darauf

hereingefallen. Aber schlimmer noch: Als er sie das erste Mal sah, da wollte er sie besitzen. Und zwar ganz für sich allein. Er war regelrecht besessen von ihr, Sie hätten mal seine Augen sehen sollen. Vielleicht sollten Sie ihn mal fragen, was er mit meiner Tochter angestellt hat. Er wird Ihnen sicherlich mehr Auskunft über ihren Verbleib geben können. Ich weiß nur eins: Lotti wäre nie mit so einem Hallodri mitgegangen und hätte ihr schönes Leben für so einen berechnenden und alles beherrschenden Menschen aufgegeben."

„Aber wie wir erfahren haben, fühlte Charlotte sich hier oben sehr eingeengt– wie in einem Gefängnis. Und diesem Leben wollte sie so schnell wie möglich entfliehen", sagte Stefan Alt, der das nur allzu gut nachvollziehen konnte.

„Charlotte war immer etwas Besonderes. So auch mit ihren Zukunftsplänen. Sie wollte unbedingt studieren, am liebsten in München oder Berlin, ein Jahr als Au-pair in die USA gehen und einfach die Welt fernab vom Rosenzüchten, Schnapsbrennen und Familientourismus der bürgerlich-gemütlichen Art erleben. Aber sie hat mich immer in ihre Pläne eingeweiht und mir alles erzählt. Wir hatten keine Geheimnisse voreinander und deshalb bin ich noch immer felsenfest davon überzeugt, dass meiner Lotti etwas Schlimmes zugestoßen sein muss", erklärte Reinhold Nägele und rang dabei um Fassung. „Aber allein diese Überzeugung macht mich noch lange nicht zum Mörder."

Zum Mörder vielleicht nicht, aber zu einem Vater mit dem furchtbarsten Geschmack, was Kosenamen betraf, auf jeden Fall, dachte Stefan Alt und er musste sich innerlich schütteln bei dem Gedanken daran, als Mädchen Lotti gerufen zu werden.

„Das haben wir auch nicht gesagt. Dennoch möchten wir noch einmal näher auf den Streit zwischen Ihnen und Herrn Marder eingehen. Vielleicht wusste er ja, was mit Ihrer Tochter geschehen ist, wo Sie ja selbst etwas Schlimmes als Ursache ihres Verschwindens annehmen“, bemerkte Karl Strittmatter, der hoffte, dass Reinhold Nägele seine Abwehrhaltung ihnen gegenüber endlich aufgeben und dadurch wieder etwas zugänglicher werden würde.

„Sie kennen, ich meine natürlich, Sie kannten den Franz nicht. Seit dem Tod seiner Frau und dem Verlust seines Hofes ist er dem Alkohol verfallen und hat dabei jeglichen Bezug zur Realität verloren. Doch das war erst nach dem Verschwinden meiner Tochter.“ Reinhold Nägele musste sich zusammenreißen, um nicht erneut in Tränen auszubrechen, ehe er mit schwacher Stimme weitersprach: „15 Jahre ist sie jetzt schon weg und ich warte immer noch täglich auf ein Lebenszeichen, auf einen Anruf oder wenigstens irgendeine Nachricht.“

Er schluckte, ehe er fortfuhr: „Martha, Franz’ Frau, ist erst vor zwei Jahren an Krebs gestorben. Gott hab sie selig. Hätte er etwas über Charlottes Verbleib gewusst, wäre er sicher schon eher zu mir gekommen. So sprach bedauerlicherweise der Alkohol aus ihm und das hat mich so wütend gemacht. Obwohl er einmal mein bester Freund war, so habe ich dieses dumme Geschwätz nicht verdient und das wollte ich ihm gestern Abend klarmachen. Aber deswegen bringe ich doch nicht gleich jemanden um.“

„Zumal Sie ihm ja sogar noch geholfen haben, richtig?“

„Wie…, äh, was…, ach ja, richtig, Sie meinen seinen Bauernhof. Das ist doch keine große Sache. Das tun Freunde doch füreinander: sich in harten Zeiten gegenseitig unterstützen.“

„Sie sehen jetzt aber nicht wie ein Bauer aus, der Kühe melkt oder Heu mäht.“ Stefan Alt lächelte Reinhold Nägele an, während er einen kurzen Blick auf dessen Hände und das gepflegte Äußere seines Gegenübers warf.

„Ach, nein, wo denken Sie hin …“ Reinhold Nägele lachte, ein wenig zu affektiert, wie Stefan Alt feststellen musste.

„Ich habe den Hof etwas saniert und als uriges Bauernhaus mit drei Wohneinheiten weiterverkauft.“
„Na, da kann man ja froh sein, dass Franz Marder einen Freund wie Sie hatte.“
„Ja, ich glaube, das war er wirklich.“

Dieses Mal war es Stefan Alt, der auf seinen Kollegen wartete. Als die beiden Kriminalbeamten schon fast ihren Kombi erreicht hatten, da verspürte Karl Strittmatter einen heftigen Drang und so ging er noch einmal zum Haus der Nägeles zurück, um seine Blase zu erleichtern.
Nun saß der junge Kommissar allein in dem dunklen Fahrzeug und seine Gedanken fuhren Achterbahn. Was hatte Charlotte nur mit dem Tod des Bauern zu tun? Und hatte der Bauer wirklich gewusst, was mit Charlotte in der Nacht des Rosenfestes vor 15 Jahren passiert ist?
Stefan Alt grübelte und grübelte, aber er konnte sich keinen Reim darauf machen, egal wie er die beiden menschlichen Schicksale auch drehte und wendete. Nur eins war klar: Franz Marders Tod und Charlottes Verschwinden vor 15 Jahren gehörten als große Teile zu einem Puzzle, von dem aber bisher niemand wusste, wie das Motiv des Puzzles überhaupt aussah. Aber vielleicht war ja René Lusser das fehlende und alles entscheidende Teil, das dem Puzzle ein Gesicht oder wenigstens eine Kontur gab.

einundzwanzig

Sonntag, 18. November 2012

In dieser Nacht hatte Emma geschlafen wie ein Stein. Nachdem sie kurz geduscht, sich anschließend eine Kanne Kakao gemacht und sich in ihren Bademantel eingewickelt hatte, hatte sie sich in das dicke Oberbett gekuschelt und darüber nachgedacht, wie sie das mysteriöse Verschwinden ihrer Schulfreundin aufklären könnte. Und vor allem, was Charlottes Verbleib mit dem plötzlichen Tod von Franz Marder zu tun haben könnte.

Plötzlich hatte sie eine bleierne Müdigkeit überkommen, sodass sie es gerade noch geschafft hatte, das Licht auszuschalten, ehe sie auch schon eingenickt war.

So war sie dann, leicht verspannt und etwas gerädert, noch vor dem Klingeln ihres Handyweckers aufgewacht. Nachdem sie den Rollladen hochgezogen hatte, musste sie mit Entsetzen feststellen, dass sie weder den Rasen, noch die Holzsitzgruppe und erst recht nicht das Dach ihres schwarzen Minis auf dem Parkplatz hinter der Weißdornhecke sehen konnte.

Der Nebel ist über Nacht so dicht geworden, dass man ihn glatt schneiden könnte, dachte sie, als sie sich gerade in ihre etwas zu enge Jeans zwängte, deren obersten Knopf sie schon seit Monaten nicht mehr schließen konnte.

Als sie zwei kurze Schlucke des bereits kalten Kakaos vom Vorabend getrunken und in ihrer typischen Hektik eine halbe Scheibe Brot mit Gouda mehr geschlungen als gegessen hatte,

schaltete sie den Fernseher ein. Aber nicht, weil sie wirklich fernsehen wollte. Vielmehr half ihr die Geräuschkulisse im Hintergrund, ihre eigenen Gedanken zu ordnen.
Charlotte, Charlotte und immer wieder Charlotte. Unentwegt beschäftigten sich ihre Gedanken nur mit ihrer Freundin und vor allem deren Verbleib.
„Es wird höchste Zeit, endlich mit Charlottes Vater zu sprechen", sagte sie zu ihren Schuhen, die sie sich aus dem kleinen Flur ihres Apartments geholt und mittlerweile auch schon angezogen hatte. Und wenn ich warten muss, ich werde heute die Antworten auf meine Fragen bekommen.
Nachdem sie ihre Schuhe fest zugebunden und sich wetterfest angezogen hatte, zog sie die schwere Eingangstür zum Untergeschoss mit den beiden Ferienwohnungen hinter sich zu und begrüßte mit einem tiefen Luftzug den noch jungen Tag.
Die Luft war frisch, wenn auch sehr feucht, und äußerst kalt, aber Emma spürte den hohen Sauerstoffanteil und atmete daher, während sie den Reißverschluss ihres Anoraks bis zum Anschlag hochzog, noch mehrmals kräftig durch, ehe sie loslief.
Der böige Wind hatte etwas zugenommen. Vereinzeltes Laub, das den Herbst bisher überdauert hatte, wirbelte Emma entgegen, als sie über den Hof ging.
Villingers Nachbarn, die mit ihnen über zwei Ecken verwandt waren, hatten bereits viele Rosenstöcke mit einer grünen, widerstandsfähigen Folie eingewickelt. An der Pergola hingen einige Kletterrosenstiele herab, die der Wind dankbar aufnahm, um sie zu einem Knäuel zu verknoten.
Eine Katze suchte unter der vor der Hauswand aufgestellten Holzbank Zuflucht, während sich jemand in der kleinen Einliegerwohnung für eine Wanderung zurechtmachte. Es schien ein Mann zu sein, so vermutete Emma, als sie näher hinsah, in der Hoffnung, etwas durch die Gardinen zu erspähen. Doch

diese gaben kaum etwas von dem preis, was sich hinter ihnen abspielte.
Auch der Stall gegenüber, der mit seinen dunkelbraunen, fast schwarzen Holzbalken im Sommer immer offen war und in dem sich meterhoch die Heuballen türmten, war verschlossen und winterfest gemacht. Der große Traktor, der sonst immer vor dem markanten Schober stand, war weit und breit nicht zu sehen. Hätte im danebenliegenden Haus hinter einem Fenster nicht ein Licht gebrannt, hätte man meinen können, dieses Gehöft sei ausgestorben und verlassen.
Der Nebel hatte mittlerweile jeden noch so kleinen Raum zwischen den Häusern entlang der Straße ausgefüllt. Nur die Leuchtkraft der einzigen Laterne vor dem Hauptgebäude des Bauernhofes schaffte es mit ihrem Licht, nicht vollkommen im Nebel abzutauchen und so wenigstens zarte Umrisse des Hofgebäudes im Nebelschleier abzuzeichnen.
Dieser Nebel hatte etwas Schweres, Trauriges und in seiner konsequenten und unausweichlichen Dichte auch Unheimliches.
Für Emma war er zum Greifen nah und doch hatte sie das Gefühl, wie fremd zu sein in diesem Ort, in dieser Straße und erst recht unter diesem schauderhaft schummrigen Gewand.
Sie wollte gerade in die kleine Seitenstraße zum Kindergarten abbiegen, als sie zuerst Stimmen hörte und dann zwei Männer sah, die aus einem anfänglich nicht zu erkennenden Umriss mehr und mehr Gestalt annahmen. Als sie ganz zu sehen waren, und das war gerade mal zwei Schritte von ihr entfernt, bemerkten sie Emma und blieben abrupt stehen. Auch ihre Unterhaltung stoppte von jetzt auf gleich, fast so, als ob sie in Emma einen ungebetenen Mithörer vermuteten, der nichts von ihrem Gespräch erfahren sollte.
Wie Emma feststellen musste, waren beide zu gut gekleidet, um als einheimische Bauern durchzugehen. Der eine trug eine

elegante Mütze, die einem russischen Pelzhut glich, dazu einen dicken Wintermantel und eine Cordhose. Die Lieblingsfarbe des Mannes musste eindeutig Braun sein, denn angefangen von der Mütze bis zu den Schuhen war alles in den typischen Herbstfarben Schoko, Cognac und Milchkaffee gehalten.
Emma war sich sicher, dass sie den Mann irgendwoher kannte. Aber es wollte ihr einfach nicht einfallen, wo sie ihn schon einmal gesehen hatte.
Auch der andere Mann war äußerst adrett gekleidet. Zu seiner schwarzen Hose trug er farblich passende Stiefeletten. Ein dicker Rollkragenpullover aus sandfarbenem Kaschmir wurde nahezu komplett von einer grünen Steppjacke mit einem breiten dunkelbraunen Kragen verdeckt, bei deren Anblick Emma direkt an einen Pferdezüchter, Reiter oder Jagdpächter denken musste. Eine feinmaserige Mütze und ein breiter Schal im typischen Burberry-Karomuster rundeten seinen Auftritt ab.
„Guten Morgen", sagte der Herr in Braun, während der andere nur vornehm mit dem Kopf nickte. „Kann man Ihnen weiterhelfen? Haben Sie sich verirrt oder warten Sie nur auf jemanden?"
Plötzlich wusste Emma, wer der Mann war – Charlottes Vater.
„Hej. Schön, Sie zu sehen, Herr Nägele. Wissen Sie noch, wer ich bin?"
„Ehrlich gesagt, nein."
„Ich bin Emma, Emma Hansen. Charlottes Ferienfreundin", sagte Emma.
„Oh ja, Familie Hansen. Ihr habt immer den Sommer hier verbracht. Ich erinnere mich. Was machst du denn jetzt so?"
„Meinen Sie hier oder generell?", fragte Emma, die sich wunderte, wie schnell Reinhold Nägele jemanden für sich vereinnahmen konnte.
„Na, wenn du schon so fragst: beides." Reinhold Nägele lächelte milde, aber durchaus interessiert.

„Auch wenn das Wetter nicht gerade dazu einlädt, so verbringe ich hier einige Urlaubstage. Einfach mal entspannen und nichts tun. Ich habe mich in den vergangenen Jahren um meine Ausbildung zur Kriminalhauptkommissarin gekümmert. Da sind die Ferien eindeutig zu kurz gekommen", sagte Emma.
„Mein Name ist Richard Sutherfolk. Ich bin ein Freund der Familie", stellte sich ihr der andere Mann jetzt vor.
„Hej", antwortete Emma und nickte ihm freundlich zu.
„Und du wolltest zu mir? Ich darf dich doch duzen, oder?", fragte nun wieder Reinhold Nägele und zwängte dabei seine großen Hände in Handschuhe aus Glattleder, die für seine Pranken fast ein wenig zu klein schienen.
„Ja, wobei ich Sie gerne allein gesprochen hätte oder besser: sprechen würde." Emma druckste ein wenig herum. Da sie Richard Sutherfolk nicht kannte, wusste sie nicht, wie nah sich die beiden Männer standen und wie eng ihre Freundschaft sie verband. Und selbst wenn, so hatte sie doch das starke Bedürfnis, ihre Fragen nur an Reinhold Nägele zu stellen, schließlich ging es ja um seine Tochter.
„Ich habe keine Geheimnisse vor Richard. Ich war Trauzeuge bei seiner Hochzeit und er ist der Patenonkel meiner Kinder. Wir kennen uns seit mehr als 25 Jahren und haben in dieser Zeit immer und über alles offen gesprochen. So wie sich das für zwei sehr gute Freunde eben gehört."
„Trotz allem sollten …"
„Emma." Reinhold Nägele unterbrach sie und hätte ihr fast seine Hand auf die Schulter gelegt. Doch im letzten Moment hielt er sich zurück, faltete stattdessen die Hände und legte sie auf seinen kaum vorhandenen Bauch, fast so, als wollte er mit dieser eingenommenen Position seine letzten Kräfte mobilisieren, ehe er zum verbalen Angriff überging.
Damit sieht er aus wie einer meiner Dozenten an der Landespolizeischule, der auch immer ganz oberlehrerhaft im Stehen

seine Hände auf den Bauch gelegt hatte, dabei leicht wippte und uns über die schmalen Gläser seiner 5-Euro-Brille pikiert musterte, als ob wir uns gerade eines Schwerverbrechens schuldig gemacht hätten, dachte Emma und erinnerte sich nur ungern an ihren ehemaligen Lehrer zurück.

„Geht es etwa um den toten Bauern? Um Franz Marder? Ich hoffe, du fängst jetzt nicht auch noch damit an." Reinhold Nägele rollte die Augen, ehe er in einem Anflug von Sarkasmus fortfuhr: „Der ganze Ort ist in Aufruhr, da fällt es sicher schwer, sich zu erholen und Ruhe zu finden."

„Woher wollen Sie ...", fragte Emma, doch Reinhold Nägele unterbrach sie: „Angeblich soll es Mord gewesen sein. Ich frage mich nur, wer einen Franz Marder auf dem Gewissen haben soll. Und wenn das nicht schon genug wäre: Für die beiden Kommissare bin ich sogar der Hauptverdächtige, weil ich einen Tag zuvor einen Streit mit ihm gehabt habe. Ist das zu glauben? Und du sollst mich jetzt noch mal dazu befragen oder wie?"

„Das ist die Arbeit der Kollegen, nicht meine. Ich habe nur gehört, dass Charlotte seit dem Tag ihrer Krönung vor 15 Jahren verschwunden ist", sagte Emma geradeheraus. „Und da wollte ich bei Ihnen nachfragen, was Sie darüber wissen?"

„Auch der Franz wollte mich deswegen sprechen, weil er angeblich wusste, was mit Charlotte geschehen ist. Aber mit dem guten alten Franz war schon lange nichts mehr anzufangen, daher habe ich auch nichts auf seine Worte gegeben."

Emma konnte kaum glauben, was sie da gerade eben gehört hatte. Sie war also nicht die Einzige, die etwas über den Verbleib ihrer Freundin herausbekommen wollte. Endlich kam sie auf ihrer Suche nach diesem merkwürdigen Geheimnis ein Stückchen weiter, nur um im nächsten Augenblick einen resignierten Seufzer von sich zu geben. Denn Franz Marder konnte ihr ja nun nicht mehr weiterhelfen. Und mit einem

Male war sie sich einhundertprozentig sicher, dass der alte Bauer sterben musste, weil er etwas wusste, was er hätte niemals wissen dürfen. Ein Geheimnis, das niemals ans Tageslicht kommen durfte.

„Haben Sie nie in Erwägung gezogen, dass Charlotte auch einem Verbrechen zum Opfer gefallen sein könnte?", fragte Emma.

„Emma, ich bitte dich. Du glaubst doch nicht etwa auch diesen Unsinn!"

„Haben Sie etwa eine andere Vermutung?"

„Das müssen wir aber sicherlich nicht in aller Öffentlichkeit besprechen. Was hältst du davon, wenn du uns zum Gasthof Kranz begleitest. Ich habe dort für heute Mittag einen Tisch bestellt. Ich darf dich doch zum Essen einladen?"

Obwohl es bereits kurz vor zwölf Uhr war, herrschte im Gastraum gähnende Leere. Während in der Hochsaison sogar der große Speisesaal, der vom Eingang rechts abging, voll besetzt war, waren heute nur zwei Tische belegt. Direkt gegenüber der Theke hatte es sich ein weißhaariger Mann – Emma vermutete, einer der Dorfältesten – mit Zottelschnurrbart, Jägerhut und in grüner Lodentracht gemütlich gemacht. Er nippte relativ leidenschaftslos an seinem frisch gezapften Bier und schien einer besseren Welt nachzuhängen, während am Tisch in der Ecke ein Rentnerpaar in Wanderausrüstung an seiner Tagessuppe löffelte. Das Klirren der Suppenlöffel und das monotone Summen der Kühlung der Zapfanlage waren die einzigen Geräusche, die den rustikalen Gastraum mit seinen roten Übergardinen, den gestärkten weißen Tischdecken und den hellbeigen Lampenschirmen aus Stoff erfüllten. Gemalte Landschaftsmotive des Südschwarzwaldes hingen gerahmt in verschiedenen Größen an allen Wänden, die nicht von der Holzvertäfelung eingefasst waren. Und in jeder Ecke thronte

ein Kruzifix – so dominant, dass nicht nur jeder Atheist das Gefühl haben musste, Jesus Christus würde am Tisch dabeisitzen und mitessen.
Hier hat sich auch wirklich nichts verändert, erinnerte sie sich an ihren letzten Besuch im Gasthof Kranz zurück, während sie den beiden Männern durch den Gastraum folgte. Damals hatte ein Mitglied der Freiwilligen Feuerwehr hier seinen runden Geburtstag gefeiert und auch Emmas Familie war zu diesem Fest eingeladen worden. „Auf einen mehr oder weniger kommt es hier bei uns nicht an“, hörte sie noch Charlottes Worte nachklingen, und voller Sehnsucht dachte sie an den letzten gemeinsamen Sommer zurück.
Zum ersten Mal hatte ihr damals Charlotte von einem jungen Mann erzählt, der sie irgendwie in ihren Bann gezogen hatte. Er, schlank, sportlich, gebildet und aus gutem Hause, hatte sie ein Jahr zuvor beim Rosenfest zum Tanz aufgefordert. Elegant und doch selbstsicher, zärtlich und doch bestimmt, hatte er sie über die Tanzfläche geführt, fast so wie eine Prinzessin in einem kitschigen Märchen. Ja, sie sei verliebt, richtig glücklich, so Charlotte, auch wenn sie nicht wisse, wohin sie ihre Gefühle noch tragen würden. „Aber erst einmal möchte ich jetzt Rosenkönigin werden“, hatte Charlotte noch gesagt, ehe sich die beiden Freundinnen am Tag des Rosenballs vor 15 Jahren verabschiedet hatten. Emma und ihre Familie hatten bereits am Nachmittag abreisen müssen. Damals sollte es ein Abschied auf Zeit sein. Doch es wurde einer, der bis jetzt, wenn nicht sogar für immer dauerte.
Nein, daran wollte Emma einfach nicht glauben, auch wenn sie nicht zuletzt durch ihren Beruf wusste, dass man alle Eventualitäten berücksichtigen musste. Selbst die, die einem das Denken daran verböten.
„Sie scheinen ja keinen großen Appetit zu haben“, stellte Richard Sutherfolk fest, der sich gerade ein Stück seines Rump-

steaks abschnitt und es anschließend genüsslich durch die Sauce Béarnaise zog, während Emma gedankenverloren in ihrem großen Salatteller mit Putenstreifen stocherte.
„Ich hoffe nur, Sie versteifen sich nicht auf Franzens abstruse Gedanken und jagen einer Theorie hinterher, die seiner, durch den Alkohol völlig verschwommenen Gedankenwelt entstammt“, sagte Richard Sutherfolk mit einer Konsequenz, die selbst Reinhold Nägele zu überraschen schien. Doch ehe er darauf reagieren konnte, hakte Emma nach: „Was glauben Sie denn, ist mit Charlotte passiert?“
Reinhold Nägele schluckte. „Was hat denn jetzt meine Tochter mit Franzens Tod zu tun?“
„Ich bin sicher, dass der Bauer nicht zufällig ermordet wurde. Vielleicht ist er ja sogar gerade deshalb umgebracht worden, weil er etwas wusste, was mit Charlottes Verschwinden zu tun hat.“
„Ich begreife es einfach nicht. Du gehst genauso auf diese Geschichte ein wie schon Maria Reisinger. Auch sie hat auf Teufel komm raus an der Geschichte des alten Kerls festhalten wollen, auch wenn sie dafür sicherlich andere Motive hatte, als du sie jetzt hast.“ Reinhold Nägele war so aufgebracht, dass er sein fast halb gefülltes Glas Wein in einem Zug leerte.
Das ist ja interessant, wenn auch Maria Reisinger den Worten des alten Bauern Glauben schenkte, dachte Emma, die sich vornahm, noch einmal mit der Lädele-Verkäuferin zu sprechen.
„Wann haben Sie denn Charlotte das letzte Mal gesehen?“, fragte Emma, die Reinhold Nägeles Einwände wissentlich überging. Wenn Maria Reisingers Aussage stimmte, dann verschwand Charlotte am Abend des Rosenballs, also genau an dem Tag, an dem auch Emma Charlotte zuletzt gesehen hatte.
„Das letzte Mal habe ich meine Tochter nach der Krönungszeremonie gesehen. Sie wurde gerade zur neuen Rosenkönigin

gekürt. Der ganze Saal war gefüllt, viele Leute beglückwünschten mich, freuten sich mit mir und meiner lieben Tochter. Sie kam zu mir und sagte, sie wolle kurz einmal Luft schnappen. Einige Jungs waren in ihrem Schlepptau, aber sie ging, soweit ich das sehen konnte, allein nach draußen. Von da an habe ich sie nie mehr gesehen. Und selbst ihre Rose ist mir nicht geblieben." Reinhold Nägele rang merklich um Fassung.

„Vielleicht kann uns ja René, Charlottes damaliger Freund, weiterhelfen", sagte Emma, die mit einem störrischen Salatblatt auf ihrem Teller spielte und dabei die beiden Männer interessiert beobachtete. „Was sagt er denn zu Charlottes mysteriösem Verschwinden?"

Gerade wollte Reinhold Nägele ansetzen, als ihm Richard Sutherfolk ins Wort fiel: „Ihr damaliger Freund? Pah. Das ist ein Niemand. Charlotte hat sich doch nur mit ihm vergnügt, aber glücklich war sie mit ihm nie. Das hat sie mir einmal erzählt, als sie mich für eine Blumenmesse auf die Insel Mainau begleitet hat. Sie bevorzugte eher Männer, die ihr etwas bieten konnten. Aber das konnte der beim besten Willen nicht. Der war doch einfach nur ein Blender."

Was für ein selbstgefälliger Kerl, dachte Emma, immer noch geschockt ob seiner Worte, als sie sich wenige Minuten später von den beiden Männern verabschiedete, die noch auf ein weiteres Glas Rotwein im Gasthof Kranz bleiben wollten. Der war so von sich überzeugt, als wäre er genau der Richtige für Charlotte gewesen, überlegte Emma und ein Schauer lief ihr über den Rücken.

Nicht vor Kälte, sondern vor Ekel.

zweiundzwanzig

Franz-Josef Bannholzer war ein sehr geduldiger Mensch, den so schnell nichts aus der Ruhe bringen konnte. Eine zwangsneurotische Frau als Gattin, zwei pubertierende Kinder, die von vornherein gegen alles und jeden waren und eine Mutter, die ihn heute noch Purzel nannte und es sich nicht nehmen ließ, jeden zweiten Tag im Revier anzurufen und nach seinem Wohlbefinden zu fragen, hatten den 48-jährigen Kriminalrat über die Jahre hinweg abgebrüht – ja sogar nahezu unangreifbar werden lassen.

Beruflich galt der gebürtige Lauchringer, der sich als Schriftführer im Boxclub und als Mitglied im Gemeinderat auch sozial engagierte, als Ruhepol, der nur selten laut wurde und so gut wie nie die Fassung verlor.

Als er am Samstagmittag – seine Frau hatte ihn gerade zu Tisch gerufen – einen Anruf entgegennahm, war es mit seiner stoischen Ruhe jedoch vorbei. Ein toter Bauer im Witznaustausee, und alles deutete auf Fremdeinwirken, also auf Mord hin, fasste er das Telefongespräch gedanklich zusammen, und kratzte dabei mit der Spitze des Brieföffners in der Schale aus Jade herum, die seine Frau neben das Telefon gestellt hatte.

Seine Frau hatte es anschließend nicht mehr gewagt, ihn anzusprechen, so geistig wie körperlich abwesend hatte er sich nach diesem Telefonat verhalten. Sein Benehmen war so ungewöhnlich gewesen, dass sie ihren Mann fast nicht wieder erkannt hätte.

Das war fast mehr als 24 Stunden her und nun saß er regungslos, fast steif, an seinem Schreibtisch aus Metall und

Chrom. Seine Hände, aufgestützt auf der Tischplatte, auf der sich verschieden dicke Ordner und Mappen in allen möglichen Farben ein Stelldichein gaben, spielten mit einer Büroklammer und versuchten, aus dem Stück Metall eine Acht zu formen. Er war fast fertig, als Stefan Alt und Karl Strittmatter das Büro des Kriminalrats betraten.

„Hallo Chef. Warten Sie schon lange auf uns?“, fragte Stefan Alt und hätte sich die Antwort gleich selbst geben können.

„Wie man es nimmt. Ich hätte nichts dagegen gehabt, erst morgen wieder im Büro zu erscheinen. Aber noch kann man sich einen Mord und den Tag, an dem er passiert, ja leider nicht aussuchen“, erwiderte Bannholzer und ließ die beiden Kommissare seine chronische Unlust, an einem freien Wochenende in die Dienststelle kommen zu müssen, so sehr spüren, dass Karl Strittmatter nicht weiter in das Geplänkel seines jüngeren Kollegen einstimmen wollte, sondern gleich zur Sache kam.

Nachdem er dem Kriminalrat den bisherigen Stand der Dinge in kurzen Sätzen vorgetragen hatte, wartete Strittmatter einige Momente ab, um sich bereits innerlich auf die Fragen seines Vorgesetzten vorzubereiten. Dabei griff er beherzt in die Keksdose, um sich gleich mit mehreren Butterkeksen zu stärken. Wie gut, dass Bannholzer eine allseits umsorgende Mutter hat, die ihn nie verhungern lassen würde, selbst wenn er in einer Vorratskammer wohnen würde, dachte er mit einem Grinsen und biss so kräftig von einem Keks ab, dass ein leichter, aber deutlich sichtbarer Krümelregen auf sein anthrazitfarbenes Hemd niederging.

„Wenn es Mord war, muss es Menschen geben, die ein Motiv haben, um selbst dieser armen Seele noch nach dem Leben zu trachten. Hatte er Feinde oder gab es jemanden, der einen Grund hatte, ihn aus dem Weg zu räumen?“, fragte Bannholzer, der sich – von Strittmatters Kekskrümelei leicht angewidert – wieder seiner Büroklammer widmete.

„Soweit wir bisher in Erfahrung bringen konnten, hatten Franz Marder und Reinhold Nägele einen Tag vor dem Mord einen heftigen Streit, den zufälligerweise die Verkäuferin aus dem Tante-Emma-Laden, Maria Reisinger, mitbekommen hat", antwortete Stefan Alt, der das Wort „zufälligerweise" so sehr betonte, dass Bannholzer von seiner mittlerweile völlig verbogenen Büroklammer aufschaute und Alt dabei erwartungsfroh ansah, die bisher gesammelten Ergebnisse weiter darzulegen.

„Mit diesem Sachverhalt haben wir dann im Anschluss Reinhold Nägele konfrontiert, der den Streit herunterspielte. Er sprach von einer kleinen verbalen Auseinandersetzung. Und die habe lediglich darauf beruht, dass Franz Marder sich nach dem Tod seiner Frau nur noch habe gehen lassen und sein gesamtes Vermögen in den Alkohol investierte. Und anstatt seine – also Nägeles – Hilfe anzunehmen, habe das Opfer nichts Besseres zu tun gehabt, als ihn, also den Nägele, mit irgendwelchen hypothetischen und wohl auch frei erfundenen Märchen über das Verschwinden von Charlotte zu belästigen."

„Charlotte?"

„Charlotte Nägele, Reinhold Nägeles Tochter. Sie ist seit 15 Jahren spurlos verschwunden."

„War das die kleine Brünette, die in der Nacht, in der sie zur Rosenkönigin gekürt worden ist, angeblich mit ihrem Freund durchgebrannt sein soll?", fragte Bannholzer, der zwar Stefan Alt anschaute, die Frage aber doch eher an Karl Strittmatter richtete.

Noch kauend und mit deutlich hörbarem Schmatzen – was Franz-Josef Bannholzer mit einem ärgerlichen Blick quittierte – antwortete Strittmatter: „Richtig. Wobei ..." Er hielt inne und fischte in seinem Schoß nach einem Stück Keks. „Äh, also, die Dörfler sagen sogar, dass sie eine Miss Etepetete war, die ihren Abschied von langer Hand geplant haben soll, weil sie

das triste Leben in Nöggenschwiel so satthatte. Und das kann ich nur zu gut verstehen."
„Strittmatter, bleiben Sie sachlich."
„Na ja, der Alte, äh, ich meine ihr Vater wollte und will an diese Version nicht glauben, weswegen wir damals tagelang durch die Wälder und Täler gekraxelt sind in der Hoffnung, sie zu finden." Karl Strittmatter erinnerte sich mit Unmut an den extrem heißen Sommer 1997 und die sehr aufwendige und zeitintensive Suche zurück, die sich fast zwei Wochen lang hingezogen hatte und bei der sogar die Schweizer Kollegen mit einbezogen worden waren.
Dabei war man nach der ganzen Aktion genauso weit wie vorher gewesen. Selbst die feinen Nasen der Spürhunde hatten nichts erschnüffeln können. Und auch der Einsatz des Hubschraubers mit der Wärmebildkamera – es war übrigens der erste Einsatz des neuen Helikopters des Freiburger Regierungspräsidiums – hatte keinen Erfolg gebracht.
Nur Karl Strittmatter war erfolgreich gewesen. Wenn auch nur minimal, wenn man die Größe seiner neuen Freunde als Maßstab des Erfolgs nahm. Gleich fünf Zecken hatten sich seinen Körper zum Blutsaugen ausgesucht, als er mit kurzen Hosen durch das dichte Gehölz des Hotzenwaldes auf der Suche nach Charlotte Nägele gestapft war. Noch heute schüttelte es ihn bei dem Gedanken, wie er jedes einzelne dieser ekeligen kleinen Monster mit der Pinzette vorsichtig und höchst wehleidig aus seiner Haut gezogen hatte.
Sein Chef holte ihn mit einem angestrengten Seufzer aus der Vergangenheit zurück. „Aha. Nur, was hat das Opfer damit zu tun?" Franz-Josef Bannholzer spürte, wie sich eine stechende Migräne durch seinen Kopf bohrte, die ihm das Gefühl vermittelte, dass sein Gehirn kurz vor einer gewaltigen Explosion stand. Dem Neurologen in der Freiburger Uniklinik hatte Bannholzer dieses Druckgefühl wie eine gefüllte Wasserfla-

sche aus Glas beschrieben, die mit voller Wucht zu Boden fällt und dort mit lautem Knall in tausend Teile zerspringt. Schon als Jugendlicher hatte er unter diesen furchtbaren Schmerzen gelitten, die sich nie groß ankündigten, dafür aber urplötzlich einfach da waren und von jetzt auf gleich nicht nur die Lebensqualität extrem einschränkten, sondern die ihn auch in eine nur für ihn zugängliche Welt entführten. Eine Welt, in der er einfach nur in Ruhe gelassen werden wollte.
Ein Umstand, den die Menschen in seinem direkten Umfeld, die nicht unter derartigen Kopfschmerzen zu leiden hatten, nur schwer – wenn überhaupt – nachvollziehen konnten.
So war es auch jetzt, und der Kriminalrat konzentrierte sich mit geschlossenen Augen auf das Epizentrum des Schmerzes in der Hoffnung, es lokalisieren und mit positiver Energie mildern zu können, während sein schmatzender Kollege ihn fast zur Weißglut brachte.
„Na, angeblich wusste er, wo Charlotte ist.“ Strittmatter hatte seine Ekelattacke schneller überwunden als angenommen und so griff er erneut in die Keksdose, die mittlerweile nicht mehr viele der kleinen Leckereien zu bieten hatte.
Bannholzer spürte, wie ihn der Schwindel überkam. Typische Symptome einer heftigen Migräneattacke. Er wünschte sich weit weg in einen völlig abgedunkelten Ruheraum, in dem er bloß seinen Atem hören würde. Doch da er wusste, dass die Aufklärung dieses Mordfalles alles andere als ein Kinderspiel werden würde, bemühte er sich sichtlich, die vielen Puzzleteile an Informationen in seinem Kopf zu sortieren.
„Nur leider haben wir nun keine Möglichkeit mehr, diese Theorie zu verifizieren beziehungsweise ihr nachzugehen.“ Er grübelte. Voll konzentriert massierte er seine Schläfen. Er hoffte inständig, dass das seine kleinen grauen Gehirnzellen zum Nachdenken animieren und gleichzeitig den Blutkreislauf in der oberen Kopfhälfte so anregen würde, dass die flei-

ßigen weißen und roten Blutkörperchen den immer stärker werdenden Kopfschmerz einfach wegtransportierten.
Nach einer gespannten Schweigeminute, die Stefan Alt wie eine halbe Ewigkeit vorkam, räusperte sich der Kriminalrat und sagte: „Da sollten wir morgen auf jeden Fall noch einmal die Lädele-Verkäuferin intensiver befragen. Vielleicht fallen ihr ja noch einige entscheidende Hinweise ein, die uns bei der Ermittlung weiterhelfen. Und auch an Reinhold Nägele sollten wir dranbleiben."
„Und was ist mit Charlottes Freund? Sollten wir ihn nicht auch noch einmal näher unter die Lupe nehmen?", fragte nun Stefan Alt.
„Was hat der denn mit dem alten Bauern zu tun?", erwiderte Karl Strittmatter und verschluckte sich dabei derart, dass er wild prustete und heftig nach Luft schnappte.
„Reinhold Nägele hat ihn in unserem Gespräch erwähnt. Er war nicht gerade begeistert von der Wahl seiner Tochter, was diesen René Lusser als seinen möglichen Schwiegersohn betraf."
„Du, der Nägele wird einfach nicht mit dem Verlust seiner Tochter fertig. Klassisches Elternsyndrom: Er kann nicht loslassen, zumal ihm durch das Verhalten seiner Tochter seine pädagogischen und erzieherischen Defizite aufgezeigt werden. Und damit lässt es sich sicherlich nicht gut leben als Mister Perfect – in einem Ort, in dem jeder weiß, was der andere zum Mittagessen kocht oder wann der Nachbar auf die Toilette geht. Der kann einem nur leidtun: Vor lauter Getratsche kann der bestimmt kaum schlafen, so sehr müssen ihm seine Ohren klingeln."
„Wie dem auch sei, ich würde ihn auch noch befragen wollen. Schaden kann es sicherlich nicht", sagte Stefan Alt und schaute dabei seinen Chef erwartungsvoll an.
„Ich glaube zwar auch, dass wir uns da möglicherweise in

etwas verrennen“, schaltete sich nun der Kriminalrat in die emotional geführte Diskussion ein, „aber wir können ihn ja mal auf die Liste der noch zu befragenden Personen setzen. Aber darum kümmern wir uns morgen, genauso wie um Frau Reisinger und Reinhold Nägele. Erst einmal warten wir die weiteren Obduktionsergebnisse ab und dann sehen wir weiter.“

Strittmatter hatte gerade die Tür hinter sich geschlossen, da fiel Franz-Josef Bannholzer wie eine Luftmatratze, aus der man die Luft entließ, in sich zusammen. Er war steif vor Schmerzen und freute sich jetzt nur noch auf einen erholsamen Sonntagabend. Wenn da nicht der Geburtstag seiner jüngsten Tochter wäre, die mit ihren Freundinnen das Haus unsicher machen und darüber hinaus von ihm auch noch verlangen würden, für sie den zu allem bereiten Animateur zu spielen.

Und auch sein Sohn verlangte gerade seine ganze Aufmerksamkeit, klagte er doch bereits seit dem frühen Morgen über stechende Bauchkrämpfe. Hoffentlich haben die Schmerzen mittlerweile etwas nachgelassen, dachte Bannholzer, der keine Lust hatte, den Sonntagabend in der Notaufnahme des Waldshuter Krankenhauses zu verbringen und sich mit einem vor Schmerzen schreienden Jungen, einer aufgelösten Ehefrau und überforderten Assistenzärzten herumzuschlagen.

Manchmal war es eben wirklich kein Segen, Vater zu sein.

dreiundzwanzig

Was hatte Richard Sutherfolk nur damit gemeint, dass René nur ein Blender und für Charlotte alles andere als der ideale Umgang gewesen sei? Das fragte sich Emma, als sie den Gasthof Kranz hinter sich gelassen hatte. Und warum hatte sich Reinhold Nägele in diesem Punkt so zurückgehalten, obwohl er sonst bereits hochging, wenn er nur Charlottes Namen hörte, und dabei gleichzeitig alles dafür tat, seine Tochter verbal zu verteidigen?

Auch nach diesem Gespräch hatte Emma das Gefühl, bei ihrer Suche nach Charlotte wieder keinen einzigen Schritt weitergekommen zu sein. Ob der Tod Franz Marders wirklich etwas mit Charlottes Verschwinden zu tun hat?, fragte sie sich, und sie spürte, wie die Selbstzweifel sie übermannen wollten. Was, wenn ich mich da wirklich in etwas hineinsteigere und einer Theorie nachgehe, die nur auf Mutmaßungen und Annahmen aufgebaut ist und deren Urheber – warum auch immer – nicht mehr am Leben ist?

Aber genau das war der springende Punkt: Denn Franz Marder war nicht einfach so gestorben – was ihr sowohl Reinhold Nägele als auch Richard Sutherfolk unbedingt weismachen wollten. Der alte Bauer musste etwas gewusst haben, wofür er hatte sterben müssen, denn wäre dieses Wissen – und dessen war sich Emma ganz sicher – an die Öffentlichkeit gekommen, wäre dies für mindestens eine bestimmte Person ganz gefährlich geworden.

Aber wer kennt oder kannte den Bauern denn noch, und wem hätte sich der Bauer anvertraut, wenn es darum ging, seine Version von Charlottes Verbleib zu überprüfen? Emma überlegte und überlegte, aber ihr wollte partout niemand einfallen, vielleicht auch deshalb, weil sie Franz Marder vor 15 Jahren zuletzt gesehen hatte und die einzige Bezugsperson, die ihr einfallen wollte – seine Frau Martha – bereits vor ihm gestorben war.

Sie kam einfach nicht weiter. Sie musste voller Wehmut an ihren Großvater Anders denken, der früher als Kripochef von Kopenhagen immer ein Geheimrezept hatte, wenn er bei seinen Ermittlungen nicht vorangekommen war. „Emma, atme tief durch, mach' deinen Kopf frei und dann setzt du dich hin und bestellst eine heiße Tasse Schokolade mit einem ordentlichen Spritzer Rum und du wirst sehen, wie deine kleinen grauen Gehirnzellen vor Freude hüpfen. Sind sie erstmal losgelassen, dann werden sie es dir danken und dir ganz neue Perspektiven aufzeigen, an die du vorher nie gedacht hast", hörte sie seine Worte so klar und deutlich, als ob er neben ihr stünde und sie in den Arm nähme, während ein stechender Schmerz der Sehnsucht ihre Gedanken ergriff.

Nein, aufgeben gilt nicht, antwortete sie ihrem Großvater in Gedanken, und für einen Moment dachte sie auch wirklich daran umzudrehen und zum Gasthof Kranz zurückzukehren, sich in eine der gemütlichen Sitzecken zu lümmeln und für sich und zur Unterstützung der kleinen Arbeiter in ihrem Kopf eine Tasse Kakao mit aufgeschäumter Milch zu trinken. Doch so sehr sie sich auch mit diesem Gedanken anfreunden konnte, sie hatte keine Lust, erneut Richard Sutherfolk zu begegnen. Sie wollte, sie musste unbedingt noch einmal mit Reinhold Nägele sprechen, aber nur ihn allein, ohne seinen alten Freund, der ihr einfach nicht ganz koscher war. Irgendetwas sagte ihr, dass auch Richard Sutherfolk so seine Geheimnisse hatte. Und sie wusste, sie konnte sich auf ihre Intuition verlassen, wenn es darum ging, jemanden nach seiner Aufrichtigkeit beurteilen zu müssen. Doch das arrogante Gehabe des englischen Rosenzüchters, der nahezu kein Gespräch ausließ, um über seine bunten Lieblinge zu referieren, ganz gleich, ob man daran interessiert war oder nicht, hatte etwas, das Emma nicht genau einschätzen konnte.

Sie fröstelte. Die Temperaturen bewegten sich um den Gefrierpunkt herum und die Nebelschleier hatten immer noch eine Schwere, die den ganzen Ort zu erdrücken schien. Zumindest war dies Emmas Eindruck, und so ließ sie die Schultern hängen, als ob sie als Stütze die gesamte Last des Dorfes mitzutragen hätte.

Es hat alles eine unheimliche Magie, die einen anzieht und doch bewusst werden lässt, dass man nicht dazugehört, dachte sie, als plötzlich eine Katze ihren Weg kreuzte. Dasselbe Tier, das sie schon am Morgen gesehen hatte und das ein kleines Glöckchen um seinen schmalen Hals gebunden hatte. Es lugte aus einer kleinen Stallung heraus, bevor es vorsichtig, bedacht und jeden Schritt und jede Bewegung genau abschätzend über die Straße lief. Als sie Emma wahrgenommen hatte, beschleunigte die Katze ihren Gang und huschte in die gegenüberliegende Scheune. Fast so, als ob sie nie wirklich da gewesen wäre.

Der Ort schien wie ausgestorben zu sein. Durch den dichten Nebel konnte man die Umrisse der einzelnen Häuser, Scheunen und Gehöfte nur noch erahnen. Selbst das Zweifamilienhaus, in dem heute Morgen durch die beleuchteten Fenster noch so viel Leben nach außen gedrungen war, war vom Nebel nahezu völlig verschluckt worden. Emma konnte sich nicht daran erinnern, wann sie zuletzt einen so dichten Nebel erlebt hatte.

Der Nebel – mächtig, unwirklich und unentrinnbar.

Dieses Gefühl hatte sie auch, als sie Richard Sutherfolk in die Augen gesehen hatte. Augen, vor denen man Angst haben konnte. Dunkel, fast schon düster, tief und unberechenbar. So hätte sie die beiden Tore zu seiner Seele beschrieben, wenn ihre Psychologin Maya Kirscher-Kresch sie danach gefragt hätte. Doch der Mann, dem sie gehörten, war berechnend und zielstrebig und sie wusste, dass er sich von nichts und niemandem aufhalten lassen würde.

Immer wieder gingen ihr seine Worte im Kopf herum. Worte, die auch Reinhold Nägele aufhorchen ließen, obwohl die beiden seit mehr als 20 Jahren gute Freunde waren und sich sehr nahe standen, also alles miteinander teilten und angeblich auch keine Geheimnisse voreinander hatten, wie Reinhold Nägele heute Vormittag noch besonders betont hatte.

Was wollte dieser Mann nur andeuten, als er sagte, Charlottes Freund René sei ein Verlierertyp, ein Kerl, mit dem sie sich nur vergnügt habe, anstatt etwas Ernstes zu wollen, da sie viel eher auf reifere, lebenserfahrenere Männer gestanden habe? Und warum hatte er das zu ihr gesagt, zu einer Person, die er bis dato noch nie gesehen hatte, die ihm also völlig fremd war? Waren es nur Worte eines Wichtigtuers oder hatte es wirklich eine Affäre gegeben? Aber warum hatte ihr Charlotte nie etwas davon erzählt? Hatte sie vor ihr gar etwas zu verbergen gehabt? Zumindest hatte sie das Gefühl, dass Richard Sutherfolk mehr war als nur ein guter Freund der Familie.

Vielleicht kann ja Maria Reisinger mehr Licht ins Dunkel bringen, erinnerte sich Emma an ihr Vorhaben, der Lädele-Verkäuferin noch einen Besuch abstatten zu wollen. So ging sie, anstatt nach links in den Witznauweg abzubiegen, der zu ihrem Apartment und damit zum Haus der Villingers führte, weiter den Rosenweg entlang. Große Gehöfte wechselten sich mit urgemütlichen und typischen Schwarzwaldhäusern ab, deren Besitzer bei der Renovierung, Sanierung oder einfach nur der

Erhaltung der Häuser nicht nur auf jedes Detail geachtet, sondern viele Dachböden oder ehemalige Scheunen, die dem Haupthaus angegliedert waren, zu Ferienwohnungen mit Auszeichnung ausgebaut hatten.
Während im Sommer die Vorgärten, Spaliere und Fensterbänke ein einziges Blumenmeer waren und sich gegenseitig in ihrer Pracht überstrahlten, hingen jetzt die noch nicht eingepackten Rosenranken kahl und traurig an den Rosenbögen und Rankgittern, als ob sie sich aufgegeben und ihren Glauben an den kommenden Frühling und die mit ihm wiederkehrende Schönheit der Natur längst verloren hätten.
Maria Reisingers Haus lag etwas von der Straße nach hinten versetzt und wurde von einer großen Auffahrt gesäumt. Ein gepflegter Vorgarten, verschieden hohe Blau- und Nordmann-Tannen und eine ebenfalls verblühte Rosenhecke rahmten das Anwesen ein und sorgten so für eine heimelige Idylle.
Sie scheint nicht nur sehr eitel im Umgang mit sich selbst zu sein, dachte Emma, als sie die Haustür erreicht hatte. Erwartungsvoll, endlich mehr über Franz Marder und seine Geschichte zu Charlottes Weggang und ihren jetzigen Aufenthaltsort zu erfahren, drückte sie den Klingelknopf.
Sie fluchte, als sich auch nach mehrmaligem Klingeln im Haus nichts rührte, weder Geräusche noch Maria Reisingers Stimme zu hören waren. Mir kommt es fast so vor, als wolle jemand nicht, dass man hinter ein gut und vor allem lang gehütetes Geheimnis kommt, überlegte sie und sie fragte sich, warum ihr gerade jetzt der bekannte Ausspruch „Lasst die Toten ruhen“ einfallen musste.

Resigniert lief sie die Auffahrt hinunter. An der Straße angekommen schwenkte sie direkt in die Hofeinfahrt der Nachbarn hinein. Vielleicht wissen ja die Nachbarn, wo Maria ist oder wann sie wieder nach Hause kommt, dachte Emma, während

sie bei den Trötschlers – wie sie dem Namensschild neben der Tür entnehmen konnte – klingelte. Es dauerte keine 20 Sekunden, als ihr eine freundliche, aber etwas gehetzt wirkende Frau die Tür öffnete. Sie wischte sich gerade die Hände an einem Geschirrtuch ab.
„Ja, bitte?“
„Ich heiße Emma Hansen und war auf dem Weg zu Maria Reisinger. Doch bei ihr öffnet niemand. Wissen Sie zufällig, wann sie wiederkommt?“, fragte Emma geradeheraus.
„Oh, dass weiß ich auch nicht. Warten Sie mal, was haben wir heute für einen Tag?“
„Sonntag.“
„Sonntag, stimmt. Da ist Maria immer unterwegs. Meistens trifft sie sich dann mit Freundinnen oder fährt zu ihrer Schwester nach Stuttgart. Und das kann dann spät werden, obwohl sie morgen wieder früh raus muss.“
Die Nachbarn wissen aber auch wirklich alles, dachte Emma und grinste.
„Kann ich der Maria denn etwas ausrichten? Vielleicht sehe ich sie ja heute Abend doch noch.“
„Das wäre wirklich super nett. Richten Sie ihr bitte aus, dass ich unbedingt mit ihr sprechen muss. Dringend!“, sagte Emma und lächelte die Frau milde an in der Hoffnung, dass ihr Gegenüber diese Aussage jetzt einfach so hinnehmen würde, ohne neugierig nachzufragen oder irgendwelche Mutmaßungen anzustellen. Aber ihre Hoffnung sollte nicht lange bestehen.
„Das klingt jetzt aber ernst. Ist etwas passiert oder kann ich weiterhelfen?“, bot sich die Frau an, von der Emma den Eindruck hatte, dass sie wirklich helfen wollte, wenn sie denn konnte. Und dennoch brauchte sie einfach nicht zu wissen, weswegen Emma Maria Reisinger unbedingt sprechen musste.
„Nein, nein, so ernst ist es nicht. Nur dringend. Ich wohne bei

Villingers im ersten Apartment. Da kann sie mich erreichen – auch jederzeit auf meinem Handy", sagte Emma, notierte ihre Telefonnummer auf einem Blatt ihres Blocks, riss es ab, reichte es ihrem Gegenüber und verabschiedete sich höflich, aber bestimmt von Marias Nachbarin, die eigentlich noch etwas hätte antworten wollen, aber von einer lauten Männerstimme und einem piependen Backofensignal zurück ins Haus gerufen wurde.

Emma fühlte sich wie in einem Vakuum, als sie das Haus der Villingers erreichte. Irgendwie war alles vage, unsicher, und doch war sie mittendrin. Sie versuchte krampfhaft, an einen Rand des Vakuums zu kommen. Aber je mehr sie mit ihren Armen ruderte, desto mehr entfernte sich die Wand des Raumes, der ihr eigentlich eine gewisse Geborgenheit geben sollte. Und doch war schon lange nichts mehr so, wie es einmal war.

Sie wollte gerade die Tür zu ihrem Apartment aufschließen, als eine ältere Frau mit mehr weißen als grauen Haaren aus der danebenliegenden Wohnung kam. Bekleidet mit einem fliederfarbenen Hausanzug – ein Kleidungsstück, das Emma beim Zappen durchs Fernsehprogramm bei einem Einkaufssender schon öfters gesehen und sich dabei jedes Mal gefragt hatte, wer so etwas Kitschiges und Hässliches und aus ihrer Sicht auch noch völlig Überteuertes kaufen und es dann auch noch tragen würde – und weißen Gesundheitsschuhen an den Füßen, die wohl ihre Hausschuhe darstellen sollten, wollte sie gerade in den unangenehm kalten Flur treten, als sie Emma bemerkte.

„Oh, haben Sie mich jetzt aber erschreckt."

„Das tut mir leid. Das war nicht meine Absicht. Ich war wohl etwas zu sehr in Gedanken versunken, als dass ich Sie rechtzeitig bemerkt hätte", entschuldigte sich Emma.

„Das macht doch nichts", sagte die Frau, die sich als Luise Kampmann vorstellte und gerade im Begriff war, ihrem Mann

eine Flasche Bier aus dem ihrem Apartment genau gegenüberliegenden Vorratsraum zu holen.
„Da sind Sie nicht die Einzige."
Emma wusste nicht genau, ob sie mit ihrem Gesichtsausdruck die Frau zum Weiterreden animierte oder ob Luise Kampmann so oder so einfach weitergeredet hätte. Auf jeden Fall fühlte sie sich berufen, Emma ein Gespräch aufzudrängen.
„Auf einmal ist nichts mehr so, wie es einmal war. Wir wollten doch einfach nur spazieren gehen, und dann liegt da plötzlich dieser Mann im See. Tot. Mausetot", war Luise Kampmann bemüht, die richtigen Worte zu finden, während sie mit der einen Hand wie abwesend am Reißverschluss ihres Hausanzuges herumspielte.
Emma, die gerade dabei war, die Schnürsenkel ihrer Schuhe zu lösen, richtete sich abrupt auf. Hatte Reinhold Nägele nicht erzählt, dass es Markus Villinger, der Sohn ihrer Vermieter war, der den alten Bauern zuerst gesehen hatte, fragte sich Emma, während sie mit dem rechten Fuß den linken Schuh abstreifte.
„Das heißt also, Sie haben den Mann als Erstes gefunden und die Polizei angerufen?", fragte Emma vorsichtig. Sie konnte gut nachvollziehen, was das für ein Gefühl gewesen sein musste, zum ersten Mal im Leben einen toten Menschen zu sehen. Das verändert alles, dachte sie und erinnerte sich dabei an ihren ersten Toten, einen Mann, der von einem Auto erfasst und mehrere Meter weit durch die Luft geschleudert worden war. Der Mann war furchtbar zugerichtet gewesen, da ihn der Aufprall auf das Fahrzeug eines 19-Jährigen so heftig erwischt hatte. Ein Arm war abgerissen und lag einige Meter entfernt, während eines der beiden Beine nur noch durch einen Hautfetzen mit dem Rumpf verbunden war. Das Gesicht war völlig zertrümmert und überall war Blut. Es war ein so schrecklicher Anblick gewesen, dass Emma minutenlang gegen das ständige Gefühl, sich übergeben zu müssen, ange-

kämpft hatte. Sie erinnerte sich, wie sie am liebsten noch am gleichen Tag ihren Dienst quittiert und ihre Ausbildung abgebrochen hätte, wenn ihr ein älterer Kollege, der schon mehr als 20 Dienstjahre auf dem Buckel hatte und die teilweise übel zugerichteten Toten längst nicht mehr zählen konnte, nicht zugeredet hätte: „Mädel, an solche Anblicke wirst du dich schneller gewöhnen, als dir lieb ist. Vertrau mir." Und es stimmte: Auch Emma, so sehr sie sich bemühte, konnte mittlerweile nicht mehr genau sagen, wie viele Tote es waren, mit denen sie es in ihrer Laufbahn schon zu tun gehabt hatte.
„Ja. Es war einfach nur schlimm. Dabei, wenn ich ehrlich bin, hatte ich schon so ein ungutes Gefühl, als wir den Weg hinuntergelaufen sind und die Bäume sich so mächtig vor uns aufgetürmt haben. Man konnte den Eindruck gewinnen, sie würden uns mit ihren hohen Wipfeln drohen und davor warnen, weiterzugehen. Ich hätte auf diese innere Eingebung besser hören sollen, aber nein, ich musste ja unbedingt zum Witznaustausee. Dabei fand ich den in den Prospekten bisher immer so friedlich und unberührt."
„Tja, diese Unschuld hat er wohl jetzt verloren, wenn man davon ausgeht, dass dort ein Mord geschah", sagte Emma.
„Wobei ..."
„Ja?"
„Ich meine ...", druckste Luise Kampmann ein wenig herum, ganz so, als ob sie nach den richtigen Worten suchen würde. „Als ich die Leiche zuerst gesehen habe, habe ich nur geschrien, aus Angst, der Mörder hätte sich irgendwo versteckt und würde noch einmal zurückkommen, weil wir ihn bei seiner Tat gestört haben. Aber als ich mich beruhigt habe und noch einmal auf den Toten so hinab sah, wie er da im Wasser lag, da ist mir aufgefallen, dass er so ungewöhnlich im Wasser lag."
„Was meinen Sie mit ungewöhnlich?"

„Na ja, er hätte niemals so hineinfallen können, wenn er am Ufer einen Schlag auf den Hinterkopf bekommen hätte. Verstehen Sie, was ich meine? Auf jeden Fall meinte Herbert, mein Mann, der Mann sei nach einem Saufgelage unglücklich über einen großen Ast gestolpert, hingefallen und mit seinem Kopf auf einen Stein geschlagen, anschließend beim Aufrappeln ins Wasser gestürzt und dabei ertrunken. Aber ich glaube das nicht. Denn da war kein Stein, jedenfalls kein so großer. Ich wollte nichts sagen, weil ich zu viel Angst hatte, dass mein Mann mich für verrückt erklärt und die Polizei hat mich schließlich auch nicht danach gefragt ..."

„Wieso nicht?", unterbrach Emma die Ausführungen ihrer Apartment-Nachbarin.

„Keine Ahnung. Vielleicht, weil wir den alten Mann ja nur gefunden haben. Aber die Beamten sagten uns, dass wir uns für weitere Nachfragen bereithalten sollen. Keiner weiß, wie lange wir der Polizei zur Verfügung stehen müssen. Aber zum Glück sind wir ja Rentner und haben Zeit", sagte Luise Kampmann und lächelte dabei gequält. Sie war mittlerweile in den Vorratsraum eingetreten, hatte Licht gemacht und suchte die Reihen nach dem von ihrem Mann gewünschten Getränk ab. „Die Auswahl ist ja riesig", bemerkte sie und ging in die Hocke, als sie meinte, das richtige Bier gefunden zu haben.

Emma war ihr gefolgt. „Haben Sie sonst noch irgendetwas beobachtet?", fragte sie nun.

„Also, na ja, lassen Sie mich kurz nachdenken", sagte sie, während sie sich langsam aus ihrer Hocke erhob.

„Wissen Sie, ich bin dem Mann, der da tot im See lag, erst gestern Morgen begegnet. Wobei, es war nicht wirklich eine Begegnung, denn er hat mich genauso erschreckt wie Sie mich vorhin. Wie dem auch sei, ich bin gestern wie immer die kleine Abkürzung an der Kirche entlang gegangen. Auf einmal hörte ich, wie der Mann auf der Treppe der Kirche lag und irgend-

etwas brabbelte. Da ich nicht wirklich was verstehen konnte, weiß ich nicht, ob das für mich bestimmt war. Sein Gelalle war einfach völlig zusammenhangslos und nicht zu entschlüsseln. Es war wohl der Alkohol, der aus ihm sprach ..."
„Und weiter?", unterbrach Emma, die dringend auf Toilette musste und schon anfing, von dem einen auf das andere Bein zu hüpfen.
„Oh, verzeihen Sie, ich schweife wohl ab. Auf jeden Fall habe ich gesehen, wie er in der einen Hand eine billige Flasche Schnaps hin- und herschwenkte. Und auch um ihn herum und direkt im Eingangsbereich der Kirche standen einige Flaschen – von der ganz billigen Sorte."
„Das ist jetzt aber keine große Überraschung. Schließlich war der Mann ja ein Alkoholiker."
„Das ist richtig. Aber wenn man immer so harte Sachen trinkt, dann verwundert es einen schon, warum er eine Bierflasche in der Hand hielt, als er da so lag."

vierundzwanzig

An diesem Sonntag hatte Maria Reisinger am Morgen zuerst den Gottesdienst in St. Stephan besucht, ehe sie anschließend das Grab ihrer Mutter Hanna so gut es ging von Nadeln und einigen kleinen Ästen befreit hatte, die über Nacht von der an der Kopfseite der Grabstätte stehenden Tanne heruntergefallen waren.

„Den Rest muss ich morgen machen“, sagte sie zu sich, als sie alles mit beiden Händen zusammenschob, um es anschließend auf den Komposthaufen neben dem kleinen Brunnen und dem Ständer mit den Gießkannen zu werfen. Als gute Katholikin gehörte es sich einfach nicht, am Tag des Herrn zu arbeiten und schwere Aufgaben zu verrichten, schmutzige schon gerade zweimal nicht. Das Pflegen des Grabs gehörte zweifelsohne dazu, obwohl es für Maria Reisinger auch immer etwas von Entspannung hatte, die letzte Ruhestätte ihrer Mutter zu pflegen und dabei in ein leises Zwiegespräch mit ihr zu treten. Ungestört, in ihrer eigenen Welt versunken und sich nur mit der Pflege des Grabs beschäftigend, war sie wie in einer anderen Welt. Nichts war schlimmer, als wenn man sie dabei ansprach oder gar störte.

Nachdem sie das Grab vom Nötigsten gesäubert hatte, war sie nach Hause gegangen und hatte sich Rindergulasch mit Bandnudeln gekocht. Dazu gab es ein kleines Schälchen Gurkensalat und ein Achtel Spätburgunder aus dem Breisgau, den sie so sehr liebte.

Eine kurze Mittagspause von knapp 40 Minuten, in denen sie

von ihrer Mutter geträumt hatte, die sie mal wieder ermahnt hatte, die Fenster mit Klarwasser zu putzen und anschließend mit Zeitungspapier abzureiben, anstatt die modernen Fensterreiniger zu benutzen, und einige Kreuzworträtsel später war sie zu einer Freundin nach St. Blasien gefahren. Einmal im Monat traf sie sich mit ihr, und die beiden schwätzten über dies und das und ließen es sich nicht nehmen, aus den Fenstern im Café am Dom die Touristen zu beobachten und sich über Frisuren, Kleidungsstile und manch sonderbares Verhalten der an ihnen Vorbeiflanierenden lustig zu machen.

Nun war es Abend und sie freute sich auf einen gemütlichen und erholsamen Sonntag voll Entspannung und Ruhe. Denn seit ihre Kollegin erkrankt war und für absehbare Zeit als Verkaufskraft ausfiel, war sie jeden Werktag im Lädele. Nur ab und zu kam eine Aushilfe. Aber immer nur dann, wenn sie die Waren des Lieferanten vom Großhandel entgegennahm, und das war nur montags und donnerstags der Fall. Ansonsten kümmerte sie sich alleine um die Belange des kleinen Geschäfts, dessen Fläche keine 40 Quadratmeter aufwies. Bereits in der vierten Woche füllte sie nun von Montag bis Samstag die Regale auf, bediente die Kunden, kassierte und putzte am Abend noch die Räumlichkeiten, die neben dem Verkaufsraum aus einer kleinen Toilette und dem Rathausflur bestanden.

Ich kann den Bürgermeister, den Vorsitzenden des Heimatvereins und vor allem die älteren Menschen, die auf das Lädele hier im Ort angewiesen sind, ja schlecht im Stich lassen, dachte sie, und lobte sich für ihre Uneigennützigkeit und ihre soziale Einstellung, für die sie schon des Öfteren im Dorf mit Preisen ausgezeichnet worden war. Der Zeitungsartikel, den Thomas Albiez vor drei Jahren über sie und ihr Engagement im Ort verfasst hatte, hing in einem goldenen Rahmen gleich neben der Eingangstür, damit auch jeder ihn sehen und lesen konnte.

Ob als Sopran im Kirchenchor, Landfrau, Schriftführerin bei den Rosenfreunden oder im Gemeinderat – ohne Maria Reisinger lief nichts in Nöggenschwiel. Zumindest redete sie sich das ein und war mächtig stolz auf ihre Taten, durch die sie nicht nur wegen des Berichts in der hiesigen Zeitung zu einer ehrbaren Persönlichkeit der Region geworden war.
Und morgen beginnt alles wieder von vorn, dachte sie mit einem Anflug von Missfallen an den bevorstehenden Montag, an dem der Wecker sie bereits um 5.30 Uhr aus den Träumen reißen würde.
Doch bevor sie ins Bett ging, wollte sie sich noch die Haare waschen und ihre Dauerwelle mit ihren neuen Lockenwicklern auffrischen. „Dann muss ich das morgen früh nicht machen und kann länger im Bett bleiben. Zumal es ja sowieso nicht gut ist, bei den Temperaturen mit nassen Haaren vor die Tür zu gehen, nicht wahr, Labelle“, suchte sie das Gespräch mit ihrer anthrazitgrauen Katze, die ihr den Bauch entgegenstreckte und darauf wartete, ausgiebig gekrault zu werden.
Aber vor allem wollten ihr das Gespräch mit den Beamten von der Kripo und der Streit, den sie am Freitagabend zwischen Franz Marder und Reinhold Nägele mitbekommen hatte, nicht mehr aus dem Kopf gehen. Und jetzt ist Franz, der alte Kauz, tot. Ihre Gedanken kreisten wie so oft in den vergangenen Stunden um den nahezu gleichaltrigen Bauern. Mit seiner Frau Martha war sie über all die Jahre, die sie hier im Ort gemeinsam gewohnt hatten, befreundet gewesen, sie hatten zusammen Kuchen für die Landfrauen gebacken und mit Bürgermeister Huber das Lädele als modernen Tante-Emma-Laden der Zukunft und zugleich als Dorftreffpunkt initiiert.
Warum musste der alte Franz, der zwar durch den Alkohol oftmals grantig und ungenießbar geworden, aber ansonsten immer ein sehr liebenswerter Zeitgenosse gewesen war, bloß sterben? War er durch Zufall ermordet worden oder lag es an

seinem Geheimnis, das er Reinhold Nägele anvertrauen wollte, wozu er aber nicht mehr gekommen war?
Hätte ich ihm bloß besser zugehört, dann wüsste ich jetzt vielleicht mehr und könnte der Polizei Näheres zu Franz' Tod erzählen, dachte sie, als sie plötzlich wie vom Blitz getroffen zusammenfuhr und damit Labelle so sehr erschreckte, dass diese mit einem großen Satz vom Sofa sprang.
„Warum hab ich da nicht früher dran gedacht? Ich weiß, wer mir vielleicht mehr sagen und mir dabei sogar gleich noch etwas über die Nacht, als meine geliebte Charlotte verschwand, erzählen kann. Und dann kann ich ja auch gleich noch die Gartenkralle zurückbringen, die ich mir ausgeliehen habe", rief sie leicht aufgeregt und nahm sich vor, gleich morgen nach der Arbeit einer ganz bestimmten Person einige wichtige Fragen zu stellen.

fünfundzwanzig

Er liebte es, gut vorbereitet zu sein. Nicht nur mental. Auch die Utensilien, die er für seine Taten brauchte, waren alle im besten Zustand, herausgeputzt und griffbereit. „Ordnung ist das halbe Leben“, konnte er seinen Vater sagen hören. Eine Floskel, die für ihn längst zu seinem Lebensmotto geworden war. Nichts wollte er dem Zufall überlassen, dafür war das, was er nun vorhatte, viel zu existentiell, als es einer wie auch immer gearteten Willkür des Schicksals auszusetzen.
Fein säuberlich hatte er sich seine Handschuhe zurechtgelegt. Seine Schuhe glänzten, als ginge er zum Abschlussball und sein Hemd war genauso glatt und faltenfrei wie seine Hose und sein schwarzer Parka.
Auch zwei Scheiben Schwarzbrot mit Margarine, einer Scheibe Gouda und wohlduftendem, gekochten Schinken hatte er heute Abend wieder gegessen. Wie immer, wenn etwas Wichtiges anstand.
Das Essen war ein Ritual, wenn er etwas vorhatte und seine Nerven beruhigen musste. Dazu gehörte auch ein halbes Glas Wein aus dem gut gefüllten Keller seines Vaters.
Zufrieden mit sich und der Welt wusch er sich die Hände. Sie waren etwas fettig, da ihm in einem ungeschickten Moment das mit Margarine und kleinen Krümeln beklebte Messer aus der Hand gerutscht war und beim Hinabfallen seine Finger beschmiert hatte. Danach legte er Teller, Messer, Gabel und zwei kleine Schüsselchen, in denen sich zuvor einige Scheiben Rote

Beete und drei kleine eingelegte Gürkchen befunden hatten, in die Spüle.

Als Nächstes gönne ich mir eine Spülmaschine, dachte er, während er sich den letzten Schluck Malzbier genehmigte und anschließend das Glas zu den anderen Teilen ins Becken stellte.

Trotz der Routine stieg so langsam die Aufregung in ihm hoch. Es ist eben doch nicht immer dasselbe, überlegte er und rieb seine Hände etwas fester aneinander, da er spürte, wie sich allmählich ein leichter Schweißfilm auf seinen Handinnenflächen breitmachen wollte.

So war es auch beim letzten Mal gewesen. Seine Nervosität zu Beginn hatte schnell eine Spur von Gewohnheit bekommen, über Leben und Tod entscheiden zu können.

Leicht war es nie, Leben auszulöschen, stellte er fest. Aber es wurde mit jedem Mal einfacher. Und vor allem angenehmer. Es löste Probleme mit einem Schlag. So hatte er gedacht, um dann erfahren zu müssen, dass manche Probleme dadurch erst größer wurden und sogar eine Lawine von neuen Herausforderungen lostraten, die es wiederum zu lösen galt.

Seine Handflächen waren jetzt klatschnass und glitschig und der Schweiß glänzte unter dem kalten Licht der Röhrenleuchte in der Decke. Wie einem inneren Befehl folgend griff er mit der rechten Hand nach dem Küchentuch und wischte sich seine Hände ab. So wie er den Schweiß wegwischte, würde er auch das neue Problem aus dem Weg räumen.

Er wusste, was er zu tun hatte.

So glitt er langsam aus seiner Wohnung hinaus. Wie immer war er in Schwarz gekleidet. Würdevoll sollte es sein, wenn er einen Menschen tötete.

Schon von Weitem sah er, dass das kleine Licht noch immer flackerte. Es gab ihm Sicherheit und die Gewissheit, nicht alleine zu sein an diesem düsteren Sonntagabend, der in seinem

grauen Gewand verharrte, ohne auch nur den Anschein einer gemütsaufhellenden Wandlung zu verbreiten.
Ich hasse diese Novembertage. Nebel, wohin man schaut, dachte er, als er am Gewächshaus angelangt war und mit Freude sah, dass sich sein Liebling ganz prächtig entwickelte. Als er die Tür hinter sich geschlossen hatte, atmete er tief durch. Es war der Hauch von Rosenduft, der – wenn auch stickig und schwer – in der Luft hing. Ein Hauch von Leben. Wie paradox, sinnierte er, während ich das Leben tief einatme, macht sie bald ihren letzten Atemzug. Ein Lächeln überkam ihn. Vorsichtig nahm er einige verwelkte Blätter ab, beträufelte die Staude mit wenigen Spritzern Wasser und lockerte die Erde um die Stiele etwas auf.
Nein, seinen grünen Daumen hatte er von Zuhause nicht vererbt bekommen. Dafür hatten sich seine Eltern viel zu sehr mit sich selbst beschäftigt, als dass sie die Schönheit der Natur sehen konnten, geschweige denn sie genießen, verinnerlichen oder lieben. Er hatte sich all das Wissen um Blüten, Blätter und Knospen, welche Pflanzen man wie pflegt und düngt und wann sie blühen, verwelken und wieder von Neuem erblühen selbst angeeignet. Nun profitierte er von diesem Wissen und er wusste, seine Pflanzen, besonders seine Rosen waren die schönsten im Ort, wenn nicht sogar im ganzen Land, und hätten sicher so manchen Preis gewonnen und so manche Auszeichnung erhalten. Wenn er nur gewollt hätte, dass sein Liebling für die Welt bestimmt gewesen wäre. Aber das war diese Rose nicht, und der, der sie außer ihm auch nur einmal erblicken würde, der musste sterben. So wie es schon bei Medusa oder in der biblischen Überlieferung von der Flucht Lots und seiner Familie aus der zerstörten Stadt Sodom gewesen war, als seine Frau nicht hören wollte und zur Salzsäule erstarrte, als sie sich gegen Gottes Geheiß umdrehte und noch einmal einen Blick auf ihre geliebte Stadt werfen wollte.

Auch Franz Marder hatte sich nicht an sein Gebot gehalten. Und Maria Reisinger würde die Nächste sein, die ihr Leben verwirkt hatte, weil sie in das verbotene Paradies eingedrungen war und mit ihren so neugierigen Augen das Schönste gesehen hatte.

sechsundzwanzig

Sie schreckte auf. Noch im Halbschlaf hörte sie die Kirchenglocken einmal schlagen. Im Fernsehen liefen bereits die Spätnachrichten.

Ist es schon so spät, fragte sie sich insgeheim und suchte, ohne groß den Kopf zu bewegen, nach ihrer Katze Labelle. Aber ihr geliebtes Haustier konnte sie nirgendwo entdecken und so räkelte sie sich noch einmal in ihrem Sessel, ehe sie sich – gewissenhaft prüfend, ob sie schon die Lockenwickler im Haar hatte – aufrichtete.

Etwas umständlich und mühsam zugleich drückte sie die Taste der Fernbedienung für den Videotext. 23.32 Uhr zeigten die leuchtend-grünen Zahlen an. Maria Reisinger erschrak, als ihr bewusst wurde, dass es wirklich schon so spät war, und doch, fast so, als würde sie der automatischen Zeitmessung im TV-Gerät nicht glauben, schaute sie erneut hin in der Hoffnung, dass sie sich geirrt hatte.

„Jetzt muss ich mich aber beeilen", sprach sie nun laut zu sich selbst. Als sie den Raum verließ, fuchtelte eine Wetterfee aufgeregt mit den Armen über der Deutschlandkarte herum und erzählte eifrig, dass es in den Mittelgebirgslagen am morgigen Montag den ganzen Tag nebelig sein und die Temperaturen nur knapp über die null Grad Celsius klettern würden.

Maria Reisinger schaltete das Licht aus, machte dafür aber die kleine Stehlampe auf der Kommode im Flur an, holte ihr Nachthemd aus dem Schlafzimmer und wollte gerade ins Ba-

dezimmer gehen, als sich etwas Weiches, Warmes und sehr Anschmiegsames an ihrem rechten Bein rieb.
„Labelle, da bist du ja. Bleib schön hier, Mami geht sich nur kurz die Haare waschen und dann kuscheln wir uns ins warme Bett." Maria Reisinger nahm ihren anthrazitgrauen Liebling hoch, vergrub ihren Kopf in das weiche Fell und ließ dann Labelle wieder herunter, aber nicht ohne ihr noch einen leichten Klaps mit auf den Weg zu geben.
„Bis gleich."

Der Ort lag unter einer Nebelglocke, die für einen Fremden bedrohlich, gar erdrückend war, für die jedoch, die den Nebel liebten, so etwas wie Schutz und Geborgenheit vermittelte. Nur hin und wieder, genau dort, wo die Straßenlaternen etwas Licht abgaben, konnte man schwach – wie durch einen Schleier – die Umrisse von Häusern, Autos oder Büschen schemenhaft erkennen. Ansonsten wäre alles stockdunkel gewesen, hätte der Nebel die Lichtstrahlen nicht durch die Dunkelheit gestreut.
So hatte er keine Mühe – und dafür kannte er sich auch viel zu gut hier aus –, zielgerichtet und doch behutsam durch die Straßen zu huschen. Es war nicht weit bis zu dem Haus, das in dieser Nacht das Ziel seiner Begierde war. Begierde, das war der richtige Ausdruck für den immerwährenden Antrieb, der ihm so viel Kraft, Stärke und Disziplin verlieh.
Er musste nur die Straße hinunterlaufen und am Gasthof Kranz, der über den tiefsten Punkt des Ortes wachte, nach rechts abbiegen, vorbei an einer alten Scheune und immer weiter die Straße hinauf. Er hätte auch die Abkürzung über den Friedhof nehmen können. Aber das wäre einem schlechten Omen gleichgekommen.
So nahm er lieber einen Umweg in Kauf. Er, der gerne an der frischen Luft war, genoss regelrecht die Stille und Einsamkeit,

die, obwohl der alte Tag noch nicht zu Ende gegangen war, typisch war für diesen Ort. Denn nachdem es gegen 17 Uhr bereits schwarz wie die Nacht war, traute sich keiner mehr vor die Tür. Fast so, als ob draußen der Tod lauern würde. Irgendwie ist es ja auch so, dachte er und fühlte sich allmächtig, obwohl auch er nur ein Sterblicher unter Gottes weitem Firmament war.
Aber seine Zeit war noch nicht abgelaufen. Dessen war er sich sicher. Genauso sicher, wie er wusste, dass dafür in dieser Nacht und – sollte alles gut gehen – sogar noch heute für jemand anderen die Zeit gekommen war, Adieu zu sagen. Nicht ganz freiwillig, musste er sich eingestehen. Aber für Menschen, die in entscheidenden Situationen einfach nicht ihren vorlauten Mund halten konnten und immer alles wissen wollten, lief die Zeit eben etwas schneller ab.
Eine innere Zufriedenheit ebenso wie eine sich langsam steigernde Anspannung machten sich breit, als er vor seinem Ziel angekommen war.
Auch dieses von außen so gepflegte Gebäude lag bereits in tiefem Schlaf. Die Fenster, die man von der Straße aus einsehen konnte, waren dunkel. Er wusste, es war die Zeit, in der die Bewohnerin schon seit mindestens einer Stunde fest schlafen und niemals mit einem so späten Besucher rechnen würde. Wie selbstverständlich spielte er mit dem Seil in seiner Jakkentasche. Es war sein Instrument, mit einem kräftigen Griff das Leben zu beenden. Es auszulöschen. Für immer.
Jeden Schritt abwägend ging er zum Seiteneingang, an dem sich die Treppe zum Keller befand. Unten angekommen bemerkte er mit Freude, dass die schwere Kellertür nicht abgeschlossen war und er sich leicht Zutritt ins Haus verschaffen konnte.
Da fühlt sich jemand aber besonders sicher, dachte er, und ein Grinsen umspielte seine Mundwinkel. Erst jetzt registrierte er,

dass irgendwo im Haus Wasser lief. Als er die Tür zum Innenraum öffnete, wäre er fast über eine Katze gestolpert, die, überrascht ob des späten Besuchers, an der Tür gewartet hatte und gerne mit Streicheleinheiten begrüßt worden wäre.

Jetzt nicht, du blöde Mieze, trat er die Katze leicht mit der Fußspitze zur Seite, die diesen rauen Umgang mit einem fürchterlichen Gejaule quittierte. „Du machst mir noch alles kaputt." Vor Wut nahm er die Katze und sperrte sie in den nächstbesten Raum, der, wie er mit einem kurzen Blick feststellte, sich als Heizungskeller entpuppte. Darin verrichtete eine große und laut brummende Gasheizung ihre Aufgabe. Der ideale Ort für ungezogene Viecher, dachte er und musste das Tier mit Gewalt von seiner Hand lösen. Die Krallen der rechten Vorderpfote hatten sich in den Lederhandschuh gebohrt, und er war froh, seine Handschuhe angezogen zu haben.

Nachdem er sich um die Katze gekümmert hatte, stieg er – jetzt schon etwas schneller – die Treppe hinauf. Das Wasserrauschen kam aus dem ersten Stock, und so erklomm er also auch noch die nächste Treppe, die mit grünen Stufenbahnen ausgelegt war. Vor dem Badezimmer machte er noch einmal Halt, holte tief Luft und trat ein. Die Frau war mit dem gesamten Oberkörper über die Badewanne gebeugt, massierte ein Shampoo mit der linken Hand in ihre Haare, während sie mit der rechten Hand die Brause in Richtung Kopf hielt. Feine Schaumbahnen liefen ihr den linken Unterarm hinunter, trafen sich am Ellenbogen, um dann als Zusammenfluss in die Wanne zu plätschern.

Ein Lächeln huschte über sein Gesicht. So einfach habe ich es mir gar nicht vorgestellt, dachte er und sein Blick haftete für den Bruchteil einer Sekunde am Duschschlauch. Er schob das Seil wieder zurück in die Tasche, ehe er ins Badezimmer trat. Sie wollte gerade den Wasserhahn abdrehen und sich aufrichten, da stand er plötzlich hinter ihr. Mit beiden Händen nahm er den Schlauch der Brause, wand ihn um ihren Hals und zog mit aller Kraft an beiden Enden. Während sie mit ihren Händen nach dem Schlauch griff, ihr Körper sich gegen das Gewicht des Angreifers stemmte und ihre Beine versuchten, festen Halt auf der weichen, aber äußerst rutschigen Badewannenvorlage zu finden, wurde ihr Kopf so nach hinten gezogen, dass für den Bruchteil einer Sekunde ihre Augen die seinen trafen.

Es war das Entsetzen, das aus ihnen schrie, ehe sich der Schatten des Todes für immer über sie legte.

siebenundzwanzig

Montag, 19. November 2012

Silvia Trötschler war schon immer eine sehr sorgfältige und leidenschaftliche Hausfrau gewesen. Sie bügelte nicht nur Hemden, Bettwäsche oder Tischdecken, sondern auch Unterwäsche, und selbst Socken waren stets in ihrem Bügelkorb zu finden. Auch in der Küche arbeitete sie mit genauer Akribie. Die Zwiebelwürfel waren nahezu gleich groß und absolut akkurat geschnitten – und das ganz ohne Mini-Häcksler, Zwiebelschneider oder Küchenhelfer.

Und Fertiggerichte, Tütensaucen oder Dosen- oder Tiefkühlprodukte kamen ihr erst gar nicht ins Haus. Dafür kochte sie viel zu gerne. Vor allem ihre Saucen, oftmals mit einem kleinen Schuss Wein oder ein paar Kräutern aus dem eigenen Garten verfeinert, waren ihre Spezialität. Genauso wie ihre köstlichen Fleischgerichte, die bei allen Feiern sehr gefragt waren. Kein Catering-Unternehmen oder Partyservice kam an das Geschmackserlebnis einer Silvia Trötschler heran, so die Dorfbewohner, die sich immer besonders auf den Ausruf „Das Büffet ist eröffnet“ freuten, da sie wussten, mit wie viel Liebe Spießbraten, Geschnetzeltes vom Schwein, Rinderrouladen oder Krustenbraten zubereitet wurden.

Noch nie war ihr etwas misslungen, zumindest nicht, seitdem sie mit Albert Trötschler verheiratet war und das war sie nun schon seit 19 Jahren. Denn ihr ältester Sohn wurde im nächsten Jahr volljährig – exakt einen Monat nach ihrem Hochzeitstag.

Doch heute Morgen war ihre rekordverdächtige Glückssträhne gerissen. Zuerst war es die Milch für den Kakao des jüngsten Sohnes, die ihr überkochte, nur weil sie gerade zum Briefkasten unterwegs war und die Zeitung holen wollte. Dann brannten ihr die Schweinefilets an, die sie heute Abend der Familie servieren wollte. Und wäre das nicht schon genug gewesen, schnitt sie sich noch beim Kartoffelschälen so unglücklich in den Finger, dass mehrere Tropfen Blut auf die bereits fertig entkleideten Erdfrüchte fielen und sie sich notgedrungen auch von denen noch verabschieden musste.
Um diese Schocks am frühen Morgen erst einmal zu verdauen, hatte sie sich in den großen Fernsehsessel gesetzt und minutenlang den Fernseher angestarrt. Ihre Hände zitterten, als sie bemerkte, dass sie immer noch den Kartoffelschäler in der Hand hielt, während der verletzte Finger unter seinem dicken Pflaster und dem Verband wie wild pochte. Nur aus dem Augenwinkel heraus sah sie auf die Uhr und musste bei einem zweiten Blick auf die monoton vor sich hin tickende Wanduhr aus Eichenholz feststellen, dass es schon eine Minute vor 10 war.
„Auch das noch“, fluchte sie. „Jetzt komm ich auch noch zu spät zum Nägele und der wartet sicher schon mit seiner Bügelwäsche, einer unaufgeräumten Küche und dem Wunsch, die Betten frisch bezogen zu haben, obwohl ich das erst vergangene Woche getan habe“, sagte sie laut vor sich hin und äffte dabei die gönnerhaften Posen des Vorsitzenden des Heimatvereins und stellvertretenden Bürgermeisters nach.
So eilte sie in die Küche und spülte den Kartoffelschäler noch einmal unter fließendem Wasser ab, bevor sie ihn dann in die Besteckschublade einsortierte. Danach lief sie ins Badezimmer, kontrollierte den Sitz ihrer Dauerwelle, sprühte noch kurz mit dem Spray über ihre braune Haarpracht und eilte dann aus dem Bad, um sich an der Garderobe ihre Winterjacke in Leo-

Optik überzuziehen, den Knirps zum Portemonnaie und dem Haustürschlüssel in den Einkaufskorb zu legen und zehn Minuten nach 10 Uhr endlich das Haus zu verlassen.
Erst jetzt merkte sie, dass sie wie eine alte Dampflokomotive schnaubte. Ein Zustand, vor dem sie ihr Hausarzt immer gewarnt hatte. Ein zu hoher Cholesterinspiegel, ein daraus resultierender Bluthochdruck und Herz-Kreislauf-Erkrankungen bei verschiedenen Familienmitgliedern waren Alarmsignale, auf die sie hören sollte, so ihr Arzt, der ihr trotz einiger Medikamente eine angemessene Lebensweise verordnete. Dazu gehörten neben fettreduzierter Kost – ein Ratschlag, den sie dank ihrer Kochkünste und der Küchenhoheit leicht befolgen konnte – viel Bewegung und vor allem wenig Stress.
Ob ich jetzt also ausnahmsweise einmal 15 Minuten später bei ihm bin als sonst, ist sicher nicht so schlimm, als wenn mich hier ein Herzinfarkt dahinrafft und niemand bekommt es mit. Denn dann hat er niemanden mehr, der für ihn putzt, überlegte sie und verlangsamte ihren raschen Schritt, um endlich mal wieder vernünftig Luft zu holen.
Den Blick schweifend ging sie die Hofeinfahrt entlang und beobachtete dabei, wie sich eine Amsel mit einem langen Regenwurm abmühte, der noch halb im Erdreich des Vorgartens steckte und sich mit einer schier ungeheuren Widerstandskraft dem vom Körpergewicht mehr als hundertfach überlegenen Feind entgegenstemmte. Etwas weiter entfernt, im Unterholz einer Weißdornhecke, raschelte ein Eichhörnchen, das, als Silvia Trötschler näher kam, urplötzlich mit seiner akribischen Suche nach Essbarem aufhörte und in Windeseile den Stamm einer jungen Weidbuche hochkletterte, um dann über die ausladende und fast blätterlose Krone davonzuhuschen.
Was wohnen wir doch inmitten einer friedlichen Idylle, sinnierte sie, als ihr Blick an den heruntergelassenen Rollläden ihrer Nachbarin Maria Reisinger hängenblieb.

Komisch, sonst ist Maria doch immer die Erste, die morgens früh auf den Beinen ist, noch vor meinem Mann, dachte sie und ging den das halbe Grundstück umfassenden Bürgersteig langsam weiter in der Hoffnung, dass die Rollläden an der von der Straße abgewandten Seite bereits hochgezogen waren. Aber auch das Küchenfenster war verdunkelt. Ebenso das Schlafzimmer im ersten Stock. Habe ich etwas nicht mitbekommen und sie ist für mehrere Tage zu ihrer Schwester nach Stuttgart gefahren?, überlegte sie wie wild. Aber ganz gleich, welche Möglichkeit sie auch in Betracht zog, Silvia Trötschler war sich sicher, dass Derartiges bei ihrer Nachbarin nicht auf dem Plan gestanden hatte. Dafür waren die beiden Frauen viel zu vertraut, als dass eine von beiden nicht gewusst hätte, was bei der anderen gerade vor sich ging.
Vielleicht schläft sie heute einfach etwas länger, grübelte Silvia Trötschler, um im gleichen Moment diesen Gedanken zu verwerfen, da Maria Reisinger nie später als sieben Uhr aufstand, um noch etwas vom Tag zu haben, wie sie immer betonte, wenn sich das Gespräch mal um das für Silvia Trötschler so wichtige, aber leider auch selten erfüllbare Ausschlafen drehte.
Ein mulmiges Bauchgefühl machte sich plötzlich in ihr breit und vor innerer Anspannung ging ihr Puls schneller. Unsicher schaute sie sich um, aber außer dem blinkenden Müllfahrzeug, das gerade weiter unten um die Straßenecke bog, um sich mit seinem elektrischen Greifarm die graue Restmülltonne der Familie Gruber zu holen, war weit und breit nichts und niemand zu sehen.
Das gefällt mir alles nicht, und auf meine Intuition konnte ich mich bisher immer verlassen, dachte sie und fasste dabei den Entschluss – auch wenn sie nun noch später zu Reinhold Nägele kommen sollte –, bei ihrer Nachbarin nach dem Rechten zu sehen.

Als sie die Haustür erreicht hatte, schaute sie angestrengt durch das dunkle Milchglas. Doch durch die leichte Wölbung der einzelnen Glaselemente der schweren Eichentür konnte sie nichts von dem ihr so bekannten schmalen Flur erkennen. Mehrmals drückte sie die Klingel, aber nichts rührte sich. Sie hörte weder Schritte auf der Treppe noch eine Tür, die rasch geöffnet wurde, weil man sehen wollte, wer geschellt hatte.
„Maria?", fragte Silvia Trötschler und sah dabei wie hilfesuchend noch einmal durch die dunklen Fenster der Tür, die bereits leicht von ihrem Atem angelaufen waren. Plötzlich hörte sie ein Rascheln. Erschrocken drehte sie sich um, doch das Geräusch, das sie Bruchteile einer Sekunde zuvor noch vernommen hatte, war nicht mehr da.
Angespannt hörte sie in den Morgen hinein. Da war es wieder. Hastig und leicht ängstlich schaute sie sich um. Doch weder hinter ihr in der Hecke noch in den Blumenkästen oder unter dem Laub auf der Wiese bewegte sich etwas, das dieses Rascheln verursacht haben könnte. Zögerlich ging sie einen Schritt zurück, als sie sah, wie sich eine Blaumeise in der Dachrinne zu schaffen machte und dabei immer wieder vertrocknete Blätter aufwirbelte.
„Puh." Mit einem tiefen Seufzer der Erleichterung wollte sie gerade wieder in Richtung Straße gehen, als sie in einem Beet vor dem Seitengang zum Keller einen abgebrochenen Rosenzweig sah, der bedächtig und doch wie verloren im Wind baumelte.
Komisch, so etwas sieht Maria doch sonst immer sofort, dachte Silvia Trötschler. Für ihre Nachbarin gehörte die Gartenschere zur Naturpflege wie die Kuckucksuhr zum Schwarzwald, wenn sie in ihren Beeten, Sträuchern und Rosenranken unterwegs war. Einem inneren Impuls folgend betrat Silvia Trötschler die erste Steinplatte, dann die zweite und ehe sie sichs versah, stand sie vor dem Treppenabgang zum Keller.

Obwohl es mitten am Vormittag war und es die Sonne selbst mit ihren schwachen Strahlen schaffte, diesen Teil des Hauses zu erhellen, schlich Silvia Trötschler zaghaft die Stufen hinunter. Es war wieder dieses sonderbare Gefühl, welches ihre Beweglichkeit nahezu zum Erliegen brachte, obwohl sie in ihrem Umfeld eher als nervöser, wenn nicht gar überhektischer Mensch galt. Unten angekommen bemerkte sie, dass die Kellertür einen Spalt geöffnet war. „Maria? Maria, bist du da?“, rief sie und merkte dabei, wie piepsig und erschreckend schwach ihre Stimme klang. Sie spürte, wie ihre Mundhöhle trocken wurde, während ihre zittrigen Hände schweißnass waren. Sie holte noch einmal tief Luft, doch anstatt sich dadurch zu entspannen, zog sich ihr Magen krampfhaft zusammen und sie musste sich für einen kurzen Augenblick an die Wand anlehnen, um nicht ihr Gleichgewicht zu verlieren.
Als sie sich wieder etwas gefangen hatte, drückte sie langsam die Tür auf und spähte in den halb abgedunkelten Raum, der sich schnell als Waschraum herausstellte und in dem sich neben einer Waschmaschine und einem Trockner auch noch zwei Wäscheständer, ein Korb mit sauberer Wäsche und eine Schmutzwäschetonne aus Aluminium befanden. Auch im Kellerflur stellte Silvia Trötschler nichts Ungewöhnliches fest. Ganz im Gegenteil. Alles schien wie immer höchst ordentlich an seinem Platz zu stehen oder zu liegen.
„Maria, wo bist du? Ist was passiert?“ Während ihre Stimme mittlerweile schon etwas fester war, schlug ihr Puls immer schneller und ihre innere Anspannung stieg vor lauter Sorge um die gute Freundin noch mehr an. Weder in der Küche noch im Esszimmer oder im Wohnzimmer, in dem eine enorme Hitze herrschte, konnte Silvia ihre Freundin finden.
Sie muss wohl vergessen haben, die Heizung herunterzudrehen, dachte sie, als sie im Wohnraum, in dem eine bunt gemusterte Wohngarnitur von einem großen Eichenschrank auf

der Stirnseite und einem etwas kleineren Bücherschrank gegenüber eingerahmt wurde, von erdrückend warmer Luft empfangen wurde.
So machte sie kehrt und stieg langsam die Holztreppe, die bei jedem ihrer Schritte laut knarzte, in den ersten Stock hinauf. Oben angekommen, vergewisserte sie sich zuerst im Schlafzimmer, ob Maria vielleicht einfach die Zeit vergessen hatte und noch schlief. Doch ein rascher Blick ins verdunkelte Zimmer signalisierte ihr, dass Maria entweder schon aufgestanden war oder in der vergangenen Nacht nicht in ihrem eigenen Bett geschlafen hatte. Denn das dicke Oberbett lag unberührt unter der beigen Tagesdecke und die Kissen standen wie gewohnt aufgeschüttelt und mit der berühmten Knickfalte in der Mitte am Kopfende des Holzbettes, das schon Marias Großmutter vor mehr als 70 Jahren zur Nachtruhe diente.
Zurück auf dem Flur bemerkte sie erst jetzt beim Blick durch den schmalen Spalt der leicht geöffneten Badezimmertür, dass noch das Licht im Bad brannte. Ihr Herz fing wieder stärker an zu pochen und vor ihrem inneren Auge sah sie so manche Szene aus einem Thriller vorbeiziehen, in dem eine junge Frau – naiv, wie diese Charaktere der Dramatik wegen meist waren – einen Raum betrat, obwohl jeder Fernsehzuschauer genau wusste, dass dahinter der Täter lauerte.
Oder das Grauen.

achtundzwanzig

Wie Stefan Alt erwartet hatte, herrschte im Ort helle Aufregung über den zweiten Todesfall binnen 48 Stunden. Die Erzieherin aus dem Kindergarten diskutierte auf dem kleinen Spielplatz vor der zur Kita umgebauten Scheune mit einer Mutter, die ihren Jungen fest an sich drückte, obwohl dieser lieber mit seinen Freunden auf dem Fußballplatz gekickt hätte. Zwei Ehepaare, die sich gerade zu einer Wanderung in Richtung Höchenschwand aufmachen wollten, wurden von der Briefträgerin auf den neuesten Stand gebracht. Und ein Bauer versperrte mit seinem Traktor die halbe Straße, nur um dem hektischen Treiben vor dem Haus beizuwohnen.
Der Tod fasziniert die Menschen mehr denn je – Stefan Alt überkam der Gedanke, dass die Menschen nichts mehr brauchten, als sich durch das Unglück anderer von ihrem eigenen Schicksal ablenken zu lassen. Was sind wir doch alles für bemitleidenswerte Voyeure, dachte er und ging ins Haus, wo er schon die laute Stimme seines älteren Kollegen Karl Strittmatter durchs Treppenhaus hören konnte.
„Wie, Sie haben bisher keine Spuren finden können?“, echauffierte sich Strittmatter und murrte auch dann noch vor sich hin, als Stefan Alt die Treppe hinaufgestiegen und ins Badezimmer, dem Schauplatz der Unterhaltung zwischen Strittmatter und einem Kriminaltechniker, eingetreten war.
„Wir haben bisher alle Gegenstände, die aus unserer Sicht von Belang sind, kriminaltechnisch untersucht, aber der Täter muss

Handschuhe getragen haben, als er die Frau mit dem Duschschlauch erwürgt hat."
Stefan Alt, der durch einen Anruf seiner Schwester aufgehalten worden war, bot sich am Tatort ein Bild des Grauens von größter Brutalität und roher Gewalt.
Die Zunge weit herausgestreckt, die Augen glasig und mit starrem Blick lag die Frau mit dem Gesicht Richtung Decke auf der Badewannenvorlage. An ihrem Hals sah man deutlich die Druckstellen des Schlauchs, der tiefe Spuren im dünnen Hautgewebe hinterlassen und die schwache Muskulatur im Halsbereich zerquetscht hatte. Es schien, als habe die Frau noch gekämpft, denn ihre Arme lagen unkontrolliert von ihrem Körper ab. Ihr Nachthemd war im oberen Rückenbereich durchnässt. An den Füßen hatte sich eine Wasserlache gebildet, während das Shampoo, das beim Todeskampf wohl von ihr heruntergestoßen worden sein musste, nun den Boden vor der Wanne in ein zartes Flieder färbte.
Und es war nicht irgendeine Frau, die so bestialisch hingerichtet worden war, wie Stefan Alt entsetzt feststellen musste. Es war Maria Reisinger, wie ihnen die Kriminaltechniker mittlerweile bestätigten, und damit die Frau, mit der sie gestern noch gesprochen hatten.
„Wie lange ist sie schon tot?", fragte er nun. Maria Reisinger war 57 Jahre alt, ledig und kinderlos. Neben ihrer Tätigkeit als Verkäuferin im Lädele lebte sie vom Erbe ihrer Eltern und ihrem Ersparten. Bis vor fünf Jahren hatte sie noch hauptberuflich als Pharmareferentin gearbeitet und damit vor allem in der angrenzenden Schweiz durch den Verkauf von Medikamenten sehr gute Umsätze erzielt, sodass sie sich zeitlich neben ihrer ehrenamtlichen Tätigkeit im kleinen Supermarkt des Dorfes auch bei den Landfrauen, im Heimat- und Geschichtsverein und in der Trachtenkapelle mit Leidenschaft einbringen konnte.

„Soweit ich das bis jetzt beurteilen kann, muss sie gestern Abend zwischen 22 Uhr und Mitternacht, plus minus eine Stunde vielleicht, erwürgt worden sein. Ihre Nachbarin Silvia Trötschler hat sie heute Morgen gegen 10.20 Uhr leblos aufgefunden“, berichtete Franz Stöckle, der heute nach zwei Wochen Urlaub wieder seinen Dienst in der Kriminaltechnik angetreten hatte und sich nichts mehr gewünscht hätte, als gleich zu Beginn der neuen Arbeitswoche von so einem Fall und vor allem so einer zugerichteten Leiche verschont zu bleiben.

„Sie sitzt übrigens unten und wird gerade von einer Kollegin betreut. Die ist ganz schön mit den Nerven am Ende, ist aber auch kein Wunder – bei dem Anblick.“

„Hatte sie heute frei, oder warum hat sich noch niemand im Lädele Sorgen um ihren Verbleib gemacht?“, wandte sich Strittmatter nun wieder seinem Kollegen zu, der etwas zur Seite ging, um den Kriminaltechnikern Platz zu machen.

„Das habe ich mir auch überlegt. Frau Reisinger besitzt aber weder ein Handy noch einen Anrufbeantworter, und da ihre Kollegin alleine so viel im Lädele zu tun hatte, konnte sie noch nicht nach ihr schauen, so war eben Frau Trötschler, ihre Nachbarin, die Erste, die sie aufgefunden hat“, wiederholte Stefan Alt das, was er kurz vor dem Anruf seiner Schwester von dem Streifenbeamten erfahren hatte, der gerade im Lädele gewesen war, um dort mit der Aushilfskraft zu sprechen.

„Komisch. Irgendwie hatte ich den Eindruck, die Einheimischen seien etwas mehr umeinander bemüht, als jemanden so lange mit seinem Schicksal alleine zu lassen“, entgegnete Strittmatter.

„Das ist wohl so, wenn man keinen Mann und keine Kinder hat, ganz allein lebt und auf die Nachbarn angewiesen ist, die dann auch nachschauen müssen, wenn etwas nicht in Ordnung zu sein scheint. Das Opfer hatte nur eine Katze, die wir im

Heizungskeller eingesperrt und völlig verstört vorgefunden haben. Auch an ihr haben wir keine brauchbaren Spuren sichern können. Aber eins dürfte klar sein, die Tote hat das Tier sicherlich nicht eingeschlossen. Dafür hat sie ihre Katze viel zu sehr geliebt, als dem Tier so etwas anzutun, sagt die Nachbarin", meinte Franz Stöckle, der noch einmal ins Badezimmer zurückgekehrt war, um seinen Technikkoffer zu holen.

„Warum ermordet jemand Menschen, die so normal sind wie du und ich, die anscheinend ihre Eigenarten haben, aber keiner Fliege etwas zuleide tun können", stellte Stefan Alt ungläubig als rhetorische Frage in den Raum. Denn die Antwort wusste er selbst, auch wenn – wie in einer Art Gedankenübertragung – Franz Stöckle für ihn antwortete: „Weil sie wohl einfach nur zur falschen Zeit am falschen Ort waren."

„Oder aber", ergänzte Karl Strittmatter, „weil sie etwas wussten, das ihnen zum Verhängnis wurde."

neunundzwanzig

Emma erschrak fast, als sie auf die Uhr ihres Handys schaute. 9.45 Uhr zeigten die kleinen Zahlen in der rechten oberen Ecke an.
Mann, ich habe ja geschlafen wie ein Stein, dachte sie und räkelte sich noch einmal genüsslich in dem dicken Oberbett, das Roswitha Villinger passend für diese Jahreszeit mit einem Flanell-Bettbezug mit bedruckten Eiskristallen auf hellblauem Grund bezogen hatte.
Den Schlaf habe ich nach den vergangenen harten Monaten wohl gebraucht, dachte sie und versuchte, erst gar kein schlechtes Gewissen aufkommen zu lassen. Denn sie hatte heute ja noch einiges vor. Aber weder Maria Reisinger, die sich bisher leider noch nicht gemeldet hatte, noch Reinhold Nägele würden ihr weglaufen. Zumal ich ja weiß, wo ich die beiden finden kann, dachte sie und nahm sich vor, zuerst Maria Reisinger im Lädele einen Besuch abzustatten.
So schälte sie sich aus ihrem warmen Paradies, ging zum Fenster und zog die Rollläden hoch. Sanfte, fast schimmernde Sonnenstrahlen begrüßten sie und sie freute sich auf den schönen Tag. Eigentlich stand heute ein Bummel in Waldshut auf dem Programm. Neue Schuhe und endlich mal einen eleganten Wintermantel wollte sie sich gönnen und sie wusste – wenigstens war das vor 15 Jahren noch so gewesen –, dass die Kreisstadt einige nette Boutiquen und Schuhgeschäfte auf der dortigen Kaiserstraße und ihren abgehenden Seitenstraßen zu bieten hatte.

Doch sie wusste auch, das alles würde hinten anstehen müssen. Zunächst musste sie endlich mehr über Charlottes ominöses Verschwinden und den damit möglicherweise zusammenhängenden Tod des alten Bauern herausfinden.
Nachdem sie sich angezogen hatte, verließ Emma kurz vor elf Uhr ihre Ferienwohnung in Richtung Lädele. Sie war schon an der Straßenkreuzung angekommen, an der der Witznauweg in den Rosenweg abging, als sie intuitiv nach Norden blickte und dem Verlauf des oberen Rosenweges folgte, an dem sich – wie sie gestern feststellen konnte – unter anderem auch Maria Reisingers Haus befand. Sie wollte ihren Augen nicht trauen, als sie genau in Höhe des Reisingerschen Anwesens zwei Polizeiwagen stehen sah.
Emma merkte, wie plötzlich ihre Hände feucht wurden und ein Schauer der Besorgnis ihren Körper durchfuhr. Sie schloss die Augen und versuchte, ruhig zu atmen, aber sie spürte, dass ihre innere Stimme, die trotz aller berechtigter Zweifel überzeugt davon war, dass wieder etwas Schreckliches passiert sein musste, mehr und mehr die Oberhand gewann.
Fast wie in Trance folgte sie dem Rosenweg und ihre Anspannung wuchs, je mehr sie sich Marias Haus näherte.
Sie bog gerade in die Hofeinfahrt ein, als eine Frau ihr fast in die Arme gelaufen wäre.
„Kann ich Ihnen helfen?“, fragte Emma besorgt und war mehr als überrascht, dass es sich bei der Frau um Marias Nachbarin Silvia Trötschler handelte. Silvia Trötschler wirkte verwirrt und kopflos und schien völlig aufgelöst zu sein. Ob sie geweint hatte, konnte Emma nicht klar sagen, aber irgendetwas musste dieser Frau zugestoßen sein.
„Es ist so furchtbar. Einfach unvorstellbar.“
„Wovon sprechen Sie? Geht es Ihnen nicht gut?“
„Tot. Einfach nur tot. Und dann dieser Blick.“
„Was ist denn passiert? Jetzt beruhigen Sie sich doch erst ein-

mal. Sie sind ja völlig außer sich", sagte Emma, deren innere Besorgnis mittlerweile ordentlich zunahm.

„Was, wer? Ich kann nicht mehr", sagte Silvia Trötschler und kippte fast nach vorne um, hätte Emma sie nicht gerade noch rechtzeitig aufgefangen. Während Emma die Frau vorsichtig stützte, verfiel diese plötzlich in einen heftigen Weinkrampf und die Tränen kullerten nur so über ihre Wangen.

„Warum nur, warum?", schniefte Silvia Trötschler, die sich behutsam von Emma auf eine Bank setzen ließ.

„Es wird schon wieder alles gut werden", versuchte Emma Marias Nachbarin zu beruhigen, holte eine Packung Papiertaschentücher aus ihrer Winterjacke und reichte ihr eines. Silvia Trötschler schnäuzte sich mehrmals kräftig, wischte sich die Tränen ab und holte tief Luft.

„Danke", sagte sie schwach in Richtung Emma, ohne jedoch dabei aufzuschauen.

„So, und nun noch mal ganz langsam und von vorn. Was ist denn nun passiert, und vor allem, wer ist tot?"

„Maria. Meine Nachbarin. Sie lag tot vor ihrer Badewanne."

Emma schaute die Frau ungläubig an. Das konnte doch einfach nicht wahr sein. Maria Reisinger tot? Für einen Moment dachte Emma, die Frau würde fantasieren, aber als sie den ernsten Gesichtsausdruck ihrer Banknachbarin sah, wusste sie, dass Frau Trötschler die Wahrheit sagte.

„Ich habe sie gefunden. Irgendjemand hat sie beim Haarewaschen umgebracht. Aber warum? Wer macht so etwas? Sie konnte doch keiner Fliege etwas zuleide tun", sagte Silvia Trötschler und schluchzte, während erneut eine Träne über ihre Wange kullerte.

„Ermordet? Sind Sie sicher?", fragte Emma.

„Sie hätten sie sehen sollen. Ihre Augen waren weit aufgerissen und an ihrem Hals waren tiefblaue Würgemale. Wie sehr muss man jemanden hassen, um ihn so hinzurichten?" Silvia

Trötschler schüttelte nur den Kopf und begann erneut zu weinen. Emma versuchte Silvia Trötschler so weit es ging weiter zu beruhigen, indem sie ihr sanft ihren rechten Arm um die Schulter legte und sie dabei vorsichtig an sich heranzog.
Emma wollte gerade noch etwas fragen, als in dem Augenblick Roswitha Villinger vorfuhr, ihren Wagen mitten auf der Straße abstellte, hektisch ausstieg und auf die beiden Frauen zulief.
„Silvia, mein Gott. Geht's dir gut? Ich hab's schon gehört. Komm, ich fahr dich erst mal zu uns nach Hause“, redete Emmas Vermieterin unvermittelt auf die Frau ein, die immer noch wie paralysiert auf der Bank saß und nicht imstande war, auf irgendetwas auch nur annähernd angemessen zu reagieren, ehe sie Emma kurz, aber wie immer äußerst herzlich, grüßte. Als sie die Bank erreicht hatte, half Roswitha Villinger Silvia Trötschler vorsichtig hoch.
„Danke für alles. Ich kümmere mich jetzt erst mal um meine Schwester und lasse sie keinen Augenblick mehr aus den Augen“, flüsterte Roswitha Villinger unauffällig Emma zu, während sie die Frau, die sich kaum auf den Beinen halten konnte, langsam zu ihrem Wagen führte. Doch noch ehe die beiden Frauen den PKW erreicht hatten, drehte sich Silvia Trötschler noch einmal kurz zu Emma um.
„Danke für Ihre Hilfe.“
„Gern geschehen“, antwortete Emma, die merkte, dass sich Silvia Trötschler nicht nur bedanken wollte. „Ich hätte Maria gerne von Ihrer dringenden Bitte erzählt, aber…“ Silvia Trötschler schluchzte erneut. „Aber ich kam leider nicht mehr dazu.“

dreißig

Er wusste, dass sich die Meteorologen mit ihrer gestrigen Wettervorhersage irren mussten. Anstatt eines düsteren, nebelverhangenen Morgens präsentierte sich ein herrlicher Tag. Er war mehr als überzeugt, dass sich die Sonne nur für ihn von ihrer schönsten Seite zeigte. Ihre Strahlen tanzten auf den Dächern und man konnte den Eindruck gewinnen, sie würde die ganze Welt noch einmal küssen, damit man ihre Wärme und Leidenschaft über den langen und eisigen Winter nicht vergaß.

Er dachte an vier herrliche Kugeln Eis, gemischt, und mit einer ordentlichen Portion Sahne, ans Freibad, Cabrio ausfahren und daran, seine geliebten Schönheiten endlich wieder auspflanzen und in das Freiluftbeet setzen zu können, während er dabei war, in seinem Holzschuppen den Flüssigdünger in eine Sprühflasche mit Wasser einzurühren.

Wie schön das doch jetzt wäre, überlegte er und ein Lächeln umspielte seine schmalen Lippen. Und doch hatte er heute etwas noch viel Größeres vollbracht. Etwas, das sein Leben noch viel schöner machte. Ein gutes Gefühl, alles in der Hand zu haben. Verantwortung zu übernehmen und dafür auch geradezustehen, falls mal etwas schiefgehen würde. Aber es war – wie immer – nichts schiefgegangen, dafür war er zu gut vorbereitet gewesen und hatte im richtigen Augenblick seine ganze mentale Kraft aufgebracht.

Eine Kraft, die tief in ihm schlummerte und die er selbst fast nicht für möglich gehalten hatte. Vor allem sein Vater hatte nie an ihn geglaubt, wenn es darum ging, dass aus ihm einmal ein richtiger Kerl würde, der, wenn es darauf ankam, auch mit der nötigen Kraft sein Ziel erreichen würde. Früher hatte sein Vater ihn oft als Luftpumpe, Flasche oder Weichei bezeichnet. Nicht männlich genug, keinen Schwanz in der Hose, wenn es darum ging, das Leben in die eigene Hand zu nehmen, dafür einzustehen und auch mit den möglichen Konsequenzen zu leben. Aus ihm würde nie etwas werden, er sei die Schande der Familie, man müsse sich für ihn schämen – das waren nur einige von unzähligen Vorhaltungen und Beschimpfungen, die er sich über so viele Jahre hatte anhören müssen. Noch heute, als er längst erwachsen war und die Mutter sie verlassen hatte, sparte der Vater nicht an Vorwürfen. Doch dieses Mal wäre der Vater mehr als stolz auf mich, dachte er, auch wenn er wusste, dass ihm sein Vater und dessen Belange eigentlich egal waren. Er hasste seinen Erzeuger nicht – so wie früher, als er nach einer schmerzhaften Ohrfeige aufs Zimmer geschickt worden war oder sich nach einer weiteren schlechten Note eine gehörige Standpauke mit den üblichen Hasstiraden hatte anhören müssen. Sein Vater war ihm einfach keinen Gedanken wert. So, als ob in China ein Sack Reis umfiele, dachte er, und wieder lächelte er der Sonne entgegen, als er zu seinem Heiligtum ging.

Wie sein Vater, so war ihm auch Maria Reisinger mehr als gleichgültig gewesen. Während er den alten Bauern fast noch ein wenig gemocht hatte – immerhin hatte dieser ihn immer stets mit einem gewissen Mindestmaß an Respekt behandelt –, so war doch die vorwitzige Tratschtante über das Dorf hergefallen wie eine der zehn biblischen Plagen über Ägypten. In alles musste sie ihre neugierige Nase stecken, sie wusste immer Bescheid, nein, sie wusste sogar alles besser, und wenn es mal ausnahmsweise nicht um ihre Person ging, dann tat sie alles dafür, um sich – profilneurotisch und anerkennungssüchtig, wie sie nun einmal war – optimal und mit dem ent-

sprechenden Applaus in den Vordergrund zu spielen. Aber das war, Gott sei Dank, ein für alle Mal vorbei, und die Nöggenschwieler dürften ihm dankbar sein, dass er sie von dieser Seuche nun endgültig befreit hatte.
Auch seine Probleme gehörten nun der Vergangenheit an. Zufrieden mit sich und der Welt öffnete er vorsichtig ein Dachfenster des Gewächshauses, sammelte einige Rosenblätter auf, begoss seine Lieblinge mit dem speziellen Winterdünger und kehrte mit einem Handbesen die Steine sauber, auf denen man durch seinen Glaspalast wandelte. Denn die Beete durften auch von ihm nicht betreten werden.

Er grübelte. Ein leiser Zweifel beschlich ihn, während er die Kerze im Windlicht zurechtrückte. Fast hätte er sich an ihrer Flamme verbrannt.
„Ich muss aufpassen“, sagte er laut. Doch er meinte nicht das brennende Kerzenlicht, auf das er hätte besser achtgeben müssen, um seine Finger nicht zu verbrennen.
Mit seinen blauen Augen fixierte er das helle Licht. Er versank in der Flamme und ließ sich treiben. Ziellos, aber nicht planlos. Denn sein Leben in die Hand zu nehmen hatte etwas Besonderes, da musste er seinem Vater recht geben. Und er hatte auch schon einen neuen Plan.
Einen teuflisch guten sogar.
Und wieder lächelte er.

einunddreißig

Emma rieb sich die Schläfen. Ein kurzer, aber heftiger Kopfschmerz brannte hinter ihren Augen. Sie versuchte, den Migräneanfall irgendwie zu ignorieren, sich zu konzentrieren und ihre Gedanken zu ordnen.
War es nicht der Bauer, der angeblich gewusst hatte, wo sich ihre Freundin befand und der nun tot, ermordet worden war? Und war es nicht Maria Reisinger, die als Einzige an Franz Marders Geschichte geglaubt hatte, und jetzt war auch sie tot. Emmas Gedanken kreisten nun schon seit Tagen um ihre Freundin und um die Frage, was mit Charlotte passiert war und warum dafür sogar zwei Menschen sterben mussten. Denn eins war klar, und das sagte ihr nicht nur ihre berufliche Intuition, sondern auch ihr klarer Menschenverstand: Franz Marder und Maria Reisinger waren nicht willkürlich, sondern absolut vorsätzlich und aus Berechnung ermordet worden. Sie waren die Einzigen, die etwas über Charlottes Verbleib wussten oder zumindest eine Ahnung davon hatten, was in der Nacht des Rosenballs vor 15 Jahren geschehen war.

Und genau das war ihnen zum Verhängnis geworden. Das berechnende Böse war nun also auch hier oben in der heilen Welt zwischen Rosen und Rindern, Wiesen und Feldern angekommen, nur um ein Geheimnis zu bewahren, das bereits seit mehr als 15 Jahren in einem ewigen Dornröschenschlaf lag. Aber was war das für ein Geheimnis, für das der- oder diejenige

sogar über Leichen ging? Und vor allem, waren der alte Bauer und die Lädele-Verkäuferin wirklich die einzigen Menschen, die das Geheimnis kannten? Oder gab es noch jemanden, der etwas ahnte, vielleicht sogar wusste, und damit dem Mörder gefährlich werden konnte?
Vielleicht konnten ihr die ermittelnden Kollegen weiterhelfen, schließlich mussten ja auch sie eins und eins zusammenzählen können, wenn es darum ging, einen Zusammenhang zwischen den beiden Opfern herzustellen. So ging sie, wie keine 24 Stunden zuvor, die Hofeinfahrt entlang in Richtung Haus.
„Habe ich nicht gesagt, dass die Presse hier nichts zu suchen hat?", fragte Karl Strittmatter, der gerade aus der Tür trat, als er Emma erblickte. „Es gibt heute Nachmittag um 15 Uhr eine Pressekonferenz, auf der alle Einzelheiten bekanntgegeben werden und wo sie Ihre Fragen stellen können."
„Ich wollte Ihnen keine Fragen stellen, Herr Kollege", blaffte Emma zurück, die mit einer so heftigen Reaktion nicht gerechnet hatte, um sich im gleichen Atemzug wieder zusammenzureißen, wusste sie doch, dass sie bei solchen Menschen wie ihrem Gegenüber nicht Feuer mit Feuer bekämpfen konnte, wollte sie an ihr Ziel kommen und etwas erfahren.
„Kollegin? Ich habe Sie hier noch nie gesehen." Karl Strittmatter betrachtete argwöhnisch Emmas Dienstausweis, den sie ihm entgegenstreckte.
„Ah, Besuch aus Ludwigshafen. Was hat denn eine Kollegin aus Rheinland-Pfalz bei uns im Schwarzwald verloren?"
„Ich kann Sie beruhigen. Ich verbringe hier nur für einige Tage meinen Urlaub und wollte Ihnen ..."
„Dann erholen Sie sich gut, Kollegin. Wir kriegen das hier auch alleine hin", unterbrach Karl Strittmatter, der mit einem flüchtigen Blick auf ihren Dienstausweis sah, dass Emma, obwohl mehr als 20 Jahre jünger als er selbst, bereits den gleichen Dienstgrad erreicht hatte und damit aus seiner Sicht eine

ausgewiesene Streberin war. Und solche Menschen konnte er überhaupt nicht leiden.
„Ich ...“, startete Emma einen neuen Versuch, aber Karl Strittmatter war schon auf dem Weg zum Kellereingang. Was hat der denn für Minderwertigkeitskomplexe, dachte Emma, während sie sich verärgert umdrehte. Wenn der Kollege nicht will, dann probiere ich es eben bei seinem Chef. Irgendjemand wird mir schon helfen. Aber vorher muss ich nochmal mit Reinhold Nägele sprechen, dachte sie, als sie bereits auf die Straße getreten war.
Beinahe hätte sie das Auto übersehen, das mit großer Geschwindigkeit den Rosenweg hinaufgefahren kam. Im letzten Moment und mit quietschenden Reifen schaffte es der Fahrer gerade noch, den weißen Wagen nur wenige Zentimeter vor ihr zum Stehen zu bringen.
„Passen Sie doch auf, wo Sie hinlaufen“, schimpfte der Mann, als er die Autotür öffnete.
„Sie hätten doch genauso gut aufpassen können. Außerdem sind innerorts 50 km/h erlaubt und keine 80“, erwiderte Emma und musste gleichzeitig schmunzeln, als sie den Schriftzug der regionalen Tageszeitung „Hochrhein-Kurier“ auf der Fahrertür las. Wie üblich hat die Presse keine Zeit und ist in höchster Eile, dachte sie.
„Ich bin sicherlich schon viel zu spät, und so eine Geschichte bekommt man nicht alle Tage. Ich heiße übrigens Thomas Albiez und bin Lokalreporter bei der Zeitung.“ Er ging zum Kofferraum und holte eine Digitalkamera heraus, die er sich leger über die Schulter hängte.
„Hej. Emma Hansen. Sie sind aber schnell zur Stelle.“
„Die Menschen wollen wissen, was in ihrem Ort passiert, vor allem wenn es sich um so eine bekannte Persönlichkeit wie Maria Reisinger handelt.“
„Ich hoffe nur für ihre Angehörigen, dass Sie die Ruhe der

Toten nicht stören und nicht alles nur der Auflage wegen ausschlachten."

„Keine Sorge. Aber ich muss als freier Mitarbeiter auch ein wenig an mich denken. Da ich schon vom toten Bauern am Witznaustausee keine Bilder bekommen habe, will ich nun wenigstens dieses Mal die Polizei bei ihren Ermittlungen vor und am besten auch noch im Haus der Toten ablichten. Die Einzelheiten werden ja sowieso erst heute Nachmittag auf der PK bekanntgegeben – wenn überhaupt", sagte er, gab ihr seine Karte und eilte mit einem kurzen „Ich muss los, man sieht sich" in Richtung Tatort.

Bereits von Weitem sah Emma das weitläufige Grundstück der Nägeles, auf dem, zwischen hohen Fichten gelegen, ein überdimensional großes, jedoch für diese Region auch typisches Wohnhaus thronte. Wie sehr habe ich mir früher immer gewünscht, hier zu wohnen, dachte Emma erneut an ihre Kindheit und die vielen Urlaube in Nöggenschwiel zurück. Während sie nach dem Umzug von Dänemark nur in einem Mehrfamilienhaus in Ludwigshafen gewohnt hatte, an dem schon beim Einzug der Putz an der Fassade abgebröckelt war und in dem es im Treppenhaus immer penetrant nach Chlorreiniger gerochen hatte, war Charlotte nicht nur in bester Luft und der schönsten Umgebung, sondern auch in einer Gemütlichkeit groß geworden, die Emma nur von den Besuchen bei ihren Großeltern her kannte. Eine Gemütlichkeit, die ihr Geborgenheit und Zuflucht zugleich gab, die sie beschützte und in die sie sich einfach hatte hineinfallen lassen können, wann immer sie wollte und wann immer sie es brauchte.

Wieder musste Emma an ihre Freundin denken. War es etwa diese Gemütlichkeit, die Charlotte irgendwann nicht mehr ertragen konnte, vor der sie weggelaufen war, weglaufen musste?

Emma grübelte. Warum waren wir uns in den in Ferien immer so nah gewesen und wussten doch nichts voneinander, dachte sie und ging wie in Zeitlupe die Auffahrt hoch in der Hoffnung, Charlotte würde jeden Moment aus der Tür kommen und sie umarmen.
Als sie direkt vor dem Haus angekommen war, stellte sie fest, dass der Name „Nägele" als aufwendig gestaltete schmiedeeiserne Handwerksarbeit in die Außenmauer eingelassen war. Sie betätigte die Klingel, die – als angenehmer Laut beginnend – durch das Echo im Inneren des Hauses aufdringlich nachklang.
Sie wollte gerade zum zweiten Mal die Klingel drücken, als ein Mann, ungefähr in ihrem Alter, die Tür öffnete. Er hatte kurz geschnittenes Haar, einen Fünftagebart und trug zu seinen verwaschenen Designer-Jeans ein ausgeleiertes T-Shirt eines bekannten Labels. Trotz seines lässigen Auftretens schien er aber äußerst eitel zu sein, denn er roch nach einem teuren Parfüm und hatte pedikürte Fußnägel, wie Emma bei einem kurzen Blick auf seine nackten Füße sehen konnte.
Emma war mehr als überrascht, einen jungen Mann anzutreffen, hatte sie doch jetzt mit Reinhold Nägele als ihrem Türöffner gerechnet. Aber sie erinnerte sich zurück, wie Charlotte immer mal wieder von ihrem Bruder Gerald gesprochen hatte, und Emma war sich sicher, dass eben dieser nun vor ihr stand.
„Hej", begrüßte sie ihn, doch ihr Gegenüber schien stumm zu sein und, abgesehen von einem ernsten, leicht angespannten Blick, auch zu keiner weiteren Mimik oder Gestik fähig.
„Erinnerst du dich noch an mich? Ich bin Emma, Emma Hansen, eine alte Freundin von Charlotte." Höflich, wie sie war, probierte sie erneut, den Mann, den sie immer noch für Gerald Nägele hielt, zu einer Reaktion zu bewegen, aber Charlottes Bruder blieb begrüßungsfloskelresistent.
„Ist dein Vater da?"

„Den hast du gerade verpasst", antwortete der Mann, der schon dabei war, die Tür so abrupt zu schließen, wie er sie 30 Sekunden zuvor aufgerissen hatte, als Emma zu ihrem letzten Versuch ansetzte: „Gerald, wie geht es dir eigentlich?"
Wie vom Blitz getroffen hielt der Mann inne, öffnete die Tür erneut – wenn auch dieses Mal weniger ruckartig – und schaute Emma ungläubig an.
„Wie soll es mir schon gehen?"
Emma, die gerade noch geglaubt hatte, endlich einen Zugang zu ihrem Gegenüber gefunden zu haben, resignierte bei diesen Worten und richtete sich schon mal auf einen mehr oder wenigen wortlosen Abschied ein, als Gerald fortfuhr: „Was soll ich jetzt darauf antworten? Auf eine Frage, die mir noch nie gestellt wurde."
„Ich glaube, ihr macht alle eine schwere Zeit durch, seitdem Charlotte verschwunden ist ..."
„Pah, immer nur Charlotte. Wenn ich den Namen schon höre ..."
„Sie ist deine Schwester", empörte sich Emma und folgte Gerald durch die Eingangshalle ins Haus.
Zwei große Kerzenleuchter mit künstlichem Licht ergänzten die vordergründig warme Atmosphäre, die bei Emma kein wirkliches Wohlbehagen auslöste. Gegenüber der Eingangstür ging rechts eine geschwungene Treppe in den ersten Stock hinauf, an die sich eine mondäne Galerie anschloss, die so gar nicht zu der Innenarchitektur eines urig-gemütlichen Schwarzwaldhauses passen wollte.
Irgendwie wirkt hier alles wie aufgesetzt, und man kommt sich vor wie in einem Museum, in dem man Angst haben muss, dass jeden Augenblick der Alarm ausgelöst wird, weil man sich einem Objekt zu sehr genähert hat, dachte Emma und wandte sich wieder Gerald Nägele zu.
„Machst du dir denn keine Sorgen, was mit Charlotte geschehen ist?"

„Und wenn schon. Was habe ich davon. Hat sie sich jemals um mich gekümmert?“ Gerald Nägele war mittlerweile in die Küche gegangen und hatte sich ein Glas Mineralwasser eingeschenkt. Emma war ihm auch hierhin unaufgefordert gefolgt und setzte sich auf einen Stuhl. Während der lichtdurchflutete Flur, den Emma eher als Wandelhalle bezeichnet hätte, einen übermächtigen, den Besucher mit seinen Ausmaßen fast schon erschlagenden Charakter hatte, war die Küche eher gedrungen, fast schon klein, und wirkte mit ihren gerahmten Fenstern und dem dunklen Holz eher erdrückend und düster als einladend und heimelig.

„Sie hat immer nur Gutes über dich erzählt“, erwiderte Emma, die krampfhaft überlegte, welche Worte Charlotte damals wirklich über ihren Bruder gefunden hatte. Doch ihr wollte partout nichts einfallen, egal, an welches private Gespräch sie sich auch zurückerinnerte. Hatte Charlotte ihren Bruder vielleicht doch nicht gemocht oder warum hatte sie nie etwas über Gerald gesagt? War er ihr als pubertierender Teenager, da zwei Jahre älter, einfach nicht interessant genug gewesen? Oder war er ihr gar gleichgültig gewesen, weil sie nie wirklich eine Beziehung zu ihm aufbauen konnte oder wollte?

„Du lügst. Und du weißt es“, sagte Gerald gefühllos und leerte sein Glas in einem Zug. „Aber nun hat sich ja alles von selbst erledigt. Die Gerechtigkeit siegt immer. Auch wenn sie manchmal etwas länger braucht: Jeder bekommt das, was er verdient.“

„Was soll das heißen? Du glaubst also auch, dass sie tot ist?“ Emma spürte ein flaues Magengefühl und sie hoffte, es lag an dem immer stärker werdenden Hungergefühl – hatte sie doch immer noch nichts gegessen – und nicht an der im Raum stehenden Option, dass Charlotte nicht mehr am Leben war.

„Mir egal. Sie ist nicht mehr da und das ist das Einzige, was zählt.“

„Du vermisst sie also gar nicht?“
„Nein, wieso sollte ich. Für Charlotte gab es immer nur Charlotte. Charlotte hier, Charlotte da, Charlotte überall. Was haben sich meine Eltern ins Zeug gelegt, nur um meiner ach so geliebten Schwester alles recht zu machen. Sie haben ihr jeden Wunsch von den Augen abgelesen, nur um sie glücklich zu machen, ihre Gier nach immer mehr zu befriedigen. Es gab nichts, was Charlotte jemals verwehrt wurde. Jedes Spielzeug, jedes Hobby, jede Spinnerei – egal wie teuer – hat sie bekommen, selbst wenn sie bereits nach kurzer Zeit keine Lust mehr darauf hatte. Der Keller ist voll von diesem Kram: Sättel und Saxophon, Tennisausrüstung und Ballettschuhe. Aber nein, es darf ja nichts weggeworfen oder im Internet verkauft werden, weil Charlotte ja eines Tages als verlorene Tochter mit wehenden Fahnen zurückkehren könnte und alles so weitergehen würde, als wäre nichts passiert, als hätte sich Charlotte nie für ein anderes Leben und gegen den Alten entschieden.“
Emma war geschockt. Noch vor wenigen Augenblicken hatte Gerald es nicht einmal geschafft, sie zu grüßen, freundlich ins Haus zu bitten oder gar einige Sätze mit ihr zu wechseln. Und nun schüttete er ihr sein Herz aus, ließ seinem über so viele Jahre angestauten Frust freien Lauf und befreite sich und sein Gewissen. Obwohl, war es wirklich sein Gewissen? Viel eher hatte es den Anschein, als würde er seine Seele erleichtern und Emma damit indirekt um Absolution bitten. Aber Absolution für was? Dass er kein Musterbeispiel eines Bruders war? Dass er seine Schwester hasste wie nichts sonst auf der Welt? Dass …? Weiter kam Emma nicht, denn Gerald schien mit seinen Tiraden noch längst nicht am Ende zu sein.
„Ich hatte nie eine Chance. Meine Eltern gaben mir immer das Gefühl, nicht wirklich etwas wert zu sein. Und dann immer diese Vergleiche. ‚Gerald, schau, wie gut Charlotte schon laufen kann‘, ‚Gerald, sieh nur, Charlotte hat wieder eine Eins

mit nach Hause gebracht', ‚Gerald, warum interessierst du dich denn nicht für Musik und für die Kultur unserer Heimat, wie es Charlotte tut?'. Mir wird schlecht, wenn ich nur daran denke." Gerald Nägele schüttete sich erneut ein Glas Wasser ein.

„Wie oft hätte ich den Alten für diese dummen Sprüche eins in die Fresse schlagen können. Immer und immer wieder. Was hätte das gut getan. Aber nein, selbst dazu war ich nicht imstande, zu schwach, wie es meine Mutter ihren Freundinnen immer erzählte, wenn sie mich beschrieb, oder einfach eine Luftpumpe, wie es mein Vater gerne so treffend am Stammtisch oder auf Familienfesten und am liebsten noch in meinem Beisein herumposaunte, damit ich ja auch nie vergesse, was für eine Lusche ich bin. Mann, was war der froh, noch ein Kind wie Charlotte zu haben. Nur leider wollte die nicht so, wie er es gerne wollte. Vor allem, als Mutter zu diesem Idioten von Lehrer nach Freiburg abgehauen ist, da hat er Charlotte regelrecht mit seiner Aufmerksamkeit erdrückt, mit seinem ihr-ja-alles-recht-machen-wollen. Tja, aber als er eine Gegenleistung wollte, da hat sie ihm zu verstehen gegeben, dass er sie mal gernhaben kann, und ist einfach abgehauen, so wie es meine ehrenwerte Mutter kein halbes Jahr zuvor auch schon getan hat."

Emma saß geschockt und zu keiner einzigen Bewegung fähig auf dem Stuhl und konnte nicht glauben, was sie da hörte. Gerald hatte sich regelrecht in Rage geredet, ohne Punkt und Komma über seine Familie hergezogen, fast so, als wäre sie seine Therapeutin und könnte mit ihm gemeinsam eine Lösung für diese schier ausweglose Familienkonstellation erarbeiten. Gerald hatte sich mittlerweile mit seinem Glas und einer weiteren Flasche Mineralwasser zu ihr an den Tisch gesetzt und genoss scheinbar die gespannte Ruhe, die die

sowieso schon einengende Küche noch ein Stück enger werden ließ.
„Da staunst du, was? Was für eine heile, wunderbare Familie, was für ein ehrenwerter Mann, der vom Schicksal auf so üble Weise heimgesucht wurde. Erst verlässt ihn seine Frau und dann auch noch seine Tochter. Nichts, aber auch gar nichts ist dem armen Mann geblieben."
„Aber, was ist, wenn deiner Schwester wirklich etwas passiert ist?"
„Was sollte ihr denn schon passiert sein?"
„Vielleicht ist sie sogar tot ..."
„Tot? Wie kommst du darauf?"
„Findest du es nicht merkwürdig, dass jemand ohne ein Wort des Abschieds für immer verschwindet?"
„Was weiß ich."
„Warum bist du eigentlich nie abgehauen? Allen Grund dazu hättest du ja gehabt ..." Emma merkte, dass sie nicht weiterkam. Daher wechselte sie das Thema, wenn auch nicht ganz.
„Diesen Triumph wollte ich meinem Vater nicht gönnen. Er wäre doch glücklich, wenn ich endlich das Haus verlassen und nie mehr zurückkommen würde. Aber diesen Gefallen werde ich ihm nicht tun."
„Du machst dich doch absolut abhängig – von einem Menschen, den du nur verachtest und der dir absolut gleichgültig ist. Außerdem könnte er dir doch zuvorkommen, dich von heute auf morgen rausschmeißen und dann würdest du mit nichts dastehen", erwiderte Emma, die – pragmatisch wie sie nun einmal war – längst an die nächsten Schritte dachte.
„Du weißt eben nicht alles." Gerald war inzwischen aufgestanden und hatte Emma ein Glas aus dem Vitrinenschrank geholt, der hinter ihr an der Wand zum Esszimmer stand und mit seiner gekalkten Oberfläche der einzige helle Lichtblick des gesamten Kücheninterieurs war.

„Der liebe und so geschätzte Reinhold Nägele ist nämlich gar kein so ehrbarer Herr der feinen Gesellschaft, wie alle immer denken und wie er immer meint, auf andere zu wirken."
„Was meinst du damit?"
„Was sagt dir der Satz: ‚Dafür geht er sogar über Leichen'?" Gerald schaute Emma erwartungsvoll, fast schon herausfordernd an.
„Du meinst …?" Doch bevor Emma weiter sprechen konnte, wurde sie von Gerald unterbrochen: „Klingelt's bei dir? Ja, mein Alter hätte auch gut als Bestatter arbeiten können, so viele Leichen hat er im Keller."
Als Emma immer noch nichts erwidern konnte und Gerald nur fragend anschaute, fuhr dieser fast schon freudig erregt fort und ein Blitzen erfüllte seine Augen: „Der Alte hat gerne die Grenzen des Erlaubten überschritten, denn es war nicht ganz billig, die Wünsche seiner Tochter zu befriedigen. Pech nur, dass er dabei etwas unvorsichtig war und Beweise erst dann vernichtete, als es schon zu spät war und ich von seinen Machenschaften längst erfahren hatte."
Emma schaute Gerald fragend an.
„Als Versicherungsmakler ist es einfach, Geschäfte zu machen, die nur dir nutzen, weil du dafür eine ordentliche Provision bekommst, deine Kunden aber daran zugrunde gehen. Und von diesen Klienten gibt es viele. Doch bisher ließ er nur Kunden aus Waldshut oder der angrenzenden Schweiz, vielleicht auch mal aus Weilheim oder Indlekofen in den Ruin schlittern. Aber als ihm seine Schulden so langsam über den Kopf wuchsen und er nicht so schnell so viel Geld einnahm, wie er ausgab, nur um seine Tochter zu suchen, da gab er seine Zurückhaltung auf und drehte auch einigen Nöggenschwielern faule Investmentgeschäfte an. Bis heute ist ihm anscheinend niemand auf die Schliche gekommen, außer …" Gerald hielt inne. Er wollte den dramatischen Höhepunkt auf die Spitze

treiben und es seiner Gesprächspartnerin überlassen, den Satz zu vollenden. Als Emma jedoch nicht reagierte, sprach er weiter, nicht ohne vorher noch einmal theatralisch Luft zu holen: „Außer Franz Marder."
„Der tote Bauer?"
„Ja, genau der. Franz Marder hat seinem besten Freund vertraut, sein ganzes Geld in Fonds und Aktien angelegt, die nichts wert waren. Denn mein Alter versprach ihm, dass er auf diese Weise bald seinen Bauernhof wieder bekommen würde, den er vor knapp einem halben Jahr hatte verkaufen müssen."
„Und, für seine Geldanlagen ist nun mal jeder Mensch selbst verantwortlich", antwortete Emma, die sich im gleichen Augenblick daran erinnerte, dass, so wie alle Franz Marder beschrieben hatten, dieser eigentlich nicht wirklich hätte selbst Geldgeschäfte betreiben können. Oder eben ein leichtes Opfer für faule Geldanlagen gewesen war.
„Tja, nur, der Franz konnte sich eben um nichts selbst kümmern, beziehungsweise vertraute seinem besten Freund seit Kindertagen bedingungslos."
„Aber wie konnte der Bauer dann die miesen Geschäfte deines Vaters aufdecken?"

„Der Franz hatte eben auch klare Momente und fragte nach, was denn jetzt aus dem Geld geworden sei. Immer und immer wieder versicherte mein Alter ihm, dass die Kurse wieder steigen und er sein Geld doppelt und dreifach zurückbekommen würde und er damit auch endlich seinen Hof zurückkaufen könnte. Selbst als dieser in ein Wohnhaus umgebaut wurde und mein Vater es für sicherlich eine größere Summe verkaufte als er das Grundstück damals dem Marder abgekauft hat, da hielt mein Vater ihn noch hin und appellierte an sein Vertrauen und an die gemeinsame Freundschaft. Und alles schien zu funktionieren, bis der Marder mit der Polizei drohte, wenn er nicht binnen einer Woche das gesamte investierte Geld zurückbekäme."

„Woher weißt du das?"

„Der Bauer kam am Freitag hierher und wollte mit dem Alten sprechen. Als ich sagte, er sei nicht da, suchte er ihn im Rathaus auf, um ihn endlich zur Rede zu stellen."

„Und, hat er es getan?"

„Anscheinend schon. Der Alte kam völlig aufgelöst nach Hause und schimpfte nur in einer Tour: ‚Der soll mich endlich in Ruhe lassen, sonst werde ich ihn für immer zum Schweigen bringen.' Na, und was danach passiert ist, wissen wir ja alle."

„Und warum sollte ich dir glauben?" Emma stand an die Arbeitsplatte gelehnt und schaute nach draußen. Die Sonne, die den Morgen noch mit ihrem warmen Licht beglückt hatte, war längst hinter den Berggipfeln der Alpen verschwunden. An ihrer Stelle hatte sich – wie schon in den vergangenen Tagen – eine dichte Nebelwand über den Horizont gespannt, die es sich nicht nehmen ließ, mit ihren feinen Regenschleiern die Sonnenstrahlen des Vormittags vergessen zu machen.

Emma fokussierte die kleinen Regenspritzer auf dem Küchenfenster und atmete tief durch. Da war etwas, das ihr keine Ruhe ließ. Sie wusste nicht genau, was es war, aber irgendetwas sagte ihr, dass das Bild, das sie bisher von Reinhold Nägele gehabt hatte, längst nicht mehr mit der Realität übereinstimmte.

„Weil es mir der alte Bauer selbst gesagt hat. Er wollte das ganze Geld vom Alten zurückfordern, anschließend zur Polizei gehen und ihn anzeigen, weil er nicht wollte, dass auch andere auf seine kriminellen Geschäfte hereinfallen. Und nun ist er tot. Etwas sehr zufällig, oder?"

„Und Maria Reisinger? Was ist mit ihr? Hat dein Vater sie ebenfalls auf dem Gewissen, weil sie hinter seine unseriösen

Geldgeschäfte gekommen ist und wie der alte Bauer mit Konsequenzen drohte?"
„100 Punkte. Man merkt, du bist vom Fach." Gerald lächelte süffisant und klatschte dabei genüsslich.
„Maria Reisinger, die alte Klatschbase, hat sich immer gern aufgespielt. Irgendwie muss sie von dem Betrug meines Vaters erfahren haben – vielleicht hat Franz Marder es ihr auch selbst erzählt. Keine Ahnung. Da aber die gute Reisinger wohl meinte, sich für die Schwachen unter uns einsetzen zu müssen, hat sie dem Franz geholfen, meinen Alten unter Druck zu setzen."
„Und wie hat sie das gemacht?"
„Ganz einfach: Sie hat ihn erpresst. Nur: Maria wäre nicht Maria, wenn sie aus dieser Sache nicht Profit geschlagen hätte. Denn sie war immer scharf auf meinen Alten gewesen. Angeblich war sie seine erste große Liebe, wie kitschig, aber als er dann meine Mutter kennenlernte, da hat er Maria nur noch links liegengelassen. Sie hat keinen Mann seitdem angeschaut – na ja, welcher Kerl will die auch freiwillig schon anfassen –, aber egal. Und als dann meine Alte abgehauen ist, da hat sie ihre Chance gewittert, schließlich kann ja ein Mann in den besten Jahren unmöglich ohne Frau durchs Leben gehen. So hat sie wohl gedacht. Aber sie hat die Rechnung ohne den Wirt gemacht. Denn mein Alter zeigte ihr nur die kalte Schulter, war er doch sowieso mehr mit der Suche nach Charlotte beschäftigt, als sich um irgendwelche Frauengeschichten zu kümmern. Aber als sie das dann von dem Franz erfahren hat, da hat sie dann endlich etwas in der Hand gehabt, was sie gnadenlos ausgespielt hat. Was hat die sich ins Zeug gelegt. Ein Brief kitschiger als der andere. Aber wenn du mir nicht glaubst, dann frag ihn doch selbst. Eben kommt er", sagte er und deutete mit einer Kopfbewegung in Richtung Haustür, ehe er grußlos die Küche in Richtung Esszimmer verließ. Emma,

die Gerald noch etwas fragen wollte, hörte, wie jemand die Tür aufschloss. Sie wollte gerade von der Küche in den Flur treten, als sie schon Reinhold Nägele in die Arme lief.
„Hallo Emma, was für eine Überraschung. Was machst du denn hier?“, wurde sie von Reinhold Nägele gutgelaunt begrüßt, ehe er Emmas ernsten Gesichtsausdruck sah. „Ist was passiert?“
„Hej. Wie man es nimmt. Ich frage mich nur gerade ...“
„Komm’ Emma, setz dich doch erst einmal hin“, unterbrach Reinhold Nägele sie, während er seinen Mantel auszog und ihn in den Schrank hing.
„Warum haben Sie mir nicht von Ihrer Geschäftsbeziehung zu Franz Marder erzählt?“, setzte Emma erneut an, mit der festen Absicht, sich nicht wieder unterbrechen zu lassen.
Reinhold Nägele tat so, als habe er Emmas Worte nicht gehört. Ausgiebig wusch er sich seine Hände am Waschbecken, trocknete sie anschließend ähnlich entspannt ab und ging dann zum Kühlschrank hinüber. Erst nachdem er sich eine Flasche Weißburgunder geholt und sich ein Glas eingeschenkt und am Tisch Platz genommen hatte, antwortete er: „Hat dir mein Sohn also die Augen über mich geöffnet?“
„Und warum haben Sie mir nichts von Marias erpresserischen Briefen gesagt?“
„Emma, lass mich es dir doch wenigstens versuchen zu erklären. Ja, ich habe einigen Menschen verschiedene Anleihegeschäfte vermittelt. Auch dem Franz. Er wollte doch so gerne seinen Hof zurückbekommen.“ Reinhold Nägele stockte. Er atmete schwer. Er musste sich auf jedes Wort konzentrieren, sollte ihm seine Stimme nicht versagen.
„Es tat mir wirklich so leid, als ich erfuhr, dass meine Kunden wegen der Banken- und Schuldenkrise ihre Einlagen verloren hatten. Leider waren auch Franz’ Papiere nichts, also nicht mehr so viel wert ...“ Er stockte erneut.

„Aber seinen Hof haben Sie doch längst weiterverkauft."
Er holte noch einmal tief Luft, ehe er angestrengt fortfuhr: „Ich wollte ihm alles zurückzahlen, wirklich, aber ich war gerade nicht … na ja, wie soll ich es ausdrücken: flüssig. Also bat ich ihn um etwas mehr Geduld."
„Aber wie sich zeigte, brauchte er gar keine Geduld mehr aufzubringen."
„Emma, ich bin kein Mörder. Das habe ich dir schon einmal gesagt. Ich weiß nicht, wer den alten Franz auf dem Gewissen hat, aber ich bin es bestimmt nicht. Das musst du mir glauben."
„Und die Briefe?"
„Die sind nicht der Rede wert. Maria hat unsere Trennung nie verwunden. Und als sie das dann von meinen Anlagen mitbekommen hat, da dachte sie, sie hätte etwas gegen mich in der Hand, nur damit ich mich zu ihr bekenne, ihr meine nicht vorhandene Liebe gestehe. Aber, wie gesagt, ich bin ein selbstständiger Makler und Geldanlagen sind mein Kerngeschäft. Ich kann eben nichts dafür, wenn die Aktienkurse gerade nicht so laufen, wie sich das meine Kunden wünschen. Und dafür brauche ich mich nicht zu entschuldigen, sie alle wissen um das mögliche spekulative Risiko solcher Anlageformen."
„Kann ich sie sehen?"
„Was?" Reinhold Nägele zitterte.
„Na, die Briefe."
„Ich habe sie nicht mehr. Ich habe sie weggeschmissen, weil das für mich absolutes Kindergartengehabe ist. Und Maria hat gewusst, dass ich ihre Liebesschwüre nicht ernst nehme. Ich denke sowieso, sie wäre nie damit zur Polizei gegangen. Sie wollte sich nur an mir rächen."
„Und dann haben Sie sich an ihr gerächt?", fragte Emma, die ihr Misstrauen gegenüber Reinhold Nägele nicht länger verhehlen konnte.

„Emma!“ Reinhold Nägele schlug mit der Faust auf den Tisch. „Ich habe dir gesagt, ich bin unschuldig. Vielleicht will ja mein Sohn sich an mir rächen. Ich weiß zwar nicht, was er dir alles erzählt hat, aber er hat seiner so bezaubernden Schwester nie ihr Glück gegönnt. Anscheinend reicht es ihm noch nicht, dass ich deswegen seit 15 Jahren leide. Er will mich jetzt ganz zerstören, indem er mich ins Gefängnis bringen will.“ Reinhold Nägele, eben noch aufgebracht und laut, war plötzlich wieder in sich zusammengesunken und seine Stimme bebte. Er hatte beide Hände vors Gesicht geschlagen und rang um Fassung. „Ich weiß“, seufzte er, „dass ich mich verdächtig gemacht habe, weil ich nicht in allen Punkten offen zu dir war – aus Scham, aber auch aus tiefster Verletztheit. Aber bitte, Emma, finde meine kleine Lotti. Sie ist der einzige Grund, warum ich noch lebe. Ich muss endlich erfahren, was mit ihr geschehen ist. Und du bist der einzige Mensch, der das herausfinden kann.“

zweiunddreißig

Es herrschte reges Treiben im kleinen Konferenzraum der Waldshuter Polizeidirektion. Stühle wurden geschoben, Kameras aufgebaut, Saftflaschen geöffnet, hektische Telefonate geführt und eifrig bereits einige Notizen niedergeschrieben. Als Stefan Alt aus dem Seitenzimmer einen Blick in den schon fast überfüllten Raum wagte, wurde er von der enormen Medienpräsenz und dem öffentlichen Interesse an dem zweiten Mordfall binnen 48 Stunden fast erschlagen. Mit allen Journalisten, Kameramännern – und auch einer Kamerafrau –, Tontechnikern und Radioreportern hatten sich 25 Menschen in den dafür viel zu kleinen Raum begeben. Fernsehteams und Redakteure aus der Schweiz wie Deutschland waren genauso zugegen wie ehrenamtlich tätige Journalisten von verschiedenen Lokalsendern. Und alle wollten die neuesten Entwicklungen im Mordfall Maria Reisinger hören und erfahren, welche Ergebnisse die SoKo Rosendorf – wie Kriminalrat Franz-Josef Bannholzer die Sonderkommission genannt hatte – schon vorzuweisen hatte. Ich möchte jetzt nicht in seiner Haut stecken, dachte Stefan Alt und sah in Gedanken eine Gruppe gieriger Aasgeier vor sich sitzen, die nur darauf warteten, ein Stück totes und verdorbenes Fleisch vorgeworfen zu bekommen, um sich darauf stürzen zu können und nichts mehr davon übrig zu lassen. Und sie tun es alles nur für ihre Leser, Hörer und Fernsehzuschauer, die sich nach einem stressigen Tag eines langweiligen und eintönigen Lebens am Leid der Anderen ergötzen wollen, sinnierte Stefan Alt. Und bei dem Gedanken daran wurde ihm auf einmal ganz schlecht.

„Meine Damen, meine Herren, ich begrüße Sie, wenn auch zu einem mehr als traurigen und zugleich ernsten Anlass, zu dieser Pressekonferenz. Um Ihnen kurz den Ablauf darzulegen: Ich werde zuerst alle bisherigen Ergebnisse und Erkenntnisse ausführen, ehe Sie mich dann – und so wie ich Sie kenne, warten Sie da jetzt schon wie gespannt darauf – mit Fragen bombardieren können. Ich nehme mir aber das Recht heraus, Fragen, die den Ermittlungsstand beeinflussen oder in irgendeiner Weise gefährden könnten, nicht zu beantworten. Daher bitte ich Sie, dann von weiteren Nachfragen abzusehen. Sie werden weder von mir noch von meinen Kollegen diesbezüglich mehr zu hören bekommen“, begrüßte Franz-Josef Bannholzer die Pressevertreter. Schon von Beginn an markierte er sein Revier und ließ keinen Zweifel daran, wer in diesem Duell der Wortführer war.
Danach lieferte der Kriminalrat einen mehr sachlichen als spannenden Abriss der vergangenen Tage. Die Medienvertreter klebten an seinen Lippen, und der ein oder andere malte sich gedanklich jedes Detail in allen Einzelheiten aus. Nach knapp zehn Minuten hatte Franz-Josef Bannholzer seinen Monolog beendet und wartete einige Sekunden ab, ehe er dem ersten Journalisten das Wort erteilte. Fast jeder der Anwesenden streckte einen Arm oder wenigstens eine Hand in die Höhe oder versuchte, sich durch lautes Schnippen bemerkbar zu machen. Die Kameraleute nahmen ihre Kameras vom Stativ und gingen nach vorne, um als Zwischenbild einen Schwenk über die Pressevertreter einzufangen, um dann den Kollegen, der zuerst seine Frage stellen durfte, anzuzoomen und ihn in Großaufnahme einzufangen.
„Ja, bitte, Sie mit dem schwarzen Sakko.“

„Haben Sie schon eine erste Spur, wer als Täter infrage kommt, und wenn ja, warum?“
„Dazu kann und möchte ich Ihnen nichts sagen. Vielleicht nur so viel: Wir ermitteln in alle Richtungen. Dabei sind wir aber auf die Hilfe der Bevölkerung angewiesen und erhoffen uns, auch dank Ihnen, dass sich eventuelle Zeugen, die etwas gesehen oder gehört haben wollen, bei uns melden. Selbstverständlich werden wir jede Zeugenaussage höchst vertraulich behandeln. Auch für jeden sachdienlichen Hinweis im ersten Mordfall, der am Samstagmorgen passiert ist – die Pressemitteilungen sind Ihnen bereits am Samstagnachmittag zugesandt worden – sind wir sehr dankbar.“
„Heißt das, Sie haben noch keine näheren Hinweise, wer den Bauer Franz Marder getötet hat?“
„Auch hier gehen wir verschiedenen Möglichkeiten nach und verfolgen jede Spur“, antwortete Bannholzer, dem man sein Unbehagen deutlich anmerkte.
„Warum wurde beim ersten Mord eine Eisenstange, beim zweiten ein Duschschlauch als Mordinstrument benutzt?“
„Sie werden sicher verstehen, dass ich dies an dieser Stelle nicht weiter ausführen kann. Wir möchten verhindern, dass der oder die Täter durch zu viele Informationen die Möglichkeit bekommen, Spuren zu beseitigen.“
„Gehen Sie also von einem Serientäter aus?“, fragte nun ein Journalist, der extra für die Pressekonferenz aus Stuttgart angereist war.
„Das können wir zum jetzigen Zeitpunkt noch nicht sagen. Zumal wir die Bevölkerung, vor allem die Nöggenschwieler nicht beunruhigen wollen.“
„Beunruhigen? Das heißt also, der Täter könnte wieder zuschlagen?“, fragte nun ein anderer.
„Wie gesagt, es gibt keinen Beweis, dass die beiden Morde vom selben Täter begangen wurden, und es wäre alles andere

als zuträglich, mit vagen Vermutungen und heiklen Spekulationen eine Panik auszulösen."

„Wie schützen sie denn die Menschen in Nöggenschwiel?"

„Was ist das für eine Frage?! Die Einwohner wissen, dass wir alles daran setzen, den Täter so schnell wie möglich zu finden. Ich bin sicher, sie fühlen sich durch unsere Arbeit und auch durch unsere Präsenz vor Ort sicher und, wie Sie sagen würden, auch beschützt."

„Aber Sie können nicht ausschließen, dass es wieder einen Mord geben wird ..."

Es war totenstill im kleinen Konferenzraum. Nur die Leuchtröhre der Deckenlampe surrte leise vor sich hin. Stefan Alt merkte, wie der Journalist, den er nicht kannte, seinen Chef mit seinen bohrenden Nachfragen so langsam zur Weißglut brachte.

„Gibt es sonst noch Fragen?", Franz-Josef Bannholzer blickte in die Runde. Angespannt, mit kleinen Schweißperlen auf der Stirn und verkrampftem Gesichtsausdruck sah er von einem zum anderen in der Hoffnung, endlich verschont zu werden. Mit seinem Glas in der Hand wollte er gerade aufstehen, als dann doch noch jemand eine Frage hatte. Und wieder war es der aus seiner Sicht aufdringliche Journalist, der ihn auch schon zuvor so gelöchert und mit teilweise unangenehmen Fragen konfrontiert hatte.

„Und was wäre, wenn der nächste Mord bereits begangen worden wäre, während wir hier noch sitzen und Ihnen zuhören?"

dreiunddreißig

So eine Pressekonferenz hatte er noch nie erlebt. Was sich dieser arrogante und von sich so überzeugte Typ von Journalist wohl dabei gedacht hatte, ihn vor versammelter Pressemeute so bloßzustellen? Um den werde ich mich noch mal gesondert kümmern, dachte Franz-Josef Bannholzer und schritt, die Arme auf dem Rücken verschränkt, durch sein Büro. Auf und ab, mal aus dem Fenster schauend und dann wieder den Blick über seine Autosammlung schweifend, überlegte er, was nun als Nächstes zu tun sei.

Er wusste, der Druck war nach dieser Pressekonferenz noch stärker geworden und die Medien würden noch genauer auf die Arbeit der Kriminalpolizei schauen. Vor allem: Sie – wie auch die Bevölkerung – würden schnellstens Ermittlungserfolge erwarten. Um den oder die Täter dann anschließend wie eine zu schlachtende Sau durchs Dorf zu treiben.

Er konnte es ihnen nicht verdenken, schließlich tickten die Uhren auf dem Land nun einmal so. Aber momentan waren er und seine Leute so weit von der Präsentation eines Täters entfernt wie die Sonne von der Erde – wenn das überhaupt hinkäme. Und so langsam erwartete er auch von sich und seinen Leuten Erfolge, wollte er nicht selbst wie eine Sau durchs Dorf getrieben werden.

Wenig später saßen Stefan Alt, Karl Strittmatter und zwei weitere Kollegen und ein Kriminaltechniker in seinem Büro und hörten ihm gespannt und erwartungsvoll zu.

„Ihr habt sicherlich eben mitbekommen, wie sehr die Presse

und mit ihr die Bevölkerung auf Ergebnisse warten. Zumal wir nun zwei Opfer haben und man daher sehr stark von einem Serientäter ausgehen muss, der, wie es dieser so superschlaue und allwissende Schreiberling auf den Punkt brachte, erneut zuschlagen kann. Und genau das darf uns nicht passieren. Also fangen wir noch mal von vorne an: Gibt es etwas Neues im Mordfall Marder?", fragte Bannholzer in die Runde.

„Nachdem wir mit seiner Schwägerin Johanna gesprochen haben, konnten wir auch die beiden Brüder befragen, doch hier hat sich überhaupt nichts ergeben. Wie schon Johanna Marder sind auch Franz Marders Brüder davon überzeugt, dass er sich im wahrsten Sinne des Wortes totgesoffen hat. Kein Mensch in seinem Umfeld will an Mord glauben", sagte Stefan Alt.

„Aber das ist zweifelsfrei bewiesen. Ich kann nicht ganz nachvollziehen, warum die Menschen in Nöggenschwiel einfach glauben, dass bei ihnen so etwas nicht passieren kann. Zumal das zweite Opfer ebenfalls ohne jeglichen Zweifel ermordet worden ist. Dass einfach niemand etwas gesehen haben will, wo doch sonst jeder Bescheid weiß, was der andere gerade macht, ist nahezu unvorstellbar. Selbst in so einem verschlafenen Nest am Ende der Welt muss doch irgendjemand etwas mitbekommen haben", entgegnete Bannholzer. Angestrengt kratzte er sich mit der linken Hand am Kopf, während Daumen und Zeigefinger der rechten Hand mit einem Bleistift herumspielten. Jeder im Raum konnte spüren, wie die Synapsen in seinem Gehirn auf Hochtouren arbeiteten. „Wen haben wir denn bisher als mögliche Verdächtigte?"

„Bisher nur Reinhold Nägele, der sich kurz vor Marders Tod mit ihm heftig gestritten hat, wie er unumwunden zugibt. Das hat auch Maria Reisinger bestätigt, die diesen Streit belauscht haben will. Aber leider können wir sie aus bekannten Gründen nicht erneut vernehmen", antwortete nun Karl Strittmatter.

„Dann sollten wir uns auf jeden Fall um Herrn Nägele kümmern. Das ist doch der, der vor 15 Jahren seine Tochter als vermisst gemeldet hat."

„Ja, und sie ist bis heute nicht wieder aufgetaucht", erklärte Stefan Alt, der sich nach einem Glas Wasser sehnte, sich aber nicht getraute, in dieser Situation aufzustehen und den Raum zu verlassen, nur um seinem Bedürfnis nachzukommen.

„Ich habe das Gefühl, mit Reinhold Nägele stimmt etwas nicht. Also sollten wir uns ihn auf jeden Fall noch einmal genauer vornehmen. Und was gibt es Neues im Fall Reisinger?"

„Leider gar nichts. Sie war ein sehr engagiertes Dorfmitglied. Und sie war so was wie die Friseuse im Ort. Sie wusste über jeden und alles am allerbesten Bescheid. Ihre Nachbarin, Silvia Trötschler, die Frau, die sie gefunden hat, hat uns erzählt, dass Maria Reisinger nie etwas entgangen sei. Sie soll sehr neugierig und vorwitzig gewesen sein und hat sich manchmal in Sachen eingemischt, die sie nichts angingen."

„Hat sie irgendwelche Feinde gehabt?"

„Na ja, vielleicht die Leute, über die sie sich das Maul zerrissen hat, aber anscheinend, so sagte mir die Frau aus dem Kindergarten, war wohl jeder schon einmal Gesprächsthema im Dorf. Ein Grund und doch kein Grund, jemanden zu töten. Es sei denn, man hütet ein Geheimnis, dass man unter allen Umständen bewahren will. Und sei es, dass man dafür töten muss."

„Dann finden Sie heraus, was das für ein Geheimnis ist und wer es um alles auf der Welt für sich behalten will."

vierunddreißig

Und ich dachte, meine Familie hätte Probleme, sinnierte Emma, als sie die Haustür der Nägeles hinter sich zuzog. Was muss in Gerald nur vorgehen, dass er so viel Hass in sich trägt. Hass, der ihn regelrecht auffrisst.
Emma hielt inne. Wie sie aus einem Psychologie-Seminar wusste, konnte Hass aber auch motivierend sein. Hass konnte nicht nur den zerstören, der ihn in sich trug, sondern auch zerstörend wirken. Hass konnte vernichten. Töten. War das etwa auch für Gerald ein möglicher Antrieb gewesen? Doch welches Motiv sollte er gehabt haben, um erst den alten Bauern und dann Maria Reisinger umzubringen? Nein, das kann nicht sein, dachte sie. Die beiden kann er nicht getötet haben. Und Charlotte? Wie erstarrt blieb Emma stehen. Natürlich. Vielleicht war er ja für Charlottes Verschwinden verantwortlich. So wie er sie gehasst, ihr den Tod gewünscht hatte, war es fast die logische Folge, dass er sich für die jahrelangen emotionalen Verletzungen gerächt haben konnte. Und doch beschlich Emma ein Zweifel. Sie konnte nicht genau erklären, was diesen Zweifel nährte, aber irgendetwas stimmte nicht. Emma war überzeugt, dass es einen Zusammenhang zwischen Charlottes Verschwinden vor 15 Jahren und den Morden von heute gab. Nur welchen, das konnte sie sich einfach nicht erklären. Noch nicht.
Seit gut zehn Minuten war aus dem anfänglichen Nieselregen ein heftiger Wolkenbruch geworden. Der Himmel hatte sich wieder in eine riesige Wolkendecke eingehüllt, aus der, wenn

auch kaum sichtbar, unablässig der Regen seinen Weg zur Erde suchte. Überall liefen Rinnsale an Scheiben und Dächern hinunter. Auch die Rinnen der Bürgersteige führten binnen weniger Minuten kleine Bäche. Die Gullys konnten das sich ansammelnde Wasser kaum noch aufnehmen.

Mist, und gerade jetzt habe ich keinen Schirm dabei, dachte sie und beschleunigte ihre Schritte, wollte sie nicht völlig durchnässt in ihre Ferienwohnung zurückkehren. Sie war gerade auf Höhe der kleinen Gasse, die zum Kindergarten und weiter zum kleinen Friedhof an der südlichen Seite der St.-Stephans-Kirche führte, als ihr Mobiltelefon klingelte.

„Auch das noch", fluchte sie, als sie die Nummer ihrer Mutter im Display las. Trotzdem nahm sie den Anruf an.

„Hej Emma. Schön, dich zu hören. Bist du gut angekommen?", fragte Marit Hansen mit gewohnt schwacher, fast schon wehleidiger Stimme. Emma war den kleinen Weg zur Kirche hochgespurtet und presste sich, so gut es ging, an die Tür des Seiteneingangs von St. Stephan, die ihr mit ihrem vorstehenden Dach wenigstens etwas Schutz vor dem peitschenden Regen bieten konnte.

„Hej Mama. Ja, bin ich. Du hörst dich aber gar nicht gut an ..."

Emma wusste, dass es ihrer Mutter nicht gut ging. Seit ihr Vater ihre Mutter verlassen hatte, hatte diese keinen echten Lebenswillen mehr. Sie hatte sich längst aufgeben. Und so hatte es sich Emma zu ihrer persönlichen Aufgabe gemacht, ihre Mutter aufzubauen und zu unterstützen, wo immer es ging. Doch Marit Hansen war ein besonders hartnäckiger Fall, und manchmal fragte Emma sich, ob es ihre Mutter nicht sogar liebte, einfach nur zu leiden. Denn sie war weder zu einer die Trennung und die erlittenen Verletzungen aufarbeitenden Therapie bereit gewesen, noch hatte sie Lust auf eine Ablenkung, die ein neues Hobby, eine längere Urlaubsreise oder ein neuer Mann hätte bieten können.

„Mir geht es ja auch nicht gut ...“, hörte Emma ihre Mutter resignierend antworten.
„Mama, so gern ich dir jetzt helfen würde, aber ich bin nicht zu Hause. Wie du weißt, habe ich mir ein paar Tage freigenommen, um ...“
„Davon hast du mir ja gar nichts erzählt“, erwiderte ihre Mutter und Emma musste – einem Automatismus folgend – ihre Augen verdrehen, so oft hatte sie ihrer Mutter von ihrem geplanten Kurzurlaub bei Villingers in Nöggenschwiel erzählt. Sie hatte sich sogar von ihrem Gewissen verleiten lassen, ihre Mutter zu fragen, ob sie mitkommen wolle. Doch Marit Hansen war zu antriebslos gewesen, diesem Angebot auch nur irgendetwas abgewinnen zu können. Vielmehr kamen ganz neue Probleme damit auf sie zu, da sie weder wusste, was sie mitnehmen oder anziehen, noch was sie den ganzen Tag in diesem verschlafenen Ort mit sich anfangen sollte.
„Doch, das habe ich. Aber das ist ja jetzt nun auch egal. Auf jeden Fall habe ich gerade nicht viel Zeit ...“
„Das war ja wieder klar, das du keine Zeit hast“, unterbrach Marit Hansen ihre Tochter, und Emma merkte, dass ihre Mutter bereits mit den Tränen kämpfte und um jedes klar und deutlich ausgesprochene Wort rang. „Jetzt brauche ich einmal deine Hilfe und schon ziehst du dich zurück und willst nicht mit mir reden. Dabei wollte ich dir nur sagen, dass du ein Geschwisterchen bekommst“, sagte sie und fing gleichzeitig fürchterlich an zu schluchzen. Aus dem Schluchzen wurde ein Weinen, das Emma förmlich das Herz zerriss.
Das plötzliche und unvermittelte Freizeichen war schon fast ein beruhigendes Geräusch, das sie vollkommen nichtsahnend plötzlich aus ihrem Mobiltelefon vernahm.
Emma wusste, dass ihre Mutter sich als große Verliererin fühlte. Als Marit Hansen kurz nach Emmas Geburt noch ein drittes Kind hatte bekommen wollen, da wollte Emmas Vater

keines mehr und drohte mit Scheidung, würde Marit ihm eines unterjubeln. Aber dann, als es biologisch für sie zu spät war und er noch einmal das Gefühl verspürte, seine Gene weiter geben zu müssen, da suchte er sich eine junge Frau und Mutter für sein Kind. Denn sie kam dafür ja nicht mehr infrage. Es war die Kapitulation vor der Natur und die Ungerechtigkeit, die Marit Hansen so ohnmächtig machte und die ihr den Boden unter den Füßen wegzog. Nicht langsam, gleichmäßig und mit sich daran gewöhnendem Charakter, sondern ruckartig, schnell und einen so aus der Balance bringend, dass sie völlig den Halt im Leben verloren hatte.
Emma lehnte sich gegen die Holztür, schloss die Augen und hörte dem Prasseln des Regens zu.
Ein beruhigendes Gefühl. Wären doch bloß auch ihr Leben und damit die Beziehung zu ihrer Mutter so angenehm entspannt. Aber nein, damit darf und kann ich mich jetzt nicht auch noch beschäftigen, dachte sie, während sich ihr Hals langsam zuzog und sie merkte, wie sie verkrampfte, während es in ihr anfing zu brodeln. Und doch war sie geübt darin, alle Emotionen und Gefühlsregungen, die ihre Mutter betrafen, nicht näher an sich herankommen zu lassen.
Sie zu verdrängen.
Sich vor ihnen zu schützen.
Ich brauche jetzt etwas für meine Nerven, dachte Emma und lief über den Kiesweg in Richtung Lädele. Denn Kekse waren neben einer heißen Tasse Schokolade die beste Beruhigung für angespannte Nerven. Und intuitiv musste sie wieder an ihren Opa denken, der gerade aus diesem Grund immer eine Packung Doppeldeckerkekse mit Schokoladenfüllung in seiner Tasche gehabt hatte.
Sie war bereits nass bis auf die Knochen und doch fühlte sie sich auf einmal nicht mehr so allein in ihrer Welt, die gerade nur aus dem Leid, dem Schmerz und der Trauer ihrer Mutter

über das freudige Erwarten ihres Vaters bestand. Doch das Schlimmste war, so musste sich Emma eingestehen, dass sie ihrer Mutter nie würde helfen können, so sehr sie es auch wollte.

Was für ein Mist, dachte Emma, die den Gedanken gleich noch einmal wiederholen konnte, als sie die schwarze Schrift auf dem weißen Blatt las, das notdürftig mit einem Streifen Tesafilm an der Tür festgeklebt war: „Wegen eines unerwarteten Trauerfalls bleibt das Lädele heute geschlossen."

„Tja, wer jetzt etwas braucht, hat Pech gehabt."

Emma erschrak, als sie plötzlich und nichtsahnend eine Stimme hinter sich vernahm.

Als sie sich umdrehte, schaute sie einem attraktiven Mann in die Augen. Er war etwa 1,85 Meter groß, hatte eine mehr als sportliche Figur, einen modischen Haarschnitt und trug einen braunen Mantel über einem lässig geöffneten Sakko, dazu eine schwarze Jeans und elegante Halbschuhe. In der Hand hielt er einen ebenfalls schwarzen Regenschirm, unter dem locker eine siebenköpfige Familie Schutz gefunden hätte.

Hätte er keine Ohren, könnte er im Kreis grinsen, dachte Emma, als sie das breite Lächeln des Mannes sah, der sie mit sympathisch dreinblickenden und überaus wachen Augen anschaute.

„Hej. So sieht es wohl leider aus", erwiderte Emma und lächelte vielsagend zurück.

„Das ging mir auch so, keine 60 Sekunden zuvor." Er sprach in einem angenehmen Schwyzerdütsch, das sie schon vor 15 Jahren, als ein Beamter der schweizerischen Zollbehörde sie und ihre Eltern an der Grenze nach den Pässen gefragt hatte, als sehr wohlklingend empfunden hatte.

„Was brauchen Sie denn? Vielleicht kann ich Ihnen ja etwas aus der Stadt mitbringen."

„Das ist wirklich sehr freundlich. Aber ich brauchte jetzt sofort

einfach nur eine Packung Kekse. Ich denke, bis Sie wieder hier oben sind, haben sich meine Nerven schon von selbst wieder beruhigt", sagte Emma und fing an zu lachen.
„Da haben dann Ihre Nerven jetzt Pech gehabt." Und nun war es der Mann, der herzlich lachte.
Selten habe ich jemanden so sexy lachen sehen, dachte Emma, die sich nicht an den freundlichen Grübchen in den Mundwinkeln ihres Gegenübers sattsehen konnte.
„Sie wohnen wohl noch nicht so lange hier?", fragte er nun höflich und holte sie damit aus ihren Schwärmereien.
„Oh, ich wohne gar nicht hier." Emma schaute ihn mit großen Augen an und wunderte sich über den großen Gedankensprung.
Er spielte erneut mit seinem Lachen. Dabei kamen seine strahlend weißen Zähne zum Vorschein, die von guten Genen und noch besserer Pflege zeugten. „Ich habe Sie hier nämlich noch nie gesehen. Und auch Ihr Dialekt scheint keiner der Region zu sein."
„Ja, ich habe dänische Vorfahren, bin aber in Ludwigshafen zur Welt gekommen. Da meine Eltern versucht haben, uns zweisprachig zu erziehen, setze ich manche Betonungen anders." Als sie die letzte Treppenstufe des Lädeles herunterging, erwischte sie ein derart heftiger Windstoß, dass sie fast das Gleichgewicht verloren hätte und ausgerutscht wäre, hätte der Mann nicht blitzschnell reagiert und sie aufgefangen. „Hoppla, der Wind hat es aber in sich."
„Danke", stammelte sie ein wenig verlegen. So etwas war ihr noch nie passiert. Dass es dann gleich bei einem solchen Mann wie ihm geschehen musste, war ihr fast schon ein wenig unangenehm, und doch genoss sie es, sich in seine starken Arme fallen zu lassen.
„Im Moment mache ich hier Urlaub."
„Hier?", fragte er und musste dabei erneut laut lachen.

„Tja. Jeder definiert Urlaub, Erholung und Entspannung eben anders“, konnte sich Emma eine liebevoll gemeinte Spitze nicht verkneifen.
„Na, bei dem ganzen Trubel stelle ich mir das jetzt aber nicht besonders einfach vor. Ich meine, bis auf das Ertönen des Polizeihorns wurde ja in den vergangenen zwei Tagen das volle Programm geboten.“
„Und was ist mit Ihnen? Wohnen Sie in Nöggenschwiel?“, fragte Emma.
„Ich wohne in der Schweiz und habe jemanden besucht. Da ich noch unbedingt etwas einkaufen musste, aber keine Lust hatte, zum überfüllten Discounter in Tiengen zu fahren, habe ich schnell ins Lädele reinspringen wollen. Aber das hat sich ja nun erledigt. Also muss ich jetzt doch noch in die Stadt fahren und von da aus in die Schweiz. Kann ich Sie mitnehmen oder Sie bei dem Wetter wenigstens zu Ihrer Wohnung fahren?“
Wieder grinste der freundliche Schweizer. Doch Emma ließ sich nicht erweichen: „Vielen Dank. Wirklich sehr zuvorkommend. Aber ich bin ja nun sowieso schon nass und ich habs ja nicht weit. Bis wir losgefahren sind, bin ich auch schon so gut wie in meiner kleinen Ferienwohnung. Aber trotzdem noch einmal vielen Dank.“
Ihr blies ein steifer Wind ins Gesicht, als sie sich von ihm entfernte.
„Auf Wiedersehen, und vielleicht sieht man sich ja noch einmal“, rief er ihr hinterher. Er startete gerade den Motor seines Wagens, als ein Auto mit für dieses Wetter unangepasster Geschwindigkeit durch den Ort raste und kurz vor dem Lädele zum Stehen kam.
Emma drehte sich irritiert um. „Da ist heute geschlossen“, sagte sie, als sie den Mann erkannte, der aus seinem weißen Auto stieg. Thomas Albiez, der wie immer einen gehetzten

Eindruck vermittelte, blieb ungläubig stehen und fluchte: „Verdammt. Na dann muss ich Marias Kollegin eben morgen interviewen.“ Er kam zu Emma herüber, die mittlerweile unter dem Vordach des Rathauses Unterschlupf gefunden hatte und dort auf ihn wartete.

Emma lächelte den Journalisten an, dem einige Regentropfen aus den gestylten Haaren heruntertropften.

„Ich musste wenige Augenblicke zuvor auch erfahren, dass das Lädele geschlossen ist. Man ist da wirklich aufgeschmissen, wenn der einzige Laden im Dorf nicht geöffnet hat. Jetzt kann ich sehr gut nachvollziehen, wie es den Menschen ergehen muss, in deren Ort schon seit Jahren kein Tante Emma-Laden mehr angesiedelt ist und die für einen Liter Milch oder ein Päckchen Salz zehn oder mehr Kilometer bis zum nächsten Supermarkt fahren müssen. Der Mann, der gerade wegfuhr, als Sie kamen, muss jetzt auch das Notwendigste noch in Tiengen einkaufen gehen.“

„Waren wir nicht beim Du?“ Thomas Albiez erwiderte Emmas Lächeln. Bei genauerer Betrachtung musste Emma feststellen, dass ihr Gegenüber bei Weitem nicht an das sympathische Lachen des attraktiven Schweizers herankam. „Und weißt du eigentlich, wer der Mann eben war?“, fragte Thomas, der mit seinem Kopf in die Richtung zeigte, die der besagte Mann vor wenigen Augenblicken eingeschlagen hatte. „Das war René, Charlottes ehemaliger Freund. Was der hier wohl macht? Der wohnt doch in der Schweiz. Schon etwas eigenartig, für seinen Wocheneinkauf nach Nöggenschwiel zu kommen, oder?“

Emma überhörte die rhetorische Frage. Das war also der schon oft erwähnte und bei manchen auch so berüchtigte René Lusser, dachte sie. Wenn er früher nur halb so gut aussah, wie er es jetzt tut, dann muss er ein absoluter Hingucker gewesen sein. Kein Wunder, dass sich Charlotte in ihn verliebt hat, dachte sie.

„Es ist schon komisch, dass aber auch niemand weiß, wo Charlotte ist. Man hat das Gefühl, sie ist wie vom Erdboden verschluckt“, sagte Emma mehr zu sich als zu ihrem Gegenüber.
„Ihr kanntet euch?“
„Charlotte und ich? Ja, wir waren Ferienfreundinnen, wenn man so will. Ich bin jedes Jahr mit meinen Eltern für zwei Wochen im Sommer nach Nöggenschwiel gefahren. Zuletzt vor 15 Jahren. Und genau seit dem Zeitpunkt gilt Charlotte als verschwunden. Wären wir damals doch erst am Sonntag nach Hause gefahren!“ Emma schüttelte resignierend den Kopf. Immer und immer wieder dachte sie an den Samstag, den Tag des Rosenballs zurück. Sowohl sie als auch ihr Bruder hatten ihre Eltern damals regelrecht angefleht, noch einen Tag länger in Nöggenschwiel zu bleiben, war doch das Rosenfest mit der Disko am Samstagabend alljährlich das absolute Highlight ihrer Ferientage im Südschwarzwald gewesen. Aber Knut Hansen, der jeden Samstagabend in einer Ludwigshafener Eckkneipe zum Dartspielen ging, wollte nicht einen weiteren Samstag darauf verzichten, und so musste die gesamte Familie bereits am Nachmittag die Sachen packen.
„Du hättest sie doch sowieso nicht aufhalten können. Charlotte wollte einfach durchbrennen, sie hatte das sicher schon von langer Hand geplant.“
„Aber warum hat sie mir dann nie davon erzählt?“
„Vielleicht, weil ein jeder so sein Geheimnis hat.“
„Ich hätte sie sicherlich davon abbringen können, einfach alles stehen und liegen zu lassen. Zumindest hätte ich mit ihr reden können.“
„Tröste dich, das haben schon ganz andere versucht und sind kläglich daran gescheitert.“
Emma schaute Thomas Albiez mit großen Augen an: „Andere haben versucht, sie aufzuhalten? Also hat sie doch jemandem von ihren Plänen erzählt?“

„So würde ich das nicht sagen. Vielleicht hat jemand einfach etwas mitbekommen und hat versucht, sie von ihren Plänen abzubringen."
„Und wer ..." Emma wollte gerade ansetzen, als Thomas' Mobiltelefon sich unüberhörbar bemerkbar machte.
„Oh, die Redaktion, ich muss dann wohl los", sagte er entschuldigend und lief zu seinem Wagen. Emma sah schon, wie Thomas in sein Auto stieg, als sie ihm hinterher rief: „Wer wars denn jetzt, der sie aufhalten wollte?"
„Ach ja: der Rosenzüchter."

fünfunddreißig

Franz-Josef Bannholzer saß an seinem Schreibtisch und tippte angestrengt mit den Fingern auf die Glasplatte. Er tat das immer, wenn er mit vielen Gedanken beschäftigt war und er gerade keine Büroklammer griffbereit hatte, die er malträtieren konnte.

Während er an normalen Tagen kurz vor Feierabend darüber sinnierte, was es wohl heute Abend zu essen geben würde, ob er noch eine Runde joggen oder sich doch lieber das Fußballspiel im Fernsehen ansehen sollte oder wann sein Wagen wieder zum TÜV müsste, so zermarterte er sich an diesem Abend den Kopf über die zwei Todesfälle in Nöggenschwiel. Er konnte es drehen und wenden, wie er wollte, er kam einfach zu keinem Ergebnis. Wie um alles in der Welt konnte das nur so schwer sein, zu einer Lösung zu kommen, überlegte er. Er wusste, die Öffentlichkeit wollte endlich Erfolge sehen. So langsam fing die Presse schon an, die Arbeit der Polizei und vor allem die seiner Beamten zu hinterfragen. Gleichzeitig schürte sie die Angst, dass der Mörder jederzeit wieder zuschlagen könnte. Die Zeit lief gegen ihn, und die Angst zu versagen und damit ein weiteres Menschenleben aufs Spiel zu setzen, machte es ihm nicht gerade leichter, seine Gedanken zu strukturieren.

Die vorläufigen Obduktionsberichte waren vor einer Stunde eingetroffen und bestätigten das, was er schon vorher vom Rechtsmediziner erfahren hatte. Maria Reisinger war mit dem Schlauch der Badewanne erwürgt worden. Deutliche Strangu-

lationsmale wie dunkelviolette, leicht ins Bläuliche gehende Hämatome als Abdruck der Schlauchlamellen waren der klare Beweis dafür. Den Todeszeitpunkt gaben die Freiburger Rechtsmediziner mit einem Zeitraum zwischen 23 Uhr und Mitternacht an. Als besonderen Vermerk hatten sie notiert, dass man bei der Toten einen auffallend hohen Adrenalinspiegel im Blut nachgewiesen hatte, der darauf deuten ließ – so die erste Interpretation – dass Maria Reisinger den Mörder entweder gekannt und in die Wohnung gelassen haben musste und dann von seiner Tat so überrascht wurde, dass ihr quasi das Blut in den Adern gefroren war. Oder aber sie musste dem Täter noch kurz vor ihrem Tod in die Augen geschaut haben, was den Stress in ihrem Körper ausgelöst haben musste. Welche Variante die wahrscheinlichere war, das wollte sich dem Polizeichef in der momentanen Situation nicht erschließen. Nur soviel war ihm klar und das sagte ihm nicht nur seine Intuition – : Der Mörder musste jemand aus dem Dorf sein.
Er schreckte auf, als plötzlich die Tür seines Büros nach einem kaum hörbaren und hastigen Klopfer aufgerissen wurde und Stefan Alt mit einer Mappe in der Hand im Zimmer erschien.
„Verzeihen Sie die Störung, aber gerade sind die Laborergebnisse gekommen. Sie hatten dort mehrere Ausfälle durch Krankheit und Urlaub, und die Notbesetzung schaffte es einfach nicht schneller, die vielen Spuren zu unter...“
„Kommen Sie zum Punkt“, unterbrach ihn Bannholzer, der gereizt und äußerst schlecht gelaunt auf den unerwarteten Überfall reagierte.
„Also, die Kollegen haben etwas Überraschendes herausgefunden. Am Duschschlauch haben sie Nägeles Fingerabdrücke sichergestellt. Und nicht zu knapp. Und nicht nur dort. Auch an den Apparaturen und dem Duschkopf selbst sowie an der Wanne und einigen Kacheln.“
„Sehr gut, da haben wir doch endlich was. Reinhold Nägele

hat uns da jetzt so einige Fragen zu beantworten.“ Franz-Josef Bannholzers schlechte Stimmung schlug schlagartig in Freude und helle Begeisterung um. Fast hätte er seinen jungen Kollegen für dessen Worte umarmt.

Doch dieser schien nicht so erfreut über seine Nachricht zu sein.

„Ich möchte Sie ungern enttäuschen, aber es sind nicht Reinhold Nägeles Fingerabdrücke ...“ Stefan Alt hatte nach der ersten Reaktion seines Chefs schnell seine Haltung wieder gefunden und wartete nun gespannt, wie sein Gegenüber diese Neuigkeit aufnehmen würde.

„Nicht von Reinhold Nägele?“ Bannholzer schaute ihn ungläubig an.

„Nein. Es sind die seines Sohnes, Gerald Nägele.“

sechsunddreißig

Stefan Alt hatte seinen Chef selten so irritiert gesehen, nachdem er erfahren musste, dass nicht Reinhold Nägeles Fingerabdrücke auf dem Duschschlauch der Badewanne sichergestellt worden waren, sondern die seines Sohnes. Gerald Nägele war wegen eines Einbruchs in eine Tankstelle einige Jahre zuvor bereits polizeidienstlich erfasst, und so dauerte es nicht lange, bis das Register der Kollegen von der Kriminaltechnik die gespeicherten Fingerabdrücke anzeigte.
Nun waren also neue Spuren und ein neuer Verdächtiger hinzugekommen, was die Ermittlungen gehörig durcheinanderbrachte. Allen war klar, dass sie nun im Fall Maria Reisinger wieder ganz von vorne anfangen mussten, dabei waren sie im Mordfall Franz Marder auch noch nicht viel weitergekommen.
„Wir beißen uns am Nägele die Zähne aus", war das Einzige, was der Kriminalrat sagte, als er schnaubend und in seinem Büro auf und ab laufend die bisherigen Ergebnisse sich noch einmal vor seinem inneren Auge vergegenwärtigte.
Zusammen mit Alt und Strittmatter erörterte er in einer kurzen Besprechung, ob sie vielleicht doch von mehreren Tätern ausgehen mussten und ob, falls sich die Vermutung verdichtete, dass Reinhold Nägele den Mord an Franz Marder begangen hatte, der Vater bei der zweiten Tat gemeinsame Sache mit dem Sohn gemacht hatte.
So fuhren Alt und Strittmatter erneut in den Wolfbachweg zum Haus der Nägeles, nachdem sie für die knapp 16 Kilometer lange Strecke von Waldshut über Gurtweil und Weilheim nahezu doppelt so lange gebraucht hatten wie sonst.

Der Regen war mittlerweile in einen dichten Schneefall übergegangen. Die Straßen wurden rutschig. Weniger wegen der Glätte als wegen des Schneematsches, der von den Winterreifen alles abverlangte. Griffig ist was anderes, dachte Karl Strittmatter, der in nahezu jeder Kurve wegrutschte und sich glücklich schätzen konnte, dass ihnen niemand entgegenkam. Obwohl es erst seit knapp zwei Stunden ununterbrochen schneite, bogen sich bereits die ersten Äste unter der weißen Last. Sobald eine Windböe in die Bäume hineinfuhr, knallten kleine Schneelawinen von den Zweigen auf die Fahrbahn, sodass Strittmatter ein ums andere Mal das Steuer ruckartig herumreißen musste, wollte er sich nicht in den Schneehaufen festfahren. Nicht immer gelang ihm jedoch dieses Kunststück, ein lauter Knall erschütterte das Innere des Kombis, nachdem eine sprichwörtliche Schneekanone auf das Dach niedergegangen war. War es in den vergangenen Tagen der Nebel, der vor allem den Autofahrern zusetzte und ein zügiges Fortkommen nahezu unmöglich machte, so waren es nun die Vorhänge aus Schnee, die in der Landschaft hingen und ein Durchkommen so beschwerlich machten. Das Licht der Straßenlaternen in Weilheim war durch den Schnee so grell, dass Strittmatter sich bemühte, nur knapp übers Lenkrad zu schauen, während er auf den Teilabschnitten, auf denen die Kreisstraße von Feldern eingerahmt wurde, für jede weitere Lichtquelle dankbar gewesen wäre.
Als sie nach geschlagenen 45 Minuten endlich vor dem Haus anhielten, atmete Strittmatter erst einmal tief durch, ehe sie aus dem Wagen stiegen.
Auch im Vorgarten war die weiße Pracht bereits mehrere Zentimeter hoch und bedeckte Rosensträucher, Ginsterbüsche und Forsythien mit einem märchenhaft anmutenden Mantel gefrorener Wasserperlen. Nicht eine Spur war auf dem vom Schnee zugedeckten Rasen, auf den Beeten und den Fensterbänken zu

sehen. Unberührt und jungfräulich zeigte sich der Winter von seiner schönsten Seite, auch wenn der Schnee sicher nicht lange blieb, hatten die Meteorologen doch wieder steigende Temperaturen gemeldet, die dem weißen Spuk ein schnelles Ende machen sollten. Bereits bis morgen Mittag sollte wieder alles weggeschmolzen sein und es sollten nahezu keine Spuren der weißen Herrlichkeit übrig bleiben.

Spuren. Das war auch das Stichwort, warum sie hier waren und nun erneut bei Reinhold Nägele klingelten, wenngleich dieses Mal Gerald Nägele in die sprichwörtliche Mangel genommen werden sollte.

Die Beamten waren überrascht, als ihnen Gerald Nägele die Tür öffnete, hatten sie doch bisher bei ihren Besuchen in Nöggenschwiel noch nicht viel von ihm gesehen. Eigentlich gar nichts.

„Wir kaufen nichts", sagte Gerald mit grimmigem Blick, als er die beiden Männer sah.

„Wir wollen auch nichts verkaufen, sondern Ihnen lediglich ein paar Fragen stellen. Kriminalpolizei. Karl Strittmatter ist mein Name, und das ist Stefan Alt", erwiderte Strittmatter in ruhigem Ton, zeigte seinen Ausweis und deutete mit seinem Kopf auf den etwas hinter ihm stehenden Alt. „Dürfen wir hereinkommen?"

„Mein Vater ist gerade nicht da. Aber er kommt gleich wieder." Gerald Nägele öffnete die Tür gerade so weit, dass die beiden sich fast schon zum Eingangsbereich hindurchquetschen mussten.

Während die beiden Beamten Gerald Nägele durch den hohen Flur folgten, musterte Stefan Alt den Mann, der aus seiner Sicht kaum älter als Mitte dreißig sein konnte.

„Wir möchten auch nicht zu Ihrem Vater, sondern zu Ihnen", sagte Strittmatter.

„Zu mir? Och, kommt schon, ich darf schon länger wieder

Auto fahren und meine Sozialstunden habe ich auch abgeleistet."
„Das freut uns für Sie, aber das ist gerade nicht von Belang. Uns interessiert viel mehr, wie Ihre Fingerabdrücke auf den Schlauch der Badewanne von Maria Reisinger kommen?"
Der Überraschungsangriff hatte gesessen. Gerald Nägele fiel nicht nur jegliche Mimik aus dem Gesicht. Er musste sich auch erst einmal am Türpfosten zum Gäste-WC abstützen, um mit nötigem Halt die gehörten Worte auf sich wirken zu lassen. Stefan Alt musste innerlich schmunzeln und gratulierte in Gedanken seinem Kollegen, der es immer wieder schaffte, auch ihn zu überraschen – wenn auch nicht mit der gleichen Wirkung, die er bei ihrem Gegenüber hatte.
Gerald schluckte, nahm sich dann aber zusammen und spielte den Unwissenden. „Also, ich weiß nicht, wovon Sie reden."
„Wir können auch anders, Herr Nägele. Bei Ihrem Straftatenregister sollten Sie besser kooperieren, als sich dumm zu stellen und so zu tun, als ob Sie von nichts wüssten", sagte Strittmatter mit energischem Ton. „Also noch einmal. Wie kommen Ihre Fingerabdrücke auf Maria Reisingers Badewannenschlauch?"
Gerald überlegte, während er sich mit seiner rechten Hand den Hinterkopf kratzte. Nach einer ewig langen Pause und einem tiefen Seufzer war er endlich bereit, auf die gerade gestellte Frage zu antworten: „Ich weiß nicht genau, wann es war, aber ich war vor ein paar Tagen bei ihr und habe ihr den alten Schlauch, der einige Risse hatte, durch einen neuen ersetzt. Dadurch sind dann wohl meine Fingerabdrücke auf dieses verdammte Ding gekommen. Hätte ich das gewusst, das Sie mich deswegen ausfragen, dann hätte ich mir Handschuhe angezogen." Er grinste schelmisch und freute sich über seinen witzigen Kommentar, den seine Gäste aber alles andere als lustig fanden.

„Und wann war das genau?"
„Keine Ahnung, vor 'ner Woche vielleicht."
„Sind Sie immer ein Wohltäter des Dorfes und reparieren alleinstehenden Frauen die Duschschläuche?" Karl Strittmatter kochte innerlich und hätte sich diesen ungezogenen und arroganten Rüpel liebend gern vorgeknöpft. Doch seine Position verbat es ihm.
„Eigentlich hätte mein Vater das erledigen sollen. Die Alte war scharf auf ihn, aber er wollte nicht zu ihr gehen und so bat er mich, diesen kleinen Gefälligkeitsauftrag zu übernehmen. Dabei hat mir diese blöde Gans noch nicht mal 'nen Zehner dafür in die Hand gedrückt. Und blöd rumgemeckert hat sie auch noch, warum ich da war und nicht mein Vater. Undankbar, diese Weibsbilder."
„Wie darf man das verstehen, dass Maria Reisinger ‚scharf' auf Ihren Vater war?", fragte nun Stefan Alt.
„Nachdem sich meine Eltern getrennt hatten und meine Schwester verschwand, da hat Maria wohl gemeint, sie könnte meinen Vater trösten und sich dadurch an ihn ranschmeißen. Sie hat einfach nichts unversucht gelassen, meinem Alten ihre Gefühle und ihre Liebe zu zeigen. Am Anfang waren es selbstgebackene Kuchen für uns, Einladungen zum Abendessen – zu zweit, versteht sich – und gemeinsame Spaziergänge. Aber als mein Vater keine Anstalten machte, ihre Avancen zu erwidern, hat sie zu anderen Mitteln gegriffen."
„Und wie sah das aus?"
Stefan Alt schaute ihn durchdringend an in der Hoffnung, nun weitere Einzelheiten zu erfahren, die für den Ermittlungsverlauf von Bedeutung sein könnten.
„Plötzlich änderte sich ihr Verhalten. Sie wollte nicht nur in der Kirche beim Gottesdienst neben ihm sitzen, nein, sie holte ihn auch ab und brachte ihn nach Hause, wie eine Mutter ihren kleinen Lausejungen. Sie wartete oft vor der Tür, bis der Alte

herauskam, nur um mit ihm ins Gespräch zu kommen. Jeden Tag rief sie hier mehrmals an – ich vermute, sie wollte wohl unbedingt seine Stimme hören – und unterhielt sich mit ihm über die banalsten Dinge. Aber als mein Alter auch daraufhin keine Anstalten machte, ein Interesse an ihr zu haben, da schrieb sie ihm jeden Tag Liebesbriefe – und was für welche. Die Alte hatte echt einen Schuss. Tja, da hat sie's jetzt hingerafft, aber, selber schuld, die alte Klatsch- und Tratschtante. Vorlauten Leuten wird eben das Maul gestopft – so oder so."
„Ein bisschen mehr Anstand. So können Sie mit Ihresgleichen reden, aber nicht über Tote." Karl Strittmatter wurde nun richtig laut. Seine Worte hallten in der hohen Empfangshalle wider und bekamen dadurch eine noch stärkere Gewichtung.
„Ist ja schon gut. Aber warum soll ich die denn um die Ecke gebracht haben? Ich hätte mir ja 'nen Heidenspaß zerstört, wenn ich diese Poetin umgebracht hätte. Ihre Briefe waren zu gut und im Dorf der absolute Kracher. Da ist es doch nur zu schade, dass nun die beste Entertainerin von uns gegangen ist."
Strittmatter wollte wieder etwas erwidern, als ihm Stefan Alt zuvorkam. „Sie haben die Briefe etwa gelesen?"
„Ja, warum auch nicht. Mir sind die Tränen gekommen, als ich den ersten Brief gelesen habe. Ich dachte, der Umschlag sei vielleicht irrtümlich hier eingeworfen worden, aber als dann jeden Tag mindestens ein Brief kam, da wusste ich, mein Vater war tatsächlich der Auserkorene."
„Und wie hat eigentlich Ihr Vater auf die Briefe reagiert?"
„Ach, am Anfang hat er sich nicht groß darum gekümmert. Mal hat er die Augen verdreht, mal hat er sie angerufen und ihr gesagt, dass das sofort aufhören müsse. Aber im Großen und Ganzen, da die Briefflut nach solchen Telefonaten eher noch größer wurde, hat er die Briefe direkt in den Papierkorb befördert und sich nicht weiter drum geschert."
„Gab es sonst keine Reaktion? Schließlich grenzt das ja schon

an Stalking, wenn nicht sogar an Psychoterror", sagte Strittmatter.
„Nicht dass ich wüsste, außer vielleicht ...?"
„Ja?"
„Na ja, der letzte Brief von ihr war anders. Von außen sah er genauso aus wie die anderen, aber der Inhalt war nicht so wie sonst." Gerald stockte. Stefan Alt war sich nicht sicher, ob der junge Mann nach den richtigen Worten suchte oder einfach nicht weitererzählen wollte – auf jeden Fall machte er plötzlich einen unsicheren Eindruck. Er schaute sich im Haus um, kratzte sich am Kopf und tippte mit dem linken Fuß unregelmäßig im Takt.
„Du kannst ruhig fortfahren." Stefan Alt hatte genug und hoffte, mit dem Du eine Vertrautheit zu schaffen, die Gerald zum Reden bringen sollte. Eine Taktik, die sich auszuzahlen schien.
„Na ja, die Reisinger muss sich wohl vor ein paar Tagen mit dem toten Bauer unterhalten haben, der ihr wiederum so einiges über die finanziellen Machenschaften meines Alten erzählt haben muss. Die Reisinger hat einen auf Robin Hood gemacht und meinen Vater beschimpft und ihm gedroht, ihn anzuzeigen und mit diesem Wissen zur Polizei zu gehen, wenn er sich nicht selber anzeigen und den Leuten – sie muss wohl in ihrer wissbegierigen Art herausgefunden haben, dass noch weitere Nöggenschwieler meinem Alten auf den Leim gegangen sind – ihr investiertes Geld zurückgeben würde. Wie es scheint, war mein Alter doch nicht der Heilsbringer, für den ihn alle halten. So ein Pech."
„Und wann kam dieser Brief hier an?"
„Gestern Morgen."

siebenunddreißig

Richard Sutherfolk. Auch jetzt, fast zwei Stunden, nachdem ihr Thomas Albiez von dem Streit zwischen dem Rosenzüchter und Charlotte am Abend des Rosenballs erzählt hatte, wenige Stunden also, bevor ihre Freundin für immer verschwunden war, hallte der Name in Emmas Gehirn unvermindert nach. Es war wie ein Schlag auf einen Amboss, nur dass das Echo einfach nicht abebben wollte.

Sutherfolk war mir schon von Anfang an unsympathisch mit seiner arroganten und überheblichen Art, dachte Emma an ihre erste und bisher einzige Begegnung mit dem englischen Rosenzüchter zurück. Aber worum war es in dem Gespräch, in der Auseinandersetzung zwischen Charlotte und Richard Sutherfolk nur gegangen? Warum hatte gerade er von ihren Plänen, mit René Lusser in die Schweiz gehen zu wollen, gewusst? Und noch viel wichtiger: Warum hatte er versucht, sie davon abzubringen beziehungsweise sie zu überzeugen, dass sie einen Fehler machte, wenn sie ohne ein Wort und noch am Abend ihrer Krönung Nöggenschwiel verlassen würde?

Wie sie es auch drehte und wendete, sie fand einfach keine alles erklärenden Antworten auf ihre vielen Fragen. So hatte sie sich dann – kurz nachdem Thomas Albiez mit seinem Wagen den Rathausplatz Richtung Waldshut-Tiengen verlassen hatte – für einige Minuten in die St. Stephan-Kirche gesetzt in der Hoffnung, die Stille würde ihr helfen, ihre Gedanken zu sortieren. Doch genau das Gegenteil war der Fall gewesen und so hatte sie die Kirche überstürzt verlassen. Sie war schon an der Heubacher Kapelle oberhalb des Heubacher Weilers, an der die Kreisstraße weiter nach Weilheim führte und die genau als Wegweiser den Scheitelpunkt der kleinen Anhöhe markierte, als es plötzlich heftig zu schneien begann. So hatte sie dann unter dem kleinen Vordach der Kapelle etwas Schutz gesucht, auch wenn sie wusste, dass, wenn Frau Holle erst einmal ihre großen Kissen über dem Südschwarzwald ausschüttelte, es sich richtig einschneite und sie daher zusehen sollte, wie sie wieder schnell zurück ins Dorf kam – sollte ihr nicht das gleiche Schicksal widerfahren wie Andreas Baumgartner und Theresia Binkert, für die die zwei Gedenksteine vor der Kapelle aufgebaut worden waren. Beide Nöggenschwieler, so wusste Emma von ihren Vermietern, hatten es in zwei extrem harten Wintern, in denen heftige Schneeverwehungen über diese Anhöhe hinweggefegt waren, nicht mehr rechtzeitig geschafft, im „Schirmhäuschen" Schutz zu finden. Während der rechte Stein mit der stark verwitterten Inschrift an den ehemaligen Lehrer des Dorfes erinnerte, der am 12. November 1848 erfroren aufgefunden worden war, sollte der linke der damals 64-jährigen Witwe Theresia Binkert gedenken, die hier am 8. Februar 1889 auf dem sechs Kilometer langen Heimweg von Weilheim nach Nöggenschwiel erfroren war.

Gedankenvertieft war sie dann die Kreisstraße Richtung Nöggenschwiel hinabgelaufen. Als sie die Anhöhe langsam nach unten ging, lag der Ort – mittlerweile kräftig eingepudert – in seiner ganzen Ausdehnung vor ihr und sie musste augenblicklich noch einmal an Andreas Baumgartner und Theresia Binkert denken, die nur noch wenige Meter hätten weitergehen müssen. Dann hätten sie den Ort sehen können und vielleicht dadurch noch einmal ihre letzten Kräfte mobilisieren können. Vielleicht, dachte Emma. Vielleicht. Wie schnell geben wir auf, obwohl wir nicht nur das Ziel vor Augen haben, sondern

oft schon angekommen sind und es nur nicht erkennen. Meistens dann, wenn es bereits zu spät ist. Augenblicklich musste sie an ihren Großvater denken, der auch immer bis zuletzt gekämpft hatte – und eigentlich sogar noch darüber hinaus – obwohl er wusste, dass mancher Kampf schon vor Antritt aussichtslos und nicht zu gewinnen war. Ob ich meinen Kampf erfolgreich abschließen und Charlottes mysteriöses Verschwinden endlich aufklären kann?, fragte sich Emma, als sie weiß vor Schnee und durchgefroren das Haus ihrer Vermieter erreichte.
Ich brauche jetzt dringend eine heiße Schokolade, dachte Emma. Da sie bereits ihre Packung Milch aufgebraucht und das Lädele für den dringend notwendigen Milcheinkauf heute geschlossen hatte, machte sie noch einen kleinen Abstecher in den für jeden Feriengast zugänglichen Vorratsraum ihrer Vermieter, um sich eine Tüte Milch zu holen.
„Bier, Fanta, Cola, Wasser, nur wo ist die Milch? ... Ah, hier", sagte sie laut vor sich hin und nahm dabei eine Packung aus dem Regal.
„Hallo", sagte plötzlich Markus Villinger, der, ohne dass es Emma mitbekommen hatte, in den Vorratsraum eingetreten war.
„Hast du mich jetzt aber erschreckt", sagte Emma und griff nach einer weiteren Milchpackung.
„Ich dachte, du hättest dich mit meinem Vater unterhalten, weil ich deine Stimme gehört habe", antwortete der Junge. Er nahm sich aus der Tiefkühltruhe ein Eis, während Emma mit leicht gerötetem Kopf an ihm vorbeihuschte.
Schon mehrfach hatten sie die Menschen schräg angeschaut, wenn sie Emma mit sich selbst redend erwischt hatten. Doch diese Menschen waren alles Unbekannte, bei denen sie sich sicher sein konnte, diese nie mehr in ihrem Leben wieder zu sehen. Bei Markus war das etwas anderes, denn sie konnte sich

gut vorstellen, dass er für Spleens aller Art sicher kein Verständnis haben würde.
Als sie aus dem Vorratsraum wieder in den Flur trat, sah sie, wie das sanfte Gelblicht der Deckenlampe die gemusterten Fliesen des Zwischenflurs in ein warmes Licht tauchte. Sie wollte schon weitergehen, als sie plötzlich etwas Glänzendes auf dem Boden liegen sah. Komisch, dachte sie und berührte mit ihrem Fuß die Stelle, an der sich das Licht besonders brach und eine silbern schimmernde Reflexion produzierte.
Sie spürte, dass ihr Fuß gegen etwas stieß, und als sie ihre Augen etwas zusammenkniff, sah sie ein kleines ovales Medaillon. Neugierig und ohne zu zögern stellte sie die zwei Packungen Milch ab, beugte sich herunter und nahm das kleine Schmuckstück, auf dem eine Rose eingearbeitet war, in die Hand, als Markus sie zum zweiten Mal erschreckte.
„Ist das nicht schön?"
„Ja, sehr schön sogar. Gehört das Medaillon etwa dir?"
Emma spürte, wie Markus herumdruckste und verlegen zur Seite schaute.
„Ja oder nein?"
„Na ja, das ist ja nichts für Jungs. Das habe ich am See gefunden und es muss mir eben wohl herausgefallen sein, als ich meinen Schlüssel aus der Tasche gekramt habe."
„Am See?", fragte Emma höchst interessiert und sah sich das Schmuckstück gleich noch etwas genauer an. Doch außer der filigran gearbeiteten Rose und den Buchstaben ‚C' und ‚L' auf der Rückseite konnte sie nicht mehr erkennen.
„Ja, genau dort. Als Mama mir erzählt hat, dass man da unten eine Leiche gefunden hat, bin ich schnell hingefahren, denn die Polizei war dort, und ich möchte ja unbedingt später einmal Kommissar werden – so wie du. Also habe ich mir alles angeschaut und beobachtet, wie sie so arbeiten, Spuren sichern und den Tatort nach Hinweisen absuchen." Die Worte spru-

delten nur so aus ihm heraus. „Es ist der alte Bauer Franz, den sie gefunden haben. Der wohnte vorne im Rosenweg in dem Bauernhaus mit der großen Scheune. Aber in den letzten Jahren, nach dem Tod seiner Frau, war er nur noch betrunken und hing vor der Kirche rum." Markus schaute sie mit traurigen Augen an. „Bauer Franz – so haben wir ihn genannt – war früher immer so nett zu uns gewesen. Hat uns zu Ostern bemalte Eier geschenkt oder wir durften zuschauen, wenn ein Kalb geboren wurde, oder auf dem Ochsen reiten und Cowboy und Indianer spielen. Aber vor zwei Jahren wurde alles anders. Er war wie ausgewechselt. Er scheuchte uns vom Hof, schimpfte, wenn wir zu seinen Kühen wollten, und als er dann noch seine Tiere verlor, da wurde er noch böser." Markus sah geknickt aus und Emma hätte ihn am liebsten in den Arm genommen. Aber sie traute sich nicht so richtig, wusste sie doch nicht, wie Markus auf diese unerwartete Nähe reagieren würde. Daher wechselte sie, wenn auch etwas uncharmant, wie sie fand, das Thema.

„Und du bist dir sicher, dass du diesen Anhänger bei der Leiche gefunden hast?"

„Nein, nicht direkt bei der Leiche, sondern an der Stelle, wo der Kiesweg, auf dem das Polizeiauto stand, aufhört. Ich bin da so rumgelaufen und auf einmal, als die Sonne kurz hinter den Wolken hervorkam, glänzte etwas im Matsch. Und als ich es aufgehoben und saubergeputzt hatte, kam diese Rose zum Vorschein. Richtiger Mädchenkram. Vielleicht ist das ja was für meine kleine Schwester Michelle."

„Was hat denn die Polizei zu diesem Hinweis gesagt?"

„Gar nichts."

„Wie, gar nichts?", fragte Emma verdutzt.

„Na, weil ich es ihr nicht gezeigt habe. Das hat bestimmt nicht dem alten Bauern gehört."

„Aber vielleicht dem Mörder ..."

Markus schaute Emma mit seinen großen, grün-braunen Augen ganz ungläubig an: „Und du glaubst also, dass es Mord und der Mörder eine Frau war?“
„Man soll nichts ausschließen. Gerade wenn die Polizei bereits mit den Ermittlungen begonnen hat.“
Sie betrachtete das Medaillon erneut und fuhr vorsichtig mit dem Zeigefinger über das Relief der Rose. Sie wusste nicht genau warum, aber sie hatte das Gefühl, dass dieses Schmuckstück ihr irgendetwas sagen wollte. Aber was?
„Hast du eigentlich mit der Polizei über dieses Medaillon gesprochen?“
„Nein, irgendwie bin ich in dem ganzen Trubel da wohl nicht wirklich aufgefallen.“ Markus hatte mittlerweile sein Eis ausgepackt und lutschte genüsslich daran.
„Pass auf. Vielleicht bekomme ich ja heraus, wem dieses Medaillon gehört hat. Sollte sich zeigen, dass dieses Schmuckstück nichts mit dem Mord zu tun hat, gebe ich es dir wieder – ansonsten übergebe ich den Rosenanhänger als Hinweis der Polizei, okay?“
„Okay“, antwortete Markus, packte seine Sachen, wünschte Emma eine gute Nacht und stieg langsam die Treppe zur Wohnung seiner Eltern hinauf.
Emma war sich sicher, dass dieses Medaillon mehr war als nur ein Hinweis. Nur wusste sie nicht, für was es stand. Und vor allem, was sollten die Buchstaben ‚C’ und ‚L’ bedeuten? Waren es die Kürzel des Schmuckherstellers, Angaben zum Material oder gar die Initialen eines Namens?

achtunddreißig

Es war schon nach 20 Uhr, als Stefan Alt endlich bei Familie Oktay klingelte. Der Schneefall hatte aufgehört und die Straßen in Lauchringen waren mittlerweile geräumt.
Er wäre fast auf einer Spur festgetretenen Schnees ausgerutscht, nur weil er sich so beeilt hatte, ja nicht zu spät zu kommen. Der Montagabend war ihm heilig, das wusste auch sein Chef, und so gab es nie Probleme, wenn Stefan pünktlich um 18 Uhr die Polizeidirektion verließ. Doch durch den zweiten Mordfall in Nöggenschwiel binnen 48 Stunden und der wichtigen Vernehmung von Gerald Nägele war der heutige Montag völlig aus dem Gleichgewicht geraten. Zwar mussten alle Kollegen Überstunden und Sonderschichten einlegen, aber auch die Ermittler mussten irgendwann einmal neue Energie tanken. Und für Stefan Alt war es die türkische Großfamilie, die ihn für zwei Stunden alle Sorgen, Nöte und Ängste vergessen ließ und ihm das vermittelte, wonach er sich am meisten sehnte: endlich eine Familie zu haben.
So schaute er ständig auf die Uhr, während Karl Strittmatter und er Gerald Nägele in die Mangel nahmen. Doch die Vernehmung des mittlerweile Hauptverdächtigen wollte anscheinend kein Ende nehmen, und so versuchte er, die verlorene Zeit mit dem Auto wieder gut zu machen. Doch der Schnee und vor allem die langsamen Fahrzeuge vor ihnen hatten dieses Vorhaben schon kurz nach dem Nöggenschwieler Ortsausgangsschild zunichte gemacht.
So brauchten Strittmatter und er für die Rückfahrt fast doppelt

so lange wie für die Hinfahrt. Nachdem er noch seinen fußballbegeisterten Kollegen, der sich auf das Topspiel der 2. Bundesliga im Fernsehen freute, endlich in Tiengen abgesetzt hatte, war Stefan so schnell wie möglich nach Hause gefahren, um in bequemere und vor allem trockene Sachen zu schlüpfen.

Nun stand er also mit hochrotem Kopf an der Tür und merkte, wie ihm der Schweiß den Rücken herunterlief. Aber das machte alles nichts, denn als Afife die Tür aufmachte und ihn mit ihren großen, fast schwarzen Augen anstrahlte, da war es um ihn geschehen. Und all der Stress war wie weggeblasen.

„Mama, Mama, er ist doch noch gekommen", rief die Achtjährige und hüpfte in Richtung Küche, in der ihre Mutter gerade den Abwasch erledigte.

Es duftete angenehm in der kleinen, aber sehr warmen Wohnung, in der neben Afife und ihrer Mutter auch noch der Vater, zwei ältere Brüder und eine jüngere Schwester wohnten.

Es hatte vor Kurzem erst ein deftiges Abendessen mit allerlei verschiedenen türkischen Spezialitäten gegeben, denn es lagen Düfte von Knoblauch, Petersilie und Kreuzkümmel, aber auch von Koriander, Zimt und Vanille in der Luft.

Esme Oktay, Afifes Mutter, liebte es, für ihre große Familie zu kochen und zu backen, und auch wenn sie Weihnachten nicht christlich feierten, so durften auch im Hause Oktay Plätzchen und Lebkuchen genauso wenig fehlen wie Christstollen oder Zimtsterne.

Von irgendwoher hörte Stefan Alt einen Fernseher laufen, und als er einen Torschrei vernahm, musste er augenblicklich an Karl Strittmatter denken, der wohl gerade zu Hause mit einer Tiefkühlpizza und seiner obligatorischen Flasche Feierabendbier vor dem heimischen Fernseher saß.

Überall in der Wohnung hingen bunte Perlenvorhänge, orientalische Tuchlampen und handgeknüpfte Teppiche, die jedem

Raum eine ganz eigene Atmosphäre gaben. Während er es eher klar und modern, fast schon spartanisch leer in seinen vier Wänden liebte, hatte diese Wohnung etwas von einem kitschigen und überfrachteten Harem. Und doch fühlte sich der 34-Jährige hier mehr als wohl.

Die Oktays waren zu seiner zweiten Familie geworden. Vom Integrationsprogramm des Landkreises vermittelt, besuchte er sie seit mehr als einem Jahr jeden Montagabend, um die Eltern bei bürokratischen Angelegenheiten wie der Steuererklärung, Amtsschriften und Versicherungsschreiben zu unterstützen, den Kindern bei den Hausaufgaben zu helfen und gemeinsam mit den beiden kleinen Mädchen vor dem Zubettgehen noch so manche Gutenachtgeschichte zu lesen, um das Deutsch der beiden jüngsten Oktay-Sprösslinge zu verbessern. Denn auch bei den Oktays wurde innerhalb der Familie fast nur Türkisch gesprochen.

Die vier Kinder hatten es Stefan besonders angetan. Vor allem der kleinen Afife mit ihrem fröhlichen Lachen, den langen dunkelbraunen Haaren und der immerwährenden guten Laune gehörte sein ganzes Herz.

Stefan Alt liebte Kinder, wollte selbst lieber mehr als weniger davon haben, doch seine Freundin Tina war nicht für frühzeitigen Nachwuchs. Sie wollte sich lieber erst einmal um ihre Karriere als Versicherungsfachangestellte kümmern, und da hatten nun mal Kinder keinen Platz. Er möge das doch bitte verstehen, so klangen ihm noch die Worte aus unzähligen Diskussionen mit seiner Lebensgefährtin im Kopf. Doch gerade dieses Gefühl des Nichtverstandenwerdens war es, das sich wie eine schwere Last auf seine Seele legte.

Auf seinen Strümpfen über die dicken Wollteppiche dahingleitend folgte er seinem Schützling in die Küche. Afife lachte, als sie seine dicken Norwegersocken sah.

„Da ist ein Loch drin“, gluckste sie, und Stefan verbarg seinen

kleinen Fauxpas, indem er seinen linken Fuß auf den rechten legte, wobei er fast sein Gleichgewicht verlor und sich – wenn auch etwas theatralisch – nur mit Mühe am Türrahmen festhalten konnte, was Afife noch mehr zum Gackern animierte.
„Ich schau mal, ob ich dir welche von Kamil geben kann", sagte nun Esme, die sich die Hände an einem ehemals weißen Geschirrhandtuch abtrocknete und beim Lächeln ihrer Tochter in nichts nachstand.
„Bist aber ganz schön spät. Aksu ist schon im Bett und schläft. Und mit den Hausaufgaben wird das heute auch nichts mehr, die Jungs sind nämlich schon fertig und bei ihren Freunden", holte Esme die fehlende Begrüßung mit einem leicht vorwurfsvollen Unterton nach. Sie kramte in einem Kleiderschrank, der aus Platzgründen im Flur aufgestellt worden war, nach den Socken ihres Mannes, während Afife auf ihrem Stuhl hin und her turnte.
„Aber lesen ist noch drin, oder?", fragte sie ihre Mutter und düste schon einmal in ihr Kinderzimmer.
„Ich hab ganz vergessen: Willst du einen guten türkischen Mokka, extra stark? Du siehst aus, als ob du einen gebrauchen könntest", sagte Esme, die bei ihrer Suche anscheinend erfolgreich war und stolz ein Paar Socken präsentierte. Sie waren zwar nicht ganz von der Art, die Stefan zu tragen gewohnt war, aber da das Loch in seinem Socken viel zu groß war, um es noch aufwendig zu stopfen, war er mehr als dankbar, als sie ihm die grauen Arbeitersocken reichte.
Esme fragte nicht weiter nach, denn sie hatte schon von ihrer Mutter gelernt, dass man sich nicht in die Angelegenheiten anderer Leute einzumischen hatte. Und zudem wusste sie, wenn Stefan etwas auf dem Herzen hatte, dann würde er es ihr sowieso erzählen. Da brauchte sie erst gar nicht nachzufragen. Dafür war das beiderseitige Vertrauen bereits viel zu tief, als dass sie irgendwelche Eitelkeiten vortäuschen müssten. Und

doch ahnte sie diesmal, dass etwas Großes seine Seele betrübte und so betete sie im Stillen zu Allah, dass er Stefans Seele in dieser schweren Zeit besonders schützen möge.
„Danke. Ich bringe sie dir die nächsten Tage gewaschen wieder."
„Na na, untersteh dich. Das ist ein Geschenk. Kamil hat genug davon", sagte Esme, während sie den Kaffee für sich und ihren Gast zubereitete.
„Hier, Stefan, das ist meine Lieblingsgeschichte." Temperamentvoll wie eh und je kam Afife in die Küche geschossen. In ihrer Hand hielt sie das Buch „Der kleine Eisbär", das ihr Stefan erst im August zu ihrem achten Geburtstag geschenkt hatte.
„Okay, ein Kapitel lese ich und das nächste liest du dann", sagte Stefan und nippte an seinem köstlich duftenden Kaffee.
Esme widmete sich wieder ihrem Abwasch, während es sich Afife auf Stefans Schoß so richtig gemütlich machte.
Wie eine richtige kleine Familie, dachte Stefan, und er spürte, wie die wohlige Wärme in sein Herz strömte. Es war einfach zu schön, um wahr zu sein und er wollte diesen Moment für immer festhalten. Fast hätte er alles um sich herum vergessen, wäre da nicht ein kleines wildes Bündel gewesen, das bereits ungeduldig auf seinen Oberschenkeln zappelte.
Stefan und Afife lasen – immer abwechselnd nacheinander – den kleinen Eisbären und anschließend noch eine kleine Geschichte aus dem Deutschunterricht, ehe Mama Esme mit strengem Blick zur Uhr ihrer Tochter signalisierte, dass es Zeit sei, sich die Zähne zu putzen und ins Bett zu gehen.
„Danke dir. Sie blüht richtig auf, wenn sie weiß, dass sie nur noch einmal schlafen muss, ehe es Montag ist und du wiederkommst."
„Ich bin auch immer wieder gerne bei euch. Ich wollte auch anrufen und sagen, dass ich später komme, aber der Handyempfang ist leider sehr schlecht in Nöggenschwiel."

Stefan war schon in seinen dicken schwarzen Winteranorak gehüllt und gerade dabei, sich vor der Tür seine Schuhe anziehen, als Afife aus dem Bad gelaufen kam.
„Liest du mir noch eine Gutenachtgeschichte vor?“, fragte sie, und ihr Blick hätte selbst den größten Eisberg aus „Der kleine Eisbär“ schmelzen lassen. Um ihrem Wunsch Nachdruck zu verleihen, klammerte sie sich an Stefans Bein fest und wollte gerade theatralisch losweinen, als Esme aus der Küche kam.
„Afife, was ist hier los?“ Sie stand, beide Arme in die Seite gestützt, im Türrahmen und verzog ihre dunklen Augenbrauen, um ihm gleichen Moment laut loszulachen, als sie ihre Tochter am Bein des jungen Kriminalkommissars festgeklammert sah.
„Aber nur noch eine Geschichte, und du musst Stefan fragen, schließlich muss er morgen auch wieder früh raus.“
„Ist schon in Ordnung“, sagte Stefan Alt, und ehe er sichs versah, löste sich Afife von seinem Bein, sauste in ihr Zimmer, kuschelte sich in ihr Bett hinein und wartete auf ihren großen Bruder, wie sie Stefan immer wieder liebevoll nannte.
Mit einem Zwinkern in Richtung Esme zog Stefan seine Schuhe aus, hing seinen Anorak wieder an die Garderobe und folgte Afife in ihr kleines Märchenreich, um sie mit einer Geschichte von „Schneewittchen und den sieben Zwergen“ ins Land der Träume zu begleiten.

neununddreißig

Sie musste raus an die frische Luft, einen kühlen Kopf bekommen. Erst kam sie tagelang keinen Schritt weiter, und nun hatten sich binnen weniger Stunden ganz neue Sachverhalte aufgetan.

Mit Richard Sutherfolk hatte sie nun endlich eine Person gefunden, die kurz vor Charlottes Verschwinden noch mit ihr gesprochen hatte. Nun hatte sie endlich einen Anhaltspunkt, einen Menschen, der ihr weiterhelfen konnte, auch wenn sie nicht wusste, ob Richard Sutherfolk überhaupt dazu bereit wäre. Er war immerhin ein Freund von Reinhold Nägele. Und sie konnte nicht einschätzen, ob er vielleicht von Reinholds krummen Geschäften gewusst hatte oder nicht. Überhaupt – Reinhold Nägele!, dachte sie und ein eisiger Schauer durchfuhr ihren Körper. Hatten ihr die Glücksgefühle über den ersten Schnee auf dem Weg von der Heubacher Kapelle zurück nach Nöggenschwiel die nötige Wärme geschenkt, so musste sie nun feststellen, dass selbst die fünf Lagen Kleidung – bestehend aus Unterhemd, T-Shirt, Bluse, Strick-Cardigan und Winterjacke – nicht gegen die emotionale Kälte im Hause Nägele anzukommen vermochten. Eine Kälte, die sie so schon lange nicht mehr gespürt hatte. Wenn überhaupt.

Dabei war für ein Kind nichts prägender, als wenn es von seinen direkten Bezugspersonen, von seinen nächsten Verwandten, den Eltern, nicht so akzeptiert wurde, wie es sich das wünschte. Und vor allem, wie es das verdient hatte. Ganz gleich, ob als Säugling, als Teenager oder eben als junger

Mann. Wenn sie recht überlegte, war Gerald Nägele nicht viel älter als sie und sie hatte den Eindruck, der rebellische, teils aufmüpfige und in seinem tiefsten Innern doch so wahnsinnig sensible und verletzliche Mann hatte unter Umständen annähernd das Gleiche durchgemacht wie sie.
Emma stapfte durch den Schnee. Sie musste aufpassen, auf dem abschüssigen Witznauweg nicht auszurutschen, so festgefahren und glitschig war die weiße Pracht, die im Laternenlicht eisig aufblitzte. Es wird wieder eine kalte Nacht, dachte sie und verlangsamte ihren Schritt. Irgendwo in der Ferne hörte sie ein Baby schreien. Die hilfebedürftigen Laute durchschnitten die kalte Luft, und Emma erinnerte sich an ihre Jugend zurück – wehmütig und voller Trauer.
Emma war nicht als Emma gewollt gewesen. Eher als Jan, Lasse oder Sören. Und das hatten sie ihre Eltern unentwegt spüren lassen. Schon als Kleinkind wurde Emma sehr selbstständig erzogen. Eigentlich ein guter Umstand, nur ob man mit sechs Jahren schon ein Schlüsselkind sein, mit acht alleine Bus fahren und sich mit zwölf selbst um seine Schulbücher kümmern musste, ließ sich schon hinterfragen. Und Tränen waren im Hause Hansen sowieso verboten. Der Ausspruch „Indianer weinen nicht“ galt auch für Emma. Sie musste tapfer sein, auch wenn sie vor Bauchschmerzen nicht schlafen konnte oder sie sich bei einem anstehenden Zahnarzttermin vor Angst fast in die Hose gemacht hätte. Sie durfte einfach keine Schwäche zeigen, egal in welcher Situation und in welchem Alter sie war. Dabei hätte sie sich so gern einmal an der Schulter ihrer Mutter ausgeweint, sich in ihre Arme geworfen und dort ein wenig Trost gefunden. Doch ihre Mutter Marit war einfach zu schwach und viel zu oft mit sich selbst beschäftigt, um für Emma wirklich als Mutter da zu sein. So hatte sie sich ein Ventil für ihre Sehnsucht nach Geborgenheit und Liebe gesucht. Dieses war für Emma der Beruf, besser gesagt die Karriere,

und mit ihr die Anerkennung, nach der sie sich immer gesehnt, aber nie bekommen hatte. Nun waren es fremde Menschen wie der Polizeidirektor oder der direkte Vorgesetzte, die Emma beglückwünschten und sie sogar einmal in den Arm nahmen. Ein unbeschreibliches Gefühl, und doch wünschte sie sich nichts mehr, als würden sich statt ihrer Chefs ihre eigenen Eltern über ihre Leistungen freuen und stolz auf ihre Tochter sein.

Der Schnee knirschte unter ihren Füßen, als sie nach ihrer kurzen Tour durch die frische, klare Luft wieder in die Hofeinfahrt ihrer Vermieter einbog. In Roswitha Villingers Küche brannte Licht, ansonsten lag das Haus still und friedlich in ein klares und puristisches Weiß eingebettet, das einen starken Kontrast zu den schwarzen Querbalken des Dachstuhls bildete.

Sie wollte gerade in ihrem Anorak nach dem Schlüssel suchen, als innen das Licht angeschaltet wurde und wenig später Georg Villinger in der Tür stand.

„Hallo Emma. So spät und bei diesem Wetter noch unterwegs?“

„Hej. Ja, ich musste einfach mal meine Gedanken sortieren“, sagte sie, während sie immer noch in den Untiefen der Seitentasche nach ihrem Schlüssel suchte. Einige Geldstücke, eine Plastikmünze für den Einkaufswagen, ein Stück Papier, zusammengeknüllte Tankbelege und eine Sicherheitsnadel kamen zum Vorschein. Sie fuhr zusammen, als etwas aus ihrer Tasche klirrend zu Boden fiel. Ehe sie reagieren konnte, hatte sich Georg Villinger bereits gebückt und hob den im Licht schwach schimmernden Gegenstand hoch.

„Das ist ja das Medaillon einer Rosenkönigin. Woher hast du das denn?“ Er hielt das Schmuckstück näher ans Licht der Treppenhauslampe.

„Das Medaillon hat Markus am See gefunden.“

„Am Witznaustausee?“ Georg Villinger schaute Emma mit

einem tiefen, durchdringenden Blick an, der den Anflug einer Skepsis in sich barg. „Ich dachte, du wärst im Urlaub. Aber wie es scheint, arbeitest du wohl schon für die Kollegen in Waldshut." Er lachte, und dabei wackelten seine großen Ohren, dass Emma automatisch an einen tapsigen Bären denken musste.

„Das fehlte noch. Aber wenn man durch den Ort läuft, Augen und Ohren offenhält und eins und eins zusammenzählen kann, da wird aus so manchen wild durcheinanderliegenden Puzzleteilen eine Geschichte ..."

„... die wohl eher die Polizei aus Waldshut nacherzählen sollte, oder?", unterbrach Villinger, ehe Emma ihren Gedanken ausführen konnte. Er öffnete den Waschraum, der sich gleich neben der Haustür anschloss und griff nach Schneeschieber, Bommelmütze und Handschuhen.

„Aber du wärst nicht die Emma, die ich kenne, wenn du dich nicht auch in diese Geschichte hineinknien würdest", sagte er, während er sich wetterfest anzog.

„Sie scheinen mich doch besser zu kennen, als ich dachte." Emma grinste, als er sich zur ihr umdrehte und ein Ohr ganz unter der violetten Mütze verschwunden war, während das andere von dieser so abgeknickt wurde, dass man meinen konnte, Mister Spock von der Enterprise stünde vor ihr.

„Bevor ich mit der Polizei spreche, möchte ich zuerst in Erfahrung bringen, was es mit diesem Medaillon auf sich hat. Schließlich möchte ich nicht die Pferde scheu machen, wenn nichts dahintersteckt und dieser kleine Rosenanhänger überhaupt nichts mit dem Mord zu tun hat beziehungsweise nur durch Zufall dort lag, ehe er gefunden wurde."

„Ich glaube, da kann ich dir weiterhelfen. Denn ich kenne dieses Schmuckstück. Jedes Jahr wird am Rosenball die neue Rosenkönigin gekürt. Ihr zu Ehren pflanzen wir eine neue Züchtung im Rathaus-Pavillon an, die sie feierlich auf einen

Namen ihrer Wahl taufen darf. Als Andenken an dieses Ereignis bekommt die Königin ein Medaillon geschenkt, das ...", Georg Villinger stoppte mit seinen Ausführungen, zog seine Hand aus seinem Handschuh und streckte sie Emma entgegen. „Ich heiße Georg, Nach der langen Zeit des Kennens ist das Du doch eigentlich längst überfällig", sagte er und grinste breit. „Nun aber zu diesem Medaillon. ‚CL' sagst du ..." Er nahm Emma das Schmuckstück aus der Hand. Vorsichtig hielt er das Medaillon, auf dessen Vorderseite die Rose nur noch an ihrem typischen Blütenmuster der übereinanderliegenden Blätter zu erkennen war, und studierte es erneut unter dem gelblichen Licht der Flurbeleuchtung. Die Farbe des Lacks, ein ehemals leuchtendes Bordeauxrot, war nahezu ganz abgeblättert, und nur noch wenige kleine Partikel erinnerten daran, dass dieses Schmuckstück einmal ganz farbig gewesen sein musste.
„Ja, du hast recht, es ist eindeutig ‚CL'. Lass mal überlegen. Ich bin jetzt seit mehr als 20 Jahren Mitglied im Heimat- und Geschichtsverein und so habe ich auch aktiv viele Mädchen erlebt, die zur Königin gekürt wurden. Aber für wen könnten diese Initialen bloß stehen? Denn soweit ich weiß, gab es diese Medaillons schon etliche Jahre vor meiner Amtszeit, also da kommen dann vielleicht noch ein paar weitere junge, na ja heute wohl eher schon reifere Damen infrage." Georg Villinger lehnte sich gegen die Tür des Waschraums, kratzte sich am Kinn und dachte angestrengt nach.
Jetzt fehlt nur noch, dass er sich seine Nase reibt und ruft: „Ich hab's", dachte Emma und musste mit einem Schmunzeln an den Zeichentrickhelden Wicki denken, der mit seinen tollkühnen Ideen seinen Vater und die Wikinger ein ums andere Mal aus brenzligen Situationen gerettet hatte.
Plötzlich riss Georg Villinger geistesgegenwärtig die Augen auf und schaute Emma ganz groß an: „Das kleine Lachmann-Mädchen, aber nein, die heißt Elvira. Da wäre noch Caroline

Metzger, aber die wurde erst im vergangenen Jahr Rosenkönigin, und dafür sieht der Anhänger doch schon etwas zu mitgenommen aus."
„Zumal Metzger nicht mit dem Buchstaben ‚L' beginnt." Emma lächelte den kräftigen Mann sanftmütig an.
„Clara Leininger. Jawohl, das Medaillon gehört ganz eindeutig Clara Leininger."
Emma war erstaunt, dass Georg Villinger den mysteriösen Initialen nach verschiedenen Fehlversuchen nun doch noch einen Namen zuordnen konnte, der auch tatsächlich mit den Anfangsbuchstaben ‚C' und ‚L' geschrieben wurde. „Und wer ist Clara Leininger?"
„Sie wurde vor zehn, vielleicht auch nur vor neun Jahren bei uns Rosenkönigin. Sie war damals schon relativ alt mit ihren 26 Jahren", erinnerte sich Villinger. „Ich verstehe nur nicht ganz, wie man ihren Anhänger am See finden konnte."
Emma wartete, bis ihr Gegenüber weiter berichtete. Als aber von Georg Villinger nichts mehr zu kommen schien, schaute sie ihn wissbegierig an in der Hoffnung, er würde nun eine Erklärung folgen lassen.
„Clara ist vor einem Jahr bei einem Autounfall auf der B 500 von einem LKW erfasst und dabei tödlich verletzt worden, als sie gerade einer Frau in ihrem liegengebliebenen Fahrzeug helfen wollte. Bei der Beerdigung hat ihre Mutter neben einer roten Rose auch das Medaillon als ewiges Andenken mit ins Grab hineingeworfen."
„Und Sie sind sich da ganz sicher?", fragte Emma, ohne seine Worte wirklich anzweifeln zu wollen.
„Ja, so sicher wie das Amen in der Kirche. Denn ich habe sie gestützt, als sie sich übers Grab gebeugt und sich mit diesem letzten Gruß von ihrer Tochter verabschiedet hat."

vierzig

Dienstag, 20. November 2012

Es schien das allerletzte Aufbäumen der Sonne zu sein, als sie mit ihren immer noch warmen, wenn auch schon deutlich schwächerwerdenden Strahlen den Tag begrüßte. Während sich die Sonne tags zuvor dem sich verdichtenden Wolkenteppich geschlagen geben musste, war sie an diesem Morgen die unangefochtene Siegerin.

Vielleicht zum letzten Mal in diesem Jahr. Eingerahmt von einem blauen Himmel küsste sie den Ort, der seinen Schneemantel wie ein zu warmes Kleidungsstück abwarf.

Überall taute die weiße Pracht. Auf den Straßen bildeten sich Rinnsale, immer mehr Äste befreiten sich von ihrer schweren Last und schüttelten den Schnee aus ihren Zweigen wie Frau Holle, die nachts zuvor noch ihre Kissen entleert hatte. Der Schnee auf den Fahrwegen war längst weggeräumt worden und bildete an den Seiten matschige Haufen, die so rein gar nichts mehr von einer strahlenden Pracht besaßen. Bereits vor Mitternacht waren die Temperaturen gestiegen, und so setzte schon am frühen Morgen die Schneeschmelze ein.

Auch das Gewächshaus war dank der Sonnenstrahlen nun endgültig von seiner weißen Decke befreit, obwohl es relativ abgelegen und von einer großen Baumgruppe und der Rückwand einer alten aus Stein erbauten Scheune am hinteren Ende des weitläufigen Gartens stand.

Er hatte schlecht geschlafen, wie so oft, wenn er mit seinen Gedanken ganz woanders war und einfach nicht zur Ruhe kommen konnte.
Dabei lief alles so perfekt, fast schon zu perfekt, und genau das war wohl der Grund – dessen war er sich sicher –, warum er in dieser Nacht kein Auge zugemacht hatte. Immer wieder war er ans Fenster geeilt und hatte angestrengt nach draußen gestarrt in der Hoffnung, durch das dichte Schneetreiben irgendetwas erkennen zu können. Aber die weiße Wand, die sich vor dem Fenster breitgemacht hatte, erlaubte es einfach nicht, auch nur irgendetwas sehen zu können, und so war er unruhig, aufgekratzt und von dem einen auf das andere Bein hüpfend durchs Zimmer gelaufen, um so vielleicht die nötige Bettschwere zu bekommen.
Doch die Panik hatte mal wieder die Oberhand gewonnen. Und so hatte er sich mitten in der Nacht angezogen und war nach draußen geeilt. Ohne Rücksicht hatte der Wind kräftige Schneeböen vom Dach gepeitscht, die sich in den unablässigen Schneefall gesellten und ihn so den Weg zum Gewächshaus nur äußerst mühsam zurücklegen ließen.
Als er endlich vor dem Glashaus angelangt war, bemerkte er, dass er vor lauter Aufregung den Besen vergessen hatte. Und auch seine Handschuhe hatte er in der Wohnung liegengelassen. Vor sich hin fluchend versuchte er, mit bloßen Händen den Schnee vom Dach herunterzuräumen. Immer wieder schaufelte er dabei eine Schneelawine auf sich selbst anstatt an die Seite, und als er nach knapp 20 Minuten wieder in seinem wohlig warmen Bett lag, hoffte er inständig, nicht krank zu werden und unter Umständen gar für Tage das Bett hüten zu müssen.
Das konnte er sich in der jetzigen Situation einfach nicht erlauben. So viel stand fest. Also stieg er erneut aus dem Bett, rieb sich vorsichtshalber dick mit Erkältungssalbe ein und

schluckte prophylaktisch eine Paracetamoltablette, um für alle Eventualitäten gewappnet zu sein.
Als er am Morgen erwacht war, schaute er mit einer Tasse Pfefferminztee in der Hand glücklich und zufrieden aus dem Fenster. Das Treibhaus hatte trotz der enormen und für einen November eher unüblichen Schneemassen keinen Schaden genommen. Mittlerweile waren die letzten Reste bereits weggeschmolzen und das Sonnenlicht spiegelte sich in den Fensterscheiben.
Auch das ewige Licht, das er aufgestellt hatte, leuchtete. Er konnte schwach das Flackern der Flamme erkennen. Sein Liebling hingegen würde bald verblühen. Ein Schmerz durchfuhr seinen Körper, als er an ihre Schönheit denken musste. Aber es war spät im Jahr, und daher war es ganz natürlich, wenn sie sich eine Pause gönnte und so Energie sammelte, um im nächsten Jahr wieder in neuem Glanze zu erstrahlen. Und doch fragte er sich: Wie konnte das sein? Wie konnte sie ihm das nur antun, wo er doch die besten Rahmenbedingungen geschaffen hatte, damit es ihr an nichts fehlte? Er verdiente es einfach nicht, dass sie so undankbar und respektlos ihm gegenüber war.
Am liebsten hätte er seine Tasse genommen und sie voller Wucht gegen die Wand geschleudert. Aber er wollte keinen unnötigen Krach verursachen. Bloß nicht auffallen, hieß die Devise.
Und doch wollte er sich rächen. Nicht an ihr, das wäre zu leicht. Das hätte sie ihm nie verziehen, und er brauchte sie, mehr denn je. Er musste nur abwarten und im richtigen Moment zuschlagen. Sie würden nichts unversucht lassen, hinter sein Geheimnis zu kommen. Mit aller Macht und allen Mitteln. Aber das könnte tödlich enden.
Nur wussten sie das nicht.
Noch nicht.

einundvierzig

Als Franz-Josef Bannholzer an diesem frühen Morgen die Zeitung aufschlug, wäre er fast vom Küchenstuhl gekippt. Er wollte seinen Augen nicht trauen, als er dort schwarz auf weiß im Lokalteil lesen musste: „Rosendorf-Mordserie geht weiter – Polizei tappt immer noch im Dunkeln". Auch das Boulevard-Blatt mit den vier großen Buchstaben hielt sich mit seiner Beamtenschelte nicht zurück: „Rosendorf-Mörder hat wieder zugeschlagen – und die Polizei schaut tatenlos zu".

Wie soll das nur weitergehen, wenn erst noch ein weiterer Mord passiert, dachte der Kriminalrat und tunkte gedankenverloren anstatt des Löffels sein Messer in den schwarzen Kaffee.

„Himmel, herrje, auch das noch." Während er versuchte, das Messer halbwegs unfallfrei aus der Tasse zu balancieren, hatte es sich seine ehemals blaue Krawatte im Marmeladenglas bequem gemacht. Eine gelierte Frucht prangte nun auf dem Seidenschlips, den er zum Geburtstag von seinen Kindern geschenkt bekommen hatte und heute zum ersten Mal trug.

Zur Feier des Tages, so hieß es doch. Nur wollte ihm partout kein passender Anlass einfallen. Ganz im Gegenteil. Die Ermittlungen steckten in der Sackgasse, und sein Vorgesetzter drohte ihm bereits mit dem Landeskriminalamt, falls er und sein Team es nicht alleine schaffen würden.

Doch bei allen Gedankenspielen blieb nur Reinhold Nägele übrig, und an ihm waren sie dran, obwohl der einzig in Erwägung zu ziehende Täter für die Tatzeiten der Morde an Franz

Marder und Maria Reisinger ein hieb- und stichfestes Alibi hatte. So war er am Samstagmorgen mit dem englischen Rosenzüchter Richard Sutherfolk in Zürich unterwegs gewesen, nachdem er diesen vom Flughafen in Zürich abgeholt hatte. Davor war Nägele in verschiedenen Geschäften, Discountern und dem Getränkehandel in Tiengen einkaufen gewesen, was unabhängig voneinander zwei Kassiererinnen und die Aushilfe im Getränkemarkt bestätigt hatten.

Auch in der Nacht von Sonntag auf Montag war Reinhold Nägele erst auf der Geburtstagsfeier eines Lions-Club-Mitglieds und anschließend zusammen mit dem Engländer etwas essen gewesen, ehe sie in ihr Hotel in der Nähe des Züricher Messegeländes, auf dem die diesjährige „Rosa Flora“ stattfand, eincheckten. Das hatte der Portier den Schweizer Kollegen bestätigt und auch Sutherfolk hatte diese Version ohne jegliche Abweichung so zu Protokoll gegeben.

Sie konnten es drehen und wenden wie sie wollten, aber sie konnten Reinhold Nägele einfach nichts nachweisen. So gerne Bannholzer das auch wollte. Dabei war ihm der Mann sogar mehr als sympathisch. Es war das persönliche Schicksal Reinhold Nägeles, das den Polizeichef so berührte und einfach nicht loszulassen schien. Es muss hart sein, ein Kind zu verlieren. Auch wenn es nicht sicher war, dass Charlotte etwas zugestoßen war, so hatte er doch mehr als 15 Jahre – seit dem Tag ihres Verschwindens an einem lauen Sommerabend im Juli 1997 – nichts mehr von seiner Tochter gehört. So sehr sich Bannholzer auch über seine zwei Kinder immer wieder ärgerte, die ihn manchmal nervten und für mehr als nur ein graues Haar seiner noch dichten Pracht verantwortlich waren, so würde er für seine Kinder töten, falls ihnen etwas passieren sollte. Vielleicht war auch Reinhold Nägele ein Mann, der für sein Kind über Leichen ging.

Bannholzer fuhr sich mit seiner rechten Hand durchs Haar.

Vielleicht schien dieser Gedanke gar nicht so abwegig zu sein. Zumal Bannholzer zusehen musste, dass er in diesem Fall seine eigene Haut rettete. Koste es, was es wolle.
„Schatz, ich habe dir zwei belegte Brote mit Leberwurst und eingelegten Gurken und eine Scheibe gefüllten Rinderbraten von gestern Abend eingepackt. Das Fleisch kannst du dir in der Mikrowelle aufwärmen. Warm schmeckts sicherlich noch etwas besser." Seine Frau legte ihm die Plastikdose und die in Butterbrotpapier eingewickelten Brote auf den Küchentisch. Was würde ich nur ohne sie machen, dachte er in diesem Moment und war dankbar, dass sie ihn tagein, tagaus so gut versorgte. Dafür bedankte er sich alljährlich am Valentinstag, Muttertag und ihrem Geburtstag mit einem großen Strauß roter Rosen, und selbst den Hochzeitstag hatte er noch nie vergessen, auch wenn er sich diesen Tag wie auch die Geburtstage jedes Jahr von seiner Sekretärin in den Jahreskalender eintragen lassen musste.
Nun saß er also in seinem Büro und stocherte in dem leicht dampfenden Stück Rindfleisch herum. Schon beim Frühstück hatte er kein wirkliches Hungergefühl verspürt, und auch jetzt konnte ihn der Rinderbraten so sehr anlachen, wie er wollte – Franz-Josef Bannholzer schien der Magen wie zugeschnürt zu sein. Dafür kreisten seine Gedanken. Was er wohl seinem Sohn zum Geburtstag Anfang Dezember kaufen könnte? Wann er nächstes Jahr Urlaub machen könnte? Was war es bloß, was diese beiden Fälle miteinander verband?
Er hatte den Gedanken kaum zu Ende geführt, als er ruckartig aufsprang und in seine Hände klatschte.
Das ist es, dachte er. Warum bin ich nicht gleich darauf gekommen?

zweiundvierzig

Er wollte es ihm sagen. Er musste es ihm sagen. Endlich. Und vor allem, bevor es diese Emma Hansen tun würde, die bei ihren Recherchen sicherlich irgendwann auch dahinterkommen würde.

Als Richard Sutherfolk so auf seinem Hotelbett im Zürich Courtyard, das nur etwas mehr als einen Kilometer von der Messe entfernt lag, saß, da wusste er, er würde von der Last der Schuld erdrückt werden, würde er nicht endlich die ganze Wahrheit sagen. Jahrelang hatte er eine heile Welt vorgespielt. Eine Welt ohne Trug und Lüge. Eine Welt, in der nur die Aufrichtigkeit zählte. Eine falsche Aufrichtigkeit.

Nur, wie sollte er es ihm sagen? Welche Worte sollte er benutzen, und wann war der passende Moment? Er ließ sich nach hinten fallen, starrte die Decke an. Doch sie blieb stumm, genauso wie das Bild einer sanft hügeligen Landschaft der Toskana im Frühling, das über ihm an der Wand hing. Wie die kleine Lampe, der Wandschrank und die gelbe Bordüre der Tapete, die den Raum freundlich und hell gestaltete.

Er hasste sich für seine Tat. Dabei war er sich damals wie ein frisch verliebter Teenager vorgekommen. Wie konnte er sich nur so gehen lassen? Warum hatte er es zugelassen? Wie hatte das alles nur passieren können? Und vor allem, es hätte noch so schön werden können, wäre sie nicht einfach so und von heute auf morgen wie vom Erdboden verschwunden. Sie hatte sich noch nicht einmal von ihm verabschiedet, dabei hatte er ihr die Welt zu Füßen gelegt, ohne Rücksicht auf Verluste und ohne je nach dem Preis zu fragen. Ein Tiffany-Ring, eine Gucci-Tasche, ein Dolce & Gabbana-Kleid. Es waren die eher kleineren Alltäglichkeiten, die er ihr, wenn sie gemeinsam durch Zürich geschlendert waren, so im Vorübergehen geschenkt hatte. Wie gerne wäre er mit ihr nach St. Moritz zum Skifahren geflogen, hätte mit ihr eine Woche an der Côte d'Azur verbracht oder einfach mal ein gemeinsames Wochenende in New York genossen. Aber immer wieder hatte sie ihn daran erinnert, dass der richtige Zeitpunkt noch nicht gekommen sei, ihre Liebe öffentlich zu machen. Dass sie noch nicht aus dem Ort weg könne. Dass sie noch ein wenig warten müssten. Ein Warten, das nun schon 15 Jahre andauerte. Mittlerweile hatte er die Hoffnung aufgegeben. Die Hoffnung auf eine gemeinsame Zukunft, auf ein Leben mit ihr. Und so waren aus einer abgöttischen Zuneigung, einem intensiven Verlangen, einer grenzenlosen Begierde nur noch Enttäuschung, Wut und Hass geblieben. Wie konnte sie nur so mit ihm spielen? Wie konnte sie ihm das antun und vor allem: Wie konnte sie ihn nur so bloßstellen vor seinen Freunden und seiner Familie? Menschen, die ihm alles bedeuteten und die ihn schon damals gewarnt hatten, auf die er aber nicht hatte hören wollen. Verrückt hatte er sie gemacht und um Akzeptanz gebettelt, sie mögen sich doch mit ihm freuen. Sie taten es, ihm zuliebe. Doch wegen ihr vernachlässigte er die ihm so wichtigen Menschen, zog sich immer mehr zurück, nur um ganz für sie da zu sein.

Doch sie hatte ihn verlassen, war einfach verschwunden, während er seine große Liebe betrauerte, seine Schulden mühsam abarbeitete und keinen Menschen mehr zum Reden hatte. Eine Träne kullerte seine Wange herab, während sich seine Hände in das flauschige Oberbett krallten, bis seine Knöchel weiß anliefen.

Den Tod hatte er ihr gewünscht. Nicht nur einmal. Nein, na-

hezu täglich hoffte er, man würde ihre Leiche irgendwo finden. Misshandelt, vergewaltigt, grausam zerstückelt. Er wünschte sich, jemand hätte sich an ihr gerächt, hätte sein Gedankenwerk ausgeführt. Sie sollte bestraft werden. Daran glaubte er immer mehr, je mehr Tage, Monate und Jahre vorübergingen, in denen sie nichts von sich hören ließ, und er ließ diese so bestialischen Gedanken zu, heilten sie doch die tiefen Wunden, die Charlotte bei ihm hinterlassen hatte.
Und doch war er sich im Klaren, dass er so nicht weiterleben konnte. Ein Leben, das nicht lebenswert war, war es doch auf Hass und Wut aufgebaut, während ein anderer Teil in ihm täglich hoffte, sie würde sich melden, ein Lebenszeichen von sich geben und sagen, dass es ihr gut ginge. Reinhold Nägele war ein Mensch, der ihn als Freund schätzte. Dem man alles sagen und anvertrauen konnte. Dem man die Wahrheit sagen konnte. Nun war es an der Zeit, dass er ihm endlich die Wahrheit sagte. So grausam diese auch war.

dreiundvierzig

In ihrem Kopf hämmerte es. Tausende kleine Männlein, ein jedes von ihnen mit Hammer und Amboss ausgestattet, veranstalteten hinter ihrer Stirn ein Schlag- und Klopffestival, das seinesgleichen suchte.

Mal verlagerte sich das stete Hämmern in die Region der Schläfen, dann wieder zentral in die Kopfmitte, um wenig später am Übergang vom Schädel- in den Nackenbereich von Neuem loszulegen.

Schon als Kind hatte Emma immer wieder unter starken Migräneanfällen gelitten. Doch erst im fortgeschrittenen Alter sollten sie ihren Höhepunkt erreichen. Und dieser hatte meistens eine akute Übelkeit, schwere Augen bis hin zu einer zeitlich begrenzten Sehbeeinträchtigung, Gliederschmerzen und eine absolute Antriebslosigkeit zur Folge.

So auch an diesem Morgen.

Bereits am Abend zuvor hatte sie die nahende Migräne fast greifen können. Doch weder ein frühes Zubettgehen noch zwei besonders starke Kopfschmerztabletten oder eine extragroße Kanne Kakao sollten sie vor den höllischen Migräne-Attacken bewahren.

Mühsam quälte sie sich aus dem Bett.

Alles drehte sich, als sie ihren müden Körper mitsamt dem schweren Kopf aufrichtete. Es war kurz vor 10 Uhr, und doch fühlte sie sich ausgelaugt und wie erschlagen. Ein Gefühl, das sie selbst von ihren härtesten Nebenjob-Zeiten her, als sie für

eine Bäckerei als Auslieferin arbeitete und daher um 4 Uhr aufstehen musste, nicht kannte.
In der Ferienwohnung nebenan konnte sie das Ehepaar hören, das laut Autokennzeichen aus Dortmund kam.
Auch wenn sie die Worte nicht genau verstehen konnte, so konnte sie doch erahnen, dass die beiden heftig miteinander diskutierten.
Sie zog sich an, legte leichtes Rouge auf, benutzte zum ersten Mal den neuen Lipgloss in einem sanften Terrakottaton und streifte ihren Lieblingspulli über, ehe sie in ihre schwarzen Stiefeletten schlüpfte.

Es war Zeit, diesen wunderschönen Tag zu begrüßen, dachte sie und konzentrierte sich auf ihren Kopf. Er fühlte sich noch etwas matschig an und so versuchte sie, mit der in ihr tief verwurzelten Lebensfreude mental gegen den Lärm in ihrem Kopf anzugehen.
Als Emma vor die Tür des Villingerschen Anwesens trat, musste sie kräftig die Augen zusammenkneifen, so sehr blendete sie das Licht der auf den weißen Schneeflächen reflektierten Sonnenstrahlen.
Ein strahlend blauer Himmel, eingerahmt von einigen wenigen Schleierwolken, erinnerte mehr an einen Tag Anfang Mai denn an einen Tag Ende November. Die Sonne tat noch einmal alles, um sich von ihrer schönsten Seite zu präsentieren und den Menschen Hoffnung und Frohsinn in einer sonst trüben, dunklen und melancholischen Zeit zu geben.

Ausgelöst durch die Schneeschmelze lösten sich kleine Lawinen vom Dach der alten Scheune, während sich die Äste eines Ginsterbusches freudig aufrichteten, nachdem auch sie sich von der schweren weißen Last befreit hatten. So taten es auch die großen Fichten, die das Kirchenschiff von St. Stephan um-

säumten und dem Gotteshaus diesen würdevollen, wenn nicht sogar majestätischen Rahmen gaben.
Die Kinder im Gemeindekindergarten bastelten, als Emma in die Fenster hineinlugte, während sie bedächtig den schmalen Weg zur Kirche entlangschlenderte.
Die Gräber der Geistlichen, die in Nöggenschwiel und den Nachbargemeinden gewirkt hatten, waren noch vom Schnee bedeckt. Einzig ein Gesteck mit Tannenzweigen, Heidekraut und einer kleinen Friedhofskerze hatte der Schnee verschont, und so vermutete Emma, dass es erst vor Kurzem im Gedenken an die Würdenträger der Kirche hier hingestellt worden sein musste.
Auf dem Rathausplatz war niemand zu sehen. Auch im Lädele brannte kein Licht. Der Schock sitzt wohl immer noch sehr tief, dachte Emma. Sie erschrak, als die Glocken von St. Stephan zu schlagen begannen. Zwölfmal. Dann war wieder alles still.

Wie doch die Zeit dahinrast, sinnierte Emma und schloss für einen Moment die Augen. Sie hörte in die Stille hinein. Es war eine unangenehme Stille. Voller Einsamkeit. Voller Trauer. Es war eine Stille, die sie vernommen hatte, als ihre geliebte Oma Lena plötzlich und für alle so unverhofft gestorben war. Es war eine Welt, die für Emma zusammenbrach, als ihr bewusst wurde, dass ihr der am nächsten stehende Mensch genommen wurde. Ihre Ratgeberin. Ihre Vertrauensperson. Ihre Seelentrösterin.
Geboren und in Dänemark aufgewachsen, hatte Emmas Großmutter ihr gesamtes Leben im Königreich der „Kleinen Meerjungfrau“ verbracht. Dort war sie auch gestorben und beerdigt worden. Da es Emma nicht möglich war, regelmäßig die letzte Ruhestätte ihrer Oma auf Bornholm zu besuchen, hatte sie mit der Gärtnerei in Rönne einen Vertrag geschlossen, der bein-

haltete, dass an jedem 8. eines Monats – an einem 8. Juni war ihre Großmama vor sieben Jahren entschlafen – eine Vase mit 25 gelben Rosen auf das Grab gestellt werden sollte. Das, da war sich Emma sicher, war das Mindeste, was sie für ihre Oma tun konnte, wenn nicht sogar musste, waren es doch gelbe Rosen, die Lena über alles geliebt hatte.

Auch der Friedhof, auf der Nordseite der Kirche gelegen, lag still vor ihr. Immer wieder wechselten sich das Grau und Schwarz der Grabsteine mit dem reinen Weiß des Schnees ab. Nur das Grün von Pflanzen und Gestecken störte diese Harmonie. Hin und wieder flackerte eine schwache Flamme hinter einem verglasten Grablicht.

Es war ein ausgesprochen schön angelegter Friedhof. Und dennoch spürte Emma diese besondere Sprachlosigkeit, die der Tod in der Welt der Lebenden hinterließ. Mit einem Mal erinnerte sie sich an die Worte ihrer Oma: Die Gräber sagen viel über die Menschen aus, die in ihnen liegen. Ein Ausspruch, der besonders auf dem Land zum Tragen kam. Während in den Großstädten oftmals die Anonymität die Toten bald in Vergessenheit geraten ließ, pflegten in den Dörfern und kleinen Ortschaften die Menschen einen regelrechten Totenkult. Schließlich waren die meisten irgendwie über mehrere Ecken miteinander verwandt oder man kannte sich seit Jahrzehnten, woraus wiederum eine Verpflichtung den Verstorbenen gegenüber erwuchs, sich nicht nur um die Pflege des Grabes zu kümmern, sondern ihrer auch zu gedenken und in regelmäßigen Abständen die letzte Ruhestätte zu besuchen.

Andächtig ging sie durch die Reihen, in denen auch jetzt noch der Schnee den Kies bedeckte. Manche Gräber waren nahezu komplett mit einer Marmorplatte abgedeckt. Nur ein kleines Stück war für die Bepflanzung von Lilien, Chrysanthemen und Bodendecker freigelassen worden. Andere Gräber wiederum besaßen stilvoll verzierte Kreuze und Mahnmale, auf denen in aufwendiger Handarbeit Namen und Lebensdaten eingemeißelt worden waren. Manche waren sogar mit einem Schutzheiligen oder ergreifenden Inschriften versehen.

Die Grabflächen selbst hatten meist eine üppige Begrünung. Heidekraut war der häufigste Vertreter der Winterbepflanzung, und Emma musste ans Grab ihrer Oma denken, das zweimal im Jahr völlig neu bepflanzt wurde.

Wie grausam doch der Tod ist, sinnierte sie, als sie die Lebensdaten einer jungen Frau las und schockiert feststellen musste, dass sie nicht einmal Emmas Alter erreicht hatte.

Wie bitter musste es für die Eltern gewesen sein, ihr geliebtes Kind zu Grabe zu tragen, dachte sie. All die Hoffnungen, die Wünsche, die Träume, die man in das Kind investiert hatte, wurden einem von jetzt auf gleich genommen. Und mit ihr all die Liebe. Emma musste schlucken, als sie darüber nachdachte.

Manche Eltern merken erst dann, was ihnen ihr Kind bedeutet hat. Was für ein besonderer, weil einzigartiger und liebenswerter Mensch es war. Und welche Lücke es hinterlässt. Doch dann ist es zu spät.

Sie musste plötzlich an ihre Eltern denken. Würden sie um Emma trauern?

Sie wollte gerade umkehren, als sie am hinteren Ende des Friedhofs einen Mann sah. Groß gewachsen und in einen schwarzen Mantel gekleidet beugte er sich über ein mit Heidekraut über und über bedecktes Grab. Vorsichtig ging sie näher hin und nach wenigen Schritten erkannte sie ihn. Es war der Unbekannte, dem sie gestern vor dem Lädele begegnet war.

„Hej. Man sieht sich wohl immer zweimal im Leben." Emma grinste. Die Trostlosigkeit des Ortes und mit ihr die Endlich-

keit des Lebens, die zuvor noch ihre Gedanken getrübt hatten, waren der unverkennbaren Freude des Wiedersehens gewichen. Der Mann blickte sich um und lächelte, als er Emma wiedererkannte.
„Wir hätten uns nur einen schöneren Ort aussuchen sollen. Ich bin übrigens René, René Lusser."
„Ich weiß, wer du bist. Ich heiße Emma", sagte Emma und lächelte ihn an.
Er nickte, ehe er sich wieder in Richtung Grab drehte, einen Strauß Rosen aus einer transparenten Folie auspackte und die Blumen in eine Vase stellte, die auf dem Grab aufgestellt worden war. Auf dem Grabstein stand ein Name, mit dem Emma nichts anfangen konnte.
Magdalena Metzger.
Emma kannte die Frau nicht, die vor genau 15 Jahren gestorben war. Fragend schaute sie René an, nachdem er die Rosen in der Vase etwas auseinandergezupft und das Papier zu einem Knäuel zusammengeknüllt hatte.
„Sie war Charlottes Oma. Sie hat das Drama um das Verschwinden ihrer Enkelin nie verkraftet. Es hat ihr, genau wie mir, das Herz gebrochen. Keine vier Monate hat sie den Schmerz ausgehalten, ehe sie gestorben ist." Die Gesichtszüge des Mannes versteinerten sich. Er atmete tief. Eine Böe spielte in seinem dichten, dunkelbraunen Haar.
Die Sonne hatte sich verzogen und einem wabernden Wolkenmeer Platz gemacht. Als Emma gen Westen schaute, sah sie, dass sich der Himmel über den Höhen des Südschwarzwalds bereits in ein dunkles Grau verfärbt hatte. Es schien, als habe Väterchen Frost nun endgültig die Oberhand über den goldenen Herbst gewonnen.

„Und du scheinst Charlottes Oma sehr nahe gestanden zu haben?" Emma stellte bewusst diese rhetorische Frage, wollte

sie doch René aus seiner Trauer holen und ihm gleichzeitig zeigen, dass er ihr vertrauen konnte.
„Ich habe sie verehrt. Sie war für mich wie meine eigene Großmutter. Und sie hat mich immer in Schutz genommen, mich verteidigt, wenn ich wegen der Beziehung zu Charlotte angefeindet wurde. Sie war sich sicher, dass ich der richtige Mann für ihre kleine Lotti gewesen wäre. Nur ..." Seine Stimme wurde brüchig. „Es tut mir leid, ich will dich nicht damit belästigen."
„Ich höre gerne zu."
„Danke." Er lächelte gequält. Und zum ersten Mal war seine natürliche Attraktivität einer Verbitterung gewichen.
„Und warum sind denn eigentlich alle Nöggenschwieler gegen dich?"
„Weil Charlottes Vater alle gegen mich aufgebracht hat. Glauben will er es ja bis heute nicht, dass sie nicht mit mir durchgebrannt ist. Er geht von einem schlimmen Verbrechen aus, für das ich sogar noch verantwortlich sein soll. Er hat mich nie gemocht."

Der durchdringende Glockenschlag riss die beiden Friedhofsbesucher aus ihrem Gespräch. Eine Krähe setzte sich auf einen knorrigen Apfelbaum, der bei der letzten Sturmfront entwurzelt worden war und sich nur mithilfe eines alten Gartenzauns halbwegs aufrecht halten konnte. Einen Moment später schwang sich der schwarze Vogel in die Lüfte und gesellte sich zu einer kleinen Gruppe Artgenossen, die von Norden kommend über das Kirchendach und die freien Felder hinweg davonflog.
„Mein Leben hatte nach Charlottes Verschwinden für mich keinen Sinn mehr. Ich habe kaum mehr etwas gegessen, habe mich abgekapselt, getrauert – fast bis zur Selbstaufgabe. Ich war weder imstande, anderen Menschen zu vertrauen, noch

eine Beziehung einzugehen. Keine Frau, die ich nach Charlotte kennengelernt habe, hatte die Klasse, die Schönheit, die Liebe wie sie. Ich war sicher, die Frau meines Lebens gefunden zu haben. Die Frau, die ich glücklich machen durfte."
René lehnte sich gegen die Kirchenaußenmauer. Sein Blick war leer.

„Ich Idiot."
René hämmerte seine Faust gegen die Mauer. Emma erschrak. Sie hatte mit allem gerechnet, aber nicht mit einer derart heftigen Reaktion, die so gar nicht zu dem Bild passen wollte, das sie bisher von René hatte gewinnen können. Fragend schaute sie ihn an.
„Ich dummer, verblendeter Idiot. Alles habe ich für sie gemacht, habe hier oben extra für sie schon ein Grundstück gekauft, damit sie immer in der Nähe ihres Vaters sein konnte, falls dem mal etwas passieren würde, und vor allem, um ihn zu besänftigen. Ich wollte ihm zeigen, dass ich es ernst meine und trotzdem auch auf seine Wünsche eingehe. Und ich wollte ihr beweisen, wie sehr ich sie liebe. Und was macht sie? Sie betrügt mich, monatelang. Und wenn das nicht alles wäre – dann auch noch mit diesem Kerl, diesem feinen Herrn aus Cornwall."
„Richard Sutherfolk?"
Emma presste diesen Namen regelrecht heraus. Sie konnte, nein sie wollte einfach nicht glauben, was sie da gerade gehört hatte. Charlotte und der Rosenzüchter? Das konnte, das durfte einfach nicht wahr sein. Der Mann war doch mehr als 25 Jahre älter als Charlotte. Wie hatte sie sich auf den nur einlassen können?
Emma schüttelte sich, so unsympathisch und in seinem ganzen Auftreten und Gehabe einfach nur unangenehm und schmierig fand sie den Engländer.

Es scheint, als habe Charlotte mehr Geheimnisse gehabt, als ich ihr jemals zugetraut hätte.

René sah Emma an. Ein bitteres Lächeln umspielte seine Lippen.
„Und alle wussten Bescheid in unserem schönen, romantischen, verträumten Nöggenschwiel. Nur: Niemand hat den Mut oder die Größe besessen, es mir zu sagen. Viel lieber log man mir ins Gesicht und brüstete sich mit mir als einem wohlerzogenen Sohn aus reichem Elternhaus, der in Zukunft hier sicherlich einiges finanziell auf Vordermann bringen und den Ort touristisch noch bekannter machen würde."
Emma war sprachlos.
Ungläubig schaute sie abwechselnd von René hin zu dem Grab, von dem sie wenige Minuten zuvor gekommen waren, und wieder zurück.
Eine sanfte, aber eisige Brise strich über die Gräber, verfing sich in den kargen Ästen und Zweigen der Bäume und spielte mit den Blumen und Gestecken, die die Gräber schmückten. Der Ort hatte etwas von einer Idylle, von einer Harmonie, die all die Sorgen, Ängste und Nöte zudeckte, um sich für einige Augenblicke von der unendlichen Einfachheit des Seins umfließen zu lassen.
Und doch fror Emma. Die Kälte, die sie im Innern spürte, gesellte sich zu dem gerade Gehörten und beide verschmolzen zu einem Gefühl von Ohnmacht und Hilflosigkeit.
„Schöne heile Welt, nicht wahr?"
„Ich, na ja, ..." Emma stotterte, ehe sie die richtigen Worte fand.
„Aber warum hast du damals nicht nach Charlotte gesucht, wenn du jedem versichert hast, dass sie nicht bei dir ist?"
„Wieso sollte ich? Ich hatte damals direkt nach unserem Streit mit ihr Schluss gemacht, bin zum Auto gegangen und davon-

gerast. Für mich waren Charlotte und Nöggenschwiel seitdem gestorben. Abgesehen von meinem alljährlichen Besuch hier am Grab von Oma Maga Metzger."
Er hatte sich noch einmal in Richtung Grab umgedreht und genoss die leichte Brise, die mit seinen Haaren spielte.
„Wie dem auch sei: Es scheint, als habe sich jemand bereits an Charlotte gerächt – und nicht nur an ihr."
René holte tief Luft. Und dennoch glaubte Emma, seine Gesichtszüge hätten sich unmerklich aufgelockert. Er schaute sie aus seinen dunklen Augen an. Emma hatte das Gefühl, als würde sie ein zartes Aufblitzen in ihnen erkennen. Eines, das anstatt Trauer Freude in sich barg. Und auch Renés Mundwinkel schienen sich – wenn auch nur unmerklich – zu einem Lächeln zu formen.
„Ich kam leider zu spät."

vierundvierzig

Er wusste nicht, was es war, aber er liebte Nöggenschwiel, diesen kleinen, verwunschenen Ort mit seinen liebenswürdigen Menschen, die allesamt ausgesprochene Rosenliebhaber waren und das auch jedem zeigten, der ihr abgelegenes Dorf besuchte. Schon das Rosenspalier an der ersten Straßenkreuzung war über und über mit Rosenranken bewachsen. Selbst jetzt, im trostlosen Todesmonat November, der mit seiner deprimierenden Stimmung, dem verhangenen Himmel und den dichten Nebelbänken keiner Pflanze den Hof zu machen schien, konnte man erahnen, welch eine Schönheit und Pracht im Frühjahr wieder zum Vorschein kommen würde.
Das lag vor allem auch an der liebevollen Rosenpflege der Nöggenschwieler Einwohner. Denn die meisten hatten nicht nur unzählige Rosen im eigenen Garten stehen, die sie hegten und pflegten, nein, sie übernahmen sogar noch als Rosenpaten ein Beet, ein Spalier oder eine Hecke an einer der vielen öffentlichen und für jedermann zugänglichen Plätze, Gärten und Kreuzungen. Es war dieses Wir-Gefühl, das Richard Sutherfolk so bewunderte und schätzte und vor dem er eine so unausgesprochene Hochachtung hatte, dass er immer wieder gern ins Rosendorf zurückkam.
Er lächelte, als er an die schwere hölzerne Haustür des Nägeleschen Anwesens trat und auf die aus Messing bestehende Klingel drückte. Es dauerte fast eine Minute, bis jemand angeschlappt kam und die Tür öffnete.
„Ja …? Ach du bist es." Gerald Nägele machte ein verdutztes

Gesicht, als er Richard Sutherfolk musterte, der mit seinem dunkelbraunen Mantel, dem schwarzen Seidenschal und der perfekt gebügelten Falte seiner anthrazitgrauen Stoffhose so gar nicht wie ein Rosenzüchter, sondern eher wie ein Investmentbanker oder Geschäftsführer aussah.

„Darf ich hereinkommen?"

„Klar, nur, der Alte ist nicht da." Es schien nicht, als hätte Richard Sutherfolk die freundliche, aber bestimmte Abweisung vernommen. Gedankenversunken ging er an dem jungen Mann vorbei in den großen und weitläufigen Flur. Er fühlte sich bei dieser ganzen Größe fast ein wenig verloren. Aber da musste er jetzt durch.

An einer Bilderwand blieb er stehen. Dort hingen nur Familienbilder. Auch wenn der Begriff etwas übertrieben zu sein schien, war doch ausnahmslos eine einzige Person auf den Fotos zu sehen.

„Willst du hier dann warten?"

„Ich ...", er brach ab, als er ein Foto in der Reihe besonders lange anstarrte. Gerald folgte seinem Blick.

„Oder gehts mal wieder um meine Schwester?"

Entsetzt schaute Richard ihn an: „Du weißt was?"

„Hier gehts doch immer nur um Charlotte." Verbittert nahm er das in einem goldenen Rahmen gefasste Bild, um es im nächsten Augenblick achtlos auf den Boden fallen zu lassen. Das Glas zersprang in mehrere Teile, auch ein Stück des Rahmens war abgeplatzt, doch das Lächeln der jungen Frau auf dem Bild hatte selbst in diesem Scherbenhaufen nichts an seiner Schönheit und Strahlkraft verloren.

„Auch jetzt noch. Selbst in ihrer Abwesenheit ist sie ständig präsent." Er schaute Richard Sutherfolk lange und durchdringend an.

fünfundvierzig

Fast zehn Minuten lang stand Emma an der Mauer des Kirchenschiffs angelehnt, blickte über die akkurat angelegten Gräber des Friedhofs hinweg und dachte nach.
Es waren nicht nur seine bitteren Worte, über die sie grübelte. Es war das verstörende Bild eines rachsüchtigen, aber auch tief gekränkten, verletzten René, das sie so irritierte. Das sie einfach nicht einzuordnen wusste.
Sie fragte sich unentwegt, wer ihm und vor allem wie man ihm Charlottes Eskapaden beigebracht hatte. War es jemand, der ihm nahestand, der ihm die Wahrheit als Freund sagen wollte, oder war es jemand, der sich daran ergötzte, ihm noch zusätzliche Schmerzen zu bereiten? Und was wollte derjenige oder diejenige damit bezwecken?
Augenblicklich musste sie an Franz Marder und an Maria Reisinger denken. Hatten sie ihm von Charlottes Doppelleben erzählt und waren sie deshalb, aus Rache, weil sie alles gewusst, aber 15 Jahre lang die Wahrheit verschwiegen hatten, ums Leben gekommen? Sie schalt sich für diesen Gedanken und verwarf ihn deshalb gleich wieder. René Lusser war sicherlich ein Mann, dem viel zuzutrauen war, gerade, wenn er verletzt war. Aber einen Mord oder sogar mehrere? Und eigentlich müsste man sich ja an Charlotte rächen, dachte Emma, während sie über den Friedhof lief.
Der menschliche Antrieb kennt nur zwei Pole, sinnierte sie. Der Mensch handelt entweder, um etwas zu erreichen oder etwas zu vermeiden, erinnerte sie sich an die Worte ihrer Psy-

chologin Maya Kirscher-Kresch, die ein großer Fan dieser Theorie war und jedwedes menschliches Vorankommen in Gesellschaft, Politik und auch in der Liebe daran festzumachen glaubte. Es war ihr Schlüsselwort, und auch Emma hatte sich von diesem Prinzip menschlicher Antriebskraft überzeugen lassen. Übertragen auf René und sein Wissen um Charlottes Fremdgehen hätte er sich wirklich an ihr rächen müssen. Oder es musste einen Grund geben, warum er es nicht getan hat. Aber das Entscheidende war, so erinnerte sie sich an seine Worte, dass er, hätte er sich an Charlotte rächen wollen, zu spät gekommen wäre.

Bei diesem Gedanken erschrak sie so sehr, dass sie fast über die hohe Marmorkante eines Grabsteins gestolpert wäre. Sie war mittlerweile am Ende des Friedhofes angelangt. Eine dichte und immergrüne Hecke aus Bäumen und Sträuchern grenzte den Gottesacker von dem dahinter liegenden Grundstück ab. Eichen, Erlen, Traubenkirschen, Weiden sowie Holunder- und Schneeballsträucher bildeten ein undurchdringbares Dickicht. Sie wollte schon umkehren, als sie plötzlich ein schwaches Geräusch vernahm, das sich im ersten Moment wie das Klingen eines Glöckchens anhörte. Sie hielt inne, um das Geräusch besser lokalisieren zu können. Doch sie konnte, egal wohin sie schaute, nichts auf dem Friedhof erkennen, was dieses Geräusch auslöste. Sie war alleine, ihr Mobiltelefon hatte ein anderes Klingelsignal und eine Uhr, die unter Umständen zu ähnlichen Geräuschen imstande war, trug sie nicht. Sie wollte schon fast aufgeben, da drehte sie sich noch einmal um. Wieder hörte sie das Geräusch. Es schien aus den Büschen zu kommen.

Mit einem letzten Versuch, das Klingeln doch noch orten zu können, ging sie in die Knie und lugte durch ein kleines Loch in den dichten Pflanzen. Und da sah sie es: Es war die schwarze Katze mit dem Glöckchen, die ihr vor wenigen

Tagen über den Weg gelaufen war. Das Tier hatte sich in zwei bodennahen Ästen verfangen und schaffte es aus eigener Kraft nicht, sich aus dieser Umklammerung zu befreien. Es war mittlerweile total verängstigt und entkräftet und schaute Emma mit großen Augen an, während es unentwegt weiter sein Köpfchen bewegte.
„Ich bin ja da. Alles wird gut“, beruhigte Emma das Tier. Sie versuchte, einen Arm durch das Loch zu strecken, doch sie musste erkennen, dass sie es von dieser Seite aus nicht schaffte, die Katze zu erreichen, geschweige denn sie zu befreien.
So ging sie die hohe Hecke ab in der Hoffnung, eine Lücke zu finden, um auf das sich hinter der dichten Hecke befindliche Grundstück zu gelangen.
Sie wollte schon fast aufgeben, als sie an der anderen Seite der Hecke eine lichte Stelle fand. Hier endete die Hecke und grenzte an ein anderes Grundstück, das von einem alten Jägerzaun und hohen Rhododendronbüschen umgeben war. Auch hier bildeten die Pflanzen als ein dichtes Gestrüpp und die edlen Heidekrautgewächse waren zu einer imposanten Hecke zusammengewachsen.
Als sie auf der anderen Seite des Jägerzauns angelangt war, musste sie sich erneut durch Rhododendronbüsche kämpfen, ehe sie endlich – nachdem auch hier ein klappriger Zaun und eine gestutzte Wildrosenhecke ihre letzten Hindernisse darstellten – den Garten erreichte.
Vorsichtig betrat sie das akkurat geschnittene Grün. Der Garten bestand aus einer riesigen Rasenfläche, die durch mehrere hohe Tannen und einen mit Steinplatten ausgelegten Gehweg unterbrochen wurde. Dahinter konnte sie ein Wohnhaus erkennen. Während der Gehweg vom Haus bis zu den Bäumen mit Holundersträuchern und Weiden gesäumt war, wurde er auf der freien Rasenfläche – ebenso wie das gesamte Grund-

stück – durch sehr gepflegte und äußerst dichte Wildrosensträucher eingerahmt.
Im Gegensatz zur Friedhofsseite konnte Emma hier das kleine Glöckchen viel deutlicher hören. Sie musste nicht lange suchen, als sie die Katze im Dickicht der Hecke gefunden hatte.
„Brav, meine Süße. Es wird dir nichts passieren“, sagte Emma, während sie vorsichtig das Tier befreite. Es dauerte länger, als sie gedacht hatte, aber nach wenigen Handgriffen hatte sie das Tier endlich aus der Hecke herausgeholt. Sie streichelte die Katze, die aus Dankbarkeit genussvoll schnurrte.
Sie folgte mit ihrem Blick dem Gehweg, der vor einem Gewächshaus endete. Eigentlich wäre daran nichts Besonderes gewesen, wenn in dem Pavillon aus Glas nicht ein Windlicht gebrannt hätte. Sie streichelte noch einmal die Katze, ehe sie sie auf den Rasen absetzte und die Hecke entlang zum Gewächshaus ging. Schon von Weitem konnte sie sehen, dass im Treibhaus einige Rosen angepflanzt worden waren. Wow, da muss aber jemand seine Rosen besonders lieben oder ganz seltene Exemplare züchten, wenn er sich ein Gewächshaus für Rosen leistet, überlegte sie.
Emma hielt inne. Erst jetzt erkannte sie, dass an einer Rose eine junge Blüte hing, die in ihrer vollkommenen Schönheit alles überstrahlte. Ich wusste gar nicht, dass Rosen sogar noch zu dieser tristen Jahreszeit blühen können, wunderte sie sich, während ihr Blick so langsam tiefer wanderte und in der Flamme des Windlichts, das nahezu bewegungslos vor sich hin brannte, haften blieb. Sie hatte das Gefühl, als wollte das Licht mir ihr sprechen, sie bitten, in diesen verwunschenen Palast aus Glas und Rosen einzutreten. Ihm ganz nahe zu sein.
Sie versuchte noch angestrengter als zuvor durch ein Fenster zu spähen, aber außer einigen Gartengeräten und einer an einem Haken hängenden grünen Schürze konnte sie nicht viel erkennen.

Da ihre Neugier groß war, ging sie um den Pavillon herum zur Tür. Verlegen drehte sie sich noch einmal zu allen Seiten um, bevor sie mit Schwung die Klinke herunterdrücken wollte, als sie sah, dass die Tür mit einem schweren Schloss versehen war.

Komisch, aber warum schließt denn jemand sein Gewächshaus ab? fragte sich Emma. Sie war schon auf dem Weg zum Schuppen, der am anderen Ende des Gartens stand, als sie plötzlich ein Auto über den Kiesweg der Einfahrt kommen hörte.

Ohne groß zu überlegen machte sie auf dem Absatz kehrt, lief schnell an der Wildrosenhecke entlang zurück zu den Rhododendronbüschen, durch die sie wenige Minuten zuvor gekommen war, schlüpfte durch das Loch, kletterte über den Jägerzaun und war schon fast auf der anderen Seite der Hecke, als ihr Mobiltelefon klingelte.

„Hej." Emma pustete schwer, als sie den Anruf annahm.

„Hej meine Kleine. Hier ist dein Vater." Emma schluckte, als sie Knut Hansens Stimme hörte.

„Wie geht es dir?"

Emma wollte gerade ansetzen, da sprach ihr Vater bereits weiter: „Sicherlich hast du es schon von deiner Mutter erfahren. Aber ich wollte es dir gerne auch persönlich sagen. Du bekommst ein kleines Geschwisterchen." Knuts Stimme überschlug sich fast vor Begeisterung, während sich Emmas Gesichtsausdruck verfinsterte und sie nicht genau wusste, was sie jetzt sagen sollte, wollte sie sich nicht im Ton vergreifen.

„Hallo? Bist du noch dran oder hast du jetzt vor Schreck den Hörer aus der Hand fallen lassen?" Knut scherzte. Doch er ahnte nicht, wie sehr seine Worte Emma verletzten.

„Musste das sein?"

„Was?" Knut schien mehr als fassungslos zu sein.

„Habe ich das jetzt richtig gehört? Was heißt hier ‚musste das

sein'? Ich bin glücklich mit Luciana und wir wollten dieses Glück nun mit einem Kind krönen."
„Luciana?" Emma war entsetzt.
„Ja, Luciana. Sie ist Brasilianerin." Also ganz anders als Mama, fügte Emma sarkastisch in Gedanken hinzu.
„Wir haben uns auf einer Kreuzfahrt kennengelernt, ich war Gast, sie eine Tänzerin. Wir haben dort sehr viel Zeit miteinander verbracht und da ist es dann passiert."
Emma traute ihren Ohren kaum. Doch das Schlimmste war, dass ihr Vater jetzt sogar noch von ihr erwartete, dass sie sich für ihn freute und die glückliche Tochter spielte.
„Na ja, wie dem auch sei. Wegen mir hat sie ihren Job gekündigt, lernt fleißig Deutsch in der Volkshochschule und wird ab Februar erst einmal zu Hause und für das Baby da sein, wenn es dann im März zur Welt kommt."
„Und was willst du jetzt von mir hören?" Emma erhob ihre Stimme. Ihr Vater war nie für sie da gewesen. Nun wollte sie auch nicht für ihn da sein und sich mit ihm freuen. Ihm war es mehr als gleichgültig gewesen, dass er sie um eine glückliche Kindheit gebracht hatte, als er sich für seinen Job als Ingenieur auf Montage und damit gegen ein geregeltes Familienleben entschieden hatte. Dass er dann auch noch die Familie ganz verließ, war nur noch eine Frage der Zeit gewesen. Da halfen auch nicht die Friedensangebote, die die Familie alljährlich in den Südschwarzwald führten, wo doch alle, ihre Mutter, ihr Bruder und natürlich sie selbst, wussten, dass er mehr als nur eine Freundin in der großen weiten Welt hatte, von denen jede sehnsüchtig darauf wartete, dass er für immer zu ihr kommen würde. Und nun sollte sie sich für ihn freuen? Das konnte sie einfach nicht. Nie im Leben.
„Nichts, Emma, gar nichts. Mir war es eben wichtig, dir das zu sagen und so unser Verhältnis wieder zu verbessern. Ich würde mich auf jeden Fall sehr freuen, wenn wir wieder mehr Kon-

takt hätten. Und Luciana auch. Sie würde dich so gerne kennen lernen. Schließlich seid ihr ja in einem Alter."

„Papa ..." Emma schaltete ihr Telefon aus und fasste sich unversehens an den Kopf. Ihre Migräne war wieder da und ließ ihren Kopf fast zerplatzen.

sechsundvierzig

Richard Sutherfolk parkte seinen Leihwagen direkt vor dem Lädele. Für einen Moment schloss er die Augen, ging in sich, atmete mehrmals tief ein und aus, ehe er ausstieg und seinen Freund Reinhold Nägele aufsuchte, der als Gemeinderatsmitglied im großen Saal des Rathauses die heutige Gemeinderatssitzung vorbereitete.

Der blaue Himmel war verschwunden und an seiner Stelle hatte sich eine Wolkendecke ausgebreitet, die nichts Gutes erahnen ließ. Über die Rheinebene hatte sich bereits ein zäher und dichter Nebel gelegt, der in wenigen Stunden auch die Höhen des Südschwarzwaldes erreichen würde. Das Wetter und vor allem die Nebelbänke erinnerten ihn an seine Heimat in Cornwall, und doch war der Nebel hier von einer besonderen Qualität.

Nun hoffte er inständig, dass sein Freund ihn nicht verstoßen würde, nachdem er mit ihm gesprochen hatte. Obwohl er normalerweise nicht betete, so schickte Richard doch ein kleines Stoßgebet gen Himmel, bevor er vorsichtig die Treppenstufen des Rathauses hinaufging. Die Kirchenuhr schlug gerade vier Mal und im Lädele wurde die Tür aufgeschlossen. Einige Leute warteten bereits mit ihren Einkaufskörben und -taschen und freuten sich, vergessene Kleinigkeiten vom Großeinkauf am Morgen besorgen zu können oder den neuesten Dorfklatsch zu erfahren.

Nach den beiden Todesfällen war auch in Nöggenschwiel langsam wieder der Alltag eingekehrt. Ob Gemeinderatssitzung oder die Wiedereröffnung des kleinen Dorfladens – auch im Rosendorf musste das Leben weitergehen.

Reinhold Nägele stand mit Blickrichtung zur Tür. Er sortierte Bebauungspläne und neue Gemeindestatistiken zu den Themenbereichen Tourismus, Landwirtschaft und Gewerbe, die der Ortsbeirat vor einem Jahr in Auftrag gegeben hatte.

„Hallo, mein Lieber. Schön, dich zu sehen", begrüßte Reinhold Nägele seinen alten Freund.

„Gehts dir gut? Du siehst heute ein wenig blass aus um die Nase." Er lächelte und bückte sich nach einem Dokument, das kurz zuvor auf den Boden gesegelt war, nachdem Richard – von einem Windhauch begleitet – in den Sitzungssaal eingetreten war.

„Ich war bei dir zu Hause, und Gerald sagte mir, dass ich dich hier finde." Richard versuchte sich offensichtlich Mut anzureden.

„Und nun hast du mich gefunden, alter Knabe." Reinhold lächelte sanft.

„Worüber sprecht ihr heute Abend?"

„Das darf ich dir leider nicht verraten, aber selbst wenn, du würdest dich doch sowieso nicht dafür interessieren. Warum fragst du also?" Reinhold schaute seinen Freund irritiert an.

„Vielleicht würde es mich ja doch interessieren, wenn es beispielsweise um Rosen ginge."

„Wir reden in den Sitzungen selten über Rosen, außerdem ist die Saison doch längst vorbei, wie du als gefragter Züchter sicherlich weißt."

Richard schloss andächtig die Tür. Es hilft nichts, ich muss es ihm endlich sagen, dachte er. Er räusperte sich geräuschvoll, als er an seinen Freund herantrat.

„Es ist lange her, aber als mein ältester und bester Freund habe

ich mir vorgenommen, immer ehrlich zu dir zu sein. Auch, wenn die Wahrheit vielleicht nicht immer das ist, was man hören will."
Reinhold, der gerade Stapel verschiedener Dokumente anhäufte – für jedes Ratsmitglied einen – hielt inne, schaute seinen Freund fragend an und zog sich einen Stuhl heran.
„Vielleicht setze ich mich besser."
„Ich war naiv, vielleicht dumm und auf jeden Fall blind. Blind vor Liebe, als ich mich damals darauf eingelassen habe. Es begann damals, als sie mich in Cornwall über das verlängerte Wochenende besuchte. Sie war ja schon 16 und wirkte viel älter. Na ja, und wir hatten schöne Tage, gingen gut essen, machten lange Spaziergänge, waren tanzen und shoppen, was halt junge Mädchen gerne machen. Und dabei haben wir uns ineinander verliebt."
Reinhold Nägele schluckte. Es hatte das Gefühl, als würde jemand gerade seine Anklageschrift für ein Verbrechen verlesen, das er gar nicht begangen hatte.
Richard räusperte sich erneut. Er schaute beiläufig durch das Fenster. Er sah ein junges Teeniepaar, das verliebt über den Rathausplatz schlenderte und dabei kichernd durch die neueste Ausgabe der Bravo blätterte.
„Von da an begann eine wunderbare Zeit, die fast zwei Jahre andauerte. Wir telefonierten wann immer es ging, da wir uns ja nicht so oft sehen konnten. Obwohl ich versucht habe, so oft wie möglich nach Nöggenschwiel oder – damit es nicht so auffiel – nach Zürich zu kommen. Mich hat es immer gewundert, dass du nie gefragt hast, warum ich so oft bei euch war. Ich dachte, ich hoffte vielleicht – und da komme ich mir wieder wie ein kleiner dummer Junge vor – dass du etwas von unserer Liaison wusstest, sie sogar gutheißen würdest. Schließlich hatte ich Geld, ein florierendes Geschäft und beste Kontakte zu den britischen Eliteuniversitäten, die auch aus dei-

ner Sicht gut genug für Charlottes spätere akademische Ausbildung waren."
Richard wartete einen Augenblick, doch von seinem Gegenüber kam nichts, keine Regung. Er sah nur, dass Reinholds Gesichtszüge versteinert waren. Sein Blick war leer, wie tot, und jegliche Farbe war aus seinem Gesicht gewichen.
„Doch dann kam dieser René. Ein Jungspund, sportlich, aktiv, mit den gleichen Interessen, aus gutem Elternhaus und mit dem nötigen Kleingeld auf dem Konto. Ich habe um sie gekämpft, wollte sie von meinen Vorzügen überzeugen, habe sie angefleht, mich nicht zu verlassen und sie angebettelt, ich würde alles für sie tun, doch sie hatte sich schon längst für René entschieden." Er machte eine dramatische Pause. Verlegen schaute er sich im Rathaussaal um, doch das Einzige, woran sein Blick haften blieb, war sein alter Freund.
Reinhold Nägele saß auf seinem Stuhl, schüttelte in einem fort seinen Kopf und fiel Minute von Minute mehr in sich zusammen. „Das darf nicht wahr sein", war das Einzige, was Reinhold Nägele in unregelmäßigen Abständen von sich gab. Kraftlos, teilnahmslos, würdelos.
„Ja", fuhr Richard Sutherfolk fort, nachdem er sich erneut geräuspert hatte. „Ich habe alles für sie getan. Aber gedankt hat sie mir das nie, ganz im Gegenteil. Ausgelacht hat sie mich, als ich sie auf dem Rosenball um ein Gespräch bat. Ich solle mich doch mal anschauen, mich dicken, kleinen Engländer. Was ich mir einbilde, wer ich denn sei, zu glauben, dass ich ihrer würdig sei. Ich war gekränkt, war mit den Nerven am Ende. Alles, was ich bis dahin geliebt habe, war einfach so verloren. Am liebsten hätte ich ihr eine geknallt, aber dazu bin ich viel zu sehr Gentleman, als dass ich einer Frau eine Ohrfeige geben könnte. Und doch habe ich ihr gedroht: ‚Ich werde dafür sorgen, dass du nie mehr glücklich wirst!'. Das habe ich zu ihr gesagt. Sie lächelte mich nur provokant an. Später tat mir meine

verbale Entgleisung leid und ich wollte mich bei ihr entschuldigen, doch da war sie nirgends mehr aufzufinden. Bis heute nicht."

Richard sank auf einen Stuhl zusammen. Und doch fühlte er sich erleichtert, sich endlich alles von der Seele geredet und nach 15 Jahren die ganze Wahrheit erzählt zu haben. Eine Wahrheit, die ihn die ganze Zeit so belastet hatte.

Betroffen und doch froh schaute er zu seinem Freund Reinhold hinüber. Dieser hatte sich die ganze Zeit nicht bewegt, sondern Richard nur apathisch, wie abwesend angestarrt. Richard erkannte seinen Freund nicht wieder und ihm wurde plötzlich ganz unheimlich. Er spürte, dass etwas in der Luft lag. Und sein Gefühl sollte ihn nicht trügen, denn auf einmal löste sich Reinhold aus seiner Starre. Seine Mimik kehrte zurück, er stand auf und hätte dabei fast den Stuhl umgeworfen, wäre dieser nicht vom Tisch mit den Unterlagen für die Gemeinderatssitzung aufgefangen worden.

„Reinhold ..."

„Du perverses Schwein! Machst dich an kleine Mädchen ran, die nicht wissen, wie sie mit diesen widerlichen, geschmacklosen und pädophilen Annäherungsversuchen umgehen sollen."

Er spuckte auf den Boden und hätte fast Richards Schuh getroffen.

„Sie war doch schon fast erwachsen", sagte Richard, ehe ihn absolut unvorbereitet Reinholds Faust ins Gesicht traf. Richard, der mit diesem Angriff überhaupt nicht gerechnet hatte, versuchte mit aller Kraft, seinen Freund zu bändigen. Er spürte, wie plötzlich ein metallisch-süßer Geschmack seinen Mundraum füllte. Anscheinend war durch die Wucht des Faustschlags die Unterlippe aufgeplatzt. Doch er spürte keinen Schmerz, sondern empfand nur tiefstes Mitleid für seinen besten Freund. Reinhold wollte noch zu einem zweiten Schlag ausholen, doch sein Körper versagte ihm den Dienst und er fiel wie ein Kartenhaus in sich zusammen. Er hockte wie ein Häufchen Knete auf dem Boden des Rathaussaals und fing bitterlich an zu weinen. In seine Tränen mischten sich Wut, Hass und Trauer.

„Hau' ab, du Schwein, ich will dich hier nie mehr sehen. Du elender Kinderschänder. Wenn du mir noch einmal vor die Nase kommst, dann bring ich dich um."

„Es tut mir ..."

„Und nicht nur hier brauchst du dich nicht mehr blicken zu lassen, du perverses Schwein. Wenn erst einmal alle wissen, dass sich der pädophile Brite an kleinen unschuldigen Mädchen vergreift, dann wars das mit deinen preisgekrönten Züchtungen, dem Jetset-Leben und den ganzen Millionen."

„Das wagst du nicht, das kannst und wirst du mir nicht antun, sonst ..." Richard Sutherfolk sprach nicht weiter. Er wusste, das Gespräch hatte keinen Sinn mehr – und auf dieser emotionalen Ebene erst recht nicht.

„Raus, hab' ich gesagt, sonst vergess ich mich." Reinhold Nägele machte erneut einen Schritt auf ihn zu und es war ihm egal, dass seine sortierten Blätterstapel einem einzigen Chaos glichen. Überall lagen Dokumente herum, waren zerknickt, einige hatten sogar Risse davon getragen.

Richard war schon in der Tür, als er sich ein letztes Mal zu seinem Freund umdrehte. Er erblickte einen fast unmenschlichen Zorn in seinen tränenverschleierten Augen und ihm wurde in diesem Moment erst das ganze Ausmaß seines Geständnisses bewusst. Schnell drehte er sich um und lief hinaus, bevor Reinhold Nägele die Tür hinter ihm zuschlug.

Er ging durch den Rathausflur. Eine Frau, die gerade aus dem Lädele kam, gaffte ihn regelrecht an. Zwei Kunden tuschelten an der Kasse, während sich die Verkäuferin vor Neugier fast mit der Brotmaschine in die Hand geschnitten hätte. Eine

Katze schlenderte über den Rathausplatz, als er zu seinem Wagen lief. Als Richard sein Gesicht in der Scheibe der Fahrertür spiegeln sah, bemerkte er, dass ihm eine Träne die Wange herunterlief. Nur wusste er nicht, ob er um eine verlorene Freundschaft oder um eine verlorene Liebe weinte. Oder um beides.

siebenundvierzig

Wütend stapfte Emma über den Friedhof zurück in Richtung Kirchplatz. Sie konnte immer noch nicht glauben, was sie da eben gehört hatte.

Hatte ihr Vater ernsthaft versucht, sich mit ihr zu versöhnen, nur weil seine brasilianische Freundin von ihm schwanger war? Hatte er wirklich von Offenheit und Ehrlichkeit gesprochen? Er, der sein ganzes Leben lang alles schöngeredet, die Wahrheit immer zu seinen Gunsten ausgelegt und in vieler Hinsicht ein Doppelleben geführt hatte? Wenn das mit dem Doppelleben überhaupt hinkam, dachte Emma.

Einige Abschnitte des Friedhofs, vor allem der der Kirche zugewandte Teil, lagen wieder in einem leichten Nebelschleier. Der Nebel waberte aus den Tälern – von Witznau, Weilheim und Gurtweil kommend – herauf und hüllte alles in seinen blickdichten Mantel ein.

Sie bemerkte, dass sie immer noch das Handy in ihrer Hand hielt. Sie steckte es in ihre Jackentasche, als sie mit ihrem Zeigefinger gegen ein kleines Plättchen stieß. Sie kramte danach, doch sie musste erst ihr Mobiltelefon in die andere Tasche stecken, bevor sie es zu greifen bekam.

Als sie es vorsichtig aus der Tasche gezogen hatte, stellte sie überrascht fest, dass es das Rosenmedaillon war, das Markus am Samstagmorgen unten am Witznaustausee gefunden hatte. Sie wollte das kleine, immer noch leicht verschmutzte Schmuckstück schon wieder in ihre Tasche zurückgleiten lassen, als sie plötzlich eine Stimme hörte.

Thomas Albiez telefonierte lautstark, und er – so vermutete Emma – erklärte seinem Gesprächspartner wohl nicht zum ersten Mal, dass sein Computer momentan keine E-Mails versendete und er leider nicht wisse, woran das liegen könne, weswegen er ihn ja angerufen habe.
„Ich dachte, Sie sind ein PC-Spezialist. Jetzt kommen Sie mir doch bitte nicht so. Ich bin auf einen gut funktionierenden Computer nun mal angewiesen, daher bitte ich sie einfach, noch heute nach Nöggenschwiel zu kommen. Am besten sofort."
Schweigen. Thomas Albiez hörte aufmerksam zu, um sich einen Augenblick später und noch lauter als zuvor über sein Gegenüber am anderen Ende der Leitung aufzuregen.
„Nein, ich kann meinen PC nicht abbauen und zu Ihnen fahren. Ich habe davon keine Ahnung und ich habe heute Abend auch noch einen Termin, weswegen ich nicht zu Ihnen kommen kann ... Aha, ja ... Aha ... Wie, Ihnen ist Nöggenschwiel zu weit? Was soll das denn jetzt heißen? Und ... Ja? Was soll ich Ihrer Meinung nach jetzt tun? Aha ... Na, danke für die freundliche Antwort. Sie werden noch von mir hören", schrie Thomas Albiez ins Telefon, ehe er es wutentbrannt in die Seitentasche seines Anoraks steckte.
„Hej. Da scheint aber jemand extrem geladen zu sein", sagte Emma, die mittlerweile an ihn herangetreten war.
„Das kannst du laut sagen. Mein PC muckt mal wieder und ich habe so einen PC-Heini angerufen, doch der spielt lieber ein endloses Internet-Rollenspiel, anstatt sich nach Nöggenschwiel zu bequemen und mir zu helfen. Ich sage nur: Servicewüste Deutschland."
„Und was machst du jetzt?"
„Keine Ahnung. Ich fahre später in die Redaktion und werde dann morgen früh bei einem anderen PC-Typen mein Glück versuchen."

„Apropos Glück versuchen. Vielleicht kannst du mir ja weiterhelfen?“ fragte Emma, während sie vorsichtig den Anhänger aus ihrer Jackentasche zog.
„Ich habe dieses Medaillon gefunden, und soweit ich mittlerweile weiß, soll es einer Rosenkönigin gehört haben. Aber niemand kann mir sagen, welcher.“ Emma zeigte Thomas das Schmuckstück, das im Grau der Umgebung und in ihrer kleinen Hand alles andere als wertvoll aussah.
„Und du meinst, ich kann dir helfen?“ Thomas schaute Emma mit einem frechen Grinsen an und nahm den kleinen Rosenanhänger entgegen.
„Du bist doch Lokalreporter, und die wissen doch meistens alles, oder?“, sagte Emma und lächelte erwartungsvoll zurück.
„Aber in diesem Fall…“ Thomas begutachtete das Medaillon, auf dem nur noch schwach eine Rose und zwei eingravierte Buchstaben zu sehen waren.
„Ich dachte immer, die sehen alle gleich aus.“
„Und die Buchstaben ‚C’ und ‚L’ sagen dir auch nichts?“
„Nein, leider. Ich müsste sowieso auch erst mal im Archiv nachschauen, wer alles bis heute zur Rosenkönigin gekürt wurde. Moment.“ Thomas griff in seine Jackentasche und zog sein Mobiltelefon heraus, das wild vibrierte.
„Albiez. Ja, genau, der PC hat sich einfach nicht mehr herunterfahren lassen.“ Während er seinem Gesprächspartner zuhörte, flüsterte er Emma zu: „Tschuldigung, aber das muss ich kurz klären. Bis später“, und ging zu seinem Wagen, der neben zwei anderen Autos vor dem Lädele geparkt war.
Emma wusste nicht genau, woher dieses Gefühl kam, aber doch hatte sie immer noch eine gewisse Ahnung, dass dieses kleine Schmuckstück ihr etwas sagen wollte. Sie wusste nur noch nicht, was.

achtundvierzig

Die Nebelschleier, jungfräulich weiß und unbefleckt, zogen mit der einsetzenden Dämmerung so langsam ihr dunkles Nachtgewand an. Nur die Kirche thront über allem und streckt ihre hohe Spitze gen Himmel, als wollte sie Nacht und Nebel trotzen, dachte Emma. Sie wollte gerade die erste Stufe hinauf zum Kirchenschiff betreten, als sie beinahe mit René zusammengestoßen wäre.

„Oh. Hej."

„Hallo", sagte er kühl.

„Hast du dich wieder beruhigt?"

„Ja. Ich bin zwar kein gläubiger Mensch. Aber sich einfach mal in eine Kirchenbank zu setzen und die Stille auf sich wirken zu lassen, hat wirklich etwas Beruhigendes. Und doch bereue ich kein Wort, das ich zu dir gesagt habe. Das musst du verstehen. Du kanntest Charlotte schließlich nicht wirklich gut. Aber wenn du sie gekannt hättest, dann würdest du mir sicher beipflichten."

Tja, es scheint, als habe ich Charlotte wirklich nicht gut gekannt, sinnierte Emma. Dabei hat sie mir immer das Gefühl vermittelt, dass sie keine Geheimnisse vor mir hat, sondern ein offener und ehrlicher Mensch ist, dem es wichtig ist, sich mit mir auszutauschen. Wie sehr man sich doch in einem Menschen täuschen kann, dachte Emma und seufzte.

„Und was machst du heute Abend?", fragte nun René, der die kleine Redepause dazu nutzte, das Thema zu wechseln, und Emma damit aus ihren Gedanken riss.

„Ich weiß es noch nicht. Eigentlich wollte ich heute früh ins Bett gehen. Ich habe seit gestern Abend furchtbare Migräne-Attacken und seit ein paar Tagen läuft mir auch ständig so unangenehm die Nase. Und da ich nächste Woche wieder arbeiten muss und ich dafür fit sein will, kuriere ich mich heute einfach mal aus." Und wie zur Bestätigung ihrer Worte wollte Emma ein Papiertaschentuch aus ihrer Jeans fischen. Da sie es nicht in ihrer Jeanshose fand, suchte sie in ihrer Anoraktasche. Als sie es endlich gefunden hatte, zog sie es so hastig heraus, dass neben dem Taschentuch auch das kleine Rosenmedaillon herunterfiel.

Wie auf Kommando bückte sich René nach dem Schmuckstück. Doch er hielt inne, als er es auf dem Boden liegen sah.

„Woher hast du das?", fragte er Emma überraschend barsch.

„Was meinst du mit ‚Woher hast du das'?" Sie schnäuzte sich kräftig. Dabei fielen ihr einige blonde Strähnen ins Gesicht und sie musste ihre Haare erst einmal hinter ihre Ohren schieben, um sich dann erneut ihrer Nase widmen zu können.

„Ich will wissen, wo du diesen Rosenanhänger herhast." In seine Stimme mischten sich Wut und Verzweiflung, während Emma ihn nur ungläubig anschaute und sich noch einmal die Nase mit dem mittlerweile fast zerfledderten Taschentuch abwischte, ehe sie antwortete: „Jemand hat mir dieses Schmuckstück gegeben, nachdem er es unten am See gefunden hat. Und so wie ich bisher erfahren habe, gehört es einer ehemaligen Rosenkönigin, doch keiner weiß, welcher. Denn ich habe mich erkundigt, und die beiden Initialen", Emma zeigte auf die Rückseite des Medaillons und die dort eingravierten und nur noch schwach zu erkennenden Buchstaben, „können nur für eine gewisse Clara Leininger gestanden haben. Doch laut meines Vermieters ist sie seit gut einem Jahr verstorben und ihr Schmuckstück soll ihr bei der Beerdigung mit ins Grab gelegt worden sein. Jedenfalls frage ich mich, wie dieses Medaillon am See gefunden werden konnte, wenn es doch eigentlich in einem Grab liegen müsste. Doch niemand kann mir darauf eine Antwort geben. Also scheint alles nur ein blödes Missverständnis zu sein und es handelt sich um eine Fälschung, um ein Kinderschmuckstück oder sonst was."

„Es kann gar nicht in einem Grab liegen." René starrte immer noch entgeistert auf das Medaillon.

„Wie meinst du das jetzt?"

„Weil es gar nicht Clara Leiningers Rosenanhänger ist." Emma schaute René an, als wäre er das siebte Weltwunder höchstpersönlich.

„Das Medaillon gehörte nicht Clara? Wem denn dann?"

René sah erst Emma an, richtete seinen Blick dann wieder auf das kleine Silberblättchen mit dem Rosendruck auf der Vorderseite, um anschließend wieder in Emmas grau-blaue Augen zu schauen.

„Es ist Charlottes Medaillon."

neunundvierzig

Emma fror. Die Kälte, die um die Kirche kroch, machte auch nicht vor ihrer Jeans, den schwarzen Stiefeletten und ihrem dicken camelfarbenen Anorak Halt. Doch das Unangenehmste war die Feuchtigkeit, die die kalte Luft mit sich trug und die sich so gerne in die Baumwollschichten der Kleidung setzte. Und doch war es nicht allein das ungemütliche Novemberwetter, das sie so frösteln ließ.

„Das Medaillon hat Charlotte gehört?"

„Ja." Das Medaillon lag in seiner rechten Innenhandfläche, in der es fast verloren ging. Mit dem Zeigefinger seiner linken Hand schob er es vor und zurück und betrachtete es liebevoll.

„Aber die Initialen ‚C' und ‚L' können nicht für Charlotte stehen. Ihr Nachname ist Nägele."

„Ich weiß." René zögerte. Er atmete tief durch, ehe er fortfuhr. „Charlotte war eben immer etwas eigen. Etwas Besonderes. Zumindest hielt sie sich dafür. Und alles musste nach ihrer Nase gehen. Sie bestimmte, diktierte, tyrannisierte."

„Ich verstehe immer noch nicht, was du meinst."

„Charlotte hasste ihren Vater. Und mit dem Medaillon wollte sie ihm endlich zeigen, wie groß ihre Abneigung ihm gegenüber wirklich war. Sie wollte nichts mehr mit ihm zu tun haben. Sie hatte es satt, von ihm die ganze Zeit wie ein kleines Kind behandelt und gegängelt zu werden. Und so fasste sie den Entschluss, ihm eins auszuwischen. Und was passte da besser, als das Medaillon zu Ehren ihrer Krönung nicht mit der Initiale seines Nachnamens, sondern mit dem ersten Buchstaben meines Nachnamens für die Gravur zu nehmen?“

„Daher kommt das ‚L'“, sagte Emma und sprach dabei mehr mit sich selbst als mit ihrem Gegenüber. Daher konnte auch Georg Villinger nichts von dem Medaillon wissen, weil sich Charlotte selbst darum gekümmert hat, dachte Emma und hatte zum ersten Mal eine Ahnung davon, was es bedeutete, den richtigen Heuhaufen für die sich sprichwörtlich darin befindliche Nadel gefunden zu haben.

„Ich war so blöd, so naiv, so blauäugig. Aber ich habe sie geliebt. Und was tut man nicht alles aus Liebe.“ René schaute Emma an und er kämpfte sichtlich mit den Tränen.

„Eine Liebe mit einem bitteren Beigeschmack ...“

„Ja, was für eine Liebe muss das sein, wenn man mit dieser Geste einzig und allein mit dem eigenen Vater brechen will, anstatt ...“ Seine Gesichtszüge verkrampften sich. Er ballte die Faust so fest, dass seine Knöchel ganz weiß anliefen. Als er die Faust wieder öffnete, hatte sich ein gut sichtbarer Abdruck des Schmuckstücks in seiner Handfläche abgezeichnet.

Emma wusste nicht genau, wie sie die nächste Frage formulieren sollte, da sie René nicht noch weiter verbittern wollte. Irgendwie tat er ihr leid, und doch wusste sie, dass er mit den emotionalen Verletzungen, die ihm Charlotte zugefügt hatte, alleine fertig werden musste.

„Und wie hat ihr Vater reagiert, als er das Schmuckstück zum ersten Mal gesehen hat?“

René schaute sie mit großen Augen an.

„Er hat es nie gesehen. Ich habe es ihr erst nach ihrer Krönung und kurz vor dem Rosenball angelegt, da ich es am späten Nachmittag nicht pünktlich zur Krönungsfeier geschafft habe. In Zürich war damals wegen unzähliger Baustellen und eines Radrennens die Hölle los ...“ Er stockte. Irgendetwas schien

ihn zu bewegen. Doch Emma konnte nicht genau erahnen, was es war.
Eine Frau kam aus der Kirche, ging grußlos an ihnen vorüber und eilte über den kleinen Seitenweg davon. In diesem Moment gingen die Straßenlaternen der Reihe nach an und erfüllten die im Dämmerlicht verschwindenden Gassen und Wege mit ihrem klaren und doch kühlen Licht.
Emma überlegte sich schon eine geschickte Überleitung zu einer netten Verabschiedung, als René plötzlich sagte: „Ich verstehe nur nicht, wie das Medaillon am See gefunden werden konnte, wenn von Charlotte bis heute jede Spur fehlt. Sie hat es doch nicht mal eine Stunde getragen, als man sie bereits vermisste."
„Woher weißt du das so genau?"
„Ich ..., sie ..." René stammelte ein wenig, um sich aber gleich wieder zu fangen: „Also, wir hatten uns furchtbar gestritten. Ich fand es nicht gut, wie sie unentwegt mit anderen Typen flirtete, selbst wenn ich in ihrer Nähe war. Ich habe sie daraufhin zur Rede gestellt, doch sie hat nur gelacht. Ich war völlig aufgebracht, da bin ich laut geworden. Ich war halt eifersüchtig. Sie hat die ganze Zeit nur gegrinst und gesagt, ich solle mich doch nicht so haben. Das hat mich noch wütender gemacht. Und da habe ich sie angeschrien."
Emma sah ihn verwundert an. Sie war sich nicht sicher, ob er von der Charlotte sprach, die sie kannte, die über so viele Jahre ihre Freundin gewesen war.
„Warum hast du mir dann erzählt, dass du mit ihr Schluss gemacht hast, wenn sie dich ja eigentlich verlassen hat?"
„Emma, was für eine Frage?! Es hatten sich damals doch zuerst alle auf mich eingeschossen, da wollte ich mich nicht noch verdächtiger machen als irgendwie nötig." René senkte die Stimme. „Ich war zutiefst verletzt. Gekränkt. Bisher hatte noch kein Mädchen mit mir Schluss gemacht, und erst recht nicht

wegen so einem …, so einem“, René stockte. „Wegen so einem feinen Herrn aus Cornwall.“
„Und was ist dann passiert?“
„Charlotte hat sich plötzlich einfach umgedreht und ist auf die Tanzfläche verschwunden. Ich brauchte erst einmal einen Drink. Na ja, wohl auch noch einen zweiten. Dann tat mir das Ganze leid und ich wollte mit ihr sprechen, mich bei ihr entschuldigen. Doch, wo ich sie auch gesucht habe, sie war nirgends zu finden. Ich habe jeden gefragt, doch keiner konnte mir sagen, wo sie war. Und seitdem ist sie verschwunden. Einfach weg.“
„Und weiß eigentlich auch die Polizei von diesem Streit?“
„Nein.“ Renés Gesichtsausdruck war wie versteinert. Erst jetzt begriff er es. Binnen einer Minute war aus dem erst glücklich verliebten Freund ein hintergangener und betrogener Freund mit einem eindeutigen Motiv geworden.
„Emma, ich habe sie nicht entführt und schon gar nicht umgebracht. Das musst du mir glauben. Ja, wir hatten einen Streit, aber deswegen wird man doch nicht gleich zum Mörder.“
„Es haben schon andere für nichtigere Gründe getötet“, sagte Emma, die spürte, wie René bei diesen Worten regelrecht zusammenzuckte.
Er rang nach Luft, als er sagte: „Emma, ich bin kein Mörder.“
„Du solltest trotzdem unbedingt der Polizei von eurem Streit erzählen.“
„Aber warum, was soll das bringen? Ich wecke doch nur schlafende Hunde, wenn ich den Beamten von unserer Auseinandersetzung erzähle. Außerdem wissen sie ja sicherlich davon, schließlich haben viele Festbesucher unsere kleine Meinungsverschiedenheit mitbekommen."
„Das mag sein. Du musst es trotzdem der Polizei erzählen.“
Er schien über ihre Worte nachzudenken.
„Vielleicht hast du recht. Aber mit dem Medaillon möchte ich

wirklich nichts mehr zu tun haben. Es reißt bei mir nur alte Wunden auf. Vielleicht spendet es ja ihrem Vater den nötigen Trost. Auch wenn der falsche Name draufsteht." Er gab Emma das kleine Schmuckstück zurück und verabschiedete sich: „Ich möchte jetzt gerne alleine sein."

Emma sah ihm nach, als er in der Pfarrkirche verschwand. Warum hatte er Charlottes Rosenmedaillon nicht behalten wollen? War es wirklich die tiefe, menschliche Enttäuschung oder erinnerte ihn das Schmuckstück an eine Zeit, die er längst aus seinem Gedächtnis gelöscht hatte? Eine Zeit voll Wärme und Zufriedenheit, voller Geborgenheit und Liebe? Oder war es, weil …

Emma stockte. Sie wollte einfach nicht glauben, was ihre Gedanken ihr gerade als Überlegung vorgaben. Was, wenn er doch etwas mit Charlottes Verschwinden zu tun hatte, weil er sich an ihr gerächt hatte, als sie ihm von ihrer Affäre erzählte? Und wieder fiel ihr Maria Reisingers Satz ein: „Hätte ich doch nur besser auf Charlotte aufgepasst." Vielleicht wusste sie von dem Verhältnis und wollte Charlotte vor dem eifersüchtigen und jähzornigen Freund retten. Vielleicht hatte sie auch versucht, mit René Lusser über alles zu sprechen, wollte ihn vorbereiten auf das, was Charlotte ihm zu erzählen hatte. Aber warum sollte er den Bauern umgebracht haben? Und wenn, warum dann erst jetzt, anstatt es schon vor 15 Jahren zu tun, als seine Emotionen noch am Siedepunkt waren?

Emma beschlichen die Zweifel. Irgendetwas stimmte nicht mit ihren Vermutungen, das wusste sie. Und doch konnte sie nicht genau sagen, was es war.

Aber eins war klar: Sie musste hinter das Geheimnis des Medaillons kommen, sollten nicht noch weitere Menschen dem Mörder zum Opfer fallen.

fünfzig

Er fragte sich noch heute, warum sie ihm das hatte antun müssen, wo er sie doch so sehr geliebt hatte und immer noch liebte. Alles, ja wirklich alles hätte er für sie getan, doch sie wollte nur ihre Freiheit. Eine Freiheit, die er unentwegt hatte aushalten müssen, ohne Maß und ohne Ziel, und die niemals geendet hätte. Wenn, ja, wenn er sie nicht aufgehalten hätte. Und darauf war er mächtig stolz. Stolz, endlich etwas Gutes, etwas Richtiges getan zu haben. Darauf wäre jetzt auch sein Vater sicher sehr stolz gewesen und hätte ihn dafür beglückwünscht, ihn dafür gelobt, ja, ihm vielleicht sogar dafür einen Fünfer zugesteckt, so wie er es damals ab und zu einmal getan hatte, wenn er mit einer Eins nach Hause gekommen war.
Er sah, wie sich langsam die Nacht über den Ort legte. Eigentlich liebte er viel mehr den Sommer mit seinen lebendigen Farben, den langen Tagen und kurzen Nächten. Baden gehen, Eis schlecken und seine Rosen blühen sehen. So sah ein perfekter Sommer aus. Aber auch der Herbst, vor allem der November, hatte seine guten Seiten. Nebel und Nacht, wie für mich gemacht, dachte er und versuchte mit seinen Händen nach den dichten Nebelschwaden zu greifen.
Sie waren seine Komplizen. So auch heute Abend. Denn es war wieder an der Zeit, sich um ein Problem zu kümmern, das es zu lösen galt. Eigentlich waren es mittlerweile zwei Probleme, aber das eine war noch dringender aus dem Weg zu räumen als das andere.

Reinhold Nägele hatte nie aufgehört, sich Gedanken um den Verbleib seiner geliebten Charlotte zu machen. Es waren allein diese Gedanken, die ihn antrieben, ihn funktionieren, ihn am Leben ließen.
Und genau diese Gedanken würden ihn nun töten.

einundfünfzig

Er saß da. Minutenlang. Regungslos. Reinhold Nägele konnte nicht mehr weinen, aber auf seiner grauen Strickjacke fanden sich Spuren von Tränen. Selbst bis auf das blaue Oberhemd waren die Tränen vorgedrungen. Er merkte nicht, wie einige Leute ihn von außen durch die Fenster anstarrten, als sie nach dem Einkauf im Lädele zu ihren Fahrzeugen gingen. Er hörte sich noch nicht einmal atmen. Es war, als befände er sich in einem Vakuum, ein Nichts, das ins Nichts geworfen wurde. Alles um ihn herum war still. Starr. Tot.

Immer wieder fragte er sich, warum sein alter Freund Richard ihn nur so hatte verraten können. Und warum er ihm jetzt, nach 15 Jahren, die Wahrheit, die bittere Wahrheit hatte sagen müssen. War es nicht schon genug Seelenschmerz, dass seine über alles geliebte Charlotte ihn von jetzt auf gleich und ohne ein Wort des Abschieds, verlassen hatte? Musste Richard ihm jetzt auch noch die Illusion von Reinheit, von Unversehrtheit, von ewig schöner Unberührtheit nehmen, von der er all die Jahre immer ausgegangen war, obwohl nicht zuletzt die Polizei, seine Freunde und Bekannten und auch fast alle hier im Ort längst zu einer anderen Ansicht gelangt waren?

Nur langsam und äußerst widerwillig erhob er sich von seinem Stuhl. Es war schon spät und würde nicht mehr lange dauern, bis die ersten Gemeinderatsmitglieder im Rathaussaal

einträfen. Doch er wollte jetzt niemanden sehen, niemanden hören und sich erst recht mit niemandem unterhalten.
Als er durch den Flur ging, nahm er verschwommen wahr, wie jemand sich nach seinem Zustand erkundigte, ob mit ihm alles in Ordnung sei und ob er ein Glas Wasser haben wolle. Es war wohl auch die gleiche Person – bestimmt die Lädele-Verkäuferin Rita Bächle –, die ihm riet, er solle sich hinlegen und ausruhen. Aber es war ihm egal. Sich hinlegen? Ausruhen? Wofür? Seine Welt war zerstört. Zum zweiten Mal. Doch dieses Mal endgültig. Was sollte da noch kommen? An ein Wunder konnte er schon längst nicht mehr glauben und er wollte es auch nicht mehr.
Er merkte nicht, wie eine Frau ihm leicht verstört hinterher starrte und dabei immer wieder den Kopf schüttelte, als er ins Freie trat. Er wusste nicht, was er tun, wohin er gehen, wofür er noch leben sollte.
Erst die Glocken von St. Stephan rissen ihn aus dieser Geistesabwesenheit, in der er gehofft hatte, allem zu entkommen. Doch dem war nicht so. Als er wieder langsam in die Realität und in die Welt der klaren Gedanken zurückkehrte, nahm er als erstes einen Schmerz wahr, der ihn durchschoss wie ein Blitz, der in einen Baum fährt und diesen für alle Zeit entzweit. Bedrohlich donnernd schlugen die Glocken sechs Mal. Der Platz vor dem Rathaus war leer. Nur eine Laterne brachte ein klein wenig Licht. Doch der Nebel war schier undurchdringlich und nur die wenigen Zentimeter um den Lichtkegel herum waren wirklich erleuchtet. Auch hinter den Fenstern des gegenüberliegenden Hauses brannte kein Licht. Einzig in den hohen Kirchenfenstern der Pfarrkirche flackerten einige Kerzen hinter den mosaikartig angeordneten Glassteinen.
Schon als Kind hatte ihn die außen eher schlicht gehaltene Kirche von St. Stephan fasziniert, war sie doch immer sein Zufluchtsort gewesen, wenn ihn sein älterer Bruder geärgert oder

ihn seine Eltern zu Unrecht bestraft hatten und er wieder mit einer gehörigen Tracht Prügel zu rechnen hatte.
Wie in Zeitlupe betrat er das rechteckige Schiff der spätbarocken Kirche. Niemand war zu sehen. Allein, endlich allein, dachte er und ließ sich in die kühle Stille des Gebäudes fallen. Die Altarkerzen, deren zartes Licht er schon vom Rathausplatz aus gesehen hatte, flackerten leicht. Der süße und intensive Duft von Weihrauch lag in der Luft.
Als er sich in eine Bank setzte, knarzte das Holz. Fast schon ehrfürchtig schaute er sich um, doch es gab niemanden, der ihn hätte ermahnen oder mit einem bösen Blick hätte tadeln können, wie es seine Mutter immer getan hatte, wenn er sich als kleiner Junge zu laut auf die Bank fallen gelassen, zu stürmisch die Seiten des Gesangbuches umgeblättert oder zu inbrünstig „Amen“ gerufen hatte.
Er konnte nicht genau sagen, ob es die eher schlichte Architektur der Kirche, die opulenten Deckengemälde oder das detailverliebte Gemälde der Steinigung des heiligen Stephanus auf dem Hochaltarblatt war, das ihn so sehr faszinierte.
In den vergangenen Jahren hatte er viele Menschen beobachtet, wie sie die Kirche und ihren schmuckvollen Sakralraum aus allen nur erdenklichen Winkeln fotografiert hatten, erwartete doch niemand in einem so abgelegenen Dorf eine derartig prunkvolle Schönheit.
Besonders das querovale Deckengemälde war ein beliebtes Fotomotiv. Es zeigte die legendäre Gründung des Ortes durch den seligen Notker Balbulus von St. Gallen. Aber auch das große Mittelbild, auf dem Christus mit seinem menschlichen Herzen als Sinnbild seiner Liebe und Barmherzigkeit umgeben von Leidenden und Hilfesuchenden zu sehen war, stand in der Gunst der Hobby-Fotografen ganz oben.
Seine Lieblingsbilder waren die Fresken auf beiden Seiten des Kirchenschiffs. Sie zeigten verschiedene Heilige, die als Für-

bitter in den unterschiedlichsten Anliegen angerufen wurden: Die junge Agnes, die heilige Elisabeth von Thüringen, die heilige Mutter Monika, der selige Bernhard von Baden, der heilige Judas Thaddäus oder der heilige Familienvater Nikolaus von Flüe – er hatte sie in all den Jahrzehnten mehr als nur einmal angerufen. Doch inflationär war es erst in den vergangenen 15 Jahren geworden, und er konnte beim besten Willen nicht mehr sagen, wie oft er hier in einer der kargen Holzbänke gesessen, sich seine Seele ausgeweint und dabei um Charlottes Rückkehr gebeten hatte.

Vielleicht hätte ich Emma doch die ganze Wahrheit sagen sollen, dachte er. Von Marias Briefen und Charlottes letzten Worten, bevor sie ihn für immer verlassen hatte. Nun wusste er, warum sie sich in den Monaten vor der Wahl zur Rosenkönigin so komisch verhalten hatte.

Mit Wucht knallte er seine Faust auf die Rückenlehne der Bank vor ihm. Ein Schmerz durchfuhr seinen Körper.

Es vergingen mehrere Minuten, ehe er sich wieder halbwegs beruhigt hatte. Es war immer noch still. Totenstill. Von irgendwoher kam ein Windhauch und zog über ihn hinweg. Für einen Moment meinte er, die Tür sei aufgegangen, aber als er sich umdrehte, war niemand zu sehen.

Er saß zwar in einer der hinteren Reihen, aber dennoch konnte er den gesamten Altarbereich gut einsehen: Den Ambo in Form eines Barockengels, der ein Buch trägt, den marmorierten, zweisäuligen Aufbau und das übergroße Hochaltarbild, unter dem das Tabernakel stand.

Doch irgendetwas war anders heute. Irgendetwas schien zu fehlen. Er ließ seinen Blick erneut schweifen, doch es stand alles unverändert an seinem Platz: der Ambo, die Säulen, das große Stephanus-Fresko, das Tabernakel.

Das Tabernakel. Das wars. Als er genauer hinsah, bemerkte er, dass das kleine Türchen, hinter dem der Priester die Monstranz

aufbewahrte, offen stand. Doch der Aufbewahrungsort der Hostien schien leer zu sein.
Unruhig stand er auf, verließ die Bankreihe und ging auf den Altar zu.
'Wo war die Monstranz?' schoss es ihm durch den Kopf, als er plötzlich jemanden hinter sich wähnte.

zweiundfünfzig

Es herrschte gespannte Ruhe im kleinen Besprechungssaal der Waldshuter Polizeidirektion. Der Raum war erst vor Kurzem renoviert worden und erstrahlte in einem freundlichen Hellblau. Die alten Holzstühle waren modernen anthrazitfarbenen Plastiklehnstühlen gewichen. Ein Flipchart und ein Beamer waren auf einer Seite aufgebaut. Gegenüberliegend stand ein Beistelltisch mit verschiedenen Getränken und Keksen. Der Deckenfluter hüllte den Raum in ein warmes Licht.

Franz-Josef Bannholzer begrüßte sein Team. Neben Stefan Alt und Karl Strittmatter waren weitere sechs Kollegen anwesend, dazu noch die Sekretärin, die auch in dieser Sitzung als Protokollantin mitschreiben sollte.

„Vielen Dank, dass Sie alle gekommen sind. Und ich möchte Ihnen auch für die bisherige sehr intensive Arbeit danken, bei der sich mehr und mehr ein Verdächtiger herauskristallisiert. Die Rede ist von Reinhold Nägele.“ Bannholzer legte eine dramatische Pause ein. Sein Blick ging einmal durch die Runde. Er schaute jeden seiner Untergebenen für den Bruchteil einer Sekunde an.

Nachdem er tief und für jeden gut hörbar Atem geholt hatte, setzte er fort: „Einzig: Uns fehlten die Beweise. Bis jetzt.“ Er wandte sich an einen Mann mittleren Alters, den er erwartungsvoll fokussierte. Etwas blass um die Nase räusperte sich Hubert Maier, setzte sich aufrecht in den rutschigen Plastikstuhl und rückte seine Lesebrille zurecht. Ihm war diese ungeteilte Aufmerksamkeit fast etwas peinlich und doch wusste

er, dass das, was er jetzt vortragen würde, die Ermittlungen ein gehöriges Stück voranbrachte.
„Bei der Überprüfung seiner Konten, der Geldeingänge und -ausgänge und aller Transaktionen ist uns aufgefallen, dass Reinhold Nägele, der als selbstständiger Versicherungsvertreter arbeitet, mit sehr vielen Nöggenschwielern Verträge abgeschlossen hat. Für diese Abschlüsse bekommt er von seinem Auftraggeber Provision, die nach verschiedenen Sätzen aufgeteilt ist."
Karl Strittmatter verdrehte die Augen und musste ein Gähnen unterdrücken. Er schätzte seinen ruhigen Kollegen. Aber eben nur, wenn er ruhig war. Denn wenn Maier mal anfing zu reden, dann konnte sich das hinziehen, und Zeit hatten sie ja eigentlich keine. Und wenn er erst an die fehlende Geduld seines Chefs dachte, da würde es nicht mehr lange dauern, bis dieser um eine weniger bis ins letzte Detail reichende Ausführung bat.
„Dabei haben wir festgestellt, dass er auch einen Vertrag mit Franz Marder abgeschlossen hat. Fast 50.000 Euro hat Marder Reinhold Nägele vor Wochen überwiesen. Das Geld, so die Versicherung, die ihren größten Umsatz mit hochspekulativen Hedgefonds erzielt, hat Nägele in höchst risikoreiche Papiere gesteckt, die laut einer amerikanischen Ratingagentur von jeher als überwertet galten."
„Es scheint, als habe Reinhold Nägele Franz Marders Verfassung so richtig ausgenutzt."
„Davon können wir ausgehen. Und als sein bester Freund genoss Reinhold Nägele auch das nötige Vertrauen, von Franz Marder so eine Summe auch ausgehändigt zu bekommen."
Bannholzer fasste in wenigen Worten zusammen, was für alle zweifelsfrei feststand.
„Dabei wollte dieser doch nur seinen Bauernhof zurückbekommen. Den der Nägele übrigens direkt weiterverkauft hat."

Stefan Alt malte angewidert ein Häuschen auf seinen Block. „Aber dann hätte ja eigentlich Franz Marder seinen Freund Reinhold umbringen müssen und nicht andersherum“, warf Strittmatter seinen Einwand in die Runde.

„Ich bin mir sicher, dass er gar nicht wusste, was mit seinem Geld passierte, beziehungsweise Reinhold Nägele hat alles dafür getan, dass Franz Marder niemals dahinterkommen würde. Auf jeden Fall ist ein Provisionseingang von circa 7.500 Euro verbucht worden. Und das nur für den Abschluss, alle weiteren Provisionseingänge noch nicht miteingerechnet.“ Hubert Maier war in seinem Element. Mittlerweile genoss er es, im Mittelpunkt zu stehen und so war auch seine natürliche Gesichtsfarbe wieder zurückgekehrt.

„Vielleicht ist Franz Marder ja hinter die Machenschaften seines guten Freundes gekommen, hat ihn zur Rede gestellt – Maria Reisinger erzählte uns ja von einem Streit der beiden – und bat um schnellstmögliche Aufklärung, Rücküberweisung oder Ähnliches, ansonsten würde er ihn bei der Polizei anzeigen. Und weil das der gute Nägele nicht wollte beziehungsweise weil er gerade nicht so viel Geld übrig hatte, hat er den Franz Marder einfach umgebracht“, skizzierte Stefan Alt in wenigen Worten den aus seiner Sicht wahrscheinlichsten Verlauf.

„Erstens hat Maria Reisinger nichts von diesem Streitthema erwähnt und zweitens ist der Nägele so schlau, der hätte den Marder doch locker um den Finger gewickelt, gerade wenn man weiß, dass der als nicht mehr ganz zurechnungsfähig galt und sicher nach dem nächsten Vollrausch wieder alles vergessen hätte“, erwiderte Strittmatter.

„Dennoch sollten wir uns dahinterklemmen und uns noch mal die Leute vornehmen, die mit beiden viel zu tun hatten, beziehungsweise die ähnliche Verträge mit Reinhold Nägele abgeschlossen haben. Vielleicht haben sie ja etwas gehört von einem Streit um das liebe Geld oder fühlen sich ebenfalls übers Ohr gehauen und haben bisher nur aus örtlicher Loyalität Nägele gegenüber noch keine Anzeige erstattet." Bannholzer schaute in die Runde. Wie immer, wenn er überlegte, knipste er mit seinem Kuli, und je länger er das tat, desto schneller wurde er. Dass er die anderen damit nervte, schien ihm völlig egal zu sein. Zu wichtig war ihm dieses Denkritual, als dass er es den anderen zuliebe bleibenlassen konnte.

„Und wir sollten auch unbedingt mit Charlottes damaligem Freund sprechen. Wie hieß der noch gleich?"

„René Lusser.", antwortete Strittmatter mit fragendem Blick.

„Stimmt. René Lusser."

„Chef, aber was hat der mit den beiden Todesfällen zu tun?", fragte jetzt Karl Strittmatter.

„Karl, wir wissen doch, so ist euren Protokollen zu entnehmen, dass Maria Reisinger am Freitagabend einen Streit zwischen Franz Marder und Reinhold Nägele mitbekommen hat. Dabei ging es zwar nicht um das Thema Geld, dafür aber um Nägeles Tochter Charlotte und die These, dass der alte Mann wisse, wo Charlotte sei. Leider kam er wohl nicht mehr dazu, irgendjemandem zu sagen, wo sie sein könnte. Also müssen wir das nun übernehmen und dafür brauchen wir nun mal ihren Freund."

Franz-Josef Bannholzer nahm einen kräftigen Schluck seiner Apfelsaftschorle, ehe er fortfuhr: „Und ehe ich es vergesse. Natürlich werden wir auch mit Herrn Nägele reden und ihn fragen, was er uns zu diesen Geldgeschäften so alles zu sagen hat. Und wir werden ihn mit den Aussagen seines Sohnes konfrontieren, der Maria Reisinger als Stalkerin dargestellt hat. Alt und Strittmatter, das übernehmt ihr."

Die Sitzung war beendet. Stühle wurden geschoben, erste Telefongespräche geführt und Akten zusammengeräumt, als Bannholzer erneut die Aufmerksamkeit auf sich zog und mit einem quietschenden Geräusch den Namen ‚Charlotte' auf den Flipchart schrieb.

„Ach übrigens, ich werde bei dieser Vernehmung dabei sein. Abfahrt ist in 15 Minuten."

„Ich glaube Chef, das ist zu spät", entgegnete Stefan Alt. „Gerade hat der Nöggenschwieler Küster angerufen: Reinhold Nägele wurde mit schweren Kopfverletzungen vor dem Altar liegend in der Kirche aufgefunden. Sein Zustand ist sehr kritisch. Er kämpft um sein Leben."

dreiundfünfzig

Das ganze Dorf war in Aufregung. Überall waren Menschen zusammengekommen, um entweder heftig miteinander zu diskutieren, aufeinander einzureden oder einfach nur betreten dabeizustehen. Erst im letzten Augenblick erfassten die Lichter des Wagens die Menschen, die meist in ihren dunklen Jacken, Mäntel und Anoraks nur sehr schwer auszumachen waren. Es war mittlerweile stockdunkel geworden und die Nacht hatte ihr weißes Nachtgewand übergestreift, wie so häufig in Nöggenschwiel.

Es liegt wohl an der besonderen abschüssigen Lage und den vielen Tälern drumherum, die die Feuchtigkeit festhalten und so für diesen zähen Nebel sorgen, dachte Franz-Josef Bannholzer, der an seinem Schnauzbart spielte, während ein junger Kollege den Kombi durch den Ort lenkte.

Sie mussten ein wenig suchen, bevor sie das weitläufige Anwesen der Nägeles gefunden hatten. Hinter einigen Fenstern brannte Licht, ein Auto stand in der Einfahrt, und als sie näher ans Haus traten, sahen sie, wie sich eine Katze vor einer Fensterbank die Pfoten ableckte.

Die ganze Szenerie hatte einen so naiv-verträumten Charakter, dass Franz-Josef Bannholzer am liebsten auf dem Absatz kehrtgemacht hätte – nur um die heile, unberührte Welt so zu lassen, wie sie bisher war.

Der Kriminalrat hasste solche Momente. Einem Menschen mitteilen zu müssen, dass ein nahestehender Angehöriger lebensgefährlich verletzt worden war und mit dem Tode rang, war bei Weitem keine angenehme Nachricht. Zumal Reinhold Nägele nicht einfach einen schweren Unfall erlitten hatte. Nein, jemand hatte ganz offenbar bewusst und absichtlich versucht, ihn umzubringen.

Er schloss für einen kurzen Moment die Augen, strich sich vorsichtig mit der rechten Hand über seinen Bart und atmete tief und bewusst ein und aus, ehe er auf die Klingel drückte. Gedanklich ging er noch einmal die Worte durch, die er sich vorher im Wagen überlegt hatte und die ihm am passendsten erschienen, wenn man davon überhaupt sprechen konnte.

Eine Ewigkeit verging, ehe Gerald Nägele in roter Boxmontur mit eng anliegendem Helm, dicken Handschuhen und Sparringschuhen nassgeschwitzt und schwer atmend die Tür öffnete.

„Sind Sie Gerald Nägele?“, fragte Franz-Josef Bannholzer – leicht überrascht ob des außergewöhnlichen Outfits. Er fixierte den jungen Mann, der nicht viel älter als dreißig sein mochte und immer noch vor Anstrengung schwer keuchend vor ihm stand. So jemanden wie ihn könnten wir in unserem Boxclub ganz gut gebrauchen, auch wenn er an seiner Athletik, Fitness und Kondition noch etwas arbeiten müsste, sinnierte der passionierte Boxfan, der von einem fast schon herausgepressten „Ja“ seines Gegenübers wieder in die Realität zurückgeholt wurde.

„Dürfen wir hereinkommen?“

„Ich hab Ihren Kollegen doch bereits alles gesagt, was ich weiß.“ Bannholzer spürte deutlich die Abwehrhaltung des jungen Mannes, der sich den Schweiß an einem Handtuch abwischte und sich merklich zu seinem Training zurücksehnte.

„Es ist wichtig.“

„Wenns denn sein muss.“ Sie folgten ihm durch den Flur ins große Wohnzimmer. Dort angekommen forderte Gerald mit

einer lustlosen Kopfbewegung seine beiden Gäste auf, sich hinzusetzen, während er gelangweilt auf dem gegenüberliegenden Zweisitzer Platz nahm. Flegelhaft ließ er ein Bein über die Lehne des Sofas baumeln und fokussierte die Beamten.
„Was gibts denn jetzt noch?"
„Leider müssen wir Ihnen mitteilen, dass Ihr Vater heute Nachmittag in der Kirche lebensgefährlich verletzt wurde. Wir gehen davon aus, dass jemand versucht hat, Ihren Vater umzubringen." Bannholzer atmete tief durch, ehe er fortfuhr: „Er ist sofort ins Waldshuter Krankenhaus gebracht worden. Dort wurde er in ein künstliches Koma versetzt, da die Kopfverletzungen lebensbedrohlich sind und die Ärzte noch nicht wissen, ob er diese Nacht überlebt."
Bannholzer schaute Gerald gespannt an. Doch der junge Mann schien nicht ein Wort durch die kompakte Schaumstoffummantelung des Boxhelms verstanden zu haben. Das zumindest vermutete der Kriminalrat, da Gerald nämlich keinerlei Reaktion zeigte. Und doch musste er alles gehört haben. Denn als im Nebenzimmer ein Handy den Eingang einer Kurzmitteilung signalisierte, drehte Gerald interessiert den Kopf. Komischer Kerl, dachte Bannholzer und spürte, wie seine mitfühlende Haltung in angewiderte Abneigung umschlug.
„Aha."
Mehr nicht? Mehr hat er nicht zu sagen als ‚Aha'? Franz-Josef wäre am liebsten aufgestanden und hätte Gerald eine Ohrfeige gegeben, damit er endlich zur Besinnung kommen und realisieren würde, was seinem Vater eigentlich passiert war. Und so sehr er diesem inneren Trieb auch gerne gefolgt wäre, so wusste er, selbst die härtesten Prügel hätten Gerald nicht zu einer anderen Äußerung oder Empfindung bewegen können.
War es einfach nur eine Gleichgültigkeit, die sich aus einem möglicherweise jahrelang angestauten Hass nährt, oder war es die Kaltschnäuzigkeit eines Mörders, der profilierungssüchtig

um Erlösung bettelt? Bannholzer hatte keine Antwort parat, aber er wusste, er würde früher oder später die Erklärung für dieses menschenverachtende Verhalten finden. Das war auf jeden Fall sein Ziel.
Und dein Spiel, Freundchen, das kann ich schon zweimal so gut mitspielen, dachte er: „Besitzen Sie zufällig schwarze Lederhandschuhe?“
„Nein, wieso. Das hier sind meine einzigen Handschuhe“, sagte Gerald. Er winkte fast schon etwas zu provokant mit seinen Box-Fäustlingen, die auf den Schlagflächen deutlich abgenutzt waren.
„Und wo waren Sie in der Zeit zwischen 17 und 18 Uhr?“
„Hier, wo denn sonst. Ich bin immer hier. Auch das wissen Ihre Kollegen.“
„Und was haben Sie hier gemacht?“, schaltete sich nun der andere Kollege ein, der sich an der Haustür als Frank Reuter vorgestellt hatte.
„Das sehen Sie doch. Ich habe trainiert.“
„Gibt es dafür irgendwelche Zeugen?“
Erbost und mit hochrotem Kopf blaffte Gerald die Beamten regelrecht an: „Nein, ich boxe immer alleine im Keller. Wieso, was wollen Sie denn überhaupt von mir?“
„Wie Sie sicherlich wissen, befragen wir alle Personen im direkten Umfeld des Opfers. Und da Sie nun nicht wirklich ein Mitgefühl für die sehr besorgniserregende Situation Ihres Vaters aufbringen, fragen wir uns, was es wohl damit auf sich hat?“ Bannholzer war nun ganz in seinem Element. Er liebte es, mit einem leichten Anflug von Arroganz einen möglichen Tatverdächtigen aus der Ruhe zu bringen. Und auch bei Gerald schien ihm das zu gelingen.
„Sie meinen also, ich hätte den Alten umgebracht?“
„Noch nicht.“
„Was?“

„Noch ist er nicht tot. Zum Glück, denn so wird er uns sicherlich bald und in absehbarer Zeit den Täter verraten können. Und dann kommt sowieso heraus, ob Sie es waren oder nicht."
„Mein Alter würde mich verkaufen, wenn es darum ginge, seine verdammte Ehre zu retten. Also bilden Sie sich auf seine Worte nicht zu viel ein. Falls er wieder aufwacht."
Was für ein hochnäsiger Kerl, dachte Bannholzer und schaute für einen Augenblick zu seinem Kollegen herüber, der, nach seinem Gesichtsausdruck zu urteilen, anscheinend das Gleiche dachte.
„Für meinen Alten, müssen Sie wissen, war ich irgendwie nur das Anhängsel, das Zweitkind. Bei uns zählte nur meine geliebte Schwester. Selbst, als sie vor 15 Jahren plötzlich verschwand. Und dann soll ich trauern? Für wen? Für was? Pfhhh." Verächtlich zog Gerald den Boxhelm ab und schleuderte ihn durchs Wohnzimmer, bis dieser rumpelnd an der Dekorationsleiste aus hellem Marmor und der aus einem gläsernen Hängeelement bestehenden Wohnwand liegenblieb.
„Apropos Charlotte. Sie haben auch keine Vermutung, was mit ihr passiert sein könnte? Immerhin wird sie seit dem Rosenfest vor 15 Jahren von Ihrem Vater als vermisst gemeldet."
„Ich sage doch, sie wollte unserem Alten eins auswischen. Sie hatte genug von seiner ganzen Art, dass er sie behandelte, als sei sie aus Zucker oder Watte oder was weiß ich. Viel gesprochen haben wir ja nie, aber ich wusste, dass sie auf das Leben hier oben keinen Bock mehr hatte. Weder auf den Alten noch auf ihren versnobten Freund und erst recht nicht auf diesen notgeilen Lustmolch."
„Und wer soll das sein?"
„Der Lustmolch? Richard Sutherfolk, ein Rosenzüchter aus Cornwall und der beste Freund des Alten. Der war übrigens erst heute Nachmittag hier, wollte zu ihm und irgendwas mit ihm besprechen."

„Und was?" Bannholzer war ganz Ohr.
„Er druckste rum, wollte nicht so recht mit der Sprache rausrücken, und da habe ich ihn zum Alten geschickt, der im Rathaussaal die Gemeinderatssitzung vorbereitete. Anträge kopieren, Stühle zurechtrücken, Dokumente auslegen und so ein Zeug. Und dann ist er abgedampft. Hat sich noch tausendmal bedankt und weg war er."
Nachdem er die Beamten durch den Flur in Richtung Haustür begleitet hatte, blieb Bannholzer vor einem großen Porträt stehen.
„Ein schönes Lachen", sagte er zu sich selbst, ganz so, als wäre er alleine.
„Mädchen lachen doch alle gleich", erwiderte Gerald Nägele und stapfte in seinen Sparringschuhen zur Tür. Wenn du dich da mal nicht irrst, dachte Bannholzer und konnte sich ein Grinsen nicht verkneifen, als er an seine Tochter und ihr Zahnspangenlachen denken musste. Ein Tochterlachen, authentisch, kindlich, fröhlich, das ganz sicher. Aber nicht mit dieser Anziehungskraft, mit der Charlottes Lächeln die Betrachter in ihren Bann zog. So, wie die Motten ums Licht kreisen, um dann in einem ungeschickten Moment an der Quelle des Lichts zu verglühen.
Doch es war nicht nur das überdimensional große Porträt, das dem Kriminalrat auffiel. Überall hingen Aufnahmen der Tochter des Hauses: als Kleinkind, im Pool plantschend, bei der Kommunion und der Einschulung, als Geburtstagskind mit Freunden und allein vor sich hin sinnierend in der Hängematte. Er muss seine Tochter ja wirklich sehr geliebt haben. Fast schon ein wenig zu viel, dachte Bannholzer. Und nirgendwo ein Bild des Bruders. Er schaute sich im großen und hell beleuchteten Eingangsbereich der Nägeleschen Villa um. Aber ganz gleich, wohin er seinen Blick auch schweifen ließ, es gab kein Bildmotiv, auf dem auch Gerald mit zu sehen war.

Da muss man ja einen Zorn, eine Wut auf seine Schwester bekommen, dachte Bannholzer und hätte sich nicht gewundert, wenn sämtliche Boxsäcke des Hauses Charlottes Konterfei zeigen würden.
„Geht es in den anderen Räumen noch so weiter?“, fragte er nun seinen Gastgeber.
„Noch so weiter? Ich kann ja gern eine Hausführung mit Ihnen machen. Es gibt kein Foto in diesem Haus, auf dem nicht Charlotte abgebildet ist. Dagegen ist selbst Paris Hilton eine graue Maus.“

Vierundfünfzig

Sie hatten es schon seit Stunden probiert – auf dem Mobiltelefon, bei seinen Eltern, in der Firma, im Golfclub und im Fitnessstudio – aber René Lusser war einfach nicht zu erreichen. Die Nachfrage bei der Schweizer Kantonspolizei hatte Erfolg gehabt. Innerhalb weniger Stunden wussten Strittmatter und seine Kollegen so ziemlich alles über René. Nur eins nicht – wo er sich gerade aufhielt.

„Sehr verdächtig", hatte Karl Strittmatter andauernd geraunzt, als er nach einem weiteren vergeblichen Versuch den Hörer aufs Telefon knallte. Die meisten Kollegen waren längst gegangen, und seine Laune war so unterirdisch, dass Stefan Alt es nicht gewagt hatte, ihn anzusprechen, hatte er doch keine Lust gehabt, ebenfalls nur angeblökt zu werden. Der Dienstagabend gehörte Karl Strittmatter so wie der Montag-, Mittwoch-, Donnerstag- und Freitagabend. Gab es doch auch heute Abend wieder ein Fußballspiel und das sogar noch in der Königsklasse, der Champions League. Da waren Würstchen und Kartoffelsalat, kaltgestelltes Bier und sich gemütlich aufs Sofa lümmeln angesagt. Und eben nicht irgendwelchen reichen Bonzenkindern hinterhertelefonieren und sich andauernd von der Mailbox, unfreundlichen Bediensteten oder dem nur gebrochen Deutsch sprechenden Fitnesscoach eine Abfuhr einholen.

„Nun ist es schon nach 21 Uhr, die erste Halbzeit längst angepfiffen und ich bin immer noch hier", grummelte Strittmatter

vor sich hin und ertappte sich dabei, wie er gerade einen völlig unschuldigen gelben Bleistift in zwei Teile brach.
Strittmatter wollte sich gerade aufmachen zu gehen – er hatte seinen etwas mitgenommen aussehenden Mantel mit dem eingetrockneten Senffleck bereits vom Kleiderbügel an der Garderobe genommen – da klingelte das Telefon. Stefan, der noch einige Dokumente abgeheftet, seinen Schreibtisch aufgeräumt und die Blumen gegossen hatte, tippte gerade angestrengt eine Mail und ließ keinen Zweifel daran, dass, wenn er noch arbeitete, Strittmatter gefälligst ans Telefon gehen könne.
Mit vor Ärger zusammengezogenen Augenbrauen und einem verächtlichen Raunen machte dieser auf dem Absatz kehrt und stapfte zum Telefon.
„Kriminalpolizei Waldshut-Tiengen, Kriminalhauptkommissar Strittmatter." Ehe Stefan herüberschauen konnte, um zu erfahren, wer am anderen Ende der Leitung war, schnaubte Strittmatter schon in den Hörer: „Ja, wir warten hier auf Sie. Folgen Sie einfach Ihrem Navi."

Keine 20 Minuten später – die erste Halbzeit der Champions League war bereits vorbei – saß Strittmatter an einem fast quadratischen Metalltisch, der mitten im Raum stand. Zu seiner Linken hatte es sich Stefan Alt mit Block, Stift und dem obligatorischen Aufnahmegerät bequem gemacht. Auch der Videorekorder war bereits eingeschaltet. Das Licht im Vernehmungsraum war kalt, steril, fast schon unwirklich. Die Wände waren zwar hellblau gestrichen, doch der Farbton war so zart, dass er kaum auffiel und dem Raum eher den Charme einer Pathologie verlieh. Ein Zimmerfarn sollte ein wenig Gemütlichkeit verbreiten, aber in der hinteren Ecke und in einem weißen Übertopf stehend verfehlte die Pflanze ihre angedachte Aufgabe völlig.
René Lusser schien sich auch merklich unwohl zu fühlen und

er zeigte das, indem er sich den beiden Kriminalbeamten in seinem dicken schwarzen Mantel und mit demonstrativ verschränkten Armen gegenübersetzte.
„Sie wollten mit uns sprechen? Dann schießen Sie mal los.“
Karl Strittmatters Laune war unter dem Gefrierpunkt und das ließ er jeden im Raum auch mehr als deutlich spüren. Stefan Alt ärgerte sich über den unfreundlichen Umgangston seines älteren Kollegen, konzentrierte sich aber im nächsten Augenblick auf sein Gegenüber, das immer noch wie ein fröstelndes Häuflein Elend in seinem Stuhl saß.
Nur zögerlich erzählte er den beiden Beamten von seinem Streit mit Charlotte, den er am Abend des Rosenballs vor 15 Jahren mit ihr hatte, kurz bevor sie verschwunden war. Er ließ kein Detail aus, sondern legte ihnen auch dar, wie sie sich kennengelernt und welch schöne Zeit sie miteinander verbracht hatten und vor allem – das hatte er zumindest über all die Jahre geglaubt – wie glücklich sie gemeinsam gewesen waren. Ein Glück, das an jenem Abend jäh zerstört wurde, als Charlotte ihn zutiefst verletzt hatte, indem sie ihm freudestrahlend von ihrer Affäre mit dem Rosenzüchter Richard Sutherfolk erzählt und ihn dabei mit ihrer hochnäsigen und arroganten Art bloßgestellt hatte.
„Das war einfach zu viel.“
„Zu viel? Soll das etwa bedeuten, Sie haben sich an ihr gerächt, sie ermordet und irgendwo verscharrt?“ Karl Strittmatter wusste nicht genau, ob er sich freuen oder ärgern sollte, bezogen sich doch die für ihn eindeutig nach einem Geständnis aussehenden Worte auf einen angeblichen Mordfall, der mehr als 15 Jahre zurücklag. Über die Mordopfer der vergangenen Tage und die hinterlistige Attacke auf Reinhold Nägele – immerhin René Lussers ehemaliger Schwiegervater in spe – hatte der Schweizer Millionärssohn kein einziges Wort verloren.

„Nein, das habe ich nicht gesagt. Ich war sicher, dass Sie so die Suche nach Charlotte in eine andere, neue Richtung lenken würden. Bisher galt ich immer als der, der mit ihrem Verschwinden etwas zu tun gehabt haben soll. Aber da ich mit ihrem Verbleib nun wirklich nichts zu tun habe, ergeben sich ja jetzt ganz neue Zusammenhänge, die vielleicht auf ein Verbrechen schließen lassen."
„Wer sagt Ihnen denn, dass wir überhaupt noch nach ihr suchen?" So langsam hatte Strittmatter keine Lust mehr auf eine Vernehmung, die nun aber auch wirklich keine neuen Informationen ans Licht brachte.
„Ich habe es gehofft, zumal eine Kollegin von Ihnen, die gerade in Nöggenschwiel Urlaub macht, mir dazu geraten hat, Ihnen auch nach dieser langen Zeit die Wahrheit über den Abend des Rosenballs zu sagen."
„Das heißt, Sie wissen noch gar nichts vom Mordversuch an Reinhold Nägele?" Stefan sah, wie René die kaum vorhandene Gesichtsfarbe entglitt und er sich noch tiefer in den Stuhl hineindrückte.
„Mordversuch? Nein, das habe ich nicht gewusst", stammelte er und schaute dabei abwechselnd von Stefan Alt zu Karl Strittmatter und wieder zurück in der Hoffnung, den Gesichtern irgendeine Regung entnehmen zu können. „Was ... was ist passiert?"
Nachdem Stefan Alt in kurzen Worten skizziert hatte, wie Reinhold Nägele niedergeschlagen in der Kirche aufgefunden worden war und dass man davon ausging, dass jemand den Mörder bei seiner Tat gestört hatte, suchte René Lusser nach einem Taschentuch, um sich den Schweißfilm auf seiner Stirn wegzuwischen. Er genoss sichtlich den Moment der Ruhe und inneren Einkehr, der jäh durch das heftige Aufklatschen zweier Hände auf den Metalltisch unterbrochen wurde. Mit einem kräftigen Armdruck hievte sich Karl Strittmatter aus seinem

Stuhl und baute sich – die Arme dabei auf den Tisch gestützt – vor René auf.
„Haben Sie uns dazu etwas zu sagen? Wann haben Sie Reinhold Nägele zuletzt gesehen?“
„Das muss lange her sein.“
„Und was machen Sie dann in Nöggenschwiel? Etwa auch Urlaub?“ René überhörte den sarkastischen Unterton bewusst. Wusste er doch, wenn er sich nur einmal ausfallend äußern oder in irgendeiner Art danebenbenehmen würde, dann hätte er verloren und käme heute nicht mehr als freier Mann aus diesem Gebäude.
„Ich habe jemanden besucht.“
„Und wen, wenn ich fragen darf?“ Strittmatter war gereizt.
„Charlottes Oma. Ich bin jedes Jahr in Nöggenschwiel, um Maga – so haben wir sie immer genannt – zu ihrem Geburtstag einen großen Strauß rote Rosen aufs Grab zu stellen.“ René lächelte zaghaft. „Sie war wie meine eigene Großmutter für mich.“
„Das ist ja schön. Aber Sie haben nicht zufällig auch bei Reinhold Nägele vorbeigesehen, wo Sie doch schon mal den weiten Weg von Zürich auf sich genommen haben?“

„Ich sagte Ihnen doch bereits, dass ich ihn nicht gesehen, geschweige denn besucht habe. Außerdem: Was sollte ich bei ihm, wo ich doch in seinen Augen eine persona non grata bin? Er würde mich doch erst gar nicht auf sein Grundstück lassen, wo er doch immer noch denkt, dass ich seine Tochter entführt habe und sie ihm vorenthalte.“
„Kennen Sie eine Maria Reisinger?“, schaltete sich nun Stefan Alt in die Vernehmung ein.
„Nein, den Namen habe ich bisher noch nie gehört.“
„Und einen Franz Marder?“
„Nein, wer sind diese Menschen?“

„Lesen Sie keine Zeitung?“, blaffte Strittmatter und schüttelte irritiert den Kopf.
„Doch, aber ...“
„Nichts aber. Marder und Reisinger waren die ersten Opfer unseres Täters, nur dass er bei beiden anscheinend mehr Zeit hatte, seine Tat zu Ende zu bringen. Denn sie sind beide tot.“
Strittmatter starrte sein Gegenüber regelrecht an, doch wenn er auf eine verdächtige Reaktion gehofft hatte, so wurde er enttäuscht.
„Das tut mir leid, aber wie bereits erwähnt, ich kenne weder Frau Reisinger noch Herrn Marder persönlich. Was natürlich nicht heißen will, dass ich ihnen nicht schon einmal begegnet bin.“
„Wie Reinhold Nägele ist Franz Marder mit einem harten Gegenstand wie einem Baseballschläger oder Golfschläger erschlagen worden. Spielen Sie eigentlich Golf?“
„Das wissen Sie doch. Sie haben doch versucht, mich im Club zu erreichen, wie man mir gesagt hat.“
Strittmatter grinste, während René krampfhaft überlegte, worauf der Kriminalhauptkommissar mit der kräftigen Statur und der rahmenlosen Brille eigentlich hinaus wollte.
„Und Maria Reisinger ist erdrosselt worden. Das kann nur ein starker Mann gewesen sein, da sie nur einen kurzen Todeskampf hatte. Sie machen doch auch Krafttraining, oder?“

fünfundfünfzig

Wie ein abendlicher Raureif legte sich die Feuchtigkeit über den Ort. Die Grablichter auf dem Friedhof flackerten als einzig wahrnehmbares Lebenszeichen in dieser verwunschen anmutenden Welt. Es waren nicht nur diese unwirklichen Nebel-Lichtspiele und die in jede Ritze kriechende Feuchtigkeit, sondern auch eine gespenstische Ruhe – einem Dornröschenschlaf gleichkommend –, die das Rosendorf umgab. Die Ruhe vor dem Sturm, dachte er bei sich, als er den Weg über die Steinplatten hin zu seinem Heiligtum entlangging.
Als er das Gewächshaus betrat, empfing ihn ein leicht modriger und doch wohlig-warmer Duft von Rosen, Düngemitteln, Erde und Torf. Er war wieder zu Hause. Bei ihr.
Ein Lächeln umspielte seine Lippen, als er sie endlich wieder in ihrer vollkommenen Schönheit strahlen sah. Zaghaft streckte sich ihm eine Blüte entgegen und er hätte am liebsten ausgelassen getanzt. Aber das Treibhaus war so vollgestellt mit all seinen Schätzen, dass er sich nicht zu tanzen traute, um nichts umzustoßen oder gar zu zerstören. Schon einmal war ihm in einem ungeschickten Moment ein Bilderrahmen heruntergefallen und in tausend Teile zersprungen. Unter Tränen hatte er jeden Splitter und jede Scherbe einzeln aufgehoben, durften doch keine entweihten und für niedere Arbeiten vorgesehenen Gegenstände – was Kehrblech und Handfeger für ihn waren – über die Schwelle seines Palasts gelangen. So hatte er damals mehrere kleine Schnitte an den Fingerkuppen

liebend gern in Kauf genommen. Selbst, als ein Schnitt etwas tiefer war und sich bereits ein Blutstropfen an der offenen Stelle an der Fingerkuppe zeigte, hörte er nicht auf, sondern wischte das Blut an einer satten und in ihrer ganzen Schönheit ausgereiften Blüte ab. „Du für mich, ich für dich“ waren seine Worte, sein Gedanke, der längst zu seiner bis in die letzten Haarspitzen gelebten Prämisse geworden war.
Eine tödliche Prämisse, wie er stolz und ehrfürchtig zugleich feststellte. „Und die weiterhin ihre Gültigkeit hat“, sagte er zu sich selbst und nahm dabei eine neue Kerze aus dem kleinen Beistelltisch. Nachdem er die Kerze an der Flamme der nahezu abgebrannten Kerze entzündet hatte, stellte er sie vorsichtig zwischen die blütenlosen Rosen.
„Möge ihr ein Licht aufgehen. Nur, dann ist es zu spät“, hauchte er – fast so, als habe er Angst, jemand könne seine Worte mitbekommen.

Während man in einer klaren Nacht die hohen Tannen, die angrenzende Wildrosenhecke und die beleuchteten Fenster des Hauses durch die Äste und Zweige der im Garten stehenden Obstbäume sehen konnte, ließ der Nebel in dieser Nacht keine Blicke auf die Außenwelt zu.
Er schauderte. Doch nicht vor dem Gefühl der Verlassenheit, das ihn über die vergangenen 15 Jahre so oft heimgesucht hatte. Es war ein Gefühl von sich steigernder Freude, würde er doch bald sein Werk endlich vollenden.
Ich bewundere intelligente Frauen, die sich vor nichts fürchten, selbst nicht vor der bitteren Wahrheit. Auch Emma ist so eine Frau. Stark, konsequent, unaufhaltsam. Und genau das wird ihr jetzt zum Verhängnis, dachte er. Es wird mein ewiges Geheimnis bleiben, und da wirst auch du nichts daran ändern können. Aber sei gewiss, für dich habe ich mir etwas ganz Besonderes ausgedacht, etwas, das bisher noch niemandem zuteil

wurde, dachte er und wollte gerade die Tür öffnen, als er gegen etwas stieß. Er erschrak, als eine Katze jaulend aufschrie und mit einem kurzen Fauchen in der Nebelbank verschwand. Das Klingeln des kleinen Glöckchens, das die Katze an einem Bändchen um den Hals trug, war das einzige Geräusch, das die ansonsten totenstille Nacht durchzog.

sechsundfünfzig

Mittwoch, 21. November 2012

Über Nacht war der Nebel von den Höhen des Südschwarzwaldes ins Tal der Rheinebene gezogen und hatte sich dort festgesetzt. Mehrere Auffahrunfälle hatten die Kollegen der Streife an diesem tristen Morgen in Atem gehalten, und der Eingangsbereich der Waldshuter Polizeidirektion glich einem Bienenstock, so viele Menschen – Beamte, Unfallbeteiligte und deren Angehörige, Sachverständige, Mitarbeiter eines Abschleppdienstes, eine Reinigungskraft und ein aufgebrachter Mopedfahrer – bevölkerten den hellgelb gestrichenen Empfang.

Nachdem sich Stefan Alt endlich durch die Menschenansammlung gezwängt hatte, machte er in seinem Büro erst einmal die Tür hinter sich zu und ließ sich mit einem tiefen Seufzer in seinen etwas zu stark federnden Sessel fallen.

Geschafft. Für einen Moment schloss er die Augen und dachte an den schönen Morgen mit Tina, seiner Verlobten und wohl auch Bald-Ehefrau. Wenn da nicht das leidige Thema Kinder wäre, dachte er und ballte seine rechte Hand zu einer Faust. So auch heute. Dabei hatte der Morgen so romantisch begonnen, als sie ihn mit innigen Küssen aufweckte und sie gemeinsam in den Tag starteten. Sie duschten ausgiebig zusammen und gönnten sich ein extralanges Frühstück mit frischen Croissants, die Tina schnell beim Bäcker um die Ecke gekauft hatte, Mutters selbst gemachter Marmelade und zwei Tassen extra starken Kaffees.

„Das mit uns beiden sollte immer so sein. Nur wir zwei", hatte Tina gesagt und dabei herzhaft in ihr mit einem Klecks Konfitüre bestrichenes Croissant gebissen.

„Nur wir zwei? Willst du jetzt doch keine Kinder?" Stefan verschluckte sich fast an seinem Kaffee, als er Tinas Worte hörte.

„Was? Nein, wieso? Wie kommst du jetzt darauf? Das habe ich doch gar nicht gesagt", verteidigte sich Tina.

„Doch. Du hast gesagt: ‚Das mit uns beiden sollte immer so sein. Nur wir zwei.' Und das bedeutet, du willst mich, aber keine Kinder." Mit diesen Worten war er aufgestanden und im Badezimmer verschwunden.

„Das habe ich doch nur so daher gesagt, weil ich einfach diesem schönen und romantischen Morgen auch mit Worten huldigen wollte. Sei doch nicht immer gleich so eingeschnappt."

„Das bin ich gar nicht", hatte er erwidert und sich dabei mit seinem Nassrasierer am Kinn geschnitten. Während er nach einem Stück Toilettenpapier griff um sich das Blut abzutupfen, hatte er sich seine nächsten Worte genau überlegt: „Ich wünsche mir, dass du meine Frau wirst und das wir Kinder haben, die wir gemeinsam großziehen. Ich habe ja auch nie ‚sofort' gesagt, ich weiß doch, wie wichtig dir erst mal deine Karriere und die Bestätigung in diesem Beruf ist."

„Jetzt komm bitte nicht wieder mit dieser Masche. Immer bist du dann der Verständnisvolle, wenn du einer Konfrontation aus dem Weg gehen willst." Wütend hatte Tina die Tür der Waschmaschine zugeknallt und auf den Startknopf gedrückt.

„Ich habe nie gesagt, dass ich keine Kinder will. Aber ich möchte darüber mitentscheiden und das von mehreren Faktoren abhängig machen. Und jetzt bin ich einfach noch nicht so weit. Ich bin einfach noch nicht bereit für Kinder." Und mit

diesem Statement war sie aus dem Badezimmer gestürmt. Das sagst du mir schon seit Jahren, hatte Stefan nur gedacht und sich wieder auf seine kleine offene Wunde konzentriert, denn inzwischen sickerte das Blut bereits durch das mehrfach übereinandergelegte dreilagige Toilettenpapier.
Gedankenverloren strich er sich über die Stelle, die er vorsichtshalber mit einem Pflaster abgeklebt hatte, als Karl Strittmatter ins Büro kam.
„Der Chef will uns sprechen. Wir haben gleich eine Vernehmung“, brummelte er. Anscheinend hat da noch jemand miese Laune, dachte Stefan Alt und folgte Strittmatter den Flur entlang in Bannholzers Dienstzimmer.

Richard Sutherfolk saß gut gelaunt, fast schon fröhlich grinsend, im Vernehmungsraum auf dem Stuhl, auf dem keine zwölf Stunden zuvor René Lusser noch einen verlorenen und verunsicherten Eindruck gemacht hatte.
Das Gespräch mit dem Kriminalrat hatte neue interessante Aspekte zutage gefördert, und die beiden Kommissare waren gespannt, wie sie diese Informationen nun in ihrer Vernehmung mit einfließen lassen konnten.
„Sie strahlen ja so? Gibt es einen Grund dafür?“, fragte Stefan Alt, halb vor Neugier, halb vor Neid ob des heiteren Gemütszustandes des Engländers.
„Ja“, sagte Richard Sutherfolk mit erhabener Gestik, ehe er fortfuhr: „Ich habe gerade auf dem Weg hierher erfahren, dass eine meiner neuen Züchtungen den Garten von Versailles verschönern soll. Das ist ein riesengroßer Auftrag für mein kleines Unternehmen. Ich könnte die ganze Welt umarmen, wenn es meinem Freund Reinhold nicht so schlecht ginge.“ Sutherfolk wurde ruhiger, senkte seinen Blick und faltete seine Hände, die er andächtig in den Schoß legte.
„Das ist ja ein gutes Stichwort, Herr Sutherfolk. Wo waren Sie

gestern Nachmittag in der Zeit zwischen 16 und 17 Uhr?“, fragte nun Strittmatter. Wie die ersten und nur vorläufigen Untersuchungen des Tathergangs und die ersten Zeugenbefragungen von Lädele-Kunden ergeben hatten, musste Reinhold Nägele zu diesem Zeitpunkt in die St. Stephans-Kirche gegangen und dort dann auch wenig später von hinten attackiert worden sein.

„Lassen Sie mich kurz nachdenken.“ Schweigen. Sutherfolk räusperte sich, legte seine rechte Hand an sein Kinn und tippte mit dem Zeigefinger bedächtig auf seine rechte Wange. „Zu dem Zeitpunkt muss ich bereits wieder auf dem Weg nach Zürich gewesen sein. Und zuvor habe ich, wie Sie sicherlich schon wissen, Reinhold, äh, Herrn Nägele im Rathaussaal aufgesucht.“

„Und was war der Anlass Ihres Besuchs?“

„Ich musste ihm etwas erzählen.“

„Und was?“, fragte Strittmatter ungehalten, der keine Lust hatte, Richard Sutherfolk jeden Wurm einzeln aus der Nase zu ziehen.

Betretenes Schweigen. Richard Sutherfolk starrte die beiden Kriminalbeamten an, als würde er in ihren Augen die Bestätigung herauslesen, nichts erzählen zu müssen. Aber dem war nicht so, als er Strittmatter auffällig laut räuspern hörte.

„Ich ...“ Er brach ab.

„Ja?“

„Ich habe ihm von meiner besonderen, innigen und liebevollen Beziehung zu Charlotte erzählt.“ Nun war er es, der sich räusperte.

„Und wie hat Reinhold Nägele auf Ihre Beichte reagiert?“ Stefan Alt schaute ihn erwartungsvoll an. Richard Sutherfolk trug einen dunkelbraunen Anzug – maßgeschneidert, wie er vermutete – dazu die passenden italienischen Schuhe. Sein Hemd war in einem zarten Blau und damit in exakt demselben Farb-

ton wie das Einstecktuch gehalten. Seine Haare, die an den Schläfen bereits grau meliert waren, hatte er gegelt und nach hinten gekämmt. Für sein Alter hatte er eine gute Figur. Er war schlank und wies nur einen leichten Bauchansatz auf, was er durch das braune Sakko gut kaschierte. Ich kann mir gut vorstellen, das Charlotte ganz angetan von seiner weltmännischen Art gewesen war, dachte Stefan Alt und wartete auf die Antwort seines Gegenübers.
„Er hat mich rausgeschmissen. Er war die ganze Zeit sehr ruhig, aber er muss innerlich gekocht haben, denn er kündigte mir die Freundschaft, nannte mich ‚Kinderschänder' oder so und drohte mir, wenn ich mich noch einmal hier blicken lassen würde, dann ..."
„Dann?"
„Dann würde er mich umbringen."
„Hat er Ihnen nicht auch gedroht, dass er Ihre Karriere zerstören wolle? Dass Sie geliefert seien und mit Ihren edlen und auf der ganzen Welt geschätzten Rosenzüchtungen einpacken können?" Karl Strittmatter, der noch nie etwas von Sutherfolks Züchtungen gehört hatte, war nun ganz in seinem Element.
„Nein!"
„Da haben wir aber etwas Anderes gehört. Sie sollen gesagt haben: ‚Das wagst du nicht, das kannst und wirst du mir nicht antun, sonst ...' und dann sind Sie gegangen."
„Wer sagt das?" Richard Sutherfolk, der bisher eher lässig in seinem Stuhl gesessen hatte, richtete sich nun auf und ging in eine Angriffshaltung über.
„Zeugen. Und zwar mehrere und unabhängig voneinander."
Verlegen schaute Sutherfolk zu Boden. Er wusste, es würde Aussage gegen Aussage stehen und da hatte er als augenscheinlich Verdächtiger keine gute Karten.
„Ich war so aufgebracht, so wütend ..."
„Das können wir verstehen. Da verliert man schon mal die

Kontrolle und tut Dinge, die man wenig später bereut."
„Nein, so war das nicht, das können Sie jetzt nicht machen." Sutherfolk stand die Panik ins Gesicht geschrieben. „Ich habe mehr als 15 Jahre mit mir gerungen. Immer wieder habe ich mich gefragt, ob ich ihm etwas von unserer heimlichen Beziehung erzählen soll oder nicht. Ich hatte Angst, ihn zu verletzen und ihn als Freund zu verlieren, was jetzt ja nun passiert ist. Doch ich konnte den Druck meines Gewissens einfach irgendwann nicht mehr aushalten und so habe ich mein Herz in beide Hände genommen und bin zu ihm gefahren und habe mir einfach alles von der Seele geredet."
„Und nicht nur das." Strittmatter lächelte süffisant.
„Nein, wie oft denn noch? Ich habe ihn nicht überfallen und niedergeschlagen. So etwas könnte ich gar nicht." Sutherfolk donnerte wutentbrannt seine Faust auf den Tisch. Hals, Wangen und Stirn wiesen bereits einige rote Flecken auf und er atmete schwer. Als er merkte, dass Alt und Strittmatter ihn hinsichtlich seiner ungebremsten Reaktion groß anstarrten, nahm er schnell die Hand vom Tisch und tupfte sich mit einem weißen Stofftaschentuch den Schweiß von der Stirn.
„Kommen wir noch einmal auf Charlotte zurück, schließlich war sie ja auch der Anlass Ihres gestrigen Gesprächs mit Reinhold Nägele im Rathaus, richtig?", fragte nun Stefan Alt und versuchte damit, die Vernehmung wieder auf eine sachliche Ebene zu heben.
„Richtig."
„Wann hatten Sie denn Ihre besondere Beziehung, wie Sie sie nennen?"
„Von Mitte 1996 bis zu dem Tag, an dem sie verschwand. Im Juli 1997 war das. Am Abend des Rosenballs hat sie mit mir Schluss gemacht, sagte, sie bräuchte mich nicht mehr und sie würde bald diesen Schweizer heiraten."
„Wie haben Sie reagiert?"

„Wie meinen Sie das?"
„Na, was haben Sie ihr geantwortet? Und haben Sie danach einfach das Fest verlassen, oder was haben Sie dann gemacht?"
„Es ist lange her. Ich fühlte mich wie vor den Kopf gestoßen. Ja, ich war aufgebracht. Aber ich habe mir das nicht anmerken lassen und habe Größe gezeigt."
„Und seit diesem Streit ist sie verschwunden?"
„Ja, ich meine, sie war wohl auf dem Weg zur Toilette, glaube ich, also sie wollte wieder in die Halle. Sie hat mich einfach stehen gelassen. Und ich war bedient, also bin ich zu meinem Wagen gegangen und nach Hause gefahren, denn was sollte ich noch in Nöggenschwiel? Etwa fröhlich und ausgelassen mitfeiern?"
„Und Sie haben Charlotte seit diesem Gespräch nicht mehr gesehen?"
„Nein, aber das habe ich Ihnen doch schon gesagt." Richard Sutherfolk sah die beiden Beamten genervt an und wartete auf die nächste Frage. Doch Stefan Alt und Karl Strittmatter ließen für einen Augenblick die gespannte Ruhe auf sich wirken. Strittmatter wollte gerade mit einer neuen Frage beginnen, als er jäh vom melodischen Klingeln des Telefons unterbrochen wurde. Er stand auf und nahm den Anruf entgegen.
Stefan Alt und Richard Sutherfolk saßen sich derweil gegenüber und belauerten sich wie zwei Raubkatzen in einem zu kleinen Gehege.
„Was sagt Ihnen eigentlich der Name Franz Marder?", fragte nun Strittmatter, der während des Telefonats nur „Ich verstehe" und „Geht in Ordnung" gesagt und das Gespräch mit einem vielsagenden Lächeln schnell wieder beendet hatte.
„Nichts, wieso? Muss ich den Mann kennen?"
„Und Maria Reisinger?"
„Auch nicht."

„Auch keine Erpresserbriefe, die sie Ihnen über die vergangenen Monate geschrieben hat?“
Richard Sutherfolk erstarrte. Sein Gesicht wurde ganz fahl und er schluckte schwer, ehe er erwiderte: „Woher wissen Sie das?“
„Maria Reisinger ist in der Nacht von Sonntag auf Montag ermordet worden. Die Frau schien sehr ordentlich zu sein, denn in ihren Unterlagen fanden wir einige Briefe in Kopie, in denen sie von Ihnen 50.000 Euro fordert, andernfalls würde sie jedem im Dorf und vor allem Reinhold Nägele von Ihrer Affäre mit Charlotte erzählen.“
„Sie wollte mich fertigmachen. Ich hatte ihr bereits 10.000 Euro Anfang dieses Jahres gezahlt, aber sie wollte mehr. Angeblich, um sich ein Haus im Süden zu kaufen oder so etwas. Sie wollte endlich ihr Leben genießen – auf meine Kosten. Ich bin auf die Briefe nicht eingegangen, wollte mich aber dieser Tage mit ihr treffen. Da ich ja sowieso Reinhold Nägele die Wahrheit erzählen wollte, hatte ich vor, sie auflaufen zu lassen und ihre Erpressungsversuche der Polizei zu melden.“
„Anscheinend haben Sie es nicht nur bei den Worten belassen, sondern etwas nachgeholfen, damit sie ein für alle Mal begreift, dass man einen Richard Sutherfolk nicht erpresst.“
„Wie bitte? Ich kam ja gar nicht mehr dazu, mit ihr zu sprechen. Außerdem, wer würde schon für 50.000 Euro oder die bisher erst gezahlten 10.000 Euro eine sich aufspielende und profilierungssüchtige Wichtigtuerin töten, die einzig und allein auf ihren Vorteil aus, aber eigentlich nur ein armes Würstchen ist?“
„Sagen Sie's mir …“
Richard Sutherfolk hielt für einen Moment inne: „Ich frage mich nur, woher sie das von mir und Charlotte wusste.“
„Vielleicht sagt Ihnen der Name Franz Marder ja jetzt etwas.“

siebenundfünfzig

Mühevoll quälte sich Emma aus dem Bett. Heute war schon Mittwoch und damit der Urlaub schon zur Hälfte vorbei, doch wirklich erholt hatte sie sich bisher noch nicht. Die ganze Aufregung, Hektik und vor allem die sich so langsam immer mehr steigernde Angst hatten das sonst so gemütlich vor sich hin schlummernde Rosendorf in einen einzigen Ameisenhaufen verwandelt. Man konnte die Unruhe förmlich greifen. Und auch Emma, die sonst die Ausgeglichenheit in Person war – zumindest wurde ihr das nachgesagt – konnte eine gewisse Nervosität nicht verleugnen. Ganz im Gegenteil: Je mehr sie in den Strudel hineingezogen wurde, desto mehr beschlich sie das Gefühl, dass noch längst nicht alles ausgestanden war.
Ob Reporter aus ganz Deutschland, Polizisten der Sonderkommission oder voyeuristische Touristen, die extra wegen des Thrills Zimmer und Apartments gebucht hatten und mit ihrer Anwesenheit allen Beteiligten ziemlich auf die Nerven gingen – im Dorf war in diesen Tagen mehr los als bei allen bisherigen Rosenfest-Wochenenden zusammen.
Emma wusste, sie musste etwas tun. So wollte sie zuerst zu Reinhold Nägele gehen und ihm das Medaillon geben, das René nicht hatte annehmen wollen. Sie hatte absolut keine Ahnung, wie Reinhold Nägele auf das Schmuckstück, das ihn an seine verschwundene Tochter erinnern und ihn damit mehr aus der Bahn werfen als trösten könnte, reagieren würde.
Um flexibler zu sein und unter Umständen direkt nach Zürich

weiterzufahren, falls ihr Reinhold Nägele das Hotel seines Freundes Richard Sutherfolk nennen würde, fuhr sie dieses Mal mit ihrem Mini zum Wolfbachweg.
Emma war sich sicherer denn je, dass ihr der Rosenzüchter und gute Freund der Familie Nägele noch längst nicht die ganze Wahrheit erzählt hatte, weswegen sie unbedingt auch noch einmal mit ihm sprechen wollte, ja musste. Offen, direkt und vor allem unter vier Augen – ohne Reinhold Nägele. Doch nur er konnte ihr sagen, wo sie den Engländer in Zürich finden würde.
Es war bereits fast 10 Uhr, als sie die schmiedeeiserne Klingel des Nägeleschen Anwesens drückte. Doch selbst nach dem dritten Sturmläuten regte sich nichts.
Komisch. Reinhold Nägele arbeitet doch meistens von zu Hause aus, und wenn er nicht da ist, dann doch wenigstens Gerald, dachte sie und probierte es erneut. Aber als selbst nach dem vierten Klingeln niemand öffnete, ging sie zurück zu ihrem Wagen. Sie hatte gerade die Tür geöffnet und war mit einem Bein schon eingestiegen, als Gerald Nägele schlaftrunken an der schweren Holztür erschien.
„Ha ..." Er gähnte erst einmal ausgiebig, ehe er seine Begrüßung beenden konnte. „Hallo."
„Hej. Ich habe dich wohl geweckt?"
„Hmmmm, nicht schlimm", grummelte Gerald Nägele in seinen Bart.
„Ich würde gerne zu deinem Vater."
„Der ist nicht da." Gerald Nägele kratzte sich am Hinterkopf, während er Emma signalisierte, ins Haus zu kommen. Barfuß, mit Boxershorts und T-Shirt bekleidet, das mindestens eine Nummer zu klein war und in dem Gerald aussah, als sei er darin eingenäht worden, machte er keinen besonders einladenden Eindruck, aber Emma wollte endlich das Medaillon loswerden und noch einmal mit Reinhold Nägele über die be-

sagte Nacht des Rosenballs sprechen, weshalb sie dann doch seiner Aufforderung folgte.
„Und wann kommt er wieder?"
„Der kommt für 'ne ganze Zeit nicht wieder."
„Was heißt das?" Emma schaute Gerald irritiert an. Sie verstand nicht so recht, was er meinte und schob es auf seine immer noch sehr stark vorhandene Müdigkeit zurück, da er immer wieder im regelmäßigen Abstand von gefühlten 30 Sekunden inbrünstig gähnte und Emma daran vollen Anteil nehmen ließ.
„Er ist gestern Abend in St. Stephan von hinten attackiert worden und liegt mit schwersten Kopfverletzungen auf der Intensivstation. Ich glaub, im Koma oder so", sagte er und konnte einen erneuten Anflug seiner Müdigkeit nicht unterdrücken.
„Oh, mein Gott. Weiß man schon Näheres?", sagte Emma.
„Nein, sie waren gestern Abend noch hier und haben mich befragt. Feinde hatte der Alte ja viele."
Emmas Gehirn arbeitete auf Hochtouren. Reinhold Nägele zusammengeschlagen, schwer verletzt und auf der Intensivstation? Wie konnte das sein? Warum jetzt auch noch er? Hatte er wirklich so viele Feinde, wie Gerald fast schon mit stolzgeschwellter Brust erzählte, oder hatte der Mörder es gar nicht auf ihn abgesehen? Wollte er einfach nur Spuren verwischen, indem er einen Unbeteiligten wie Charlottes Vater töten wollte? Oder war es bloße Willkür?
Oder?
Emma stockte, während ihre Gedanken weiter ratterten.
Charlotte. Warum komme ich bloß wieder auf Charlotte? War sie der Anlass, warum erst Franz Marder, dann Maria Reisinger und nun auch Reinhold Nägele dem Täter zum Opfer gefallen waren? Welches Geheimnis verband die drei? Und was ist das für ein Geheimnis, für das jemand auch nicht vor einem Mord zurückschreckt? Und vor allem: Wer wusste noch alles

von diesem todbringenden Geheimnis, wer steht also noch alles auf dieser Todesliste? Wer ist der Nächste, der mit seinem Leben bezahlen muss, nur weil er etwas weiß, das er am besten nie gewusst hätte?

„Und was wolltest du vom Alten?“, fragte Gerald, der Emma wieder in die Wirklichkeit zurückholte.

„Was? Ach, ist nicht so wichtig“, erwiderte sie. Sie starrte wie in Trance in den breiten Flurgang hinein, der zum großen Wohnbereich mit Wohnzimmer, Esszimmer und der Küche führte. Als sie genauer hinsah, bemerkte sie die vielen Bilder, die alle Charlotte zeigten.

„Charlotte ist wohl wirklich ein Vaterkind“, bemerkte sie belanglos, fast schon gleichgültig, obwohl die Dominanz des einzigen Bildmotivs eigentlich keine Beiläufigkeit zuließ.

„Das ist den Bullen auch schon aufgefallen. Man meint fast, er war in sie verliebt, so wie der Fotograf, der anscheinend vom Alten für diese Bilder bezahlt wurde.“

achtundfünfzig

Minutenlang saß Emma in ihrem kleinen Wagen, eingehüllt in eine dicke Nebelschicht, die ihr gleichermaßen Geborgenheit schenkte wie Angst bereitete. Immer wieder ging sie die gleichen Fragen durch. Doch richtig überzeugende Antworten wollten ihr darauf nicht einfallen. Wer konnte so etwas tun, wer war imstande, Menschen brutal und hinterhältig umzubringen?

Sie überlegte hin und her, wog Indizien gegen Fakten ab, nur um im nächsten Augenblick wieder mit einem neuen Sachverhalt dem ganzen Gedankengerüst eine völlig andere, unerwartete Wendung zu geben.

War Charlotte wirklich das alles bewegende Moment? Und wenn ja, welches Geheimnis umgab sie? Und wer wusste davon? Was hatte ihr Vater mit diesem Geheimnis zu tun und was dieser schmierige Rosenzüchter aus Cornwall? Und welche Rolle spielte eigentlich Gerald? Und welche René?

René? Da war doch was, dachte Emma, und wie einer inneren Eingebung folgend ertastete sie das kleine Medaillon in ihrer Jackentasche. Vorsichtig zog sie es heraus und fixierte es.

Auch wenn der Glanz längst vergangen war, so konnte Emma doch erahnen, wie sehr es einmal Charlotte geschmückt und ihre Schönheit betont haben musste. Eine Schönheit, die man für immer festhalten, die man der Nachwelt unbedingt erhalten sollte.

„Das ist es! Warum bin ich nicht gleich darauf gekommen?“, sagte Emma laut zu sich selbst, startete den Motor, wendete den Wagen in der Nägeleschen Auffahrt und brauste davon.

Keine zehn Minuten später hatte sie ihr Ziel erreicht. Das in sanften Grüntönen getünchte Eckgebäude wäre in der Häuserzeile aus Altbauten der vorherigen Jahrhundertwende kaum aufgefallen, wenn ein moderner Glaseingang nicht weit in den Bürgersteig hineingeragt hätte. Schon seit mehr als 60 Jahren war das ehemalige Kaufmannshaus der Redaktionssitz des „Hochrhein-Kuriers“, einer der meistgelesenen Lokalzeitungen Baden-Württembergs.

Der Eingang zur Redaktion befand sich am Seitenflügel des dreistöckigen Patrizier-Gebäudes. Die Tür war nicht verschlossen, und mit einem kräftigen Ruck stand Emma im halbdunklen kleinen Flur, an dessen hinterem Ende ein schweres hölzernes Treppengeländer thronte. Die Treppe knarzte unter ihren Schritten, als sie die Stufen in den ersten Stock emporstieg. Schon auf dem Mittelabsatz empfing sie neben kaltem Zigarettenrauch verschieden lautes Stimmengewusel, schrilles Telefonklingeln und diffuse Geräusche von Druckern, Kopierern und Faxgeräten.

„Hej“, begrüßte Emma, nachdem sie sich bei der Sekretärin, zwei Grafikern und einem Praktikanten – der gerade den Toner an einem Kopierer auswechselte – nach dem Büro von Thomas Albiez durchgefragt hatte, den zuständigen Redakteur für den Gemeindeverbund Weilheim, zu dem auch Nöggenschwiel und das angrenzende Witznautal gehört.

„Hier also arbeitest du!? Das ist ja mal eine Überraschung“, antwortete Thomas Albiez mehr als erstaunt. „Was machst du denn hier?“

„Ich ...“ Doch weiter kam Emma nicht, da ein Mann den Kopf zur Tür hineinsteckte. „Du, der Nägele macht es wohl nicht mehr lang. Wie ich gerade erfahren habe, wird der wieder notoperiert.“

„Danke, Klaus, das habe ich mir fast schon gedacht. Ich hole mir gleich noch ’ne Stellungnahme vom behandelnden Arzt

ab und dann ist der Bericht für morgen fertig."
„The show must go on, nicht wahr?", fragte Emma, die aus eigener Erfahrung wusste, dass es längst die Zeit war, die bestimmte, welches Schicksal gerade welche Aufmerksamkeit verdiente.
„Auch wenn einen der feige und hinterhältige Überfall auf Reinhold Nägele nicht kalt lässt, so muss morgen wieder eine neue Zeitung erscheinen. Und die Leute wollen wissen, wie es im Fall des Serienkillers vom Rosendorf weitergeht."
„Man spricht wohl gerade von nichts anderem mehr, oder?", fragte Emma, die sich interessiert umschaute. Auf dem unauffälligen Metallschreibtisch thronte neben einer schwarzlackierten Schreibtischlampe ein Computer-Monitor. Ansonsten waren außer der dazugehörigen Tastatur und Maus nur noch Thomas' Schreibblock und ein genau dazu rechtwinklig angeordneter Kugelschreiber, der am Block angeklemmt war, zu sehen. Eingehende Faxe, Dokumente und Unterlagen zu aktuell recherchierten Fällen lagen in einer Ablage, die auf einem halb mannshohen Aktenschrank stand. Emma konnte weder einen Mülleimer noch eine Kaffeetasse oder ein Wasserglas erkennen. Sie sah auch keine Grünpflanze auf der Fensterbank stehen und auch die Wände waren nackt. Kein einziges Bild, Plakat, Poster oder das Titelbild einer besonders gut gelungenen Zeitungsausgabe schmückte den Raum, der in seiner tristen Anordnung kühl, steril und wenig einladend wirkte, wie Emma fand.
So ein aufgeräumtes Büro habe ich noch nie gesehen, vor allem nicht bei einem Journalisten, wunderte sie sich, ehe sie von Thomas Albiez aus ihren Gedanken gerissen wurde.
„Ja, und wir haben auch noch nie eine so gute Auflage gehabt. Bisher waren die Ausgaben zum Rosenfest immer die mit der höchsten Auflage, weil auch viele Touristen sich die Ausgabe mit den Sonderseiten zum Fest und den vielen Fotos an den

Kiosken und in den Geschäften kaufen."
„Gibt es eigentlich Bilder von Charlottes Krönung zur Rosenkönigin und dem Rosenfest 1997?", fragte Emma.
„Ja, sicherlich. Aber wie kommst du jetzt darauf?"
„Ich war heute bei Gerald, weil ich mit Reinhold Nägele sprechen wollte, als ich die vielen Bilder in der Galerie gesehen habe, und da ..."
„Hast du das Medaillon immer noch?", unterbrach sie Thomas, der sah, wie Emma das kleine Schmuckstück vorsichtig aus der Tasche ihrer Jacke gefischt hatte.
„Ich wollte es Reinhold Nägele zurückgeben, schließlich gehörte es Charlotte."
„Ich habe dir doch gesagt, dass es ihr niemals gehört haben kann. Aber wenn du mir nicht glaubst ..." Thomas ging zum Metallschrank, zog kräftig an einer Tür und ging die einzelnen Hängeregister nach den Buchstaben durch. Es dauerte keine zehn Sekunden, da holte er einen Schnellhefter hervor, blätterte ihn kurz durch und gab ihn dann Emma.
„Hier ist alles, was ich über das Rosenfest 1997 berichtet habe. Und hier ...", er zeigte Emma ein Bild, „trägt Charlotte ihre Kette."
Emma nahm das Bild in die Hand und betrachtete es. Länger, als sie sich bisher je ein Bild angeschaut hatte.
„Aber wie kann dann René erzählen, dass es Charlottes Medaillon ist?", fragte Emma mehr sich selbst als ihr Gegenüber, während sie das Foto noch intensiver scannte – in der Hoffnung, dass ihr der Bildausschnitt irgendetwas sagen könnte.
„Tja, was tut man nicht alles, um seine Haut zu retten."
„Wieso sollte er das tun?"
„Weil René seit heute Morgen der Hauptverdächtige ist, sowohl Franz Marder als auch Maria Reisinger und wie du es eben gehört hast, jetzt wohl auch noch Reinhold Nägele ermordet zu haben."

René! Also doch!, sinnierte Emma. Auch wenn sie immer noch nicht ganz glauben konnte, was ihr Thomas Albiez da gerade erzählt hatte, so war sie längst davon überzeugt, dass René Lusser ein wichtiges Puzzleteil in dem Ganzen war. Hatte er ihr wirklich sein ganzes Herz ausgeschüttet? Oder hatte er sie gar an der Nase herumgeführt, als sie sich Sorgen um ihn machte und ihm den Tipp gab, der Polizei von seinem Streit mit Charlotte zu erzählen?

Sie war schon wieder auf dem Weg Richtung Nöggenschwiel, als sie das Radio einschaltete. Es liefen gerade Nachrichten – wenn auch zu einer eher ungewöhnlichen Zeit – und so hörte sie genauer hin:

„… scheint gefasst. Wie die Polizei vor einer Stunde mitteilte, wurde René Lusser wegen des dringenden Tatverdachts festgenommen, Reinhold Nägele am Dienstagabend in der Nöggenschwieler St. Stephans-Kirche hinterrücks angegriffen und dabei lebensgefährlich verletzt zu haben. Laut Polizeisprecher wurden neben der Tatwaffe – einer Monstranz – ein Paar schwarze Lederhandschuhe gefunden, die Lusser gehören sollen. Inwieweit er auch für die beiden Morde an Franz Marder und Maria Reisinger verantwortlich gemacht wird, wollte uns die Polizei auf Nachfrage nicht mitteilen. Auch hier laufen die Ermittlungen weiter."

Auch wenn es ihre Befürchtungen bestätigte, so wollte sie dem Radiosprecher nicht glauben. Oder sollte Thomas Albiez also wirklich recht behalten haben? René war alles, nur kein Mörder. Das sagte zumindest ihre Intuition. Oder doch? Vehement versuchte sie, den Zweifel zu verdrängen, doch er blieb hartnäckig und belästigte sie auf der gut 15 Kilometer langen Autofahrt von Waldshut zurück in den Hotzenwald von Minute zu Minute mehr. Auch dann noch, als sie von der Bundesstraße in das kleine Wäldchen abbog.

Bedächtig, fast um jede Kurve schleichend, aus Angst, wieder

in den Gegenverkehr zu geraten, lenkte Emma ihren Mini durch den kleinen Hain. Es war das zweite Mal, dass sie den Tannenwald durchfuhr, doch dieses Mal hatte sie nicht das Gefühl, alles hinter sich zu lassen und frei zu sein.
Dieses Mal war es ein beklemmendes Gefühl. Ein Gefühl, dem man nicht entkommen konnte, das einen mehr und mehr in die Angst hineinzog.
Schlimmer: Ein Gefühl, das sie von innen heraus auffraß.

neunundfünfzig

Luise Kampmann saß auf ihrem Stuhl und löste Kreuzworträtsel.
Doch von Lösen konnte eigentlich keine Rede sein. Viel mehr starrte sie die Kästchen an, die vor ihren Augen zu flimmern und zu tanzen begannen. Dabei liebte sie Blumenrätsel, fast noch mehr als diese Reiserätsel. Zwar hatte sie noch nie etwas gewonnen, aber darauf kam es ihr auch gar nicht an. „Ich mache das nur für meine kleinen grauen Zellen, die immer etwas zu tun haben wollen“, pflegte sie zu sagen, wenn ihre Tochter nur kopfschüttelnd im Kampmannschen Wohnzimmer in Dortmund stand und die ganzen Rätselhefte begutachtete.
Doch heute konnten sie weder die zehn zu gewinnenden Blumendekors noch die verschiedenen Fragen nach sommerblühenden Pflanzen, nach der Anordnung von Blüten und nach dem lateinischen Namen des Veilchens zum Rätseln bewegen.
Immer wieder ging ihr der Spruch des alten Mannes durch den Kopf. Besonders eine Zeile beschäftigte sie. Was hatte er nur gemeint, als er sagte „Die Haare schwarz, die Lippen rot, nun ist sie wie Schneewittchen tot“?
Doch es waren nicht die aus ihrer Sicht zusammenhanglosen Worte, die ihr den Appetit auf die geliebte badische Küche, den in diesen Höhen so guten und erholsamen Schlaf und vor allem die pure Freude an den teilweise recht anspruchsvollen Kreuzworträtseln genommen hatten. Es war das schlechte Ge-

wissen, das sie heimsuchte, seitdem sie genau den Mann tot im Wasser liegen gesehen hatte, der ihr keine drei Stunden zuvor das kleine Lied vorgesungen hatte.
War sie etwa schuld an diesem Mord? Hätte sie ihn gar verhindern können, wenn sie nur besser zugehört hätte? Es waren diese Fragen, mit dem ihr Gewissen sie quälte. Doch ihre Schuldgefühle wurden noch schlimmer, als Roswitha Villinger ihr – sie wollte mit Herbert gerade zu einem Spaziergang entlang des neu eingerichteten Rosenwanderwegs aufbrechen – im Flur auch noch vom Mord an Maria Reisinger erzählt hatte.
Leichenblass muss sie gewesen sein, hatte Herbert gesagt, als sie nach einer gefühlten Ewigkeit auf dem weichen Sofa ihres Apartments aufgewacht war. Ihr Mann war laut geworden und hatte ihr ab sofort untersagt, auch nur noch einen Tropfen des so bekömmlichen badischen Rotweins zu trinken.
Doch es war nicht der Alkohol, der sie hatte schwindelig werden und das Gleichgewicht hatte verlieren lassen. Aber das wusste Herbert nicht.
Noch nicht.
„Herbert." Luise nahm ihren ganzen Mut zusammen. Doch wem, wenn nicht ihrem Mann sollte sie von ihren Gewissensbissen erzählen?
„Mmmmh", brummte Herbert hinter seiner Zeitung, die ihnen Roswitha Villinger vor wenigen Minuten erst vor die Tür gelegt hatte.
„Ich muss dir etwas sagen."
Stille. Nur das Ticken der Uhr und das Blättern der Zeitung waren zu hören.
„Herbert, ich habe mit dir gesprochen."
„Ich höre." Nur widerwillig senkte er seine Lektüre und schaute sie säuerlich an, in der Erwartung, dass es wieder nur eine Nichtigkeit sein musste, für die ihn seine Frau störte.
„Was weißt du denn jetzt schon wieder nicht?"

„Was?“ Luise starrte ihn irritiert an, ehe sie begriff, dass er ihr Kreuzworträtsel meinte.
„Es geht doch gar nicht um wissen oder nicht wissen. Ich glaube, ich muss zur Polizei.“
„Was redest du da? Zur Polizei? Red keinen Blödsinn. Nur weil man sich fürchtet, bekommt man noch lange keinen Personenschutz. Du bist schließlich nicht Angela Merkel.“
Er wollte sich gerade wieder seiner Nachmittagslektüre widmen, als Luise erneut ansetzte: „Ich muss der Polizei etwas sagen. Etwas, das mit dem Bauern zu tun hat.“
„Der ist doch tot, das hast du selbst gesehen.“
„Ja, aber vielleicht wäre er noch ...“ Sie stockte und die Tränen schossen ihr ins Gesicht. Herbert legte die Zeitung auf den Wohnzimmertisch, erhob sich aus seinem Sessel und ging zu seiner Frau hinüber, die ihr Gesicht mittlerweile hinter einem Papiertaschentuch verborgen hatte. Behutsam legte er den Arm um ihre Schulter und blies ihr sachte in den Nacken. Eine Angewohnheit, die er so liebte und die seine Frau für gewöhnlich schnell wieder zur Ruhe kommen ließ.
„Was ist denn los?“, fragte er in ruhigem, fast schon sanftem Ton.
Luise schluchzte. „Als ich am Freitag einkaufen ging, um die Eier, Brötchen und deine Zeitung zu holen, da saß dieser Mann, also der tote Bauer, vor der Kirche. Ich habe mich richtig erschrocken, als er plötzlich lospolterte, während ich an ihm vorbeiging.“ Sie schnäuzte sich so stark, dass ihr das von Tränen durchgeweichte Taschentuch in mehrere Teile zerriss.
„Und?“, fragte Herbert, der sie weiterhin beruhigte, aber immer noch nicht ganz verstand, worum es eigentlich ging.
„Erst beim genaueren Hinhören bemerkte ich, dass er etwas vor sich her sang. Aber nicht ich war gemeint, sondern jemand anders. Vielleicht sein Mörder …“ Wieder schluchzte Luise. „Auf jeden Fall ist er jetzt tot.“

„Aber daran bist du ja nicht schuld.“
„Meinst du?“
„Ja, natürlich.“
„Aber vielleicht würde jetzt alles ganz anders sein, der Mann noch leben, wenn ich der Polizei von dieser Begegnung und dem kleinen Lied berichtet hätte.“
„Hätte, wenn und aber. Er ist bestimmt nicht wegen des Liedes umgebracht worden, oder hat jemand dieses Lied zufällig mitgehört?“
Herbert schaute seiner Frau tief in die Augen. Und obwohl sie zaghaft den Kopf schüttelte, wusste er bereits die Antwort.

sechzig

Endlich geschafft, dachte Emma, als sie im Witznauweg aus ihrem Auto stieg. Noch immer spürte sie ein leichtes Ziehen im Nackenbereich, dem sie versuchte, mit kreisenden Kopfbewegungen entgegenzuwirken.
Der Nebel hatte auf den Feldern, die ihm schutzlos ausgeliefert waren, noch an Intensität zugenommen. Und so brauchte sie für eine Strecke von knapp drei Minuten fast drei Mal so lang, ehe sie die ersten Häuser des Rosendorfs durch den dicken Nebelteppich erahnen konnte.
Mann, was freue ich mich jetzt auf einen gemütlichen Fernsehabend, dachte sie und hoffte, eine monotone Berieselung würde ihre kleinen Gehirnzellen zum Weiterdenken anregen. Sie musste doch endlich etwas tun. Die Frage war nur, was.
Sie war schon fast in ihrem Apartment verschwunden, als jemand aus dem Waschraum nach ihr rief.
„Emma, warte einen Augenblick."
„Hej". Sie drehte sich um und sah, wie ihr Roswitha Villinger mit einem mit maschinengetrockneten Handtüchern, Kissenbezügen und Spannbettlaken gefüllten Wäschekorb entgegenkam.
„Wir haben uns ja schon Tage nicht mehr gesehen." Roswitha Villinger lächelte sie an. „Meine Schwester – puh, ist das schwer …" Sie stellte den Korb auf den Boden. Irgendwo im Haus klingelte ein Telefon. „Nicht jetzt. Wo war ich? Ach ja, meine Schwester kommt heute Abend auf einen Sprung vorbei und bringt ihren selbstgebrannten Rosenschnaps mit."

„Das freut mich."
„Ja, und sie sich erst. Schließlich warst du ja die Erste, die sich nach diesem schrecklichen Vorfall so richtig um sie gekümmert hat."
„Das waren die Sanitäter …"
„Keine Widerrede, um 19.30 Uhr sehen wir dich oben bei uns. Und bring Hunger mit." Mit einer ausholenden Bewegung hievte Roswitha Villinger den Korb hoch und ließ ihn auf ihren Beckenknochen nieder, ehe sie temperamentvoll wie immer die Treppe hoch stapfte.
Zwei Stunden später stand Emma – sie hatte sich noch einmal geduscht, die Beine epiliert, obwohl sie mit keinem alleinstehenden männlichen Gast rechnete, und ihre schwarze Stoffhose, die dunkelrote Tunika und den breiten Lackgürtel angezogen – etwas müde, aber doch gespannt, was dieser Abend so bringen würde, vor der Wohnungstür ihrer Gastgeber.
Als sie geklingelt hatte, sah sie erst schemenhaft, dann immer deutlicher, wie jemand an die Tür kam. Es war Georg Villinger, der ihr öffnete.
„Hej".
„Ah, Emma." Er trat einen Schritt zur Seite und ließ sie mit einer einladenden Geste in die Wohnung. Der kleine Flur, in dem eine mit Mänteln, Jacken und Anoraks überfrachtete Garderobe hing, führte direkt ins offene Ess- und Wohnzimmer. Während in der Küche das Gebläse der Dunstabzugshaube brummte, hörte Emma in einem der beiden Kinderzimmer, die vom Flur aus nach links weggingen, einen laufenden Fernseher.
Das Esszimmer an sich war einfach eingerichtet. Eine antike, aber doch eher unscheinbare Vitrine war neben dem großen, ovalen Tisch der einzige Hingucker in dem weiß gestrichenen Raum. Mehrere Gläser standen auf dem Tisch, dessen terra-

kottafarbene Wachsdecke eine Zumutung für jeden Inneneinrichter gewesen wäre. Doch weder Georg Villinger noch seine Schwägerin Silvia Trötschler schien das zu stören.

„Setz dich doch“, begrüßte sie Roswitha, die in ihrer ausgebleichten, ehemals satt-violetten Schürze, auf der sich bereits mehrere Saucenflecken und Fettspritzer dauerhaft verewigt hatten, perfekt zur Tischdecke passte.

„Vielen Dank für die freundliche Einladung“, sagte Emma, die bemerkte, dass sie mit leeren Händen die Treppe heraufgekommen war. Aber woher sollte ich auch wissen, dass ich heute Abend noch eingeladen werde, dachte sie und verscheuchte schnell die aufkommenden Gewissensbisse.

Es duftete herrlich nach Rouladen, Rotkraut und der selbst gemachten Rotweinsauce. Roswitha Villinger liebte es zu kochen und war immer wieder froh, ihre Künste anderen Menschen darbieten zu dürfen.

Eine Dunstwolke begrüßte Emma, als sie in die Küche ging.

„Kann ich Ihnen helfen?“

„Gerne. Vielleicht kannst du die Knödel aus dem Wasser holen und jedem zwei auf den Teller legen“, sagte Roswitha Villinger, während sie den Rotkohl appetitlich zu den Rouladen drapierte.

Nachdem Emma die Knödel verteilt und die Sauce über das Fleisch gegeben, zusammen mit ihrer Vermieterin die Teller an den Tisch getragen und jedem Besteck gereicht hatte, begannen die vier zu essen.

Auch wenn alle den Mund voll hatten und genussvoll aßen, so bemerkte Emma doch, dass heute etwas anders war als sonst. Das Schweigen hatte einen anderen Grund, und sie konnte sich schon denken, was es war. Die fröhliche Atmosphäre, die sonst bei Villingers herrschte, war verschwunden. An ihrer Stelle hatte sich eine ständig wachsende Besorgnis breitgemacht, die

ähnlich undurchdringbar schien wie der Nebel vor den Fenstern.
Emma schaute, während sie sich ein Stück Knödel abschnitt und in die duftende Rotweinsauce tunkte, von einem zum anderen herüber. Silvia saß mit gesenktem Haupt auf ihrem Platz und blickte gedankenverloren auf ihren Teller. Roswitha schaute aus dem Fenster in die Dunkelheit, während sich ihr Mann mit angestrengtem Blick eine weitere Roulade aus der Schüssel auf den Teller legte.
Wie sehr Angst doch lähmen und einen noch so lebensbejahenden und fröhlichen Menschen beeinflussen kann, dachte Emma, die in ihrem Berufsalltag schon oft die Macht der Furcht erlebt hatte. Doch das Bedrückendste bei allem war, dass man nichts dagegen konnte. Reden ist das Einzige, das hilft, erinnerte sie sich an die Worte ihrer Psychologin Maya Kirscher-Kresch, die sich sicher war, dass sämtliche zwischenmenschliche Probleme nur mit einer offenen Kommunikation gelöst werden konnten.
Augenblicklich musste sie an das gestrige Telefonat mit ihrem Vater denken, der ihr in seiner ganzen Offenheit von ihrem neuen Geschwisterchen erzählt und sie dabei gleichzeitig um Verständnis gebeten hatte. Sie fragte sich zwar immer noch, ob wirklich er es war, der sie angerufen hatte, so abstrus fand sie seine Worte. Doch gleichzeitig musste sie sich auch eingestehen, dass sie ihm das gleiche Recht einzuräumen hatte, das sie über die gesamten Teenagerjahre von ihren Eltern eingefordert hatte: Das Leben nach den eigenen Vorstellungen zu leben – mit all den Herausforderungen, Problemen, Ängsten und Nöten, die es für einen bereithielt.
Was für ein Gespräch das doch war. Ein Gespräch, das ich erst gar nicht annehmen wollte, weil …
Ihre Augen weiteten sich. Sie stoppte mitten im Kauen und verschluckte sich dabei so sehr, dass sie plötzlich heftig wür-

gen und husten musste. Alle am Tisch schauten sie mit besorgter Miene an. Georg Villinger, der links neben ihr saß, hatte bereits seine rechte Hand gehoben, um ihr notfalls mit einigen Klopfern auf den Rücken aus ihrer misslichen Lage zu helfen.

„Ist alles in Ordnung?“, fragte Roswitha Villinger, die schnell Emmas Glas mit Wasser aufgefüllt hatte und es ihr jetzt reichte.

Emma nickte nur und gab mit ihrer linken Hand Georg Villinger zu verstehen, dass sie auf sein Angebot nicht zurückkommen musste, während sie sich die rechte Hand vor ihren Mund hielt.

„Es geht schon, danke“, presste sie hervor und griff nach einer Serviette.

„Sind die Rouladen etwa so scharf?“, fragte Roswitha Villinger, die mit einem Blick auf Emmas Teller und Gabel gesehen hatte, dass es zuletzt die gebratene und mit Gurken, Speck und Zwiebeln gefüllte Fleischrolle gewesen war, die Emma verspeist hatte.

„Nein, nein, mir ist nur etwas in den Kopf geschossen und da hat mein Gehirn einfach keine Kapazitäten mehr gehabt, um auch den Schluckvorgang zu steuern“, sagte sie und versuchte dabei, krampfhaft zu lächeln.

Sie entschuldigte sich und ging kurz zur Toilette, um sich etwas frisch zu machen. Als sie zurück ins Wohnzimmer kam, streifte ihr Blick ein Buch, das zu Dekorationszwecken aufgeschlagen auf der Anrichte lag.

„Darf ich mal reinschauen?“, fragte sie Georg Villinger, der gerade dabei war, den Tisch abzuräumen.

„Aber sicher. Möchtest du noch etwas?“

„Nein, vielen Dank, und es war wirklich sehr lecker, auch wenn das jetzt wohl nicht den Anschein hatte.“ Emma lächelte zu Roswitha Villinger herüber, die mit einem Spüllappen und einem Handtuch bewaffnet aus der Küche kam und couragiert die Wachstischdecke abwischte.

„Ich wusste gar nicht, dass du dich so für Rosen interessierst", sagte sie, als sie sah, wie vertieft Emma in dem Buch blätterte.

„Das tue ich auch gar nicht", antwortete Emma beiläufig, während sie im Sachregister die einzelnen Stichwortrubriken durchging.

„Apropos Rosen. Möchtest du einen Rosenschnaps nach deinem Verschlucker?", fragte nun Silvia, die den ganzen Abend über sehr ruhig und in sich gekehrt gewesen war.

„Vielen Dank, vielleicht etwas später."

Emma schlug den Almanach mit dem Titel „Das große Buch der Rosen" zu, um es erneut von vorne bis hinten durchzublättern.

„Kann ich dir helfen? Wonach suchst du denn?" Mit vier Schnapsgläsern in der Hand kam Georg Villinger aus der Küche.

„Ich suche nach einer bestimmten Rose, aber ich kann sie hier nicht finden."

„Das ist nahezu unmöglich. Denn dieser Rosenführer ist aus dem vergangenen Jahr und hat jede bis dato gezüchtete Rose mit einem Bild, einer Kurzbeschreibung und hinreichenden Pflegetipps aufgeführt."

„Und unter welchem Stichwort finde ich dann winterblühende Rosen?", fragte Emma, die fast eine Seite eingerissen hätte, so stürmisch durchblätterte sie den dicken Wälzer.

„Wie kommst du auf winterblühende Rosen?" Georg Villingers Gesichtszüge verdunkelten sich und er schaute Emma mit ernstem Blick an. Auch Roswitha und ihre Schwester Silvia hatten ihr Gespräch unterbrochen und sahen zu Emma herüber, die sich über die angespannte Stimmung wunderte.

„Ich habe hier im Dorf eine Rose gesehen, die gerade wieder ausschlägt, und daher wollte ich gerne wissen, was das für eine

ungewöhnliche Rose ist, die sogar noch zu dieser tristen Jahreszeit blüht."
„Das kann ich dir direkt sagen: Solche Rosen gibt es hier bei uns nicht. Du musst dich verguckt haben."
Emma schaute Georg Villinger erstaunt an.
„Das verstehe ich jetzt nicht …"
„Das musst du auch nicht verstehen", unterbrach sie Georg Villinger barsch, ging an ihr vorbei durch den Flur und knallte hinter sich die Tür zu. Emma hörte nur noch, wie er die Marmortreppe im Flur hochlief und anschließend im Obergeschoss eine Tür zuschlug.
Nach diesem Donnerschlag wurde es im Haus plötzlich ganz still. Nur die Uhr an der Wand tickte monoton vor sich hin und störte mit ihrer Eintönigkeit die angespannte Ruhe.
Mit fragendem Blick drehte sich Emma den beiden Frauen zu: „Habe ich etwas Falsches gesagt?"
„Nein, überhaupt nicht." Roswitha Villinger spielte an ihren Fingern herum in der Hoffnung, das könnte ihr die innere Unruhe nehmen.
„Es ist nur so: Eine winterblühende Rose verbindet er, nein, verbinden wir mit einer sehr unschönen Zeit, die man am liebsten hinter sich lassen und vergessen will."
„Was meine Schwester damit sagen will", schaltete sich nun Silvia Trötschler in das Gespräch ein: „Georg ist vor vielen Jahren einmal in Verdacht geraten, seiner Sorgfaltspflicht als Vorsitzender des Heimat- und Geschichtsvereins nicht nachgekommen zu sein. Denn zu den Aufgaben eines Vorsitzenden gehört es, die Rose, die jede Rosenkönigin zur ihrer Krönung als Geschenk bekommt und die sie am Sonntagmorgen in den Rosengarten hinterm Rathaus einpflanzen darf, als Züchtung in Auftrag zu geben und auf diese Rose aufzupassen, bis eben die Rosenkönigin diese in Empfang nimmt. Aber als der Reinhold am Samstagabend während des Rosenballs nach der

Rose, die eingepackt in einem Topf im Rathaus stand, sehen wollte, war sie verschwunden. Und natürlich hatte man in Georg sofort den Schuldigen dafür gefunden."

„Silvia, bitte." Roswitha blickte ihre Schwester scharf an. „Das ist so lange her. Das interessiert Emma doch bestimmt nicht."

„Doch, sehr sogar. Zumal Ihr Mann sich ja sicher nichts zuschulden hat kommen lassen." Emma lächelte verständnisvoll.

„Natürlich nicht. Wo denkst du hin? Aber sag das mal den anderen."

„Und um die Rose welcher Rosenkönigin hat es sich gehandelt?", fragte Emma, die schon ahnte, welche Antwort sie nun zu hören bekam.

„Um Charlottes Rose natürlich. Was damals für eine Hektik herrschte, als Charlotte auf einmal wie vom Erdboden verschwunden zu sein schien. Niemand wollte Charlotte zuletzt gesehen haben. Na ja, und als man sie nicht fand und anfangs davon ausgegangen war, sie sei mit ihrem Verlobten in die Schweiz durchgebrannt und sich die Wogen dann irgendwann geglättet hatten, fragte man sich plötzlich, wo eigentlich diese wunderschöne Rose abgeblieben war."

„Und, ist sie je wieder aufgetaucht? Ich meine, vielleicht hat sie ja die Rose ..."

„Nein, weder Charlotte noch ihre Rose mit dem wundervoll pathetischen Namen ‚Remember me' sind jemals wieder aufgetaucht. Dafür musste mein Mann den Vorsitz des Heimat- und Geschichtsvereins niederlegen und hat sich, so weit es eben ging, aus dem Vereinsleben zurückgezogen. Den stellvertretenden Posten hat er eigentlich nur ehrenhalber inne, weil er so viel für den Ort und die Anerkennung zum Rosendorf getan hat. Und doch hat ihn diese ganze Sache sehr hart getroffen. Es war wie eine Verurteilung ohne jegliche Beweise."

Roswitha Villinger stockte. Sie zuckte mit den Schultern, fast schon ein wenig entschuldigend, während sie krampfhaft ihre Hände knetete. Sie atmete noch einmal tief durch, ehe sie ruhig und bedächtig fortfuhr: „Daher reagiert er auch so empfindlich, wenn jemand auch nur ansatzweise die Geister der Vergangenheit ruft und sie so wieder zum Leben erwecken will. Schließlich war es die erste winterblühende Rose, die in Nöggenschwiel eingepflanzt werden und damit das schon große Rosenangebot erweitern sollte. Als weiterer Tourismusmagnet, wenn du verstehst, was ich meine. Denn solche Stauden brauchen eine besondere Pflege und können daher im Winter nur in Gewächshäusern gehalten werden, sollen sie ganzjährig blühen. Richard Sutherfolk hat sie extra für Charlottes Vater entwickelt – als Geschenk, als besondere Auszeichnung. Na ja, Charlotte war eben immer etwas ...“ Roswitha Villinger hielt inne und schaute von Emma zu ihrer Schwester und wieder zurück. „Es war einfach nichts gut genug für Charlotte.“

„Und wo hast du diese Rose hier gesehen?“, fragte nun Silvia etwas ungläubig, die sich zwischenzeitlich einen weiteren Schnaps – wohl mehr zur Beruhigung als wegen des puren Genusses – eingeschenkt hatte.

„In einem Gewächshaus hinterm Friedhof. Wo genau kann ich gar nicht mehr sagen. Ich bin nach einem Gespräch mit Charlottes damaligem Freund ...“

„Was?“, unterbrach Silvia, die von jetzt auf gleich blass anlief und das Schnapsglas, das sie schon zum Mund geführt hatte, mit zittriger Hand und größter Mühe wieder auf den Tisch stellte.

„Und du bist lebend davongekommen?“

„Silvia, ich bitte dich. Niemand kann René auch nur irgendetwas nachweisen. Selbst die Polizei hat ihn vor wenigen Stunden wieder laufen lassen müssen“, versuchte Roswitha, ihre aufgebrachte Schwester zu beruhigen.

„Konnten sie ihm also nichts nachweisen?“, fragte Emma

überrascht, die Gott dafür dankte, dass er ihre Zweifel erhört zu haben schien.

„Sag bloß, du verteidigst ihn auch noch!“ Silvia war entsetzt. „Er hat Charlotte auf dem Gewissen. Und nun hat er sich auch an Franz und Maria gerächt, die Lotti vor diesem durchtriebenen Kerl doch nur warnen wollten“, echauffierte sich Silvia.

„Wie meinen Sie das?“, fragte Emma, die den Zusammenhang dieser Theorie in Bezug auf Renés Mordmotive noch nicht ganz begriffen hatte.

„Ganz einfach: René wollte Charlotte für sich alleine haben, der war doch wie besessen von ihr. Also hat er sie entführt, vielleicht auch misshandelt, vergewaltigt und irgendwo verscharrt. Und dann sind der Franz und die Maria dahinter gekommen und daher musste er sie umbringen. So etwas kommt doch in den besten Krimis vor. Und als Reinhold ihn dann zur Rede stellen wollte, ist er ausgerastet und hat ihn auch noch erschlagen wollen, was ja, Gott sei Dank, nicht ganz geklappt hat.“

„Silvia, du spinnst. Du solltest mal lieber nicht so viele Psycho-Thriller im Fernsehen schauen.“

„Rosi, ich hab Maria doch gesehen, wie sie da lag mit diesem toten Blick, der herausgestreckten Zunge und dem rot- und blau-unterlaufenen Hals.“ Völlig aufgelöst brach Silvia Trötschler ab. „Dieser Bastard, wie konnte er ihr nur so etwas antun?“ Silvia Trötschler versuchte vehement, die Tränen zurückzuhalten. Sie schniefte kräftig, aber eine Träne schaffte es dann doch, sich von ihrem Auge zu lösen und ihre Wange herunterzukullern.

„Ich weiß, sie hatte auch so ihre Macken, war vorwitzig, überaus neugierig und wollte immer das letzte Wort haben. Und sie hat sich auch liebend gern in alles eingemischt und die Leute auch schon mal anonym unter Druck gesetzt. Aber muss man sie deswegen gleich umbringen?“

„Anonym unter Druck gesetzt?“, fragte Emma, die sich augenblicklich an Geralds Worte erinnerte. Er hatte ihr vor einigen Tagen von den erpresserischen Liebesbriefen der Lädele-Verkäuferin erzählt. Wie sich nun also herausstellte, hatte er auch hier nicht übertrieben oder gar gelogen. Anscheinend hatte jeder im Dorf von ihren Erpressungsversuchen gewusst, und doch hatte sie niemand daran gehindert, geschweige denn ihr Einhalt geboten.
Außer einem.
Emma schluckte, als ihr bewusst wurde, dass sie ihre Intuition mal wieder nicht im Stich gelassen hatte. Maria war also – wie sie sich schon seit Tagen sicher war – dem Mörder und seinem schrecklichen Geheimnis sehr nahe gekommen, weswegen dieser sie – wie auch schon Franz Marder – hatte beseitigen müssen.
Und dennoch war da etwas, das nicht ganz zusammenpassen wollte. Denn der Einzige, der ein Interesse daran haben musste, dass der alte Bauer und die vorwitzige Lädele-Verkäuferin nicht mehr unter den Lebenden weilten, war Reinhold Nägele. Doch der lag mit schwersten Kopfverletzungen auf der Intensivstation des Waldshuter Krankenhauses.
„Na ja“, Silvia schnäuzte sich ausgiebig und nahm einen kräftigen Schluck Wasser, ehe sie weitersprach: „Ich habe vor einigen Tagen einmal nach ihrer Wohnung gesehen. Die Katze gefüttert, Blumen gegossen, die Post reingeholt. Das Übliche halt. Und als ich dann die Briefe auf ihre Kommode legen wollte, da ist mir ein von ihr geschriebener Brief aufgefallen, der am Telefon lag. Sie wollte ihn wohl nicht abschicken, auf jeden Fall hatte sie mir nicht gesagt, dass ich ihn in ein Kuvert stecken und zur Post bringen sollte.“
Silvia Trötschler hielt inne. Sie wischte sich eine weitere Träne aus ihrem Auge, räusperte sich und nahm erneut einen großen Schluck aus ihrem Wasserglas. „Auf jeden Fall war der Brief

an Reinhold Nägele adressiert. Und da ich – wie sie eben auch – im Gemeinderat bin, ich meine, war“, sie schniefte erneut, „habe ich ihn gelesen. Es hätte ja sein können, dass man mich vergessen hat, hab ich mir gedacht. Doch als ich die ersten Zeilen las, da ist mir ganz anders geworden. Sie hat ihn nämlich erpresst. Sie hat wohl herausgefunden, dass der Reinhold krumme Geschäfte mit seinen Versicherungen und Aktien treibt und dass viele Leute im Dorf auf ihn hereingefallen sind. Mit am schlimmsten muss es aber den Franz erwischt haben, der dem Reinhold nämlich, so gutgläubig, wie er ja gewesen war, sein ganzes Geld anvertraut hatte. Auf jeden Fall, so konnte ich dem Brief entnehmen, muss sie ihm wohl ein letztes Ultimatum gestellt haben, indem er alles den Leuten und eben auch dem Franz in doppelter Höhe des Einsatzes zurückzahlen sollte, andernfalls würde sie zur Polizei gehen.“
„Aber dann hätte doch eher Herr Nägele ein Motiv gehabt, sie umzubringen.“
Silvia schaute Emma mit großen Augen an.
„Ich bin sicher, dass sie auch René erpresst hat. Die Polizei wird das schon herausfinden und dann ist er dran.“
„Sie scheinen ihn nicht sonderlich zu mögen …“
„Wie auch. Erst macht er meiner bildschönen Tochter den Hof, um sie dann wegen dieser Schlampe sitzen zu lassen.“
„Silvia.“ Roswitha schrie fast auf, so ungehalten war sie über die Wortwahl ihrer Schwester.
„Was denn?“, schnaubte Silvia Trötschler verächtlich.
„Und wenn das nicht schon genug wär. Anschließend betrügt Charlotte René dann mit diesem alten Rosenzüchter. Da müssen ihm ja alle Sicherungen durchbrennen.“
Sie stockte. René. Natürlich. Wie er ihr erzählt hatte, wusste er bereits seit der Nacht des Rosenballs von Charlottes Affäre mit dem Engländer. Schließlich war es Charlotte selbst gewesen, die René ihre Beziehung mit Richard Sutherfolk gebeichtet

hatte. Ob er deswegen ausgerastet war und sich an ihr rächen wollte?
Und vielleicht dabei übers Ziel hinausgeschossen war?
Emma schluckte. Sie erinnerte sich an seinen entschlossenen Blick, die sportliche Figur und vor allem an seine muskulösen, kräftigen Arme, die jederzeit ein zartes Geschöpf wie Charlotte hätten erwürgen können. Ob er damals zu weit gegangen war? Vielleicht hatte er ihr nur wehtun, ihr einen Denkzettel verpassen wollen. Doch als er merkte, dass sie sich nicht mehr rührte, nicht mehr bewegte, da hat er Panik bekommen und musste sie verscharren. Und dabei hat ihn jemand beobachtet.
Sie erstarrte. Wenn Maria es schaffte, Reinhold Nägele zu erpressen, vielleicht hat sie dann auch René unter Druck gesetzt, weil sie damals etwas gesehen hat, das sie besser nie hätte sehen sollen. Oder der alte Bauer hat etwas mitbekommen und es ihr gesteckt, als er durch Zufall René auf dem Friedhof hat stehen sehen. Und so musste René auch diese beiden beseitigen, da sie ihm hätten gefährlich werden können.
Sie schluckte erneut. Wie sehr hatte sie sich gewünscht, dass René unschuldig war. Doch mehr und mehr musste sie erkennen, dass nur er es sein konnte, der Charlotte, Franz Marder und Maria Reisinger auf dem Gewissen hatte.
Und Reinhold Nägele? Hatte er ihn auch töten wollen, weil er jahrelang Charlottes Geheimnis um ihre Affäre mit dem Rosenzüchter gedeckt hatte? Hatte Reinhold auch deshalb diese verleumderischen Geschichten – wie René es genannt hatte – erzählt?
„Ja, wusstest du das nicht? Das ist ein offenes Geheimnis bei uns. Aber anscheinend war er auch nicht der Richtige. So hat Franz Marder am Abend des Rosenballs einen Streit zwischen Richard und Charlotte mitbekommen, bei dem es heftig zur Sache gegangen sein muss. Letztendlich hat sie ihm wohl ge-

sagt, sie beende diese Beziehung, denn sie werde demnächst Renés Frau."

„Was sie aber nie geworden ist", erwiderte Emma, die die ganze Zeit vor Spannung an einem Stückchen Haut am Nagelbett ihres Daumens gekaut hatte.

„Das sagt René, und ich glaube ihm."

„Und wo ist sie dann?" Roswitha Villinger saß immer noch wie versteinert am Tisch und schaute mit großen, leeren Augen Emma an. Doch bevor Emma irgendetwas erwidern konnte, antwortete Roswithas Schwester, die mit einer neuen Flasche Wasser aus der Küche kam.

„Ich sag's ja: Sie liegt irgendwo vergraben und wartet darauf, endlich wachgeküsst zu werden."

einundsechzig

Es war einer dieser frustrierenden Abende, die man am besten ganz schnell vergessen möchte. In der Nöggenschwieler Mordserie kein entscheidendes Stück weitergekommen, das Landeskriminalamt im Nacken, die Presse vor der Brust und zu allem Überfluss hatte sich seine Mutter heute auch noch für das kommende Wochenende zum Besuch angemeldet. Mit Übernachtung natürlich.

Franz-Josef Bannholzer saß an seinem Schreibtisch, spielte mit seiner Brille – die Büroklammern hatte seine Sekretärin vorsichtshalber weggeschlossen – und er wünschte sich, er wäre sein eigener Hund. Das Problem war nur, dass er gar keinen hatte und selbst die Verwandlung in ein anderes Wesen ihn nicht vor den sich immer stärker anwachsenden Problemen schützen würde.

Dabei ging es ihm eigentlich noch ganz gut. Wenigstens körperlich. Denn als er heute Abend seinen Sohn im Krankenhaus besucht hatte, der dort wegen des Verdachts auf Blinddarmentzündung zur Beobachtung war, hatte er sich auf der Intensivstation auch nach Reinhold Nägele erkundigt, dessen Zustand stabil, aber nicht besser geworden war. „Wir müssen die nächsten 48 Stunden abwarten, dann können wir mehr sagen“, hatte ihm ein junger Stationsarzt mitgeteilt, der übernervös mit seinem blauen Kittel am Türgriff hängengeblieben war und sich dabei die Schutzbekleidung der Intensivmedizin so unglücklich aufgerissen hatte, dass er mit hochrotem Kopf davongerauscht war. Leute gibts, hatte Bannholzer gedacht

und sich gefragt, ob er auf seine Mitarbeiter ähnlich hektisch wirkte und ob er sich dabei genauso trottelig anstellte wie dieser Assistenzarzt.
Reinhold Nägele. Dieser Name ließ ihn schon seit Tagen nicht mehr los. Nur hatte er immer noch kein eindeutiges Bild von dem Mann, der diesen Namen bereits seit 61 Jahren trug. Und wie er so hilflos, fast schon leblos von Maschinen am Leben gehalten, in diesem klinisch sterilen Zimmer mit geschlossenen Augen dalag, dies hatte Bannholzer auch nicht weitergeholfen, Reinhold Nägele besser charakterisieren oder einschätzen zu können.
Im Gegensatz zu sonst – und Bannholzer hasste nichts mehr als Chaos, Unordnung und einen Berg von Akten, die einem sowieso nur die Sicht nahmen – hatte er sich sämtliche Berichte der Ermittlungen der SoKo Witznau noch einmal geben lassen. Doch schon die ersten Unterlagen, so oft er sie sich auch ansehen mochte, hatten ihm keine Erleuchtung gebracht. Ganz im Gegenteil: Von Minute zu Minute und von Seite zu Seite war er müder geworden, sehnte sich nach einem Zigarillo und einem guten Tropfen und sah sich in Gedanken schon die Beine hochgelegt vor dem Kamin sitzen und die Welt Welt sein lassen.
Angestrengt schaute er aus dem Fenster. Das orangefarbene Licht der Straßenlaterne, umhüllt von einem zarten Nebelschleier, hatte etwas Trauriges und Verlorenes und Bannholzer hatte das Gefühl, die Lampe sei er, wie er mit letzter Kraft gegen den immer stärker werdenden Nebel aus Druck, Frustration und Hilflosigkeit ankämpfte und als Einziger noch imstande war, auch in der düstersten Stunde des Daseins zu leuchten.
Weiter gehts, dachte er und atmete noch einmal tief durch, ehe er sich die nächste Mappe vom Stapel nahm, auf der in Versalien der Name Gerald Nägele geschrieben stand.

Gerald Nägele. Der ungeratene, der verlorene Sohn. Was für ein Klischee, dachte Bannholzer. Aber Gerald passte nun mal perfekt auf die Beschreibung eines Taugenichts. Er erinnerte sich noch gut an das gestrige Gespräch, in dem Gerald nonchalant über jeglichen Verdacht erhaben gewesen zu sein schien und absolut kein Mitgefühl für seinen Vater empfunden hatte. Was für ein Kotzbrocken!, dachte Franz-Josef Bannholzer und erinnerte sich an ein psychologisches Seminar in Freiburg zurück, auf dem verschiedene Profiler ihre Arbeitsmethoden dargelegt und dabei zu erklären versucht hatten, was die Ursachen für so manch seelischen Abgrund sein könnten. Eine Theorie beleuchtete den Geschwister-Konflikt, der, auf Eifersucht, Neid und Missgunst basierend, eine Dynamik entwickelte, die sich, dem biblischen Vorbild der Brüder Kain und Abel folgend, in der Praxis sehr häufig in einer absoluten Tragödie entladen würde.
Hatte Gerald Nägele etwa seinem Vater aufgelauert, nur weil dieser seine Tochter über alles liebte und in seinem Herzen dadurch anscheinend keinen Platz für Gerald hatte? Oder war es die gesamte Aufmerksamkeit, die Charlotte von allen Seiten, ob in der Schule, beim Sport, in den Vereinen und eben auch als Rosenkönigin zuteilwurde, mit der Gerald nicht mehr leben konnte?
Bannholzer grübelte. Doch Charlottes Verschwinden konnten sie ihm beim besten Willen nicht anhängen, weil dafür sowohl die Indizien wie auch die Beweise fehlten. Es war und blieb eine Theorie. Eine sehr glaubwürdige zwar, aber eben nur eine Theorie.
Charlotte. Sie war der Schlüssel zu allem, dessen war sich Franz-Josef Bannholzer nun sicherer denn je. Nur wusste er immer noch nicht, wie sie, um die sich in Nöggenschwiel auch 15 Jahre nach ihrem Verschwinden immer noch alles drehte, in dieses Puzzle hineinpasste. Bisher wusste man ja noch nicht

einmal, ob sie überhaupt noch lebte. Eine Überprüfung der Schweizer Behörden hatte nichts ergeben. Es waren weder eine Charlotte Nägele noch eine Charlotte Lusser irgendwo gemeldet, zumindest keine, auf die die Beschreibung der Nöggenschwieler Charlotte gepasst hätte. Auch bei den Friedhöfen, Krematorien und den Vermisstendienststellen der Schweizer Kantonspolizeistationen hatte man nachgefragt, doch diese Recherche war ebenso erfolglos geblieben.

Bannholzer wollte sich gerade schon die nächste Mappe vornehmen, als sein Handy klingelte. Als er sah, welche Nummer in seinem Display blau aufleuchtete, nahm er das Gespräch sofort an.

„Bannholzer? Ist Reinhold Nägele wieder ansprechbar?“, fragte er den Arzt, der sich ihm als Dr. Schmidt vorgestellt hatte.

„Dazu kann ich Ihnen nichts sagen. Ich rufe aus der Chirurgie an. Ihr Sohn wird hier gerade operiert. Er hat einen Blinddarmdurchbruch.“

zweiundsechzig

Emma lag – nachdem sie in ihre Ferienwohnung zurückgekehrt war, einen Kakao getrunken und sich anschließend im Bad für die bereits weit fortgeschrittene Nacht fertig gemacht hatte – hellwach unter dem warmen Oberbett. Ihr Gehirn ratterte. Die Gedanken wollten sie einfach nicht einschlafen lassen. Immer wieder grübelte sie über die vergangenen Stunden und Tage. Über die Menschen, die sie kennengelernt, über die Geschichten, die sie gehört, und die Sachen, die sie entdeckt hatte.

Entdeckt, das war das Stichwort. Charlottes Affäre, Marias Erpressungen, den Verrat und die dadurch entstandene Illoyalität gegenüber Georg Villinger, Geralds Hass auf seine Familie, das Gewächshaus, das wie aus dem Nichts kommend in diesem Garten vor ihr aufgetaucht war und sich als ein Altar, als eine letzte Ruhestätte entpuppt hatte.

Ruhestätte. Emma richtete sich abrupt in ihrem Bett auf. Das wars. Natürlich. Das Gewächshaus ist gar kein Treibhaus für Pflanzen oder ein Pavillon für empfindliche Rosen, damit diese den strengen Winter gut überstehen.

Das Gewächshaus war ein Grab. Ein Grab mit unzähligen Rosen, ihrer Rose. „Remember me".

Emma fasste sich an den Kopf. Eine Haarsträhne fiel ihr ins Gesicht und kitzelte sie an der Nase.

Ein Grab der Erinnerung. Ein Grab für einen besonderen Menschen, den man unglaublich geliebt, verehrt, vergöttert haben muss.

Ein Grab für eine Königin.

dreiundsechzig

Donnerstag, 22. November 2012

Der Parkplatz hinter dem Direktionsgebäude war fast leer, als Franz-Josef Bannholzer seine silberne Limousine abstellte. Außer den Fahrzeugen der Kollegen von der Nachtschicht stand noch kein Wagen auf dem geteerten Platz, der zu Stoßzeiten gut und gerne 30 Fahrzeuge fassen konnte.

Noch etwas schwerfällig stieg der Kriminalrat aus seinem Wagen. Er war hundemüde, brauchte dringend einen Kaffee und sah einfach nur fürchterlich aus. Die ganze Nacht hatte er neben seiner Frau am Bett ihres Sohnes gewacht, der gegen 2 Uhr endlich aus dem OP in den Aufwachraum geschoben worden war. Frederik war jedoch nach kurzem Erwachen wieder eingeschlafen und Bannholzer hatte es gegen 5.30 Uhr endgültig satt, zum Nichtstun verdammt zu sein. Vorsichtig hatte er sich aus dem Raum gestohlen. Der Kopf seiner Frau, die zwischenzeitlich eingeschlummert war, ruhte auf ihren Unterarmen. Frederiks Atem ging gleichmäßig und ruhig. Dabei hatten die Ärzte besorgte Gesichter gemacht, als Bannholzer gegen 23 Uhr in die Chirurgie gerannt gekommen kam.

Es war Rettung in letzter Sekunde gewesen. Denn die Entzündung hatte sich bereits weit in den Blinddarm hineingefressen, wie man ihm mitgeteilt hatte, um ihn anschließend zum Warten zu verdammen. So war er ins Wartezimmer gegangen, immer noch aufgebracht vom Sprint durch die Klinik und die spärlichen Informationen der Mediziner, in dem er seine in Tränen aufgelöste Frau vorgefunden hatte. „Wie konnte das nur passieren? Was haben wir nur übersehen? Und was ist, wenn er nun ...?“ Diese und ähnliche Fragen hatte sie sich unentwegt gestellt, während er bemüht war, sie zu trösten. Dabei hätte auch er Worte des Beistands mehr als nötig gehabt, doch daran war in diesem Moment einfach nicht zu denken gewesen.

So hatte er sich mit der Frage herumgeschlagen, wieso das gerade jetzt passieren musste, wo er alle Kraft und Energie in die aufzuklärenden Mordfälle und den aktuellen Mordversuch investieren musste. Ihm war klar, dass es darauf keine irdische Antwort gab. Also bemühte er sich mithilfe mehrerer Tassen wässrigen Kaffees aus dem Automaten im Foyer des ersten Stocks seine Gedanken zu ordnen, während er sich abwechselnd das friedliche, engelsgleiche Antlitz seines Sohnes und die angestrengten und verweinten Gesichtszüge seiner leise schlafenden Frau angesehen und dabei über den Sinn und vor allem über die Endlichkeit des Lebens nachgedacht hatte.

Nun saß er in seinem Büro und schaute mit leerem Blick seine Tasse mit dem Schriftzug „Für Papa“ an, die ihm sein Sohn zum Nikolaustag des vergangenen Jahres geschenkt hatte. Was ist, wenn es dieses Jahr gar kein gemeinsames Nikolausfest mehr gibt?, dachte er und presste die Lippen zusammen, als sich eine Träne in seinem rechten Auge verlor.

Er musste sich ablenken. Zwar hatten die vor ihm liegenden Mappen nicht den Reiz, dies auch nur annähernd zu schaffen, aber da er im Moment keine Alternative besaß, nahm er sich die oberste Akte vom Stapel.

Es war erneut die Akte von Gerald Nägele. Ganz oben war der Ermittlungsbericht über das jüngste Verhör eingeheftet, bei dem der Kriminalrat selbst zugegen gewesen war. Die Vernehmung hatte nichts wirklich Neues ergeben und so wollte er die Akte schon gerade schließen und sich mit der von Richard Sutherfolk beschäftigen, als sein Blick am letzten Satz des Berichts unter der Rubrik „Sonstiges" hängen blieb: „Auffallend waren die vielen Porträts der Tochter des Opfers im ganzen Haus."

Dazu hatte Gerald Nägele nur abfällig bemerkt, wenn es nicht ihr Vater wäre, könnte man glatt meinen, das sei die Arbeit eines Stalkers gewesen, erinnerte sich Franz-Josef Bannholzer an Geralds Bemerkung, bevor er sie äußerst unhöflich aus dem Haus komplimentiert hatte.

Franz-Josef Bannholzer stand auf. Er spürte seine müden Knochen und unbeweglichen Gelenke, die nach mehreren ungemütlichen Stunden im Stuhl des Krankenzimmers förmlich nach einer Erholungspause lechzten.

Er sah aus dem Fenster, das zur Straße hin zeigte. Die Stadt war gerade im Begriff zu erwachen. Die Müllabfuhr war bereits unterwegs und durchfuhr langsam die Straße, die seitlich an der Polizeidirektion entlang führte und auf die Bundesstraße mündete. Der Greifarm des Müllwagens holte sich gerade eine graue Restmülltonne, hob sie an, führte sie ans Entladefach, kippte sie, um sie anschließend nach erfolgreicher Leerung wieder an den Straßenrand zu stellen. Keine fünf Meter weiter begann das gleiche Spiel von vorn. Monoton, spannungslos und doch so immens wichtig für das Funktionieren einer Stadt, dachte Bannholzer.

Funktionieren. Genau das musste Reinhold Nägele auch, nachdem seine Tochter verschwunden war, dachte Bannholzer, als er wieder an seinen Schreibtisch zurückgekehrt war. Doch was ist, wenn Charlotte wirklich nicht abgehauen oder durchgebrannt ist, sondern sie jemand hatte verschwinden lassen?

Er blätterte durch die Zeitungsartikel, die die Kollegen bei Nägele sichergestellt hatten. Überall, wie bereits schon auf den Fotos, war nur Charlotte zu sehen. Charlotte bei der Mitglie-

derversammlung der Landfrauen, Charlotte bei der Pflege eines Rosenbeets, Charlotte im Tennisdress und als Rosenkönigin.
Immer nur Charlotte.
Eine Welt, in der nur Charlotte existierte.
Eine Welt, in der Charlotte alles war.
Was muss das für eine Welt sein, in der nichts Anderes außer Charlotte zählt?, sinnierte Bannholzer und strich sich dabei über seinen Bart, fast so, als könne dieser ihm die Bedeutung dieses übertriebenen Personenkults erklären.
Charlotte, der Lebensinhalt.
Der Mittelpunkt der Welt.
Das Objekt der Begierde.
Bannholzer hätte fast seinen Lieblingsbecher umgeworfen, als er sich am Tisch abstützend mit Temperament aus dem Ledersessel erhob und nach den Autoschlüsseln griff.

vierundsechzig

Ein lautes Bollern riss Emma aus ihrem Halbschlaf. Sie hatte die kurze Nacht kaum geschlafen, und als sie auf die Uhr sah, stellte sie überrascht fest, dass es noch keine 6 Uhr war.
Da sie aus dem Nachbarapartment der Urlauber aus Dortmund keinen Laut hörte, musste das Geräusch wohl von draußen gekommen sein. Vielleicht ist es im Hof spiegelglatt und der Zeitungsbote ist mit seinem Fahrrad hingefallen, mutmaßte Emma, ohne aber wirklich eine Idee zu haben, ob der Mensch, der in Nöggenschwiel die Zeitungen austrug, ein Mann oder eine Frau und ob er oder sie zu Fuß, mit dem Auto oder eben mit dem Fahrrad unterwegs war.
Sie wusste nicht mehr genau, was sie in den wenigen Stunden – oder waren es gar nur Minuten – des Tiefschlafs geträumt hatte. Und doch war ihr, als hätte sie sich selbst von außen betrachtet, wie sie so durch den Ort eilte. War sie auf der Flucht? Vor wem oder vor was lief sie weg? Wollte sie Hilfe holen?
Emma rieb sich die Augen. Sie merkte einen leicht stechenden Schmerz im oberen Nackenbereich und versuchte mit weichen Kreisbewegungen, ihren Kopf zu lockern und sich zu entspannen.
Nachdem sie aufgestanden war, kurz, aber heiß geduscht hatte und anschließend in ihre Lieblingsklamotten – Jeans, Unterhemd und den sandfarbenen Kaschmirpulli – geschlüpft war, machte sie sich eine Tasse heiße Schokolade. Schlürfend kuschelte sie sich aufs Sofa, ihre Hände umfassten den Becher in

der Hoffnung, genug der von ihm ausgehenden Wärme in sich aufzusaugen. Geistesabwesend schaute sie aus dem Fenster in die sich langsam auflösende Dunkelheit, die einem neuen Tag weichen musste.

In ihrem Kopf spielten sich die wildesten Szenen ab. Mal war sie mittendrin und alles war auf sie ausgerichtet. Dann wieder war sie die distanzierte Beobachterin, die über den Dingen schwebte, mit dem nötigen Abstand zwischen der Welt hinter der Glasscheibe und dem Kosmos. Doch ganz gleich, wo sie sich befand, es drehte sich alles nur um eine Person: Charlotte. Immer wieder kamen Emma die gleichen Bilder hoch. Wie Charlotte als Rosenkönigin triumphierend auf dem Wagen saß und dem Publikum zuwinkte. Einem Publikum, das nur aus bekannten Gesichtern bestand. Reinhold Nägele war ebenso zu sehen wie sein Sohn Gerald. Maria Reisinger und Franz Marder standen in der Reihe genauso wie die Villingers. Selbst Richard Sutherfolk und René Lusser konnte sie erkennen, wenn auch nur schwach, undeutlich, kaum wahrnehmbar. Die Blitzlichter überstrahlten die Sonne und Charlotte hatte ihr schönstes Lächeln aufgesetzt. Ein Lächeln für die Ewigkeit. An das man sich auch noch in hundert Jahren erinnern würde. Emma zuckte zusammen. Der Kakao schwappte über und hinterließ ein paar kleine Spritzer auf ihrem Pullover, als sie ruckartig aufstand. „Ich muss es endlich wissen", sagte sie laut zu sich selbst, nahm noch einen kräftigen Schluck, stellte die Tasse in die Spüle, zog sich ihre Jacke an und stieg in ihre Winterschuhe, bevor sie die Wohnung verließ.

„Guten Morgen." Emma erschrak, als sie im Dunkel des Flurs eine Stimme vernahm.

Sie hörte, wie jemand den Lichtschalter betätigte und im nächsten Augenblick sah sie ihre Feriennachbarin aus dem danebenliegenden Apartment kommen.

„Oh, Sie sind aber auch schon früh auf den Beinen", sagte

Luise Kampmann mit einem Lächeln, das aber im nächsten Moment erfror, und die ältere Dame zitterte, als sie vorsichtig und mit schwacher Stimme hinzufügte: „Oder ist wieder etwas passiert?“
Da Emma nicht wusste, ob Luise Kampmann Reinhold Nägele kannte oder von dem versuchten Mordanschlag auf ihn gehört hatte, und da sie ihre mehr als besorgte Nachbarin nicht noch weiter beunruhigen wollte, antwortet Emma so ausweichend wie möglich: „Außer dem lauten Poltern vor der Tür ist heute Morgen noch alles ruhig und friedlich.“
„Sie haben das auch gehört? Ich hab schon zu meinem Mann gesagt: In der Stille nimmt man Geräusche plötzlich viel intensiver war als in der Stadt, wo man ja quasi vor lauter Lärm gar nicht mehr die Stille hören kann.“
„Ich glaube, der Zeitungsjunge war heute Morgen besonders beschwingt oder er wollte schneller sein als der Weckruf des Dorfhahns“, sagte Emma.
„Wenigstens bin ich dann nicht die Einzige, die unruhig geschlafen hat.“ Luise Kampmann schaute müde und abgespannt aus. Dennoch versuchte sie, milde zu lächeln. Auch dann noch, als sie die gereizte Stimme ihres Mannes durch die Tür hörte.
„Luise, hast du irgendwo meine Strickjacke gesehen? Ich kann sie nirgendwo finden.“
„Ich muss los“, sagte Luise Kampmann und zeigte mit einer leichten Kopfbewegung Richtung Tür. „Es war schön, mit Ihnen zu plaudern, aber wie Sie hören, findet Herbert seine Sachen mal wieder nicht. Dabei könnte ich wetten, dass er sich die Strickjacke schon längst angezogen hat.“
Luise Kampmann war schon fast in der Tür, als sie sich noch einmal umdrehte. „Konnten Sie mit meiner Beobachtung eigentlich etwas anfangen? Ich meine, wissen Sie jetzt, wer den alten Bauern und die Verkäuferin aus dem Lädele umgebracht hat?“

„Luuuiiiiiiiiise …“, schallte es erneut aus dem Apartment der Kampmanns.
„Ja doch, ich komme schon“, sagte Luise Kampmann und schaute Emma, die schon an der Außentür zum Hof war, erwartungsvoll und gespannt an.
„Ich glaube, eine Rose wird uns die Antwort darauf geben“, rief Emma in den Flur zurück. Sie sah gerade noch, wie die Tür des Apartments ihrer Nachbarn ins Schloss fiel.
Die Ärmste. Manchmal ist es vielleicht doch ein Geschenk, Single zu sein, dachte Emma und trat ins Freie. Eine Mülltonne stand mitten in der Einfahrt. Also doch kein Zeitungsjunge, der nicht Rad fahren kann, sondern schlicht und ergreifend die Müllabfuhr, dachte sie und zog sich den Reißverschluss ihrer Winterjacke hoch.
Es war immer noch kalt. Ein leichter Eisfilm auf den Dächern der gegenüberliegenden Scheune und auf den Scheiben der Autos waren deutliche Zeichen des nahenden Winters, der hier in fast tausend Metern Höhe besonders lang und äußerst heftig ausfallen konnte.
Als Emma gegen 7.30 Uhr den Witznauweg in Richtung Friedhof hochlief, hatte sich der Himmel über dem Hügel Richtung Berau bereits wieder in ein dunkles Grau verfärbt. Schwer hing die Wolkendecke, bei der man weder Anfang noch Ende erkennen konnte, an der Bergkette des Klettgaus fest. Monströs, mächtig und bedrohlich zugleich, schoss es Emma in den Kopf, und ein kalter Schauer lief ihr den Rücken hinunter.
Nachdem sie die Kirche St. Stephan hinter sich gelassen hatte, überquerte sie den Rathausplatz. Nur ein Auto stand vor dem Lädele, ansonsten war um diese Uhrzeit – und nachdem die Schulkinder mit dem Bus abgeholt worden waren – nicht viel los. Das Postfahrzeug, das gegen 11 Uhr kommen würde, und die ersten Schulbusse gegen 12.30 Uhr würden die einzigen Höhepunkte an einem sonst verträumten Mittag werden.

Emma ging den gleichen Weg entlang, den sie am Dienstag schon einmal gelaufen war. Auch heute begrüßten sie die verblühten Trauerweiden am Eingang des Friedhofs, als sie den Kiesweg betrat. Verwaist lag der Gottesacker vor ihr. Einige Krähen zogen über sie hinweg und ließen sich auf dem Kirchendach nieder, wo sie in ein wildes Gekrächze einstimmten. Nahezu alle Grablichter brannten, als Emma durch die Reihen ging. Schon von Weitem versuchte sie, das Loch, durch das sie vor zwei Tagen geschlüpft war, ausfindig zu machen. Doch die Rhododendronbüsche bauten sich dicht und undurchlässig vor ihr auf und gaben nichts von dem preis, was sie hinter ihrem blickdichten Schutz verbargen. Um wenigstens etwas sehen zu können, ging sie auf die Knie und lugte angestrengt durch die Sträucher hindurch.

Nur zaghaft konnte sie das zarte Licht erkennen. Sie schaute sich noch einmal nach allen Seiten um. Aber es war wirklich keine Menschenseele zu dieser frühen Uhrzeit auf dem Friedhof zu sehen, und so krabbelte sie auf allen Vieren die grüne Wand entlang, bis sie das Loch endlich gefunden hatte.

Vorsichtig, jede Bewegung abwägend, und doch bestimmt und mit dem einen Ziel vor Augen kroch sie durch das kleine Loch. Nachdem sie sich auch noch durch die Hecke des sowohl an den Friedhof als auch an das angrenzende Grundstück gekämpft hatte, war sie endlich angekommen. Nach ein paar Schritten konnte sie schemenhaft bereits die ersten Umrisse des Gewächshauses sehen.

Das Licht flackerte fröhlich vor sich hin. Wie bereits vor Tagen war auch jetzt die Tür des Gewächshauses mit dem großen Vorhängeschloss verriegelt. Auch wenn sie so langsam eine Vermutung hatte, warum jemand alles dafür getan hatte, dass man nicht einfach so das Gewächshaus betreten konnte, so wunderte sie sich dann doch, warum gleich neben dem Rosenpavillon eine Kuhle ausgehoben war.

Ob ein zweites …? Egal, dachte sie. Gedanken darüber kann ich mir auch noch später machen. Viel wichtiger ist doch jetzt, wo ich auf die Schnelle einen Dietrich herbekomme, sinnierte sie. Sie ärgerte sich, in all der Aufregung nicht schon vorab im Vorratszimmer ihrer Vermieter nach entsprechendem Werkzeug Ausschau gehalten zu haben. Aber vielleicht werde ich ja im Schuppen fündig, dachte sie, als sie nur wenige Meter vom Glaspavillon entfernt ein Gartenhäuschen versteckt unter einer Tanne stehen sah.

Die Tür des Schuppens war im Gegensatz zum Gewächshaus nicht verschlossen, als Emma vorsichtig ins Halbdunkle trat. Modriger, fauler Geruch schlug ihr entgegen. Nur langsam gewöhnten sich ihre Augen an die Dunkelheit, von der sich die Gegenstände nur schemenhaft abzeichneten.

Hier muss aber jemand viel Zeit haben, sinnierte Emma, als sie sich umschaute. Gartengeräte an der Wand, Sprühflaschen, Keramikdosen und Glaskaraffen verschiedensten Inhalts auf dem Tisch, Übertopfe, Blumenkästen und Pflanzenschalen im Regal – alles war nach Größen geordnet, sorgfältig aufgereiht und penibel korrekt sortiert.

So fand Emma schnell, was sie suchte. Der Werkzeugkasten stand auf einem Regal gleich neben der Harkenleiste, in denen Gartenhelfer wie ein Kultivator, eine Unkrauthacke, ein Rasenlüfter, ein Rechen, ein Besen und ein Spaten aufgereiht waren.

Auch der Werkzeugkasten war ein Paradebeispiel für Übersichtlichkeit und einen peniblen Ordnungssinn. Ob Feilen, Zangen oder Sägen – jedes Utensil war an seinem vorgesehenen Platz, ohne nur einen Millimeter davon abzuweichen oder dem danebenliegenden Garteninstrument zu nahe zu kommen. Wie sehr muss man die Gartenarbeit lieben, um selbst einen Werkzeugkasten wie aus dem Ei gepellt aussehen zu lassen? Ob die Hemden auch so akkurat zusammengelegt und der

Kühlschrank ebenfalls nach Produkten, Größen und Haltbarkeitsdaten geordnet sind, fragte sich Emma, die immer noch etwas verwirrt und gleichzeitig überrascht Schublade für Schublade des Werkzeugkastens aufzog.
Wo kann es nur sein, grübelte Emma, die nun auch noch die Schubfächer des Arbeitstisches öffnete. Sie wollte schon mit ihrer Suche aufgeben, als ihr Blick an einer Kunststoffbox haften blieb, die früher einmal Pralinen beinhaltet hatte. Vorsichtig öffnete sie den Kasten, nahm ihn hoch und kramte mit ihrem Zeigefinger zwischen Schraubenziehern, Batterien und Inbusschlüsseln.
War da jemand? Plötzlich hielt sie inne und lauschte in die Stille, die noch immer unter dem morgendlichen Nebel ruhte. Die Tür des Schuppens, die sie angelehnt hatte, bewegte sich nicht und auch sonst war nichts zu hören.
Emma, beruhige dich, ermahnte sie sich und wandte sich wieder der Plastikbox zu. Sie atmete auf, als sie endlich fündig wurde.

fünfundsechzig

Bereits in seinem Wagen sitzend rief Franz-Josef Bannholzer seine Sekretärin an, die gerade nicht an ihrem Platz gesessen hatte, als er an ihrem Schreibtisch vorbei durch die Tür auf den Flur und in Richtung Parkplatz gestürmt war. Er erklärte ihr, dass er auf dem Weg nach Nöggenschwiel war, um mit Georg Villinger zu sprechen, und dass sie Strittmatter und Alt nachschicken sollte, sobald die beiden das Dienstgebäude betreten würden.

Er hatte gehört, dass Villinger viele Jahre Vorsitzender des Heimat- und Geschichtsvereins gewesen war, und erhoffte sich daher Antworten auf einige seiner ungeklärten Fragen.

Da die Straßen an diesem Donnerstagmorgen nicht übermäßig befahren waren, erreichte er nach gut 16 Minuten das Rosendorf. Schon von der Anhöhe aus, an der er links fahren musste und an der es rechts ab zur Gustav-Siewerth-Akademie und geradeaus nach Weilheim ging, konnte er das Dorf unter einer dichten Nebeldecke vor sich hinschlummern sehen. Die Straßenlaternen waren bereits ausgeschaltet und so lag der Ort in einem diffusen, fast schon mystischen Licht.

Villingers Haus befand sich, wie er den Unterlagen entnehmen konnte, im Witznauweg, der wiederum als erste Straße rechts ab vom Rosenweg zum Witznaustausee führte. Das Navigationsgerät seines Wagens leitete ihn sicher durch das Nebelmeer, das aus dem Schlüchttal langsam heraufzog und sich in der Senke, in der der Ort lag, so richtig ausbreiten konnte.

Hinter den Fenstern des Hauses brannte bereits Licht, als er den Wagen mitten auf dem Hof parkte. Eine Frau schaute durchs Küchenfenster, während er die Treppe bestieg, die seitlich zwischen dem Haus und den Garagen zur Eingangstür führte.

Noch ehe er bei Villingers klingeln konnte, öffnete ihm bereits ein Mann die Tür. Er schien von diesem frühen Besuch überrascht zu sein, begrüßte er ihn doch mit einem sahnigen Bart aus Rasierschaum, einer Jogginghose, die auch als Schlafanzughose hätte durchgehen können, zerzausten Haaren und in einem feingerippten Unterhemd.

„Guten Morgen. Sie sind sicher von der Polizei?", nuschelte Georg Villinger mit zusammengekniffenem Mund, denn er wollte vermeiden, dass der Rasierschaum sich nicht nur auf seinen Lippen, sondern auch noch in seinem Mundraum ausbreitete.

„Kriminalrat Franz-Josef Bannholzer. Guten Morgen. Meine Kollegen sind bereits auf dem Weg nach oben und müssten jeden Augenblick hier sein."

Als er Georg Villingers besorgtes, fast schon verängstigtes Gesicht sah, fügte er hinzu: „Keine Sorge. Wir wollen nur mit Ihnen reden. Darf ich reinkommen?"

Der Wohnraum war hell erleuchtet und wohlig warm. Am Esstisch saßen zwei Jungs und ein Mädchen – jeweils im Schlafanzug – die den Kriminalrat fasziniert anstarrten. Als eine Frau mit einer Tasse Kaffee aus der Küche kam und auf die Uhrzeit verwies, standen die Kinder auf und verließen das Esszimmer in Richtung Kinderzimmer, nicht ohne sich immer wieder nach dem großen Mann mit dem gezwirbelten Bart umzuschauen.

„Ich störe sehr ungern. Aber es muss sein", bemerkte Bannholzer, der die ihm von der Frau des Hauses angebotene Tasse Kaffee dankend annahm.

„Milch und Zucker stehen auf dem Tisch. Mein Mann kommt

sofort“, sagte die Frau, die sich ihm als Roswitha Villinger vorstellte. Sie setzte sich Bannholzer gegenüber und schaute ihn dabei mit der gleichen Faszination an, wie es kurz zuvor bereits ihre Kinder getan hatten.

„Haben Sie den Mörder endlich gefunden?“, fragte Georg Villinger, der, ohne Rasierschaum, dafür aber mit einem Oberhemd bekleidet, zu ihnen an den Tisch trat.

„Dazu darf ich Ihnen aus ermittlungstaktischen Gründen leider nichts sagen. Aber vielleicht können Sie mir in einer bestimmten Sache weiterhelfen.“ Bannholzer nahm die Mappe, die er seit seiner Ankunft in der Hand gehalten hatte, und schlug sie auf. Er holte einige Zeitungsartikel heraus und legte sie nebeneinander auf die Wachstischdecke.

„Können Sie mir sagen, wer diese Fotos gemacht hat? Leider ist unter den Bildern kein Fotonachweis zu erkennen.“

Georg Villinger schaute sich die Bilder interessiert an. Auch Roswitha Villinger nahm einige Berichte in die Hand.

„Diese hier.“ Roswitha Villinger zeigte auf eine Aufnahme, auf der Charlotte eine Girlande schmückte, „hat auf jeden Fall ihr Vater gemacht. Ich stand nämlich auf der anderen Seite der Girlande und habe ihr geholfen. Doch da ihr Vater sie allein auf dem Bild haben wollte, bat er mich, einige Schritte zur Seite zu gehen.“ Sie verdrehte die Augen, als sie den Artikel wieder zu den anderen legte. „Sie müssen nämlich wissen: Reinhold Nägele hat wirklich kein Bildmotiv ausgelassen, wenn es darum ging, die Entwicklung seiner Tochter, und sei es nur die über mehrere Stunden eines Tages, festzuhalten. Man kann es auch übertreiben“, sagte sie mit einem verständnislosen Seufzer, erhob sich von ihrem Stuhl und ging in die Küche.

„Die meisten hat ihr Vater geschossen. Aber diese hier ...“ Georg Villinger überlegte. „Ich glaube ...“

„Ihre Kollegen sind da", rief Roswitha Villinger aus der Küche.

Franz-Josef Bannholzer ging zur Tür und öffnete Karl Strittmatter und Stefan Alt, die gehetzt aussahen und ihn mit fragenden Blicken anschauten.

„Kommen Sie rein und setzen Sie sich."

„Wollen Sie auch eine Tasse Kaffee?", fragte Roswitha, die zusammenfuhr, als es erneut klingelte – diesmal an der Wohnungstür.

Verwundert ging sie zur Tür, während Strittmatter und Alt ihre Mäntel auszogen und sich zu ihrem Chef und Georg Villinger an den Tisch setzten.

„Frau Kampmann. Guten Morgen. Ist ..."

„Ich muss unbedingt mit der Polizei sprechen", unterbrach Luise Kampmann, die mit knallrotem Kopf und schwer atmend die Treppe heraufgekommen war.

Nachdem sie sich an Roswitha Villinger vorbeigezwängt hatte, nickte sie – immer noch atemlos – den Anwesenden zu.

„Ich ..., ich heiße Luise Kampmann", japste sie, während sie sich an einer Stuhllehne abstützte.

„Frau Kampmann, jetzt beruhigen Sie sich doch erst einmal und setzen sich hin. Sie sind ja völlig außer Atem", sagte Roswitha Villinger, die sogleich in die Küche eilte, um ihrem Feriengast ein Glas Wasser zu holen.

„Ich kann mich einfach nicht beruhigen. Ich muss Ihnen", sie zeigte mit ihrem Kopf in Richtung Bannholzer, Alt und Strittmatter, „unbedingt etwas sagen, obwohl ich nicht weiß, ob es für Sie wichtig ist." Sie setzte sich in den Stuhl, auf dem wenige Augenblicke zuvor noch Roswitha Villinger gesessen hatte, die sich nun, nachdem sie Luise Kampmann das Glas Wasser hingestellt hatte, an den Türpfosten lehnte und ebenso wie die Kriminalbeamten und ihr Mann gespannt waren, was ihnen nun Luise Kampmann erzählen würde.

„Dann schießen Sie mal los.“ Franz-Josef Bannholzer, der eigentlich keine Lust hatte, jetzt irgendwelche Lebensgeschichten oder möglichen Mordmotivspekulationen zu hören, riss sich zusammen und schaute Luise Kampmann milde an.
„Ich weiß nicht, wie ich beginnen soll, und vielleicht ist es ja wirklich total belanglos, aber ich mache mir seit Tagen schon solche Gedanken, dass ich gar nicht mehr schlafen kann. So sehr belastet mich mein Gewissen.“
„Frau Kampmann, ich bitte Sie, was wollen Sie uns denn so Wichtiges mitteilen, das so existentiell zu sein scheint, dass Sie davon sogar um Ihren Schlaf gebracht werden.“
Luise Kampmann zuckte zusammen. „Ich will doch nur helfen“, flüsterte sie, während sie das Glas nahm und eingeschüchtert daran nippte.
„Wir, also mein Mann Herbert und ich, machen hier schon seit über 20 Jahren Urlaub. Und immer bei den Villingers, nicht wahr?“ Luise Kampmann blickte zu ihrer Vermieterin, die mit einem angedeuteten Kopfnicken diese Aussage bestätigte.
„Auf jeden Fall gehe ich jeden Morgen ins Lädele und kaufe dort ein. Mal Brötchen, Butter, Wurst und Käse. Mal die Zeitung, Obst, Gemüse oder auch Milch. So bin ich also auch am Samstagmorgen zum Lädele gegangen. Ich gehe immer den Weg am Kindergarten und dem kleinen Friedhof entlang. Da kommt man am Rathausplatz dann raus und ist schon gleich da.“
Sie trank einen großen Schluck, während Bannholzer ungeduldig mit den Fingerspitzen auf dem Tisch trommelte. Roswitha und Georg Villinger zeigten keine Regung. So suchte Luise Kampmann den Blick von Stefan Alt. Als er ihr aufmunternd zulächelte, fuhr sie fort: „Ich bin gerade um die Ecke gebogen, da hat mich ein Mann angesprochen. Ich habe mich fürchterlich erschreckt, da ich ihn zuerst nicht gesehen, sondern eben nur gehört habe. Ich dachte, er würde mit mir spre-

chen, aber als ich genauer hinhörte, da hat er irgendetwas vor sich hingebrummelt, was sich nach einem Kinderlied angehört hat."

„Und was war das für ein Kinderlied?" Strittmatter kam Bannholzer mit seiner Frage zuvor, der ebenfalls endlich die Pointe der Geschichte hören wollte.

„Er sang: ‚Sah ich einst ein Röslein stehn, war so jung und war so schön. Die Haare schwarz, die Lippen rot, nun ist sie wie Schneewittchen tot.' Und ich bin mir sicher, dass er nicht mich damit gemeint hat." Luise Kampmann lächelte verkrampft.

„Und warum erzählen Sie uns das dann?", fragte nun Bannholzer, der seinen Unmut nicht mehr länger zurückhalten konnte.

„Weil der Mann keine drei Stunden später tot war."

sechsundsechzig

Die hohe Luftfeuchtigkeit war fast unerträglich. Emma atmete schwer, als sie endlich im Gewächshaus stand. Nachdem sie sich an die stickige Luft so langsam etwas gewöhnt hatte, schaute sie sich interessiert um. Doch anstatt auf Nutzpflanzen wie Tomaten, Bohnen, Salat oder Erdbeeren zu stoßen, zierte die gesamte Fläche der Kopfseite des Gewächshauses nur eine einzige Rosenstaude, deren einzige Blüte, wie Emma schon vor Tagen durch ein Fenster erspähen konnte, gerade ihre schönste Pracht entfaltete. Vor der Rosenstaude stand das kleine Windlicht, hinter dessen mosaikartig angelegten Glasstücken ein kleines Licht leuchtete.

Das ist sie also, die winterblühende Rose mit diesem so passenden Namen ‚Remember me', dachte Emma und trat vorsichtig näher an die Staude heran. Links und rechts vom Eingang waren zwei Tische aufgestellt, die jemand zu Vitrinen umgebaut hatte und die über und über mit Rosenblüten geschmückt waren. Dazwischen standen Bilderrahmen, die nur ein Motiv zeigten.

Emma musste schlucken. Ihr wurde übel und schwindelig zugleich, als sie Charlotte in all den Facetten ihres Lebens sah. Fast hätte sie den silberfarbenen Bilderrahmen mit einem Foto, auf dem Charlotte ausgelassen lachte, umgestoßen, als sie nach diesem griff. Noch gerade so konnte sie den möglichen Dominoeffekt vermeiden und versuchte, in der stickigen Luft des Treibhauses ruhig zu atmen.

Sie kämpfte mit ihrer Wahrnehmung. Waren es etwa die Mi-

gränetabletten, die sie nicht vertrug? Oder war es das aufkommende Hungergefühl, das ihre Sinne trübte? Nein, es schien immer noch der Albtraum von vergangener Nacht zu sein. Aber wo war dann der Radiowecker, der gleich mit lauter Popmusik losdudeln und sie endlich aus diesem schrecklichen Traum ins wahre Leben zurückholen würde?
Doch alles Hoffen half nichts. Sie war in keinem bösen Traum gefangen. Es war die harte Realität, die sie von den Bildern und Fotos anschrie: Charlotte. Überall Charlotte. Und sie war jetzt Teil dieses Personenkultes, stand sie doch inmitten einer dekorierten heiligen Stätte. Einem Tempel der Anbetung. Einem Grab für eine Königin, die darauf wartet, endlich wachgeküsst zu werden.
Warum musste sie ausgerechnet jetzt an den Satz von Silvia Trötschler vom gestrigen Abend denken? Wartete Charlotte wirklich auf jemanden, um endlich erlöst zu werden? Aber wenn dem so wäre, dann müsste sie ja noch leben. Nur warum baut sich dann jemand ein Gewächshaus als Altar, nur um einem besonderen Menschen auf ewig zu gedenken?
Zeitlupengleich ließ Emma ihre Augen noch einmal durch den Glaspavillon gleiten. Ob die Gummistiefel, die gleich rechts neben der Tür standen, die Tische mit den unzähligen Bildern und Aufnahmen ihrer Freundin, die Rosenstaude am Kopfende und das flackernde Licht – alles war wie verschwommen, unwirklich und fern.
Rosen. Wie ein Blitz durchfuhr sie der Gedanke an die Königin der Blumen und sie erinnerte sich, dass schon einmal eine Rose das Grab eines besonderen Menschen zierte. Kein anderer als Charlottes Freund René war es gewesen, der in ihrem Beisein Charlottes Oma rote Rosen aufs Grab gelegt hatte. Ob er ihr doch etwas vorgelogen hatte?
Und wem gehörte eigentlich das Grundstück, auf dem sich dieses Gewächshaus befand? Ihr fiel ein, dass sie weder die Vil-

lingers noch Silvia Trötschler danach gefragt hatte. Sollte Silvia Trötschler gar recht haben, und René war es, der sich an Charlotte gerächt hatte?
Irgendwie drehte sich alles nur um ihn. René war nicht nur der Rosenkavalier für Charlottes Oma gewesen. Nein, er hatte ihr auch erzählt, dass er extra für Charlotte ein Grundstück in Nöggenschwiel erworben hatte.
Emma taumelte. Intuitiv musste sie sich an der Kante eines Tisches festhalten. Sie fühlte sich leer, kraftlos, leblos, fast so, als ob ihr jemand nicht nur die Luft zum Atmen, sondern auch alle Lebensenergie genommen hätte.
Das Einzige, was sie ihr Leben spüren ließ, war die Strahlkraft, die Lebensfreude, die Schönheit der Rosenblüte.
Remember me. Erinnere dich an mich. Nie sollst du vergessen sein. Was willst du mir nur damit sagen?, dachte Emma. Vorsichtig berührte sie die zarten und doch festen Blütenblätter. Wie über reinste Seide, so zart glitten ihre Fingerkuppen über den äußeren rosafarbenen Blütenkranz. Eine Rose wie gemacht für eine wahre Königin.
Wie für Charlotte …
Emma stockte. Aber es war nicht der Gedanke an Charlotte und ob sie, nach allem, was Emma über ihre Freundin in den vergangenen Tagen erfahren hatte, eine Rose wie diese überhaupt verdient hatte. Es war das gesamte Rosenbeet, das plötzlich in den Fokus ihrer Aufmerksamkeit geriet.
Vorsichtig ging sie in die Hocke und schaute sich das Beet und dessen Einfassung genauer an. Auch wenn sie von Pflanzen und deren Pflege absolut keine Ahnung hatte, so kam ihr die Anlage des Beetes ziemlich seltsam vor. Es war vor allem der enorme Höhenunterschied zwischen dem Beet an sich und dem umliegenden Terrain, der sie stutzig machte. Emma bohrte ihre Hände in den weichen Humus. Zentimeter für Zentimeter trug sie mit beiden Händen Erde von der Oberfläche

des Beetes ab. Minutenlang arbeitete sie sich so ins Erdreich voran, als sie plötzlich gegen etwas Hartes stieß. Sie grub weiter, aber sie schaffte es nicht, den Gegenstand – oder was immer es auch war – freizulegen.

Als sie auf der einen Seite nur weiter auf Erde stieß, versuchte sie es längs des harten Gegenstands, der sich durch seine blasse Farbe vom dunkelbraunen Torf abzeichnete und wie ein geschälter Bambus aussah. Oder wie ein …

Plötzlich drückte ihr jemand von hinten ein Tuch auf Nase und Mund. Es war der beißende Geruch von Äther, dem sich ihr Körper widerstandslos beugen musste.

Dem sie willenlos ausgeliefert war.

Und der ihre Gedanken lähmte.

Charlotte. Das war das Letzte, was sie dachte, ehe sich der Schleier der Bewusstlosigkeit über sie legte.

siebenundsechzig

„Tot?“ Franz-Josef Bannholzer schaute die Frau, die ihm immer noch völlig aufgelöst gegenübersaß, irritiert an.
„Ja. Ich habe ihn selbst gefunden.“ Sie zitterte am gesamten Körper. Es dauerte wieder einige Augenblicke, ehe sie fortfahren konnte. „Also mein Mann und ich. Wir waren auf einer Wanderung und wollten zum Café unten am Witznaustausee. Das muss doch eigentlich in Ihren Unterlagen stehen?“
„Was, dass Sie zum Café wollten?“
„Nein, dass wir die Polizei verständigt haben.“
„Und Sie waren allein, als Sie den Mann gesehen und sein Lied gehört haben?“
Luise Kampmann schaute den Kriminalrat entgeistert an. Ihr Mund war leicht geöffnet, die Augen voller Panik und mit beiden Händen krallte sie sich am Tisch fest.
„Frau Kampmann, was haben Sie?“
„Sie …, ich …“ Erneut brach Luise Kampmann ab. Schweißperlen bildeten sich auf ihrer Stirn und ihre Stimme klang noch krächziger als zuvor.
„Ich …, also …, na ja, zuerst habe ich mir nichts dabei gedacht.“ Sie räusperte sich und nahm noch einen Schluck Wasser, ehe sie erneut tief Luft holte, bevor sie – jedes Wort abwägend – weitersprach: „Ich dachte, es sei ein Familienvater, der sich schnell was für unterwegs im Lädele gekauft hat. Ich wunderte mich schon, warum er Handschuhe und Arbeitsbekleidung, Stiefel, eine Latzhose und einen schweren Parka trug. Und dann hat er nichts außer einer Bierflasche gekauft.“

„Und was ist daran ungewöhnlich?", fragte nun Strittmatter aufgebracht. Luise Kampmann fuhr zusammen. „Ich weiß es auch nicht, aber eine Bierflasche hat dann keine zwei Stunden später der tote Bauer in der Hand gehalten, unten am See."
„Er war Alkoholiker", erwiderte Bannholzer.
„Ja, aber als er da so vor der Kirche lag und dieses Liedlein sang, da hielt er ganz anderes Zeugs in der Hand. Also kein Bier, sondern billigen Fusel mit vielen Umdrehungen, wenn Sie verstehen. Und das habe ich so auch schon Ihrer Kollegin erzählt und sie meinte, das könne ein wertvoller Hinweis sein."
„Welcher Kollegin? Wir haben nur Kollegen in der Waldshuter Mordkommission. Oder ist das Landeskriminalamt schon eingetroffen?" Bannholzer fühlte sich übergangen, falls sich das LKA ohne Rücksprache bereits in den Fall eingeschaltet haben sollte.
„Sie wohnt hier nebenan." Luise Kampmann lächelte – das erste Mal seit ihrem Eintreffen.
„Sie meinen Emma, Emma Hansen. Sie ist zwar auch Kriminalbeamtin, aber aus der Pfalz", sagte Roswitha Villinger, die nicht bemerkte, wie glücklich sie Franz-Josef Bannholzer mit der Aufklärung des Missverständnisses gemacht hatte.
„Emma hat bei uns für viel Wirbel gesorgt", schaltete sich nun Georg Villinger in das Gespräch ein.
„Wie meinen Sie das?", fragte Bannholzer.
„Na, vor ein paar Tagen kam sie mit einem Schmuckstück, einem silbernen Anhänger mit einer Rose drauf, an und fragte, ob dieser nicht zufällig Charlotte gehört haben könnte."
„Charlotte? Was hat die jetzt damit zu tun. Ich komme so langsam nicht mehr mit. Also noch mal und alles der Reihe nach."
Franz-Josef Bannholzer notierte sich alles stichwortartig, während Georg Villinger ausführlich erklärte, was es mit diesem Medaillon auf sich hatte. „Dieses Schmuckstück hat Clara Leininger gehört, aber irgendwie schien sie mit dieser Antwort

nicht zufrieden zu sein.“ Zutiefst beleidigt verschränkte Georg Villinger die Arme auf seiner Brust und ließ sich nach hinten in seinen Stuhl fallen.

„Mir will ja sowieso niemand glauben.“

„Du irrst dich ja auch“, warf auf einmal Roswitha Villinger ein. „Clara Leininger hat eine Nickelallergie. Sie war die Einzige, die kein Medaillon bekam, sondern ein Halsband mit dem eingestickten Bildnis der von ihr getauften Rose. Das war zwar teurer in der Herstellung, aber wir sind damals ihrem Wunsch nachgekommen, weil sie sehr gerne Trachten anzog und dieser Halsschmuck sehr gut zu ihrem Outfit passte. Leider lebt sie ja nicht mehr.“ Roswitha Villinger seufzte schwer. „Also kann der Anhänger nur Charlotte gehört haben.“

„Aber sie heißt doch Nägele. Woher kommt dann das ‚L’?“, fragte Bannholzer.

„Sie war eben schon immer etwas Besonderes. Zwei Tage vor dem Rosenball hat sie bei uns angerufen und gesagt, sie wolle so schnell wie möglich ihren Freund René heiraten und aus Liebe zu ihm nicht nur seinen Namen annehmen, sondern eben auch schon das ‚L’ anstatt eines ‚N’ auf dem Schmuckstück eingraviert haben. Ich sagte ihr zwar, das ginge nicht mehr, aber sie hat darauf bestanden. Also habe ich beim Graveur angerufen, den bisherigen Auftrag gestoppt und ihm die neuen Initialen durchgegeben.“

Franz-Josef Bannholzer blickte von einem zum anderen. Er konnte nicht fassen, was er da gerade gehört hatte.

„Könnte ich jetzt bitte auch ein Glas Wasser haben?“

„Dann kann Claras Mutter ja gar nicht das Medaillon bei der Beerdigung ins Grab geworfen haben, wie ich es Emma gesagt habe.“ Georg Villinger wischte sich mit der Hand über seinen Kopf. Dass er dabei seine mit Haarwasser gestärkte Frisur ramponierte, war jetzt auch egal.

„Nein. Das war der Familienschmuck, den sie ihr als letzte

Erinnerung mitgegeben hat", sagte Roswitha Villinger bestimmt.

„Jetzt wissen wir immer noch nicht, was es mit dem Reim auf sich hat", sagte Karl Strittmatter und spielte – halb aus Ideenlosigkeit, halb aus Verlegenheit, weil er Emma damals so unwirsch abgebügelt hatte – mit seiner Kaffeetasse.

„Und wo ist jetzt eigentlich diese Emma Hansen?", fragte Bannholzer, der in einem Zug das Glas Wasser geleert hatte, und überging dabei Strittmatters Anmerkung. Er wollte jetzt erst einmal wissen, was es mit der Kollegin auf sich hatte.

„Ich habe sie eben noch getroffen", sagte Luise Kampmann und richtete sich dabei das Oberteil ihres Twinsets.

„Was? Und das sagen Sie erst jetzt?", prustete Bannholzer, dessen Geduldsfaden so langsam riss.

„Ja, sie war irgendwie in Eile. Und als ich sie fragte, ob sie jetzt wisse, wer den Bauern und die Lädele-Verkäuferin umgebracht hat, da meinte sie nur, dass vielleicht eine Rose ihr die Antwort darauf geben könne."

„Oh nein, fängt sie jetzt schon wieder damit an." Georg Villinger verdrehte die Augen und schüttelte unentwegt den Kopf.

„Womit fängt sie schon wieder an? Emma Hansen? Mit einer Rose?" Bannholzer hatte das Gefühl, er verstünde nur Spanisch, seitdem der Name Emma Hansen gefallen war.

„Herr Villinger, können Sie uns dazu mehr sagen?"

„Georg, jetzt sag schon. Es muss endlich raus." Roswitha Villinger lächelte ihren Mann milde an.

Georg Villingers Gesichtszüge verfinsterten sich. Er stand ruckartig auf, ging zur Garderobe und betrachtete sich im Spiegel. „Bei der Rose, von der Frau Kampmann spricht, handelt es sich um die Rose „Remember me". Charlottes Rose, die sie zu ihrer Krönung als Züchtung geschenkt bekommen sollte und die sie im Rathausgarten am Tag des Rosenumzuges einpflanzen sollte. Doch soweit kam es nicht." Er stockte. Mit

einem schnellen Griff nahm er sich die zusammengerollte Krawatte von der Garderobenablage, band sich einen Knoten und zog diesen energisch zu. Fast hätte er laut loshusten müssen, so stramm hatte er den Knoten gezogen.
„Denn erst verschwand Charlotte und dann die Rose."
„Stimmt, davon habe ich gelesen, als ich die Ermittlungsakten durchgegangen bin", sagte Bannholzer, der auch von dem Verdacht gehört hatte, dass Georg Villinger auch deshalb für den Diebstahl verantwortlich gemacht wurde, weil er im Gegensatz zu anderen Gemeinderatsmitgliedern wie Reinhold Nägele oder Bürgermeister Josef Huber ein Veto gegen die aus England importierten Rosen eingelegt hatte, die in Nöggenschwiel angepflanzt und auch gezüchtet werden sollten.
Auch wenn ihm keine Schuld oder Mitverantwortung nachgewiesen werden konnte, so war doch das Vertrauen nachhaltig zerstört. Man hatte ihn im Dorf zwar rehabilitiert, aber es war eine schmerzliche Erinnerung zurückgeblieben, die auch die Zeit nicht hatte heilen können. Bannholzer spürte das und sagte daher nichts weiter. Er empfand größtes Mitgefühl für diesen Mann, der ihm als sehr vertrauenswürdig erschien.
„Was war denn das Besondere an dieser Rose, dass sie jemand klaut?"
„Diese Rose ist eine absolute Rarität. Richard Sutherfolk, ein englischer Rosenzüchter und Freund der Familie Nägele, hat sie nur für Charlotte gezüchtet. Und als winterblühende Rose zeigt sie bei richtiger Pflege das ganze Jahr ihre Schönheit – wenn sie in einem Gewächshaus gehalten wird."
„Das ist es."

Alle Anwesenden schauten Stefan Alt verwundert an.
„'Sah ich einst ein Röslein stehn, war so jung und war so schön. Die Haare schwarz, die Lippen rot, nun ist sie wie Schneewittchen tot.' Dieser Reim ähnelt dem ersten Vers aus

Goethes „Heidenröslein". Und der zweite Teil bezieht sich auf das Märchen von Schneewittchen."
„Und was meinen Sie damit?", fragte Bannholzer irritiert.
„Schneewittchen lag doch in einem gläsernen Sarg. Etwas größer gedacht: in einem Gewächshaus aus Glas." Bannholzer nickte zufrieden. „Gut gemacht, Kollege!"
„Aber eins verstehe ich jetzt nicht", warf Karl Strittmatter ein. „Warum ist diese Emma dann auf dem Weg zu diesem Gewächshaus? Weil sie darin Charlottes Rose vermutet?"
„Und vielleicht Charlotte."
Alle schauten Stefan Alt entsetzt an.
Franz-Josef Bannholzer war der Erste, der sich nach den klaren, aber auch bedrohlichen Worten gefangen hatte. „Dann müssen wir eben jedes Grundstück in diesem Ort absuchen. Stefan, bestell schon mal Verstärkung."
Sie liefen bereits die Treppe zum Hof hinunter, als Roswitha Villinger das Küchenfenster öffnete.
„Ich weiß, wer hier in Nöggenschwiel ein Gewächshaus hat. Das hat mir der Franz erzählt, kurz bevor er starb."

achtundsechzig

Als Emma erwachte, spürte sie zuerst die starke Migräne, die sich von den Schläfen aus langsam in ihrem Kopf breitmachte. Vor ihren Augen drehte sich die Welt. Waren es Tannen oder Häuser, Straßenlaternen oder Rosen, die sie da sah? Wenn sich das Karussell in ihrem Kopf doch nur mal etwas langsamer drehen würde, flehte eine Stimme in ihrem Innern.
Doch niemand schien sie zu erhören.
Ihr war kalt. Ihr Körper war nass, aber sie konnte weder genau lokalisieren, wo sie nass war, noch konnte sie genau sagen, ob sie sich in die Hose gemacht hatte oder in einem Bottich voller Wasser saß. Aber auch sonst war einiges anders als sonst. Sie konnte ihre Hände und auch ihre Beine nicht bewegen. Ihre gesamte Körperhaltung hatte etwas Unnatürliches. Verdreht. Zerknickt. Zerdrückt. Wie ein leerer Milchkarton, dessen Laschen man auseinanderzieht, ihn platt drückt, um anschließend die Packung zusammengefaltet zu entsorgen. Das war es: Sie fühlte sich entleert und weggeworfen. Und doch fehlte ihr allein der Gedanke, warum das so war. Warum sie so fühlte, warum sie so dalag und vor allem, wie sie in diese Situation gekommen war.
Sie schloss die Augen, aber selbst dann hörte das Drehen und Hämmern hinter ihrer Stirn nicht auf. Es war ein Drehen, das sie nur von den unzähligen Fahrgeschäften vom Rummel her kannte. Poseidon, Breakdance, Octopussy und wie sie alle hießen. Es fehlten zwar die grell-leuchtenden Neonlichter. Dafür drehte sich ihre Gondel immer schneller und schneller.

Sie sah, wie jemand den Turboknopf drückte, die Bremsen lahmlegte und mit einem Lächeln das Führerhäuschen verließ. Doch es war nicht die Bedienzentrale irgendeines Fahrgeschäfts. Es war das Gewächshaus, das sie aus ihrem Traum kannte. Sie kniff angestrengt die Augen zusammen in der Hoffnung, der Schmerz in ihrem Kopf würde für einen Moment innehalten und sie könnte sehen, was sie da meinte zu erahnen.
Sie sah einen Mann. Mit einem breiten Grinsen in seinem Gesicht kam er aus dem Treibhaus. In seiner Hand hielt er etwas. Sie konnte nicht genau erkennen, was es war, nur, dass der Gegenstand sperrig sein musste und nach unten etwas größer wurde. Als er näher kam, erkannte sie, dass etwas Metallisches diesen Gegenstand nach unten hin abschloss. Sie wollte gerade etwas sagen, während sie versuchte, sich aufzurappeln, als ihr Gehirn in den Stand-by-Modus herunterfuhr und eine schwere Ohnmacht sie überkam. Ihre Augenlider waren schon fast geschlossen, als das Schaufelblatt eines Spatens den Himmel über ihr verdunkelte.

Sie wusste nicht genau, wie lange sie in der federleichten Welt der Bewusstlosigkeit gewesen war. Sie wusste auch nicht, wo sie genau war und wer sie hierhin gebracht hatte. Aber sie ahnte, dass, wenn sie die Augen öffnete, der Tod auf sie lauern würde – wenn er sie nicht schon längst geholt hatte.
Es war die Angst, die sie erzittern ließ. Sie hasste diese Angst, aber sie wusste, sie konnte ihr nicht entkommen. Vorsichtig öffnete sie ihre Augen. Alles schien friedlich zu sein.
Ein dichter Nebel hatte sich an die Stelle geschoben, an der sie zuvor noch das Gewächshaus gesehen hatte. Die Nebelschleier hüllten sie ein und sie fühlte sich sicher, geborgen und frei. Wie gerne hätte sie den Nebel berührt, ihn ergriffen und dicht an sich herangezogen. Doch das ging nicht. Ganz gleich,

wie stark die Impulse, die Befehle waren, die sie an ihr Gehirn sandte, sie konnte sich noch immer nicht bewegen.
Sie hörte irgendwo entfernt Schritte. Sie wollte sich ducken, aber selbst das war in ihrer Lage nicht möglich. Plötzlich sah sie etwas Durchsichtiges vor sich schweben. Sie konzentrierte sich, schärfte ihre Sinne und versuchte, mit ihrem Blick die Umrisse abzutasten. Ein Glas. Ein gefülltes Glas mit Wasser, dachte sie. Erst jetzt spürte sie, wie sich ein Durstgefühl auf ihre Zunge legte und nach Wasser schrie. Jemand reichte ihr das Glas und setzte es ihr an den Mund. Endlich konnte sie trinken. Erst einen Schluck. Langsam, bedächtig, damit ja nichts daneben ging. Dann zwei, drei, vier Schlucke, bis sie das ganze Glas geleert hatte.
Sie wollte gerade den Mund schließen und spüren, wie das Leben in ihren Körper zurückkehrte, als sie sah, wer ihr das Glas gereicht hatte. Sie erschrak. Sie konnte ihren Augen nicht glauben, wen sie da vor sich stehen sah.
Thomas Albiez.
Sie fühlte, wie tief in ihrem Inneren die Übelkeit langsam emporstieg, ihre Sinne schwanden und ihr der eigene Körper willenlos entglitt. Und doch wollte die Ohnmacht nicht wiederkommen und sie in das Reich der Geborgenheit zurückbringen.
Panik machte sich in ihr breit und sie kämpfte – gegen ihre Tränen, gegen das Gefühl der Machtlosigkeit und um ihr Leben.
„Es freut mich, dass du so vernünftig warst und etwas zurückgebracht hast, was mir gehört.“ Thomas Albiez stand breitbeinig vor ihr, schaute zu ihr hinunter und lächelte dabei abfällig. In seiner ausgestreckten Hand hielt er eine silberne Kette, an der Charlottes Rosenanhänger baumelte.
„Ich wollte auch gerade schon zu dir und mir mein Schmuckstück wiederholen, als ich dich hier im Garten habe herum-

schleichen sehen. Und da dachte ich mir: Was für ein glücklicher Zufall!"

Emma schluckte. Sie schaute Thomas Albiez mit großen, verängstigten Augen an. Die Synapsen in ihrem Gehirn waren immer noch wie gelähmt, und trotzdem versuchte sie krampfhaft, die ganzen Puzzleteile zu einem Ganzen zusammenzusetzen.

Thomas Albiez lachte gehässig. „Da fällt dir nichts mehr ein, nicht wahr? Das macht mich irgendwie sogar stolz, dass die so schlaue Emma zwar hinter das Geheimnis gekommen ist, aber nicht hinter den, der es bis in alle Ewigkeiten hüten wird."

Er nahm den Spaten, der neben Emma im Erdreich steckte. Sie zuckte zusammen, als er ausholte. „Das wäre zu einfach. Ich habe mir etwas ganz Besonderes für dich ausgedacht." Etwas umständlich trat er den Spaten in den Boden, löste ein Stück des Erdreiches, hob es heraus und lud es neben Emma ab.

„Weißt du, Emma …" Er stieß den Spaten wieder in die Erde. „Du warst mir schon seit längerer Zeit ein Dorn im Auge. Die ganze Fragerei wegen des Medaillons, das ich am See verloren habe, als ich den alten Bauern ins Wasser geworfen habe. Und als du heute Morgen mein kleines Geheimnis entdeckt hast, da wurde mir bewusst, dass ich etwas tun muss. Dabei sagt man doch: ‚Tote soll man ruhen lassen.' Daran hättest du dich mal besser halten sollen."

Wieder ließ er einen Klumpen Erde neben Emma fallen. „Na ja. Aber egal. Und da ich hier sowieso etwas Neues pflanzen wollte, kann ich gleich zwei Probleme auf einmal lösen." Auf den Spaten gestützt schaute er sich zufrieden um. Die Tannen standen wie Soldaten regungslos vor ihm und bildeten mit den verblühten Wildrosen eine eingeschüchterte Zuschauermenge. Es war nahezu windstill. Nur die sanfte Nebeldecke war das einzige Anzeichen dafür, dass sie sich im Hier und Jetzt befanden.

Thomas Albiez machte sich wieder an sein Werk. Bereits nach dem dritten Aushub liefen ihm die ersten Schweißperlen die Stirn hinab. Nachdem er sich mit seinem Arm die Stirn abgewischt und mehrere Schlucke aus einer Wasserflasche getrunken hatte, ging er zu Emma hinüber und beugte sich zu ihr herunter.
Er streichelte ihr übers Haar, nahm eine Strähne und spielte mit ihr herum, ehe sich Emma angeekelt wegdrehte.
„So unselig schön. Aber bald nicht mehr. Dabei hätte aus dir vielleicht sogar eine ganz ordentliche Polizistin werden können. Doch dir wurde leider deine falsche Neugier zum Verhängnis. Schade eigentlich. Aber wer zu tief gräbt ..." Thomas Albiez zuckte mit den Schultern. „Aber tröste dich, du bist nicht die Erste, der das passiert. Nur für dich tut es mir sogar fast ein wenig leid." Er lächelte und zwinkerte ihr mit seinem rechten Auge zu.
„Aber warum?" Emma war immer noch fassungslos und doch hatte sie es geschafft, nach langer Zeit endlich wieder ihre Stimme zu finden. Sie schaute in sein Gesicht. Doch seine Augen waren kalt.
Leblos.
Tot.
„Warum? Was warum?", kreischte Thomas Albiez. Unsicher drehte er sich um, um im nächsten Augenblick und mit deutlich gesenkter Stimme fortzufahren: „Du kleines, blondes Dummerchen. Weil es Sachen gibt, die niemanden etwas angehen. Und wenn doch, dann muss man eben mit Konsequenzen rechnen. Und vor allem: mit diesen auch leben – und manchmal sogar sterben."

Es widerte sie an, wie er sie süffisant anlächelte. Am liebsten hätte sie ihm dieses Lachen ein für alle Mal aus dem Gesicht gerissen, doch ihre Hände waren immer noch gefesselt. Die

Kordeln waren so fest um ihre Knöchel gebunden, dass sie ihr bereits ins Fleisch schnitten.
„Und du, meine Liebe, wirst die Nächste sein, der mein kleines Geheimnis zum Verhängnis wird."
Emma fielen die letzten Sekunden vor ihrer Ohnmacht ein. Sie hatte sich über das Rosenbeet gebückt und versucht, behutsam und mit bloßen Händen das weiche, wenn auch feuchte Erdreich abzutragen, als sie plötzlich eine menschliche, skelettierte Hand freigelegt hatte. Charlottes Hand.
„Charlotte gehört mir. Mir allein. Warum versteht das denn keiner?" Vor Wut rammte Thomas Albiez den Spaten in die Erde.
„Was hast du nur getan?" Emmas Stimme versagte und dennoch versuchte sie, ihn in ein Gespräch hineinzuziehen. In der Hoffnung, er würde darauf eingehen, sich alles von der Seele reden und sie damit letzten Endes verschonen.
Sie schauderte erneut.
„Man legt sich eben nicht mit mir an. So einfach ist das. Erst dieser alte, versoffene Bauer. Der hat mir damals dieses Gewächshaus gebaut, das ich als letzte Ruhestätte für meine Königin errichten wollte. Der Glaspavillon war auch schon fast in Vergessenheit geraten, wäre er nicht eines Abends hier aufgetaucht. Richtig rumgetorkelt ist der hier, widerlich. Hat sich alles ganz genau angesehen, mit dem ewigen Licht gesprochen – wie bescheuert ist das denn – sich die Bilder angeschaut, sogar die Rose, meine Rose angefasst. Und wenn das nicht schon gereicht hätte. Nein, dann musste er auch noch mit diesem gelallten Vers aus einem Kinderlied alle Aufmerksamkeit auf sich ziehen. In aller Öffentlichkeit und so laut, dass das sogar die Touristen und Menschen, die das überhaupt nichts anging, gehört haben. Und da musste ich dann etwas tun."
Thomas Albiez hatte das bereits ausgehobene Loch deutlich vergrößert, als er kurz innehielt. „Am Samstagmorgen und

kurz nachdem er seine Show auf dem Rathausplatz abgezogen hatte, tauchte er hier im Garten auf. Doch ich war auch da, habe ihn gesehen. Ich hatte noch eine alte Eisenstange als Lawinenschutz fürs Dach übrig. So schlich ich mich an. Er wollte sich gerade umdrehen, als die Stange ihn direkt – und besser hätte es gar nicht laufen können – an der Schläfe traf. Volle Breitseite. Er blutete zwar wie ein abgestochenes Schwein, aber ich war gut ausgerüstet, habe ihn in einen alten Teppich eingewickelt und an den See gefahren, wo ihn ja diese blöde alte Touristin finden musste, sonst läge er jetzt wohl schon unten auf dem Grund des Sees." Er schien sichtlich zufrieden zu sein mit seiner Tat. Und als ob er das bekräftigen wollte, nahm er einen großen Schluck aus seiner Wasserflasche.

Emma sah ihm mit schweren Augen dabei zu, als ihr plötzlich Luise Kampmanns Worte wegen der Bierflasche einfielen.

„Warum hatte er denn eine Bierflasche in der Hand, wo er doch eigentlich nur …", bemühte sie sich, den Satz halbwegs vollständig auszusprechen, doch ihr ermatteter Sprach- und Bewegungsapparat machte ihr auch hier einen Strich durch die Rechnung.

„Das war mein erster Fehler. Er kam natürlich ohne Schnaps in den Garten. Also musste ich ihm irgendetwas in die Hand drücken, sodass es zumindest für den Anfang den Eindruck hatte, dass er im Suff gestolpert ist und so tödlich verunglückt ist. Da ich keinen Alkohol trinke – mein Vater ist ja daran elendig krepiert –, also auch keinen im Haus habe, da dachte ich, ich könnte im Lädele schnell eine Flasche billigen Fusels kaufen. Aber nichts da, sie hatten nur Bier. Also musste ich ihm eine Bierflasche in die Hand drücken, wollte ich es irgendwie nach Unfall aussehen lassen. Woher konnte ich auch ahnen, dass er so schnell gefunden wird? Aber, wie sagt man so schön: Irren ist menschlich." Thomas Albiez grinste süffisant.

„Und warum Maria Reisinger?" Emma fragte vorsichtig. Nicht

nur, um wichtige Zeit zu gewinnen, sondern auch aus Eigeninteresse. Kannte sie doch die Leute – wenn auch nur flüchtig – die Thomas Albiez auf dem Gewissen hatte.

„Die liebe Reisinger. Die Verschwiegenheit in Person. Sie musste überall ihre Nase hineinstecken, wollte alles wissen und vor allem – hat alles getratscht und weitererzählt. Das war schon zu den Zeiten so, als ich noch ein kleiner Junge war. Ob ich einem anderen Kind die Luft aus den Reifen gelassen, mal eine Stunde die Schule geschwänzt und daher einen Bus später genommen oder die Kirschen vom Baum des Nachbarn gepflückt habe – immer und alles hat sie meinen Eltern gepetzt. Wie oft wollte ich mich damals an ihr rächen, ihr eins auswischen und sie für ihre vorlaute Klappe bestrafen. Doch allein die Möglichkeit dazu fehlte mir. Bis vor ein paar Wochen. Sie dachte, ich wäre nicht zu Hause. Und so ging sie – mit mir kann man es ja machen – einfach und ohne zu fragen in den Schuppen und nahm sich eine Harke heraus. Doch damit nicht genug. Auch sie sah das Gewächshaus, und als sie die Rose entdeckte, erinnerte sie sich wohl an den Nachmittag des Rosenballs vor 15 Jahren. Ich hatte an diesem Tag Rathaus-Aufsicht, sollte Bänke und Tische herrichten, mich um die Bewirtung der Ehrengäste kümmern und die ganzen Geschenke in Empfang nehmen. So auch die Rose der Rosenkönigin, die an diesem Tag aus England extra per Kurier geliefert wurde. Als es bereits dunkel wurde und alle sich in Richtung Rosendorfhalle aufmachten, um ausgelassen zu feiern, bin ich ins Rathaus zurückgegangen und habe mir das genommen, was mir gehörte. Bis vor wenigen Tagen war ich mir sicher, dass mich niemand beobachtet hat, bis ich plötzlich einen Erpresserbrief bekam, in dem stand, dass der Absender wisse, wer die Rose damals entwendet habe und wo sie nun zu finden sei. Unterzeichnet war der Brief von Maria Reisinger. Gott, wie blöd diese Frau doch war. Sie forderte 5.000 Euro, eine

Summe, die ich leicht aufbringen konnte, also habe ich bezahlt. Aber als dann nur einen Tag später ein zweiter Brief kam, in dem sie eine höhere Summe forderte und drohte, Reinhold Nägele und der Polizei von dem Diebstahl zu erzählen, da reichte es. Woher sollte ich wissen, ob sie es nicht schon längst getan hatte? Also habe ich ihr einen nächtlichen Besuch abgestattet. Mann, hat die überrascht geguckt, als sie mich sah. Ich habe ihr sogar freundlich zugelächelt, als ich ihr den Duschschlauch um den Hals gelegt und zugedrückt habe, um ihr vorlautes Maul endlich und für alle Zeiten zum Schweigen zu bringen."

Der Nebel war noch dichter geworden. Emma konnte kaum mehr aufrecht sitzen. Sie lehnte, wie sie mittlerweile gemerkt hatte, an einer Tanne, nur einige Schritte von Thomas Albiez entfernt. Er stand bereits bis zu den Knien im Loch, das – und das war ihr längst klar geworden – ihre letzte Ruhestätte werden sollte. Rede mit ihm, ermahnte sie sich, doch allein schon das Atmen fiel ihr unendlich schwer.

„Und was hat Reinhold Nägele getan?"

„Auch er hatte es nicht besser verdient. Keiner war je gut genug für seine Tochter. Auch ich nicht, dabei habe ich sie so sehr geliebt und liebe sie immer noch." Er stockte und schaute mit gesenktem Blick ins Leere. Es dauerte einige Sekunden, bis er sich gefangen hatte: „Wie dem auch sei: Als ich am Dienstag ganz zufällig den Streit zwischen ihm und diesem Engländer mitbekommen habe, da wusste ich, wie ich's am besten mache. Eigentlich wollte ich dieses perverse Schwein auch töten, weil er sich an meiner Charlotte vergangen hat. Aber warum sich unnötig die Finger schmutzig machen, wenn einem die Polizei die Drecksarbeit abnimmt. Ich habe nämlich bei der Reisinger Briefe entdeckt. Sie hat auch diesen schmierigen Engländer erpresst – wegen seiner Affäre mit Charlotte." Verächtlich spuckte er auf den Boden. „Bäh, was für ein Perversling. Auf jeden Fall wird er nun wegen des Mordes an Maria Reisinger genauso verurteilt werden wie dieser Snob von Schweizer Millionärssohn für seinen Mord an Reinhold Nägele. Wenn ich den nur sehe, könnte ich mich vergessen. Ich frage mich immer noch, was meine geliebte Charlotte an dem alten Sack und an diesem eingebildeten Schnösel nur gefunden hat.“

Emma schaute ihn mit leeren Augen an. Sie wollte sich bewegen, allein ihr Körper versagte ihr den Dienst. Sie hatte das Gefühl zu lallen. Aber lallte man geräuschlos?

„Was ist mit dir? Etwa schon müde? Also wirklich Emma, das hätte ich jetzt nicht von dir gedacht.“ Verächtlich tätschelte er ihre Wange.

„Wo waren wir? Ah ja, bei diesem Schweizer. Was für ein Depp. Der hat doch bis heute nicht gemerkt, was hinter seinem Rücken abging und wie Charlotte ihn ausgenutzt hat. Geschieht ihm ganz recht. Na ja, und nun wollte er vor lauter Hass und aus tiefstem Rachegefühl Reinhold Nägele erschlagen. Das beweisen seine Handschuhe am Tatort, die ich der Polizei richtig einladend neben Reinhold Nägele drapiert habe. Wie blöd muss man eigentlich sein, die Türen seines Wagens nicht abzuschließen.“

„Und warum sollte er das getan haben?“ Emma riss sich unter größter Anstrengung zusammen, aber sie musste Thomas irgendwie am Reden halten.

„Weil …“, Thomas Albiez stieg aus dem Loch und hockte sich vor Emma hin, „… der Nägele ihn genauso wenig gemocht hat wie mich. Er wollte seine Tochter nur für sich alleine haben. Aber mir hat das alles nichts ausgemacht, denn ich wusste, Charlotte ist mein und wird immer mein bleiben. René dagegen entwickelte Hass. Auf ihren Vater, auf dieses Dorf, auf sein gesamtes Leben. Und was ist das für ein Leben? Ein Leben als Mörder?“ Er grinste, stand auf und ging zu seinem

Rucksack, der abseits unterhalb einer Tanne stand, und kramte darin herum.
„Wobei: Noch ist es ja gar kein Mord. Das war meine zweite kleine Unachtsamkeit. Aber es sind auch so viele Leute an diesem Abend auf dem Rathausplatz gewesen, da war das Risiko, erwischt zu werden, einfach viel zu groß. So konnte ich dem Alten nur kurz eins mit der Monstranz überziehen, um gleich wieder zu verschwinden. Aber der gute Nägele läuft mir ja nicht weg. Um den kümmere ich mich, wenn ich mit dir fertig bin", freute er sich schon jetzt auf seine kommende Aufgabe, wieder den Richter über Leben und Tod zu spielen.
„Und nur weil du Charlotte nicht haben konntest, hast du sie ermordet?"
„Was heißt hier nicht haben konntest? Ich habe sie doch – für immer." Er zeigte auf das Gewächshaus. Dabei leuchteten seine Augen voller Besessenheit.
„Und wie ich um sie gebuhlt habe. Da musste sie doch einfach Ja sagen." Er grinste höhnisch. „Mein Psychologe nannte das einmal Liebeswahn, als ich vor lauter Liebe meine Katze erdrückt habe. Ich wollte sie einfach nicht mehr loslassen. Doch sie war nichts im Vergleich zu Charlotte. Ich habe extra einen Fotokurs bei der Volkshochschule belegt, nur um sie auf Fotografien festzuhalten. Wie sie das geliebt hat. Überall, wo ich mit meiner Kamera auftauchte, war Charlotte da, tanzte, posierte, spielte mit der Kamera – und mit mir. Und als ich dann erst für die Zeitung geschrieben habe, da war ich ihr bester Freund. Was hatten wir für eine tolle Zeit. Ich war richtig verknallt bis über beide Ohren."
Er grinste. Doch es war der blanke, abgrundtiefe Hass, der aus seinen Augen sprach, als er fortfuhr: „Wie schön wäre alles geworden. Doch als ich mehr wollte, als ich sie nur fragte, ob sie meine Ballkönigin sein wolle, da hat sie nur blöd geguckt, mich ausgelacht und anschließend wie ein begossener Pudel

inmitten der Menschenmenge einfach so im Regen stehen gelassen. Wie konnte sie mich nur so abweisen, nach allem, was ich für sie getan hatte?“ Er kämpfte mit den Tränen. „Warum schenkte sie mir nicht einen Tanz, nur einen einzigen?“ Thomas Albiez begann zu heulen. Was für ein kranker Typ, dachte Emma und fragte sich, ob er jetzt aus Verzweiflung, Trauer oder Wut weinte. Sie erschrak, als er plötzlich aus einem Lederetui eine Spritze herausholte.

„So blieb mir nichts anderes übrig, als ihr zu zeigen, dass man so nicht mit mir umspringt, dass man meine Liebe nicht mit Füßen tritt. Was gibt es denn schon Wertvolleres, als die reine, die selbstlose Liebe?“ Er zitterte leicht, als er die Nadel vorsichtig auf die Spritze steckte.

„Also habe ich mir – als ich die Rose nach Hause brachte – aus dem Keller Äther geholt und bin zurück zum Fest. Ich sah, wie sie Richtung Kreisstraße lief – ihrer Ewigkeit entgegen. Es konnte gar nicht besser laufen. Denn anstatt René, für den sie mit dem Dorf, mit ihrem Vater, mit mir brechen wollte, wartete ich an der Kreuzung. Ich musste nur den richtigen Augenblick abwarten und dann ging es ganz schnell. Dort oben sah uns niemand. Selbst in ihrem letzten Moment war ich ganz allein mit ihr.“ Er grinste über das gesamte Gesicht. Erst jetzt bemerkte Emma die Aknenarben in seinem Gesicht. Sie schüttelte sich, doch Thomas Albiez schien davon nichts mitbekommen zu haben.

„Es war so kinderleicht, sie zu betäuben und dann ins Auto, das ich nur wenige Meter entfernt von ihr abgestellte hatte, zu schleppen und sie im heimischen Keller einzusperren. Meine Eltern waren im Urlaub, also hatte ich freie Bahn, sie bei uns zu verstecken.“

„Warum hast du nicht mehr mit ihr gesprochen? Ihr gesagt, dass dich ihr Verhalten verletzt hat?“ Emma hasste sich für ihr mitfühlendes Geschwafel, doch als sie wenige Augenblicke

zuvor die Spritze gesehen hatte, da wusste sie, dass nun auch ihr letztes Stündlein geschlagen hatte. Ein Stündlein, das man vielleicht noch etwas hinauszögern konnte, um sich einen Plan B zu überlegen, da bis jetzt immer noch niemand hier aufgetaucht war, um sie von diesem Psychopathen zu befreien.
„Mit Charlotte konnte man nicht reden, geschweige denn diskutieren. Aber wenn man jemanden liebt, dann nimmt man so etwas in Kauf. Schließlich ist sie ja meine Königin. So habe ich ihr ein Glas mit einem ganz besonderen Getränk darin gegeben. Du glaubst gar nicht, wie friedlich sie daraufhin eingeschlafen ist. Und so friedlich würde sie dort jetzt immer noch schlafen, wenn du sie nicht geweckt hättest." Seine Gesichtszüge verfinsterten sich, als er die Nadel in ein Fläschchen steckte und die Spritze aufzog.
Es war das blanke Entsetzen, das sie übermannte, als sie „Luminal" auf der durchsichtigen Flasche lesen konnte. „Luminal" – ein Schlafmittel, das schnell wirkte und in hoher Dosis tödlich war.
Sie wollte schreien, doch es kam kein einziger Ton aus ihrem Mund. Bitte, lieber Gott, ich will noch nicht sterben, flehte sie wortlos gen Himmel. Doch es schien, als sei es unmöglich, durch den Nebel irgendwelche Botschaften an eine höhere Macht transportieren zu können.
„Ich bin so froh, dass ich dir nun alles erzählen konnte. Es wäre wirklich schlimm gewesen, wenn du nun in den Schlaf der Gerechten fällst, ohne auch nur ansatzweise zu wissen, warum die Liebe die stärkste Macht der Welt ist. So stark, dass sie einen sogar zum Mörder macht."
Emma wehrte sich, soweit sie das in ihrem gefesselten Zustand überhaupt konnte. Doch Thomas blieb völlig unbeeindruckt vor ihr stehen, in der rechten Hand hielt er die Spritze. „Weißt du Emma, das Schöne ist, dass ich für dieses Schlafmittel noch nicht einmal eine Vene treffen muss, um es dir zu verabrei-

chen." Thomas grinste wieder abfällig, während er sanft ihre Wange streichelte.
„Die Spritze ist nur da, falls etwas schiefgehen sollte."
Emma schaute ihn entsetzt an.
„Rate mal, was du eben getrunken hast? Arme Emma. Aber was bei Charlotte funktionierte, funktioniert auch bei dir."
Zärtlich nahm er eine Strähne ihres goldblonden Haars und wickelte zwei Finger liebkosend darin ein. „Dann schlaf mal gut, mein Engel. Dein ewiges Bettchen ist gleich fertig." Thomas stieg wieder in die Grube hinein, die mittlerweile nahezu überall einen halben Meter tief ausgehoben war, und kümmerte sich um die letzten Zentimeter, als Emmas Körper sich von der Tanne löste und wie eine Marionette, deren Fäden nach gelöster Spannung nachgeben, in sich zusammensackte. Sie versuchte krampfhaft, die Augen offen zu halten.
Du darfst jetzt nicht einschlafen, sonst ist Opa ganz umsonst gestorben, appellierte sie an ihren Überlebenswillen und versuchte krampfhaft, ihre Augen offen zu halten.
Ein weiterer Klumpen Erde, der mit einem platschenden Geräusch neben ihr aufschlug, war das Letzte, was sie sah.

epilog

Im Raum war es dunkel.
Stockfinster.
Totenstill.
Fast, denn außer dem leisen Surren eines Geräts, das irgendwo im Zimmer stehen musste, war nichts zu hören.
Sie hörte.
Sie atmete.
Sie lebte.
Emma versuchte, ihren Atem und vor allem ihren Körper zu spüren. Sie konnte ihre Hände und ihre Füße bewegen. Als ob sie diese Tatsache bestätigen musste, fuhr sie mit den Fingern vorsichtig über ihren Oberkörper. Nach und nach erkundete sie ihr Gesicht, ließ ihre rechte Hand durch ihre volle Haarpracht gleiten und kratzte sich sanft hinterm Ohr, als sich ein kurzer Juckreiz bemerkbar machte.
Ich lebe. Sie konnte es immer noch nicht glauben und ging bereits in Gedanken die letzten ihrer bewussten Minuten durch, ehe sie eingeschlafen war. Doch ganz gleich, wie sehr sie auch überlegte, sich Konstruktionen möglicher Abläufe im Geiste zusammenreimte, sie hatte absolut keine Idee, wie sie an diesen Ort gekommen sein konnte. Offensichtlich lag sie in einem Bett.
Plötzlich hörte sie Schritte. Sie fuhr zusammen, als jemand vorsichtig die Klinke herunterdrückte und den Raum betrat. Als das Licht angeschaltet wurde, spannte sich Emmas Körper an. Ihre Augen waren geschlossen und sie zitterte.

„Sie brauchen keine Angst mehr zu haben. Es ist alles in Ordnung“, begrüßte sie eine Schwester, die durchs Zimmer ging und mit einem flinken Knopfdruck die Rollläden automatisch hochfahren ließ.
Anschließend entfernte sie die Infusionsflasche, brachte Emma eine weitere Flasche Mineralwasser und schüttelte das Kissen auf. Mit den Worten „Die nächste Infusion zur Ausleitung des Schlafmittels bringe ich Ihnen dann in zwei Stunden“ verabschiedete sie sich.
Die Krankenschwester hatte gerade das Zimmer verlassen, da klopfte es erneut an der Tür.
Nachdem sie „Hej“ gerufen hatte, öffnete sich die Tür und Franz-Josef Bannholzer, Stefan Alt und Karl Strittmatter betraten das Zimmer.
„Wie geht es Ihnen, Frau Kollegin?“, fragte der Kriminalrat und setzte sich auf einen Stuhl, der neben Emmas Bett stand. Die beiden Kriminalhauptkommissare taten es ihm gleich, indem sie sich die Stühle vom Tisch ans Bett heranzogen, sich hinsetzten und gespannt auf Emmas erste Reaktion warteten.
„Danke. Ich lebe.“ Emma atmete tief und erleichtert durch.
„Aber was ist denn eigentlich passiert?“
„Sie haben einen Filmriss. Thomas Albiez hat Ihnen Luminal in sehr, sehr hoher“, der Kriminalrat hielt kurz inne, ehe er gefasst fortfuhr, „Dosis verabreicht und Sie würden jetzt nicht hier, sondern wohl zwei Stockwerke tiefer liegen, wenn wir sie nicht noch rechtzeitig gefunden und sofort ins Krankenhaus nach Waldshut gebracht hätten, wo ihnen bereits die entsprechenden Gegenmittel verabreicht wurden.“ Bannholzer nickte ihr aufmunterungsvoll zu, während er sich zur eigenen Beruhigung mit der rechten Hand den Bart zwirbelte.
„Aber woher wussten Sie …“ Emma brach ab.
Die Beamten erklärten ihr ausführlich und bis ins letzte Detail, wie sie hinter Thomas Albiez und sein 15 Jahre lang ge-

hütetes Geheimnis gekommen waren und welcher Hinweis sie zum Gewächshaus und damit zu Emma geführt hatte. Sie erfuhr auch, dass Reinhold Nägele endlich wieder zu Bewusstsein gekommen war und aller Voraussicht nach den Angriff auf seine Person überleben würde.

Nachdem Emma jedes Wort in sich aufgesogen hatte, drehte sie ihren Kopf zum Fenster hin und schaute nach draußen. In den verhangenen Himmel.

In die Freiheit.

Ihre Freiheit.

„Aber warum hat er Charlotte umgebracht? Nur aus einem übersteigerten Liebeskummer heraus? Weil sie seine Liebe nicht erwidert hat?"

„Er litt unter einem krankhaften Liebeswahn, einer sogenannten Erotomanie, die ihm – wie wir herausgefunden haben – sogar schon im Alter von acht Jahren bescheinigt wurde. Er wurde dahingehend schon als Kind, später auch als Teenager und auch noch als Erwachsener behandelt, doch alle Therapien haben nichts geholfen. Ganz im Gegenteil: Eine Gesprächstherapeutin hat in ihren Unterlagen vermerkt, dass er sich, je mehr er darüber sprach, umso stärker in seinem obsessiven und krankhaften Liebeswahn bestätigt sah. So war es wohl auch bei Charlotte. Er hatte sie, seit sie ihm das erste Mal als Frau aufgefallen war, begehrt und sich in den Wahn hineingesteigert, dass sie ihn genauso lieben müsse, wie er sie liebte. Doch das war nicht der Fall, weshalb er alles dafür tat, dass seine Liebe endlich erwidert werden und sein Wahn damit auch befriedigt werden würde", sagte Bannholzer.

„Aber das hat sie nie. Sie hat ihn sogar in aller Öffentlichkeit abgewiesen", überlegte Emma laut.

„Ganz genau. Und da kommt dann die negative Stimme, die häufig bei Schizophrenie auftritt, ins Spiel. Sie muss ihm suggeriert haben, dass er sich ihr Verhalten nicht gefallen lassen dürfe. Und so tötete er sie aus Rache, mit der Option, sie für sich ganz allein zu haben. Doch als Franz Marder und mit ihm Maria Reisinger hinter dieses Geheimnis gekommen waren, da musste er die beiden ermorden. Zum Schutz, damit es auch weiterhin gewahrt bleibt. Aber auch – oder vor allem – weil die Beiden mit ihrer zufälligen Entdeckung die Reinheit seiner Liebe zu Charlotte derartig beschmutzt hatten, dass es nur einen Ausweg gab, sein Heiligtum wieder zu reinigen."

Emma schwieg.

Lange.

Sie ließ die vergangenen Tage in ihrem Kopf noch einmal Revue passieren. Was für ein Film. Reif fürs Kino. Aber eben nur fürs Kino, und nicht für das eigene Leben, in dem es beinahe kein Happy End gegeben hätte, dachte sie.

„Danke, dass Sie mich gerettet haben."

Bannholzer räusperte sich und sah Strittmatter aus den Augenwinkeln an, der diesen Wink verstand, und sich bemühte, gefasst zu klingen, als er sagte: „Ich hätte Ihnen vielleicht mal zuhören sollen."

Sie lächelte schwach, als die Kriminalbeamten die Tür hinter sich zuzogen. Nun war sie wieder alleine mit sich und den monotonen Geräuschen des Krankenzimmers.

Ruhe, einfach nur Ruhe, dachte sie, als so langsam ihre Augen zufielen. Es war das entfernte Klingeln eines Handys, das sie plötzlich hochschrecken ließ. Für einen Moment wusste sie nicht, wo sie war und dennoch hatte sie sich das Geräusch des Telefons nicht eingebildet.

Mühsam rappelte sie sich aus dem Bett und ging zum Tisch hinüber, auf dem die Beamten wenige Minuten zuvor ihre Handtasche abgelegt hatten. Es dauerte länger als gedacht, bis sie ihr Telefon hervorgeholt hatte. Als sie auf das Display schaute, sah sie, dass jemand mehrfach versucht hatte, sie zu erreichen.

Emma kannte die Nummer, doch ihr wollte partout nicht einfallen, woher. Zu sehr dröhnte ihr Kopf und sie hatte das Gefühl, dass sich das gesamte Krankenzimmer um sie herum drehte. Sie brauchte mehrere Versuche, ehe sie sich mit der Mailbox ihres Mobiltelefons verbinden konnte.
Sie wollte die Nachricht schon löschen, als sie nur ein dumpfes Rauschen und schwer verständliche Wortfetzen hörte.
Verwählt, dachte Emma. Sie hatte schon den Finger auf die Ausschalt-Taste gelegt, als sie plötzlich eine Frauenstimme vernahm. „Hallo. Ist da Emma? Emma Hansen?“ Wieder nur Rauschen.
„... Hier ist Luciana.“ Erneut war die Leitung gestört. Doch dieses Mal wusste Emma nicht, ob es die schlechte Verbindung oder das Schluchzen der Frau war.
„Dein Vater ... Unfall ... tot.“

ENDE

„Ein Buch ist ein kleines Paradies – auf jeder neuen Seite entfaltet es seine einzigartige Schönheit.“
(unbekannt)

Auch mein erstes Buch ist wie ein kleines Paradies für mich – auch wenn es manchmal ein herausfordernder und einsamer Weg war, bis das Ihnen nun vorliegende Buch „Und nie sollst Du vergessen sein“ fertiggestellt war.
Ich bin zutiefst dankbar, dass einige ganz besondere Menschen diesen Weg mit mir gemeinsam gegangen sind. Und daher möchte ich mich bei eben diesen Menschen auch von Herzen bedanken:
Da wären zuerst meine Eltern Jutta und Rudolf Böhm. Dank Euch weiß ich, was Geborgenheit ist!
Die Kollegen des Polizeipräsidiums Karlsruhe und der Kriminaldirektion Ludwigshafen, die mir Emmas Alltag einer Kriminalkommissarin näher gebracht und mir tatkräftig bei allen Fragen rund um die Ermittlungsarbeit in einem Mordfall zur Seite gestanden haben. Sowie Tayfun Demir vom Verein Dialog in Duisburg. Er lebt das türkisch-deutsche Miteinander.
Ganz besonderer Dank gilt auch Stephanie Wielan und Julia Barisic von Der Kleine Buch Verlag in Karlsruhe, die immer an mich und meine Geschichte geglaubt haben. Und natürlich meiner Lektorin Eva Lichtenberger, die von Anfang an von dieser Geschichte begeistert war und deren Engagement dazu beigetragen hat, dass Sie dieses Buch jetzt in den Händen halten.
Und dann ist da noch mein geliebter Mann Boris Henn: Er war und ist mein Seelentröster, Motivator, Erstleser und Sparringspartner.

Danke für alles!

Ganz besonders möchte ich mich bei allen Buchhändlern, Bibliotheken und vor allem bei Ihnen, meinen Lesern bedanken. Es freut mich, Ihnen mit diesem Buch einige unterhaltsame Lesestunden schenken zu können. Und Sie sind es, die mich auch weiterhin motivieren, meine Geschichten für Sie aufzuschreiben.

Ihr Jörg Böhm